KB250332

내겐 너무 어린 그이

내겐 너무 어린 그이

초판 1쇄 찍은 날 § 2003년 10월 16일
초판 1쇄 펴낸 날 § 2003년 10월 26일

지은이 § 이아나
펴낸이 § 서경석

편집장 § 문혜영
편집책임 § 이종민
마케팅 § 정필 · 강양원 · 이선구 · 김규진 · 홍현경

펴낸곳 § 도서출판 청어람
등록번호 § 제1081-1-89호
등록일자 § 1999. 5. 31
어람번호 § 제5-0002호

주소 § 경기도 부천시 원미구 심곡1동 350-1 남성B/D 3F (우) 420-011
전화 § 032-656-4452 팩스 § 032-656-4453
http://www.chungeoram.com
E-mail § eoram99@chollian.net

© 이아나, 2003

값 9,000원

ISBN 89-5505-855-1 04810

※ 파본은 본사나 구입하신 서점에서 교환하여 드립니다.
※ 저자와 협의하여 인지를 붙이지 않습니다.

내겐 너무 어린 그이

| 이아나 지음 |

1

아침에 지각을 하면 하루가 재수가 없다. 희주는 한숨을 푹 내쉬며 생각했다.

아침에는 지각을 했다고 훈계를 듣고, 낮에는 약속이 펑크나서 아까운 시간을 허비하고, 오후 늦게 갑자기 나이 많은 변리사 한 사람이 대신 특허법원에 좀 가달라고 부탁을 가장한 명령을 내려서 대전까지 내려갔다 와야 했다. 때문에 시계는 9시를 가리키고 있는데 점심은 샌드위치, 저녁은 아직 물 한 잔도 못 먹은 형편이었다.

다시 한숨을 내쉬며 그녀는 빌라 앞에 차를 세우고 가방을 들고 발을 질질 끌며 현관을 지나 계단을 올라갔다. 오늘 같은 날은 집이 5층이 아니라 1층이나 2층쯤이었으면 싶었다. 하지만 싸게 사는 형편인데 그런 것까지 바라긴 어렵지. 그녀는 발을 질질 끌며 계단을 올라갔다.

변리사라는 직업은 보는 사람들이야 변호사보다 돈을 잘 번다더라 운운하는 전문직이었지만, 실제로는 상당히 힘들었다. 특히 나이가 어리다 보니 희주의 경우에는 위에서 시키는 허드렛일까지 맡아 하느라 이래저래 고생이었다. 하지만 그래도 나이 스물아홉에 가족도 하나 없이 이 정도나마 자리 잡은 것은 소위 '괜찮은 직업' 덕택이었다.

주린 배를 움켜쥐고 계단을 올라가던 그녀는 코끝에 스치는 담배 냄새 때문에 인상을 찌푸렸다. 요 며칠간 내내 빌라 계단에서 담배 냄새가 진동을 하고 있었다.

"도대체 안에서 담배 피우는 사람이 누구야? 정말이지 공중도덕도 모르나."

그녀는 곤두선 목소리로 중얼거렸다. 담배가 세상에서 다 사라져야 한다고 생각하는 건 아니었지만, 최소한 실내에서 담배를 피우는 몰상식한 짓만은 참을 수가 없었다. 신경이 날카로우니 냄새가 더 짜증스러웠다. 빌라 주인 아주머니에게 이야기라도 하든지 해야겠다고 생각하며 계단을 올라가던 희주는 3층과 4층 사이의 창가에 서 있는 남자를 보고 걸음을 멈췄다.

뻔뻔하게 담배를 물고서 가느다란 눈을 하고 그녀를 쳐다보는 남자는 흡사 중국집 배달부처럼 노란 머리를 하고 낡은 청재킷을 입고 있었다. 긴 몸은 창가에 기대고 있었으나 서너 계단 아래 서 있는 그녀에게는 무척이나 커 보였다. 계단에는 환하게 형광등이 켜져 있었지만 윤곽이 뚜렷한 남자의 얼굴에는 반쯤 그림자가 드리워 있었고, 무스로 뾰족뾰족하게 만든 머리 모양에다가, 귓바퀴를 따라 작은 링 귀고리가 줄줄이 매달려 반짝였다. 기껏해야 스물서넛 정도 되었을까? 한 손은 주머니에 찔러 넣은 채 그는 다른 한 손으로 그가 담배를 들고 길게 연기를 뿜어낸 다음 다시 입에 물었다. 할 말 있으면 해보라는 듯한 표정이었다.

갑자기 무서운 느낌에 희주는 머뭇거렸다. 머리 속에 공중전화를 오래 쓴다고 사람을 죽인 이십 대의 이야기가 떠올랐고, 주머니 속에 들어 있는 남자의 한 손이 의심스럽게 보였다. 어떻게 하나 망설이던 그녀는 갑자기 짜증이 나는 것을 느꼈다. 제길, 세상이 험악하다고 해도 저런 어린애 훈계도 못하면 체면이 말이 아니지. 칼을 꺼내 휘두르면 비명을 지를 테다, 최소한 사람들이 두엇은 내다볼 거야. 4층에 사는 주인 아주머니라도. 그녀는 단단히 마음을 먹고 인상을 험악하게 찌푸리고 남자를 노려보았다.

"이봐요, 그런 곳에서 담배 피우시면 어떡해요? 나가서 피우세요."

"당신이 뭔데 이래라저래라야?"

남자는 코웃음을 치며 담배를 문 채로 알아듣기 힘들게 말했다. 그 반항적인 표정에 가뜩이나 날카로워져 있던 그녀의 신경이 팩 비틀렸다. 희주는 팔짱을 끼고 엄격한 얼굴을 하고서 남자를 노려보았다.

"나가서 피워요! 이 빌라 살아요? 여기 주인 아주머니, 담배 굉장히 싫어하세요."

"빌어먹을 잔소리쟁이 노처녀 같으니라구."

남자는 주인 아주머니라는 말에 인상을 홱 찌푸리며 담배를 창밖으로 던지고 바지 주머니에 손을 밀어 넣었다. 희주는 잔소리쟁이 노처녀라는 말에 트집 잡지 않기 위해서 숨을 크게 들이쉬었다. 그래, 잘난 내가 봐줘야지. 게다가 등에 칼이라도 맞으면 병원비가 아까우니까. 그녀는 몸을 돌려서 계단을 올라갔다. 남자의 눈길이 그녀의 등에 멎어 있는 게 고스란히 느껴졌다. 서두르는 것을 들키지 않기 위해서 그녀는 차분히 발걸음을 옮겼다. 갑자기 남자의 목소리가 나지막하게 울렸다.

"당신 혹시 501호 살아?"

희주는 홱 돌아보았다. 남자의 날카로운 눈이 그녀를 빤히 응시하고 있었다. 저 남자가 어떻게 알지? 우리 집에 자장면 배달 온 적 있었나? 하지만 저런 노란 머리의 배달부는 본 기억이 없었다. 아니, 집에서 그런 걸 시켜 먹은 게 언제였는지 기억도 나지 않았다.

"무슨 상관이에요?"

그녀는 몸을 돌려 다시 계단을 올라갔다. 혹시 밑에서 치마

속이 들여다보일까 봐 조심스럽게 벽 쪽에 붙어서 올라가는 것을 알아차렸는지 남자가 코웃음 치는 소리가 다시 울렸다. 하지만 다행스럽게도 따라오는 것 같지는 않았다. 지갑 안에서 열쇠를 꺼내 문을 열고 들어간 다음 자물쇠를 걸고 나서야 그녀는 한숨을 푹 내쉬었다. 머리가 다 지끈거렸다. 그냥 내버려 둘걸 그랬나? 괜히 짜증만 몇 배로 증가한 느낌이었다. 하여튼 지각을 한 날은 재수가 없다. 그것은 그녀의 징크스였다.

진영은 욕설을 중얼거리며 빌라에서 나왔다. 집에 오는 게 아니었다. 옷이라도 갈아입으려고 들렀건만, 들은 것은 어머니의 잔소리뿐이었다. 언제쯤 사람처럼 살 거냐, 어디 취직이라도 하고 그놈의 머리 좀 어떻게 해라…… 이젠 지겨웠다.

무엇을 하든 어머니의 마음에 들 리 없다는 건 그 자신이 더 잘 알았다. 빌라 앞에 대놓았던 오토바이에 올라타며 그는 일부러 엔진 소리를 더 크게 냈다. 어디에 가면 그를 반겨주는 사람들이 있는지 잘 알고 있었지만, 왠지 그들에게도 가고 싶지 않았다. 헬멧을 뒤집어쓴 다음 오토바이를 몰고 동네를 빠져나가며 그는 나지막하게 욕설을 내뱉었다.

벨소리가 울리자 희주는 신음을 흘리며 이불을 뒤집어썼다. 일어나고 싶지 않았다. 격주로 토요일 휴무이긴 했지만 그것이 제대로 지켜지는 경우는 50%도 되지 않았다. 운 좋게도 오늘은 쉴 수 있는 토요일이라 그녀는 정오까지 푹 잘 생각이었다. 침대 위에서 몸을 뒤집고 그녀는 눈을 깜박거렸다. 시계는 10시를 가리키고 있었다. 창문은 이미 훤하게 밝아 있다. 벨소리는 그치지 않았다. 잠시 후에는 손으로 문을 두드리는 듯한 소리가 들렸다.

"희주야, 집에 있으면 문 좀 열어봐. 김희주?"

아, 이런. 그녀는 비틀비틀 일어나서 한 손으로 얼굴을 문지르며 현관으로 나갔다. 하품이 절로 나오는 것을 간신히 참으며 그녀는 문을 열었다. 덩치 큰 아주머니가 한 손에 그릇을 들고 눈살을 찌푸리며 그녀의 모습을 보았다.

"아직 자고 있었니? 오늘 회사 안 가?"

"쉬는 날이거든요. 들어오세요."

빌라 주인 아주머니인 혜은이었다. 그녀는 들고 온 반찬 그릇을 식탁 위에 내려놓다가 먹다 만 피자 조각들을 보고 혀를 끌끌 찼다.

"이게 뭐야, 어제 피자 먹었니?"

"바빠서 아무것도 못 먹었거든요. 밥 해 먹기가 너무 귀찮아서 그냥 시켜 먹었어요. 저 금방 씻고 나올게요. 잠깐만 계세요."

희주는 욕실로 향했다. 피곤하니까 나가 달라고 할 수도 있었지만 혜은에게는 감히 그럴 수가 없었다. 이유는 간단했다. 부모님이 갑작스럽게 돌아가신 이후 혼자 남은 그녀를 돌보아

준 것이 혜은이었기 때문이다.

어머니의 절친한 선배 언니였던 혜은은 거의 10여 년간 희주의 이웃집에 살다가 6년 전에 새로 빌라를 인수하며 이사를 했었다. 그러나 연락은 끊기지 않았고, 5년 전 부모님이 돌아가셨다는 이야기를 듣자 곧장 달려와 장례식을 비롯한 모든 문제를 처리해 주었다. 몇 안 되는 친척들은 각자 살기에 바빠서 잠깐 얼굴만 내밀었을 뿐이지만, 혜은은 부모님이 남겨주신 유일한 재산이었던 집을 좋은 가격에 팔아주고, 대신 자신의 빌라 5층을 내주며 전셋값도 무려 일반 가격의 절반으로 내려주었다. 당시 희주는 대학 4학년을 휴학하고 변리사 2차 시험을 준비하고 있었다. 시험에 붙은 다음에는 얼마 동안 작은 사무실에서 일을 하다가 혜은의 소개로 서초동의 큰 변리사 사무소로 옮기게 되었다. 그 외에도 혜은은 아래층에 살며 이것저것 계속 그녀를 돌봐주었다.

씻고 옷을 갈아입은 다음 희주는 한숨을 내쉬며 거실로 나왔다. 어느새 식탁을 치우고 밥을 차리고 있던 혜은이 힐끔 돌아보았다.

"얼른 먹어라. 어째 볼 때마다 그렇게 살이 빠져?"

"에이, 빠지면 좋죠. 안 그래도 배만 나오고 있어서 걱정인데."

희주는 씩 웃고 식탁 앞에 앉아 혜은이 차려준 밥을 먹었다. 찌개 냄비를 올려놓은 다음 혜은이 맞은편에 앉았다.

"일은 잘되니?"

"네."

별로 잘되는 건 아니지만, 희주는 적당히 대답했다. 만약 엄마가 묻는다면 재수없이 텃세 부리는 여직원이니, 잡무만 시키는 상사들에 대해 험담을 늘어놓겠지만, 5년간 그녀는 그런 일을 혼자 삭히는 법을 익혔다. 힘들 때도 있긴 했지만, 혜은에게 진 신세는 이 정도로 충분했다.

"그럼 오늘은 뭐 하니? 약속있어?"

찌개를 떠먹으며 희주는 맞은편의 나이 든 여인을 힐끔 보았다. 아무래도 어딘가 같이 가자고 할 생각이 아닌가 싶은데…….

"무슨 일 있으세요?"

"오늘이 우리 형님 생일인데, 꼭 오라고 연락이 왔어. 같이 좀 가줄 수 있을까?"

희주는 눈썹을 치켜 올렸다. 형님이라면 남편의 누나라는 이야기인데, 혜은의 남편은 10년 전 사고로 죽었기 때문이다. 그때 맏아들까지 잃어서 혜은이 상당히 힘들어했던 것을 그녀도 기억하고 있었다. 하지만 사실 혜은의 자식들과는 나이가 달라서 별로 본 적이 없었다.

"저기, 아드님 있으시잖아요."

"그놈의 자식, 생각도 하기 싫어. 말도 꺼내지 마."

혜은은 이를 갈듯 말했다. 희주는 입술을 오므리고 그녀를 쳐다보았다.

"어제도 그냥, 오늘 고모 생신 가야 된다고 말을 했는데도 들
은 척 만 척하고 나가더니 안 들어오고. 그놈을 믿으면 내가 성
을 갈지, 성을 갈아."

희주는 아무 말도 하지 않았다. 혜은의 둘째아들이, 정확히
는 지금 생존해 있는 유일한 자식이 쓰레기라는 것은 혜은의 입
을 통해 꽤나 자주 들은 이야기였다. 죽은 맏아들은 서울대 법
대를 들어간 엘리트였다는데, 아마도 그래서 더욱 비교가 되는
모양이었다. 솔직히 희주의 입장에서는 죽은 자식과 비교되는
산 자식에게 동정이 가지 않는 것도 아니었다. 혜은이 죽은 아
들에게 지나치게 얽매여 있는 게 아닌가 하는 생각도 가끔 들었
지만, 남의 가정사를 그녀가 속속들이 알 수는 없는 노릇이라
입을 다물고 있을 뿐이었다.

"그러니까 저기, 희주가 좀 같이 가주면 안 되겠어?"

"하지만 절 데려가서 뭐 하시게요? 제가 친척도 아니고……."

희주는 얼버무리며 물컵을 들었다. 괜한 일에는 끼어들고 싶
지 않은데. 하지만 혜은의 눈은 그녀를 빤히 바라보고 있었다.

"저기, 그러니까 조금만 내가 하는 거 맞장구쳐 주면 안 될까
해서. 내가 뭐, 그 사람들 오래 볼 것도 아니고, 큰애가 죽은 이
래로 둘째 때문에 하도 무시를 당해서. 그러니까 저기……."

혜은은 그녀답지 않게 갑자기 말끝을 흐리며 머뭇거렸다. 희
주는 인상을 찌푸린 채 그녀를 보았다. 혜은은 식탁보를 만지

작거리고 있다가 조심스럽게 말했다.

"우리 애랑 결혼할 사이라고 좀 해주면 안 되겠어?"

"네에?"

희주는 눈을 깜박였다. 혜은이 이런 얼토당토않은 이야기를 한다는 것이 놀라웠다. 혼자 살면서 남편이 남긴 생명 보험금으로 주식이며 부동산에 투자해서 알부자가 된 그녀였다. 지금도 유망한 중소기업의 지분을 갖고 있고 건물을 몇 채나 갖고 있는 사업적 두뇌가 뛰어난 사람이 이런 이야기를 한다는 것이 믿어지지 않았다.

"하지만 저 아는 사람이라도 혹시 오면 어떻게 하고요? 에이, 아줌마, 그건 안 되죠."

"한 번만 해줘, 응? 결혼을 했다는 것도 아니고, 나중에 누가 물어보면 문제가 있어서 헤어졌다고 하면 되잖니. 허구한 날 자기네 잘난 애들 이야기하면서 날 깔아보는 사람들 앞에서 자식 자랑 좀 하고 싶어."

하지만 저는 아주머니 자식이 아니라구요. 물컵을 만지작거리며 희주는 망설였다. 한 번쯤 연극하는 거야 어려운 일은 분명히 아니었지만, 게다가 혜은에게 진 빚이 많다는 것도 인정했지만 이건 좀 심한 일이었다. 게다가 앞으로 결혼도 생각해야 하는데, 혹시라도 이 일이 문제가 되기라도 하면 어떻게 한단 말인가.

"저기, 아드님 정말로 안 온대요? 오기라도 하면 입장이 난 처하시지 않겠어요?"

"그놈의 자식은 와도 안 데려가고 싶어. 내가 정말 속이 터져."

혜은은 가슴이 답답한 듯 한 손으로 탕탕 치며 얼굴을 찌푸리고 있었다. 희주는 가만히 물컵만 쳐다보았다. 어쩐지 미안한 마음이 들었다. 어려운 일이 생기면 친엄마인 양 혜은에게 달려가는 주제에, 이런 부탁 하나 들어주지 못한다는 게 미안했다. 게다가 당장 남자 친구가 있는 것도 아니고, 앞으로 어떻게 될지도 모르는데.

"저기, 사람들 많이 와요?"

희주가 조심스럽게 묻자 혜은의 얼굴에 갑자기 화색이 돌았다. 그녀가 식탁 앞으로 당겨 앉으며 고개를 흔들었다.

"아니, 아닐 거야. 우리 형님이 잘난 척하는 건 무지하게 좋아하지만, 사실 정말로 올 사람은 별로 없거든. 애들 아빠 쪽 친척들이나 좀 모이겠지 뭐."

"어디서 하는데요?"

"음, 시내에 있는 호텔에서. 같이 가줄래?"

희주는 한숨을 내쉬었다. 호텔에서 한 끼 식사, 그거 뭐 어려운 일은 아니다. 그렇지 않은가? 게다가 혜은도 분명 결혼할 사이라고만 말한다고 했고. 요즘 세상에 약혼을 깨는 정도야 어려운 일도 아니다. 그렇지? 그녀는 결혼 직전까지 갔다가 헤어지던 자신의 친구들 몇 명을 떠올리고는 고개를 끄덕였다.

"네, 알았어요. 해드릴게요. 대신 저 너무 많이 소개하지는 마세요. 아시겠죠?"

"그래, 그래, 알았어. 저기 입을 옷은 있니? 같이 사러 갈래?"

"아뇨, 아뇨. 있어요. 그러실 필요……."

"나 때문에 이런 일까지 해주는데 옷 한 벌은 얻어 입어야지. 얘도 참. 해줄 때 받아. 알겠니? 내가 치울 동안 옷 좀 갈아입고 백화점이라도 가보자, 얼른."

희주는 당황해서 고개를 내저으며 그녀를 말렸으나 혜은은 막무가내였다. 결국 희주는 손을 들고 그녀의 말에 따를 수밖에 없었다.

희주는 불편하게 몇 번 옷을 잡아당겼다. 혜은은 백화점이 아니라 고급 양장점들이 몰려 있는 동네로 가서 그녀를 위한 옷을 두 벌은 맞추고 한 벌은 만들어져 있던 것을 금방 수선해서 갖고 왔다. 가격도 말해 주지 않는 걸로 봐서는 엄청나게 비싼 것이 분명했다. 아무리 자신이 해주는 일에 대한 대가라지만 너무 지나치다는 느낌에 그녀는 몇 번이나 혜은을 말리려고 했으나 혜은은 그저 웃으며 공짜로 주는 건 받아두라는 말만 할 뿐이었다.

오후 다섯 시에 두 사람은 호텔로 출발했다. 혜은은 대리 운전사를 하루 고용해서 운전을 맡겼다. 우아하게 양장을 빼입은 혜은의 모습은 희주가 늘 보던 이웃집 아줌마의 모습과는 전혀 달라서 의아할 정도였다.

"저기, 거기 가면 내가 다 이야기할 테니까 희주는 그냥 가만히 있으면 될 거야. 알겠지?"

"네."

희주는 혜은이 사준 반지를 만지작거리며 창밖만 쳐다보았다. 토요일이라 길은 굉장히 밀렸다. 왼손 약지의 반지가 계속 불편하게 느껴졌다. 왜 이런 일에 동의했나 하는 기분이 들었다. 공짜를 싫어하는 것은 아니었지만, 그게 지나치면 기분이 좋은 걸 넘어서 불안해지는 게 당연하다. 희주는 몇 번이나 혜은 쪽을 곁눈질했으나 그녀는 편안히 눈을 감고 있을 뿐이었다.

차가 서울 시내의 유명한 호텔로 들어섰다. 희주는 내려서 호텔을 쳐다보았다. 전에도 와본 적이 있긴 했지만, 이렇게 다시 오게 되니 기분이 묘했다. 반지에, 고급 정장까지. 한숨을 내쉬고 그녀는 당당하게 들어가는 혜은의 뒤를 따랐다. 혜은은 여러 번 와본 사람처럼 아무렇지 않게 지하로 내려가는 계단을 향했다. 희주는 말없이 그녀의 뒤를 따랐다. 그때 누군가가 혜은에게 다가왔다.

"어머, 정 선생님 부인이시죠? 오랜만에 뵈어요."

혜은은 뾰족한 얼굴의 여자를 보고 가볍게 미소 지었다.

"아, 윤 지점장님 부인 되시죠?"

"어머, 기억하시네요? 혹시 정 사장님 생일 때문에 오신 거예요?"

"네, 맞아요. 오늘 꼭 좀 참석해 달라고 하더라구요."

여자의 눈길이 혜은의 뒤에 서 있는 희주에게 닿았다. 희주는 태연한 척 목례를 보냈다. 여자의 눈에 호기심이 어렸다. 혜은은 눈치를 챈 듯 희주의 손을 잡아끌며 말했다.

"우리 애 약혼녀예요. 애가 오늘 바빠서 못 올 것 같다고 해서 대신 우리 희주를 데려왔어요."

"아, 네."

여자의 눈에는 여전히 호기심이 가득했다. 혜은은 희주의 손을 톡톡 치며 활짝 미소를 지었다. 희주가 보기에는 정말로 자부심 어린 얼굴이었다.

"우리 희주는 지금 변리사예요. 얼마나 똑 부러지게 일을 잘하는지 몰라요. 일하는 며느리를 둘 생각은 없었는데, 희주가 제 생각을 완전히 바꿔놨지 뭐예요."

여자는 적당히 대답하며 여전히 희주를 아래위로 힐끔거렸다. 희주는 얌전히 미소만 짓고 있었다. 연기는 그녀의 재능에 포함되어 있지 않았지만, 일을 하면서 이런저런 사람들을 만나본 덕에 마음에 없는 미소를 짓는 것 정도는 할 수 있었다. 다행히도 이쯤에서 혜은은 몸을 돌려 계단을 내려갔다.

양식당에 들어서는 순간 희주의 등골에 식은땀이 흘렀다. 이게 친척들이나 모인 거라고? 최소한 100여 석은 될 듯한 작은 식당 안에는 빼곡하게 테이블들이 놓여 있었고, 이미 절반쯤 사람이 차 있었다. 희주는 혜은을 쳐다보았다. 혜은은 미안한 듯 여전히 잡고 있던 희주의 손을 톡톡 치며 앞으로 걸어갔다. 맙소사, 아줌마가 옷을 세 벌이나 사준 이유가 있었어. 하지 말았어야 했는데. 희주는 절절히 후회하며 그녀의 뒤를 마지못해 따라갔다.

"동서, 왔네."

"안녕하세요."

혜은은 나이치고 늘씬한 키에 몸매까지 좋은 여자의 앞으로 가서 인사를 했다. 희주는 순간적으로 앗 하고 소리를 지를 뻔했다. 그녀는 이 여자를 알고 있었다. 아니, 정확히는 누군지 알고 있었다. 대형 의류 회사를 이끌고 있는 정여진 사장이었다. 나이 60을 넘은 지 이미 오래일 텐데 여전히 얼굴은 매끈했다. 그녀의 날카로운 눈이 희주를 훑었다. 흡사 가져온 물건을 평가하고 있는 듯한 느낌에 희주는 얼굴을 굳히고 어깨를 똑바로 폈다.

"누구야?"

"우리 애 약혼녀예요, 김희주라고. 인사드리렴, 진영이 고모 되셔."

"안녕하세요? 처음 뵙겠습니다."

희주는 우아하게 인사하려고 노력하며 그녀를 똑바로 쳐다보았다. 날카로운 눈은 여전히 싸구려 물건을 보고 있는 것처

럼 찌푸려져 있었다. 쳇, 당신이 기업체 사장일지는 몰라도 나
도 나름대로 잘 나가는—혹은 미래에 잘 나가게 될—전문직 여
성이라구. 희주는 무례하지 않을 정도로만 턱을 치켜 올렸다.
혼자 남게 된 이래로 누군가에게 주눅 드는 것은 딱 질색이었
다.

"음, 어디, 괜찮은 집 애야? 대학은 나왔어?"

오만한 말투에 희주는 슬쩍 눈을 굴렸고, 혜은은 당당하게
미소를 지었다.

"서울대 나와서 지금은 변리사 하고 있어요."

"변리사? 그거 변호사 못 된 애들이 하는 거 아니었어?"

희주는 다시 눈을 굴렸고 혜은은 픽 웃으며 여진에게 고개를
흔들어 보였다.

"형님, 그래 가지고 회사일 어떻게 하려고 하세요? 변호사보
다 요즘은 변리사가 훨씬 대우가 좋아요. 그나저나 애들이 안
보이네요."

"우리 애들은 바쁘니까. 작은앤 미국에서 MBA 준비하느라
아직 안 들어왔고, 큰애는 일 때문에 늦게 올 거야. 진영이는 안
와?"

진영, 혜은의 둘째아들 이름을 처음 듣는 희주는 조심스레
두 사람을 보았다. 혜은과 여진 사이에서는 거의 불꽃이 튈 듯
한 분위기였다.

"진영이도 요즘 좀 바쁘거든요. 못 올 것 같아요."

"쓸데없는 거 하느라 바쁘겠지. 걘 아직도 그러고 다녀? 동서가 걱정이 많겠네."

혜은의 얼굴이 곧장 굳어졌다. 여진의 얼굴에는 승리감이 피어올랐다. 혜은이 입을 열려고 할 때 희주는 조심스럽게 그녀의 팔을 건드렸다.

"어머니, 자리로 가세요. 진영 씨 요즘 공부하느라 바쁘잖아요. 그래도 1차는 붙어서 다행이에요."

여진의 눈이 홱 희주에게로 움직였다.

"1차?"

"아, 네. 진영 씨 요즘 사시 공부하고 있거든요. 잘될 것 같아요. 저희 자리는 어디죠?"

희주는 상냥하게 말하며 한껏 미소를 지어 보였다. 여진의 눈에 계산적인 표정이 떠올랐으나 곧 사라지고 그녀가 손으로 근처의 테이블을 가리켰다.

"거기야. 어쨌든 와줘서 고마워, 동서. 아가씨도."

자리에 앉자 혜은이 한숨을 내쉬며 고맙다는 표정으로 희주의 손을 조심스레 두드렸다. 희주는 마지못해 미소를 지으며 속으로는 한숨을 내쉬었다. 내가 어쩌다 이런 일에 휘말렸지? 혜은의 집이 이런 기업체 사장과 친척인 줄은 모르고 있었다. 아니, 중요한 것은 그게 아니었다. 이러다가 주위에 약혼 이야기가 퍼지면 원래도 안 들어오던 맞선 같은 건 그만두고라도 주위 친구들이 해주던 소개팅조차 뚝 끊어질 것이다. 그러면 곧

란한데. 언젠가는 결혼을 하고 싶었다. 음, 혹시 혜은의 아들이 혜은의 이야기만큼 이상한 사람이 아니라면 이번 일을 계기로 친해질 수도 있을 텐데. 그녀는 속으로 배시시 웃었다. 나쁠 것도 없었다. 혜은은 꽤나 부유했고, 게다가 자신과 친했으니까. 그녀는 혜은을 잘 모실 자신이 있었고.

희주는 제멋대로 나가는 생각을 자르고 주위를 둘러보았다. 신문에서 본 적 있는 사람들이 드문드문 앉아 있었다. 다시 생각이 원래의 자리로 돌아갔다. 도대체 내가 어쩌다 이런 곳에 온 건지 모르겠네. 곤란한 일이 벌어지면 안 될 텐데. 그녀는 슬그머니 한숨을 내쉬었다.

진영은 불편한 넥타이를 바로잡고, 일회용 염색약으로 시커멓게 만든 머리를 잘 쓸어 넘겼다. 오토바이를 본 발레 파킹 직원이 당황한 얼굴을 했으나 그래도 정장 덕택인지 그냥 넘어갈 수 있었다. 아마도 오토바이가 비싼 외제라는 것도 한몫했으리라.

그는 화장실 거울 속 자신의 모습을 점검했다. 여섯 개나 구멍을 뚫어놓은 귀에도 지금은 얌전하게 금제 귀고리 하나만 했고, 옷도 말끔하게 입었다. 어머니는 그에 대해서는 기대도 하지 않으신 듯 일찌감치 출발하신 모양이었다. 남들에게 그의 불참 사유를 뭐라고 둘러댔을지 궁금했다.

뭐, 상관없는 일이다. 어쨌든 그가 참석하지 않으면 모양새가 좋지 않을 거라는 점은 그도 알고 있었다. 형이 죽은 덕택에 집안의 장손이 된 탓이었다. 하지만 사람들이 그를 비웃는 듯한 눈으로 보는 것은 질색이었다. 특히 고모를 떠올리자 그의 몸이 부르르 떨렸다. 생각도 하기 싫었다. 형한테는 그렇게 굴지 않으셨을 테지. 그는 나직하게 욕설을 중얼거리며 몸을 똑바로 폈다. 어쨌든 상관없다. 그는 그일 뿐이고, 형은 죽었으니까. 입장을 바꾸고 싶은 적도 가끔 있었지만, 지금은 아니었다.

그는 화장실에서 나와 연회장으로 들어섰다. 근처에 서 있던 사람들이 그를 발견하고 눈을 동그랗게 뜨고 자기들끼리 수군거렸다. 주위를 둘러보고 진영은 느긋한 걸음걸이로 고모가 있는 곳으로 향했다.

"생신 축하드립니다, 고모."

여진의 눈이 가늘어졌다.

"그래, 고맙다. 오랜만이구나."

"예. 어머니 어디 계세요? 제가 늦었더니 먼저 가셨던데."

"음, 저기 계신다. 1차 붙었다는 이야기 들었다. 축하한다."

진영은 잠시 여진을 응시했다. 오늘은 또 어머니가 무슨 말씀을 하신 거지? 1차라니, 설마 고시 이야기는 아니겠지.

"고시 공부가 힘들 텐데. 게다가 넌 법대도 안 다녔잖니."

빌어먹을! 그는 속으로 욕설을 퍼부었다. 하여튼 어머니는 제멋대로였다. 나중에 어떻게 하려고 나오는 대로 이야기를 하시는 걸까? 이해할 수가 없었다.

"아, 예. 괜찮습니다."

나중에 따로 있게 되면 한바탕 단단히 퍼부어주리라 다짐하며 그는 웃는 얼굴을 만들기 위해 노력했다. 여진의 얼굴은 여전히 냉담했다.

"그리고 네 약혼녀라는 애도 봤다. 변리사라며? 어느 사무소 다니니?"

"네?"

진영은 순간적으로 자신이 잘못 들었다고 생각했다. 약혼녀? 그럴 리 없다. 어머니가 그렇게까지 하셨을 리가 없다. 하지만 고개 들어 어머니가 앉아 있는 쪽을 보자 옆에서 속닥거리고 있는 여자의 모습이 보였다. 순식간에 분노가 그의 눈앞을 새빨갛게 만들었다. 고시생으로도 부족해서 약혼녀까지 만들어준 건가? 맙소사, 이럴 수는 없었다, 이럴 수는…….

"진영아?"

"아, 예."

그는 시선을 돌려 고모를 보았다. 짜증이 어린 고모의 얼굴은 보톡스 주사의 덕을 톡톡히 보는 듯 팽팽했다.

"네 약혼녀 말이다. 희주라고 했던가? 어디 다니냐고 물었어."

"신경 끊으세요. 고모는 거래하는 사무소 있으시잖아요. 가볼게요."

여진이 부르는 것에도 아랑곳하지 않고 진영은 어머니가 앉아 있는 쪽으로 똑바로 걸어갔다. 희주라니, 김희주? 빌라에서 마주쳤을 때 못마땅한 얼굴로 그를 쳐다보던 그녀의 얼굴이 갑자기 떠올랐다. 아주 예전에 보았던 다른 모습도 떠올랐다. 젠장, 젠장, 젠장. 어머니가 이러실 수는 없었다. 이럴 수는!

혜은의 얼굴이 갑자기 창백해지자 희주는 이야기를 멈추고 그녀의 시선을 따라 고개를 돌렸다. 말끔하게 양복을 빼입은 남자가 그들을 향해 똑바로 걸어오고 있었다. 남자의 얼굴을 본 희주의 눈이 커졌다. 어제 빌라에서 본 그 담배 피우던 자식이잖아? 하지만 하루 사이에 머리는 새카맣게 변해 있었고, 모양도 단정했다.

"안녕하세요, 어머니. 그리고 약,혼,녀,님."

그가 다른 사람들에게 들리지 않을 정도로 낮게 한 글자, 한 글자 끊어서 말했다. 희주의 심장이 쿵쿵거리며 뛰었다. 혜은의 얼굴은 여전히 창백했으나 목소리만은 단호했다.

"앉으렴. 늦었구나."

"안 왔으면 하셨겠죠. 만반의 준비를 해오신 모양인데."

희주는 혜은 쪽으로 슬쩍 곁눈질을 했다. 맙소사, 그녀는 이 남자에 대해서 아무것도 몰랐다. 이제부터 어떻게 해야 하는 거지? 마음 같아서는 회사에 바쁜 일이 생겼다고 말하고 도망쳐 버리고 싶었으나 남자가 옆 자리에 앉으며 그녀의 어깨를 태연하게 붙잡았다.

"늦어서 미안해. 공부가 말이지, 어지간히 잘 안 되더라구."

"고시 공부 한다면서? 1차 붙었다던데, 축하해. 진영이도 검사가 꿈인 모양이지?"

테이블 맞은편에 앉아 있던, 누군지 기억도 나지 않는 사람이 남자에게 말을 걸고 있었다. 희주는 혜은에게 도와달라고 간절히 눈짓을 보냈으나, 혜은은 그저 차분하게 앉아 있을 뿐이었다. 남자의 손은 그녀의 팔을 타고 내려와서 손을 붙잡고 있었다. 희주는 비명을 지르고 싶은 것을 간신히 참았다. 모르는 남자가 손을 잡는 것 따윈 딱 질색이었다! 게다가 어제 빌라에서 담배 피우고 있는 것까지 봤는데. 혜은에게서 안 좋은 이야기를 그렇게나 들었고. 일이 이렇게 된 건 절대로 그녀의 탓이 아니었다. 그녀를 꼭 데려오고 싶어했던 혜은 때문이었다. 물론 자신도 열심히 말리거나 거절했던 건 아니지만.

"희주 씨는 어떻게 만났어? 정말 참하구먼. 조만간 날짜 잡아야지?"

"그럼요. 기다릴 수 없을 정도라니까요."

진영은 아무렇지 않게 웃으며 희주를 돌아보았다. 희주는 남자의 이글거리는 눈빛에 정말로 흠칫했다. 도대체 이 사람 왜 나한테 이러는 거야? 설명이라도 들어봐야 하는 거 아닌가? 그녀는 손을 빼려고 했으나, 그의 크고 단단한 손은 그녀의 손을 바이스처럼 조이고 있었다.

여진이 국가와 민족, 그리고 회사에 대한 짧지만 말도 안 되는 연설을 한 다음 식사가 서빙되었고, 사람들은 적당히 돌아다니며 이야기를 나누었다. 음식이 나오자 진영은 희주의 손을 놓아주었으나, 그의 눈은 몇 번이나 희주를 쏘아보고 있었다. 희주는 슬슬 오기가 나기 시작해서 아무렇지 않은 척 웃으며 사람들과 이야기를 나누었다. 혜은 역시 태연하게 사람들과 대화를 나누고 있었다.

식사가 끝나가자 갑자기 남자가 벌떡 일어났다.

"잠시 실례하겠습니다."

그의 손이 희주의 팔을 잡아당겼다. 희주는 뿌리치려고 했지만 사람들 앞에서 그렇게 했다간 괜한 소란이 일어날 것 같았다.

"희주랑 할 이야기가 있거든요. 어머니, 이해하시죠?"

혜은은 침착하게 냅킨으로 입술 가장자리를 누른 다음 그를 보았다.

"나중에 집에서 해도 되지 않겠니?"

"그래요. 사람들도 있고……."

희주 역시 열심히 맞장구를 쳤지만 남자의 손길은 단호했다. 목소리 역시 마찬가지였다.

"좀 급해요. 잠시 실례하겠습니다."

남자의 손이 거칠게 그녀를 잡아끌었다. 사람들 눈에 이상하게 보일 정도는 아니었지만, 희주가 어쩔 수 없이 일어서야 할 정도는 되었다. 그녀는 혜은을 보았지만 혜은은 괜찮을 거라는

듯 고개를 끄덕여 보였다. 희주는 간신히 미소를 지으며 냅킨
을 테이블에 올려놓고 그의 뒤를 따라 식당을 나왔다.

진영은 그녀의 팔을 잡고 계단을 올라가서 사람들이 지나가
지 않는 화장실 쪽 통로 구석에 그녀를 밀어 넣고 몸으로 막았
다. 하이힐을 신은 덕택에 희주의 키도 170㎝ 정도는 되는데,
이 남자는 그보다 15㎝는 족히 더 클 것 같았다. 팔을 그녀의
머리 양 옆에 짚은 채 그가 그녀를 노려보았다.

어제는 대충 봐서 몰랐지만, 남자는 잘생긴 편이었다. 이목
구비가 뚜렷한 데다가 피부도 깨끗했고, 눈은 맑았다. 불행히
도 그 맑은 눈에 지금은 화가 잔뜩 어려 있었지만. 눈 위를 덮은
속눈썹은 부러워서 화가 날 정도로 길고 숱이 많았고, 죽 뻗은
모양 좋은 코에 입술은 한쪽 끄트머리가 살짝 비틀려 있었다.
그의 몸에서 열기가 느껴졌고, 담배 냄새도 풍겼다.

"당신 도대체 뭐야? 왜 여기 온 거야? 어머니가 도대체 뭘 내
미셨어?"

건방진 말투에 반말까지. 이건 참을 수 없었다. 잘생겼다고
해서 오만방자한 행동이 용서가 되는 것은 아니었다. 희주는
곧장 구둣발로 남자의 정강이를 걷어찼다.

"저리 떨어져요! 담배 냄새 때문에 숨도 못 쉬겠어, 젠장."

남자는 낮게 비명을 지르며 물러나서 그녀를 노려보았다. 희
주는 몸을 똑바로 세우고 턱을 치켜 올렸다.

"아주머니께서 못난 아들 대신 제발 좀 와달라고 하셨어요.

한 번만 자식 자랑 좀 하게 해달라고요."

"그래서 대신 자식이 되겠다고 자청한 모양이지? 효녀 나섰구만. 인당수에 몸이라도 던지시지?"

"어머, 그런 것도 알아요? 놀랍네. 머리는 그새 새로 염색했어요? 염색 자주 하면 머리카락 다 부서진다는 거 혹시 알아요? 대머리가 되면 아주머니가 슬퍼하실 텐데."

희주의 빈정거리는 말투에 진영의 얼굴은 점점 더 일그러졌다. 그는 이 여자가 싫었다. 그것도 지독하게. 집에만 들르면 어머니가 이러쿵저러쿵 자랑을 늘어놓는 바로 그 '김희주'라는 이유도 있었다.

"그래 봐야 돈에 팔렸을 주제에 나불나불 잘도 떠들어대고 있네. 제길, 멋대로 까부는 건 상관없어. 하지만 거기다 날 걸고넘어질 생각은 꿈에도 하지 마! 난 당신 같은 여자 질색이니까."

"사돈 남 말 하시네. 난 뭐 당신 같은 남자가 좋아서 이러고 있는 줄 알아요? 아주머니 호의에 보답하는 것뿐이지, 나도 눈 높아요. 최소한 직장은 있는 사람이 좋다구요. 그래도 최소한 피어싱은 다 안 했네요. 그런데 댁처럼 그렇게 왼쪽에만 귀고리 하는 거 게이 표시라는 거 알아요?"

희주의 눈이 새로운 발견에 커졌다. 그녀가 입술을 오므리고 그를 보며 눈을 깜박였다.

"혹시 진짜 게이예요? 그래서 아줌마가 그렇게 화내시는 거예요? 그럼 이해해 줄게요. 내 친구 중에도 동성애자가 하나 있거든요."

이 여자가 돌았나? 진영은 얼굴이 달아오르는 것을 느끼며 그녀를 노려보고 주먹에 들어간 힘을 빼려고 간신히 노력했다.

"말 같은 소릴 좀 해. 빌어먹을."

"아님 말구요. 그럼 그냥 양아치인 모양이네."

희주는 팔짱을 끼고 재미없다는 표정으로 말했다. 진영은 곧장 다시 노려보았다.

"뭐가 어째?"

"사실이잖아요. 몇 살이에요? 그 나이에 머리 노랗게 물들이는 거야 있을 수 있는 일이긴 하지만, 직장도 없고, 그렇다고 학생도 아니고. 순전히 어머니 돈으로 사는 거 아니에요?"

"그게 너랑 무슨 상관이야? 썩을 기집애 같으니. 네가 신경 쓸 거 아니잖아. 뭐 우리 어머니 돈이라도 물려받고 싶어서? 꿈깨."

희주는 도저히 말이 통하지 않는다는 듯 고개를 내저으며 한숨을 푹 내쉬었다. 진영의 눈앞에 불이 번쩍였다. 사람을 앞에 두고 비웃는 건가, 지금? 머리가 핑 도는 느낌이었다. 그의 주먹이 파르르 떨렸다.

"좋아, 어디 약혼놀이 한번 해볼까? 응?"

희주가 채 반응을 하기도 전에 그가 그녀를 벽으로 밀치고 몸으로 밀어붙였다. 그녀의 눈이 화들짝 커졌으나 진영은 그것을 무시한 채 입술을 덮쳤다. 희주의 손이 그의 팔을 붙잡고 손톱을 세우며 밀어댔으나 그는 꼼짝도 하지 않고 양손으로 그녀의 머리를 잡은 채 입술을 눌렀다.

조심스럽게 바른 립스틱이 뭉개지고, 뭔지 해석할 수 없는 달콤한 맛이 느껴졌다. 아까 마신 와인의 맛도 약간 났다. 진영은 고개를 기울이며 그녀의 안으로 파고들려고 노력했다. 한 손으로 그녀의 턱을 누르며 그가 그녀의 입 안으로 혀를 밀어 넣었다. 맙소사, 이 여자는 달콤했다. 쭈뼛거리는 혀가 그의 혀에 닿자 갑자기 피가 허리 아래로 쏠리는 느낌에 진영은 나긋한 여체에 자신의 몸을 눌렀다.

희주는 정신을 차리려고 노력했다. 단단한 손이 그녀의 머리를 붙들고 고정시키고 있었고, 입 안에서는 뭔가가 움직이고 있었다. 짜릿한 와인의 맛과 찝찔한 담배 맛이 느껴졌고, 입술이 따끔거리며 비릿한 피 맛도 느낄 수 있었다. 머리가 어지러웠다. 단단하고 뜨거운 몸과 차가운 벽 사이에 낀 채 그녀는 그의 열기를 고스란히 받아들일 수밖에 없었다. 솟아오른 뭔가가 옷 위로 아랫배 부근에 느껴졌다. 그가 자신의 몸을 그녀에게 대고 문지르는 순간, 찬물을 끼얹은 것처럼 그녀는 정신을 차렸다.

맙소사, 그녀는 지금 성폭행을 당하고 있었다. 이럴 때 어떻게 하라고 배웠더라? 대학 교양강의로 호신술을 배운 것은 7, 8년 전의 일이었다. 기억도 나지 않는다. 게다가 커다란 손이 그녀의 턱을 잡고 있었고……. 아니, 그의 손은 아래로 내려가서 그녀의 가슴 위를 덮었다. 그 순간 희주는 자동적으로 반응했다. 하이힐을 신은 발로 그의 발등을 온 힘을 다해 밟은 다음, 그가 비명을 토하며 입술을 떼자 주먹으로 턱을 후려쳤다.

"이, 이 미친 자식!"

진영은 정신을 차리고 그녀를 보았다. 아까 맞은 정강이도 아직 욱신거리는 판에, 발등은 뼈가 부러진 것처럼 아팠다. 다행히도 그녀의 발과는 달리 주먹은 그렇게 센 편이 아니었지만, 정신을 차리는 데에는 즉효였다. 내가 도대체 무슨 짓을 한 거지? 세상에, 여자를 강제로 어떻게 해본 적이 한 번도 없었다. 그렇게까지 하지 않아도 달라붙는 여자들은 얼마든지 있었다. 이태원의 나이트에 한 번 가면 연예인만큼 인기가 좋은 사람이 정진영이었다.

주먹을 꼭 쥔 채 그를 노려보는 희주의 눈에는 눈물이 고여 있었고, 입술에는 립스틱이 엉망으로 뭉개져 있었다. 그 모습을 보자 그의 허리에 다시 힘이 들어갔다. 이런 젠장, 내가 변태가 된 건가? 립스틱이 번진 입술에 흥분하다니. 진영은 그녀를 보며 사과를 하려고 노력했으나 말이 나오지 않았다. 간신히 목을 가다듬었으나 그녀의 날카로운 목소리가 먼저 귀를 때렸다.

"아줌마한테, 나… 나 먼저 간다고 말해요. 그, 그리고 핸드백, 의자 등받이에, 좀……."

그녀는 간신히 주먹을 폈다가 다시 쥐었다. 핸드백을 들고 나왔어야 했다. 그가 갖다 줄 때까지 기다려야 한다는 것이 너무나 수치스러웠다. 진영은 황급히 고개를 끄덕이고 돌아섰으나 희주가 다시 외쳤다.

"입 좀 닦고 들어가요! 그대로 가면 다들, 그……."

그녀는 울지 않기 위해서 노력했다. 그의 앞에서 울 수는 없었다. 진영은 주머니에서 손수건을 꺼내 아무렇게나 입을 문질러 닦은 다음 묻어난 립스틱을 보고 아랫입술을 깨물고서 재빠르게 계단을 내려갔다. 희주는 소매 끝으로 흘러내릴 듯한 눈물을 꾹꾹 찍어냈다. 울지 않을 것이다. 젠장! 이건 그녀의 잘못이 아니었다. 절대로 아니었다. 하지만 그 키스를 은근히 즐겼다는 사실이 머리 속에 달라붙어 떠나지를 않았다.

2

"**원**래 강간 피해자들은 자기가 그걸 즐겼다는 죄책감
을 갖는 경우가 있대. 그런 거라고 생각해 둬. 야, 야, 키스 한
번 갖고 너의 소중한 순결이 어떻게 되지는 않아. 근데 그 개자
식 고소 안 할 거야? 내가 싸게 해줄게."

희주는 친구인 정연을 노려보았다. 서초역 근처에 있는 변호
사 사무실에서 일하는 정연은 희주와 고교 시절부터 친구였고,
지금은 매주 수요일마다 바쁜 일이 없으면 함께 점심을 먹는 사
이였다. 정연은 생긋 웃고는 커피를 홀짝이고 케이크를 공격하
기 시작했다. 입맛이 없어서 희주는 포크를 들다가 도로 내려
놓았다.

진영이 핸드백을 갖다 준 다음, 그녀는 간신히 화장을 고치고 밖으로 나와 호텔 앞에 서 있던 모범 택시를 타고 집으로 돌아왔다. 밤늦게 아주머니가 찾아왔을 때에도 집에 없는 척 문도 열지 않았다. 일요일 역시 꼼짝도 하지 않았다.

하지만 월요일 아침에 출근하려고 계단을 내려가는데 기다리고 있었던 것처럼 아주머니가 재빨리 집에서 나와서 그날 일은 너무너무 고맙다고 손까지 잡으며 말했다. 그리고 퇴근해 보니 집 앞에 고급 과자점의 케이크까지 놓여 있었다. 되돌려 줄 수도 없는 노릇이고, 아주머니를 다시 보았다가는 어떤 말을 하게 될지 알 수가 없어서 그녀는 그냥 집에 들여놓았다. 다행히도 진영은 다시 볼 일이 없었다.

"기운 내. 그런 쓰레기 자식 생각하며 힘 빼지 말고. 내가 괜찮은 애 소개시켜 준다니까. 걘 키스도 꽤 잘해."

"너 키스까지 해본 남자를 나한테 떠넘기려는 거야, 지금?"

희주가 비난하는 눈길을 던지자 정연은 재빨리 입을 막으며 배시시 웃었다.

"야, 야, 그런 게 아니라, 그냥 우연히 술김에 한 번 해본 것뿐이야. 그런데 꽤 잘하더라구."

"됐어, 필요없어. 너 사무실 안 들어가? 난 들어가야 돼. 늦었다가 또 무슨 잔소리 들을지 몰라."

"너네 아직도 그러니? 어지간하다. 변리사는 차라리 우리보다 여자 비율이 높잖아."

"남녀 문제가 아니야. 도면 그리는 여직원까지 날 무시한다니까. 텃세도 참."

"진짜? 그거 손 좀 봐줘라. 뭐 그러냐? 나 같으면 밟아버린다."

"난 네가 아니야, 임정연."

희주가 일어서자 정연 역시 따라 일어섰다. 점심 시간이 거의 끝나가고 있었다. 직원이 재빨리 차를 빼주자 정연이 운전석에 앉았고, 희주는 옆 자리로 들어갔다.

"어쨌든 고소할 생각 있으면 내가 도와줄 테니까 걱정 마. 본가격의 80%에 해준다니까."

정연이 재미있다는 듯 말했으나 희주는 대답하지 않았다. 그녀는 조금도 재미있지 않았다. 남자 사귀는 걸 게임처럼 즐기는 정연에게 이야기하는 게 아니었는데 싶은 생각도 조금 들었다.

정연이 서초역 앞에 차를 세우자 희주는 내려서 바로 앞의 사무실 건물로 걸어갔다. 그녀가 일하는 변리사 사무소는 우리나라에서 제일 큰 회사 중 하나였다. 혜은이 이런 곳을 소개해줄 때부터 뭔가 이상하다는 걸 눈치 챘어야 했는데. 희주는 인상을 찌푸렸다. 그때만 해도 다만 혜은이 연줄이 좀 좋은 거라고만 생각했었다.

생각에 잠겨 건물 앞까지 걸어가던 희주는 문득 고개를 들었다. 오토바이에 기대 서 있던 진영이 몸을 똑바로 세웠다. 희주는 등골에 싸늘한 떨림이 스치는 것을 느끼고 주춤 뒤로 물러섰다. 그의 머리는 다시 노란색으로 돌아와 있었고, 귀고리 역시 줄줄이 매달려 있었다. 하지만 얼굴에는 뭔가 미안한 표정이 자리 잡고 있었다.

"저기……."

"무슨 일이에요? 여긴 어떻게 알고 왔어요?"

그는 머리를 긁적이며 그녀를 보았다. 담배를 피우고 싶었으나 담배 냄새 때문에 숨도 못 쉬겠다던 그녀의 말이 생각나서 도저히 담배에 손이 가지 않았다. 불편한 기분에 시달리며 그는 한쪽 발에서 다른 쪽 발로 체중을 옮기곤 그녀를 보았다.

"저기, 사과하려고……."

사과? 희주는 눈을 굴렸다. 사과라니! 사과로 그녀의 첫키스가 되돌아오기라도 한다는 건가? 사과로 그 끔찍한 기억을 지울 수 있을 거라고 생각하는 걸까? 그렇다면 저 자식은 미쳐도 단단히 미친놈이었다. 63빌딩 꼭대기에 거꾸로 매달아놓아도 성이 차지 않을 텐데, 사과라고? 저렇게 뻔뻔하게?

그녀는 아무 말도 하지 않았지만 얼굴에는 온갖 표정이 떠올라 있었다. 진영은 입을 열었다가 다시 다물며 무슨 말을 해야 할지 궁리했다. 여러 번 연습을 했는데도 아무 말도 떠오르지 않았다. 젠장, 그가 잘못했다는 건 알고 있었다. 그런 짓을 하고도 고소조차 안 당했다는 게 얼마나 운이 좋은 건지도 잘 알았다. 하지만 그 순간에는 너무나 화가 나 있었고, 그 다음 순간에는 그녀의 입술에 취해 정신을 차릴 수가 없었다. 그걸로 변명이 되는 건 아니지만, 하여튼 그랬다. 물론 이렇게 설명했다가는 그녀의 손에 목이 졸리고 저 끔찍한 하이힐이 머리에 박힐 것 같았다.

"그, 저, 저녁이라도 살 테니까, 저기, 이야기만 좀 들어주면……."

왠지 그녀에게 설명을 하고 싶었다. 허구한 날 어머니가 그에게 해대는 '김희주 자랑'이라든지 죽은 형과 비교당하는 것에 대해 털어놓고 싶었다. 그렇게 하면 그녀도 조금은 이해해줄지 모른다……. 아닐지도 모르고. 젠장. 그는 입속으로 욕설을 중얼거렸다.

그녀는 대답도 하지 않고 건물 입구로 또각거리며 걸어갔다. 진영은 눈을 깜박거리며 그녀를 보고 있다가 재빨리 팔을 잡아챘으나 그녀가 홱 째려보며 팔을 뿌리치자 황급히 손을 놓았다.

"그러지 말고 이야기라도 좀……."

"당신하고 할 말 없어요. 당장 꺼져요!"

"사과하러 왔다니까."

"사과도 필요없어요! 사과 아니라 배, 감, 수박이라도 필요없으니 가라구요!"

진영은 하마터면 웃어버릴 뻔했다. 이런 상황에 저런 이야기를 한다는 것이 믿어지지 않았다. 하지만 그녀가 곧장 빌딩으로 들어가자 그는 망설이다가 결국 쫓아 들어갔다.

"어이, 지금 안 되면 저녁때라도……."

"글쎄, 필요없다니까요! 나 바빠요. 저녁엔 늦을 거고요!"

엘리베이터가 땡 소리를 내며 열리자 그녀는 성큼성큼 안으로 걸어 들어갔다. 진영은 망설이지 않고 함께 올라탔다. 희주의 눈이 커지며 그녀의 손이 열림 버튼을 눌렀다.

"내려요! 뭐 하는 거예요?"

"사과를 하면 좀 받아봐. 그럼 당신도 편하고 나도 편하잖아."

"편해요?"

그녀의 얼굴에 피가 몰리고, 눈이 이글거리기 시작했다. 진영은 빨려 들어가는 듯한 느낌으로 그녀를 지켜보았다.

그녀는 좋게 말해서 예쁘다고 할 정도였다. 머리 꼭대기가 그의 입 정도에 닿았고 뚱뚱하지도, 마르지도 않은 몸매에 얼굴은 별로 볼 것도 없었다. 사실 10년 전에도 마찬가지였다. 그때보다 조금 마른 것 같긴 했지만. 얼굴에서 유일하게 시선이 가는 것은 동그란 토끼 같은 눈이었는데, 지금은 토끼라기보다는 남자를 잡아먹기 직전의 구미호처럼 보였다.

"지금 댁 편하자고 나한테 사과하는 거예요? 기가 막혀서. 도대체 무릎 꿇고 빌어도 봐줄까 말까 한데, 편해?"

그녀는 숨을 들이쉬며 무언가를 말할 것 같다가 도저히 말이 나오지 않는다는 듯 한숨을 내쉬었다. 블라우스 아래의 가슴이 한껏 들려 올라갔다가 내려가는 모습에 진영은 은근히 몸이 달아오르는 것을 느끼고, 잠시 마음을 진정시키기 위해서 노력했다. 내가 도대체 어떻게 된 거야? 이런 여자한테 계속 몸이 동하다니. 물론 최근에는 여자들을 만나 원나잇 스탠드를 하는 것도 질려서 금욕하고 있긴 했지만. 그래도 이태원이나 압구정동에 한 번 나가면 그녀보다 예쁘고 성격도 고분고분한 여자를 찾는 것은 손가락 튕기는 것보다 간단한 일이었다.

"내려요, 당장!"

진영은 얌전히 엘리베이터에서 내렸다. 희주는 그를 노려보며 닫힘 버튼을 눌렀다. 문이 닫히는 동안 그녀는 꼼짝도 않고 그를 노려보았고, 진영은 살짝 인상을 찌푸린 채 그녀를 쳐다보고 있었다.

음악이 시끄럽게 울렸다. 사람들은 마구잡이로 뒤섞여 춤을 추고 있었고, 번쩍이는 불빛에 얼굴도 제대로 알아볼 수 없는 여자애가 진영의 팔을 잡아끌었다.

"이쪽, 오빠."

구석진 자리로 가서 여자가 그의 목에 팔을 두르고 얼굴을 아래로 끌어당겼다. 입술에 새침한 미소가 번진다.

"왜, 싫어?"

진영은 무표정한 얼굴로 여자를 내려다보았다. 다 잊자고 나온 거였는데, 도대체 눈앞에서 희주의 얼굴이 사라지지를 않았다. 그에게 소리를 지르며 눈을 흘기던 여자의 모습이. 그에게 팔을 두른, 이름도 기억나지 않는 여자가 고양이처럼 몸을 비볐다. 웨이터가 부킹해 준 여자였다. 같이 온 일행은 다 어디 있는지 보이지도 않는다.

여자가 그를 당기며 눈을 감고 입술을 내밀었다. 진영은 잠시 망설이다가 고개를 숙였다. 제길, 어차피 입술 같은 거 닳는 것도 아니다. 그는 실리콘이라도 채워 넣은 듯 통통한 여자의 입술을 뭉개며 키스하고 혀를 밀어 넣었다. 음악이 귀를 때리고, 사람들의 웃음소리가 울렸다. 불빛이 깜박거리고, 여자의 혀가 날렵하게 그의 입 안으로 파고들었다. 달콤하지 않아. 그는 멍하니 여자의 움직임을 따르고 있었다. 여자의 손이 그의 등을 쓸며 아래로 내려갔고, 그는 절망적으로 깊게 혀를 밀어 넣다가 멈칫했다.

여자에게서는 맥주 맛과 짭짤한 안주의 기름기, 그리고 담배 맛이 느껴졌다. 그것은 방금 전까지 갖고 놀던 장난감이 사실은 살아 있는 쥐였다는 것을 깨달은 것만큼이나 놀라운 일이었다. 담배 맛이라니, 전에는 그런 걸 느껴본 적이 없었다. 진영 자신도 담배를 피우기 때문인지 거기에는 익숙했다. 하지만 한 번 그것이 느껴지자 더 이상은 입을 맞대고 있을 수가 없었다. 그는 여자를 조금 거칠게 떼어냈다. 여자가 눈을 깜박거리며 그를 보았다.

"왜 그래, 오빠?"

"너 담배 피워?"

"응."

그녀는 아무렇지 않게 말하며 재킷 주머니에서 담배를 꺼내더니 그에게 내밀었다.

"왜, 피우고 싶어?"

진영은 고개만 흔들었다. 여자는 주위를 잠깐 둘러본 다음 태연하게 담배를 한 개피 입에 물고 불을 붙였다. 매캐한 연기가 피어오르자 진영은 자신도 모르게 뒤로 한 걸음 물러났다. 여자의 눈이 가늘어졌다.

"뭐야, 오빠, 담배 안 피워? 싫어해?"

"아니, 저기, 나 가야 되거든."

"어머, 벌써? 뭐야, 혹시 지금 나 차는 거야? 아이 쌍, 뭐야, 대체?"

진영은 미안하다는 말조차 남기지 않고 뒤에서 욕을 해대는 여자를 내버려 두고 몸을 돌려 출구로 향했다. 낯익은 웨이터가 그에게 고개를 끄덕여 보였고, 그는 잠깐 일행을 찾아 사람들을 쳐다보다가 몇 명이 아직도 여자들과 어울려 춤을 추고 있는 것을 보곤 혼자 밖으로 나왔다.

서늘한 바람이 얼굴을 스치자 갑자기 살 것 같았다. 주머니에 손을 밀어 넣던 그는 문득 담배 갑이 잡히자 꺼내서 한참 쳐다보다가 구겨서 아무렇게나 던져 버렸다. 제길, 마음에 들지 않았다. 전부 다 마음에 들지 않는다. 그는 옷소매로 입을 문질러 닦으며 계단에 주저앉았다. 술 취한 사람들이 지나가고, 남자와 여자, 수많은 사람들이 몰려간다. 지독하게 담배를 피우고 싶었지만, 입 안의 찝찝한 맛도 아직 가시지 않은 상태였다.

김희주. 10년쯤 전인가, 이웃집에 살 때 몇 번인가 본 적이 있었다. 그는 고1이었고, 그녀는 고3이었다. 자율학습이며 학원에 오가느라 그녀는 대체로 늦게 들어오는 편이었고, 그는 놀다가 늦게 들어오느라 두어 번 마주친 적은 있었지만, 눈인사도 하지 않을 정도로 서먹한 사이였다. 게다가 남학교만 다닌 그에게 두 살이나 많은 여고생은 불편한 존재였다. 어쩌면 형과는 좀 아는 사이였을지도 모른다. 하지만 그로서는 알 수 없는 노릇이었다.

그리고 지금, 그녀는 살아 있는 존재로 그의 눈앞에서 돌아다니고 있었다. 어머니가 허구한 날 '너 같은 것보다 차라리 희주가 내 자식이었으면 백 배 천 배 좋겠어!' 라고 말할 때만 해도 그냥 이미지만 존재하는 여자였는데, 키스한 순간부터 갑자기 피와 살이 도는 사람으로 변한 것 같았다.

"잊어버릴 수 있어."

그는 인상을 찌푸리며 나지막하게 중얼거렸다. 물론 잊어버릴 수 있다. 도대체 그 여자가 뭔데? 잠깐 스친 인연을 갖고 이렇게 얽매여 있다는 것도 웃기는 노릇이다. 어쩌면 그를 깔아보는 듯한 그 시선이 마음에 안 들기 때문인지도 모른다.

그래도 어쨌든, 그녀 때문에 담배를 끊겠다고 마음먹은 것은 절대로 아니었다. 절대로. 그는 바닥에 던져 버린 구겨진 담배갑을 슬쩍 쳐다보며 툴툴거렸다. 그것만은 결코 아니었다.

"정진영! 파이팅!"

방청석은 요란했다. 흡사 가수 팬클럽처럼 이름이 새겨진 플래카드를 들고 흔드는 여자 아이들도 있었고, 눈을 반짝거리며 마주 앉아 있는 사람들을 응시하고 있는 남학생들도 있었다. 삼십 대로 보이는 사람들도 좀 있고, 십대의 아이들도 우글거렸다. 그들이 보고 있는 것은 KPGA(Korea Pro Game Association) 스타크래프트 3차 리그 결승 경기였다.

아나운서와 해설가가 앉아서 열심히 이야기를 하고 있는 가운데 진영은 자리에 앉았다. 몸이 찌뿌둥하고 기분이 좋지 않았다. 아무래도 며칠 전 나이트에서 일찌감치 나와 길거리를 돌아다니다가 감기에 걸린 모양이었다. 약을 먹긴 했지만, 상태가 좋지 않았다.

"정진영 선수, 지난 1차 리그에서 우승을, 2차 리그에서는 아깝게 준우승을 했었잖습니까? 이번에는 어떤 모습을 보여줄지 궁금합니다."

"예, 정진영 선수의 전략은 대체로……."

프로게이머라는 그의 직업을 어머니는 한 번도 인정해 준 적이 없었다. 쓸데없는 데에 시간을 쏟아 붓고 있다고 할 뿐이었다. 고시생이라, 하! 도대체 무슨 망할 놈의 고시생이 하루 종일 컴퓨터 앞에 앉아 게임만 하고 있겠어? 물론 나이 스물일곱, 평생 할 수 있는 직업이 아니라는 건 인정했지만, 그는 이 일이 좋았다.

희주는 이해해 줄까? 다시 생각이 희주에게 돌아가는 것을 느끼며 그는 멍하니 모니터를 보았다. 모니터에서는 꾸물꾸물한 것들이 그의 마우스 움직임에 따라 맵 안에서 이리저리 이동하며 벙커를 짓는다. 게임에 빠지기 시작한 것은 대학에 들어간 직후부터였다. 그때 막 붐을 타기 시작했던 것이 스타크래프트였고, 운 좋게 카투사에 들어가는 바람에 남는 시간에도 허구한 날 게임을 하다 보니 손에 익어버렸다. 제대하고 복학하는 대신 그는 게임에 전념했고, 어느새 학교는 그만둔 채 이 길로 들어서 있었다. 물론 어머니는 그가 학교를 그만둔 것을 알고 기절하실 뻔했다.

젠장, 알 게 뭐람. 김희주가 어떻게 생각하든 그것도 알 바 아니었다. 그녀에 대한 생각은 그만 해야 했다. 머리가 지끈거리고, 담배가 피우고 싶어서 죽을 지경이었다. 단물이 다 빠진 껌을 씹으며 그는 모니터에 집중하려고 노력했다. 하지만 어쩐지 눈앞이 빙글빙글 도는 느낌이었다.

"사과도 필요없어요! 사과 아니라 배, 감, 수박이라도 필요없으니 가라구요!"

그는 문득 미소를 지었다. 구미호 같다고 잠깐 생각했었지만, 역시 그녀는 구미호가 되기에는 너무 귀여웠다. 그를 흘겨보는 그 눈을 감긴 다음 토라진 입술에 입을 맞추고, 저번처럼 거칠게 하는 게 아니라 부드럽게, 아주 부드럽게, 그녀가 녹아들 정도로. 그리고 그 하늘거리는 블라우스를 벗겨내고서 그 아래 숨어 있는 언덕을 감상한 다음 치마를 걷어 올리는 거다. 아마도 그녀는 분명히 평범한 면 팬티를 입고 있을 것이다. 아닐까? 문득 고모의 생일 전날 그녀를 만났을 때 그녀가 조심스럽게 계단 벽 쪽으로 붙어서 올라가던 것이 기억났다. 그때만 해도 그 치마 아래 뭐가 있을지 전혀 궁금하지 않았었는데, 지금은 궁금했다.

"젠장!"

진영은 정신을 차리고 모니터를 보았다.

"아, 저게 웬일입니까? 정진영 선수, 어처구니없는 실수를 저지른 것 같은데요."

"네, 아마 너무 긴장을 풀고 있었던 게 아닐까 싶어요. 박용진 선수가 이렇게 빨리 들어올 거라고는 예상을 안 했던 거겠죠."

아나운서와 해설가들이 떠드는 소리가 선수들에게는 거의 들리지 않았다. 진영은 황급히 전세를 바꾸어보려고 노력했으나 이미 늦어버렸다. 처음에 정신을 놓고 있었던 게 완전히 실수였다. 사실 지금도 집중이 되지를 않았다. 머리가 지끈거렸다.

"아, 완전히 무너집니다, 정진영 선수. 이렇게 되면 박용진 선수가 우승이라고 봐야겠네요."

방청객들은 실망한 표정이었고, 여성팬들은 이미 야유를 보내며 상대편을 비난하고 있었다. 진영은 헤드셋을 벗어서 내려놓았다. 모니터 안에서는 그의 테란이 상대편의 저그에게 완전히 공격당해 죽어가고 있었다. 도대체 되는 일이 없었다. 3차전의 우승은 따놓은 당상이라고 생각했었는데. 모니터를 보며 그는 껌만 질겅질겅 씹었다.

지각으로 시작한 하루가 엉망이라는 징크스는 오늘도 증명되었다. 희주는 안고 있던 쿠션을 바닥에 내던지며 신음 소리를 냈다. 여직원이 일을 죄다 뒤죽박죽으로 섞어놓아서 오전 내내 새로 분류를 해야 했고, 토요일인데도 오후에 약속이 있어서 늦게까지 기다렸건만 오기로 되어 있던 고객은 말도 없이 약속을 펑크 내는 바람에 시간만 낭비했다. 여직원은 은근히 고소해하는 눈치였는데, 도대체 왜 그러는 건지 알 수가 없었다.

TV를 노려보며 소파에 반쯤 드러누워 있던 그녀는 발걸음 소리가 들리자 몸을 조금 일으켰다. 502호는 비어 있었기 때문에 5층까지 올라오는 사람은 그녀를 제외하면 우편 배달부, 그게 아니면 혜은뿐이었다. 그 외에는 올 사람이 없었다. 가끔 정연이 들르는 경우도 있었지만, 정연은 언제나 오기 전에 연락

49

부터 하는 편이었다.

희주는 인상을 찌푸린 채 현관문을 쳐다보았다. 질질 끌리는 듯한 발걸음 소리는 느릿하게 계속되다가 문 앞에서 뚝 끊어졌다. 공포 영화의 한 장면 같은 분위기에 그녀의 심장은 이성으로는 제어되지 않을 만큼 쿵쿵거리고 있었다.

갑자기 벨이 울리자 그녀는 준비하고 있었음에도 불구하고 펄쩍 뛰어오를 뻔했다. 그녀는 후닥닥 일어나서 현관불을 켜고 방범창을 내다보았으나 바깥이 어두워서 아무것도 보이지 않았다. 시계는 새벽 3시를 가리키고 있었다.

"누구세요?"

그녀의 질문에도 아랑곳없이 다시 벨이 울렸다. 불안한 마음에 희주는 문을 열지 말까 생각도 해보았으나, 상대방이 문을 두드려 대기 시작하자 화들짝 놀라 결국 문을 열고 말았다.

"도대체 누구……."

문이 열리자마자 진영이 틈으로 비집고 들어와 문을 닫았다. 희주는 온몸의 피가 싹 빠져나갔다가 다시 차오르는 것을 느끼며 기가 막힌 얼굴로 그를 보았다.

"도대체 뭐 하는 거예요? 지금 몇 시인지 알아요?"

"알 게 뭐야, 젠장."

그에게서는 술 냄새가 풀풀 풍겼다. 담배 다음엔 술인가? 아줌마가 걱정하실 만도 하네. 희주는 그를 노려보며 한 걸음 물러섰다.

"집 찾아온 거라면 잘못 왔어요. 한 층 내려가라구요."

"당신 찾아온 거야, 당신! 내가, 젠장, 그……."

그가 비틀거리며 그녀를 노려보았다. 붉어진 얼굴에 눈은 흐릿했고, 노란 머리는 이마 위로 흩어져 있었다. 아마도 올백 스타일로 넘겼는데 손으로 여러 번 건드려서 흐트러진 것 같았다. 검은 티셔츠에 검은 진 바지, 검은 재킷까지 온통 새카만 데다가 머리는 노랗고 얼굴은 붉어서 상당히 볼 만한 모습이었다. 희주는 팔짱을 끼고 그를 노려보았다.

"안 내려가면 아줌마한테 전화할 거예요!"

"당신 때문에 내가, 내가……."

비틀거리며 불안하게 집 안으로 들어서던 그가 갑자기 허리를 굽히며 팔로 배를 감싸안았다. 희주의 얼굴이 창백해졌다.

"거기다 토하면 죽여 버릴 거야! 화장실로 가요, 빨리!"

"욱, 화장……."

"빨리!"

그녀는 그를 마구잡이로 떠밀어 화장실에 밀어 넣고 불을 켠 다음 문을 닫아버렸다. 안에서 금세 구역질을 하는 소리가 들려왔다. 소파에 앉아서 그녀는 멍하니 허공을 쳐다보았다. 이게 도대체 무슨 일이란 말인가! 지각했던 '오늘'은 세 시간 전에 끝났단 말이야. 지금은 일요일 새벽이라구! 왜 나한테 이런 일이 벌어지는 거냔 말이야. 지난주에 딱 한 번 선택을 잘못했다고 이런 벌을 받는 건가? 옷 세 벌과 호텔 식사에 넘어가서?

그건 성폭행 키스로 이미 끝났잖아.

그녀는 양손으로 얼굴을 문지르며 무릎에 팔꿈치를 대고 몸을 구부렸다. 화장실에서는 욱욱거리는 소리가 들리다가 잠시 침묵이 흐르다 다시 소리가 들리고, 조금 시간이 지난 다음에는 소변을 보는 듯한 소리가 들렸다. 희주는 몸을 부르르 떨었다. 이런, 맙소사. 그녀는 남자에게 익숙하지 않았다. 가족 중에도 남자라고는 아버지뿐이었고, 대학은 공학이었어도 1학년 때 처음 갔던 MT에서 남자애들이 술에 취해서 널브러져 토하고 아무 데서나 일을 보는 모습에 경악해서 다시는 가지 않았던 것이다.

"도대체 아줌마는 어쩌다 저런 아들을 낳으신 거지?"

그녀로서는 도저히 이해할 수가 없는 일이었다. 하긴 양복 입은 모습을 처음 보았을 때는 그녀 역시 꽤나 멀쩡해 보인다고 생각했었으니까. 사람이란 역시 겪어봐야 진면목을 아는 것이다.

물소리가 들리고, 세수를 하는 듯 푸푸거리는 소리가 나더니 한참 만에 문이 열렸다. 그새 재킷을 벗었는지 반팔 티셔츠 차림으로 그가 여전히 비틀거리며 화장실에서 나왔다. 눈은 벌겋게 충혈되어 있었고, 얼굴과 앞머리는 아직도 젖어 있었다.

진영이 소파로 다가오자 희주는 벌떡 일어나서 베란다 쪽으로 물러섰다. 그는 그녀에게 눈길도 던지지 않고 소파에 풀썩 주저앉았다. 몇 초도 지나지 않아서 몸이 옆으로 기우는가 싶더니 그가 눈을 감은 채 곯아떨어졌다. 희주는 믿을 수 없는 눈으로 그를 잠시 보았다. 그렇게 그냥 자? 도대체 어떻게 저렇게 오만무례할 수가 있지? 저런 게 가능하긴 한 거야? 그것도 남의 집에서! 당장 쫓아내고 싶었다.

한 걸음 움직이던 그녀는 갑자기 떠오른 생각에 움직임을 멈췄다. 만약 아주머니를 불러서 데려가게 했는데, 술에 취해서 저 자식이 키스 이야기를 털어놓으면 어떻게 하지? 물론 아주머니가 쓰레기 같은 자식의 본성을 모를 리는 없으시겠지만, 그래도 그런 일이 벌어지면 아주머니는 쉬쉬하고 그녀를 다른 곳으로 이사 가게 할지도 모르는 일이었다. 아니면, 최악의 경우에는 저런 자식과 정말로 결혼하라고 할지도 모른다. 그것만은 정말이지 노 땡큐였다. 비록 그를 보기 전에는 혜은이 부유한 데다가 그녀를 아껴주기까지 한다는 점에 끌리긴 했었지만, 지금은 절대로 아니었다. 혜은이 전 재산을 그녀에게 물려주겠다고 도장 찍고 공증까지 받은 계약서를 준다고 해도 싫었다.

그럼 천상 여기 둬야 하는 거잖아. 희주는 우울한 얼굴로 소파에서 커다란 몸을 웅크리고 잠이 든 그를 쳐다보았다. 얼굴의 붉은 기가 좀 가시자 이제 처음 봤을 때처럼 어려 보였다.

"저렇게 엇나가지만 않았으면 잘생기고 집에 돈도 많은 킹카였을 텐데, 왜 저렇게 됐나 몰라."

그녀는 쯧 하고 혀를 찬 다음, 고민 끝에 방에 들어가서 거의 사용하지 않는 구닥다리 이불을 들고 나와서 그에게 덮어주었다. 아무리 그래도 감기가 들게 할 수는 없는 노릇이었다. 나중에 또 무슨 짓을 할지 모르잖아. 회사 앞에 와서 약값이라도 내놓으라고 난리를 치면 어떻게 하겠어? 차라리 이불을 덮어준 다음, 저 이불은 내일 재활용품 버리는 곳에 내놓으면 되겠지. 어차피 버리려던 거니까.

한숨을 내쉬고 그녀는 집 안을 점검한 다음 베란다 문을 꼭꼭 닫고서 방으로 들어와서 문을 잠갔다. 혹시라도 그가 열고 들어올지 몰라서 의자까지 받쳐 둔 다음 그녀는 침대에 올라가서 이불을 꼭 덮고 눈을 감았다.

불행히도 그는 꿈속에서까지 그녀를 괴롭혔다. 회사 앞으로 찾아온 그날에 대한 꿈이었다. 그녀를 따라 엘리베이터에 탄 그는 버튼을 누르려던 그녀의 손을 잡고서는 엘리베이터 벽에 밀어붙이고 격렬하게 키스를 했다. 뜨거운 입술이 그녀에게 닿고, 매끄러운 혀가 입 안으로 들어와 움직였다. 담배, 그리고 남자의 맛이 그녀의 미각을 자극했고, 가슴을 두근거리게 만들었다. 그의 손이 그녀의 가슴을 어루만지며 자극했고, 다른 손이 치마 밑으로 들어가고 있는데 갑자기 엘리베이터가 땡 소리를 냈다. 소리는 그치지 않고 계속 울렸고, 두 사람이 입술을 떼고 돌아서는 순간, 엘리베이터 앞에 서 있던 혜은이 미소를 지었다.

희주는 소스라치게 놀라 잠에서 깼다. 머리가 지끈거렸고, 엘리베이터의 땡 하는 소리는 계속 울리고 있었다. 잠시 후에야 그녀는 그것이 엘리베이터가 아니라 현관의 벨소리라는 것을 깨닫고 아까보다 열 배쯤 놀라 방에서 튀어나갔다.

진영의 의식 속으로 뭔가가 자꾸만 파고들고 있었다. 그는 꿈을 꾸던 중이었다. 꿈이라는 걸 알면서도 깨고 싶지가 않았다. 이유는 간단했다. 희주가 그의 품에 안겨서 새끼 고양이처럼 가르랑대고 있었기 때문이다. 유혹하는 듯한 표정을 하고 새빨간 립스틱을 바른 그녀가 그를 쳐다보며 천천히 블라우스 단추를 풀었다. 부푼 가슴의 곡선이 천천히 드러나고, 어울리지 않게 섹시한 레이스 달린 브라가 나타났다. 그의 입에 침이 고이고, 허리께가 뻐근해졌다. 블라우스가 완전히 벌어지자 그녀는 그것을 그대로 놔둔 채 치마를 말아 올리기 시작했다. 허벅지 중간에서 레이스로 마감된 밴드 스타킹이 드러났고, 뽀얀 허벅지가 보였다. 그리고 브라와 세트로 보이는 레이스 달린 팬티. 그런데 왠지 어디서 많이 본 모양이었다. 어디서 봤더라? 그게 분명히…… 동급생(同級生). 일본 미소녀 게임의 등장인물이 입고 나왔던 것과 똑같다는 것을 깨닫는 순간, 희주의 모습이 2차원의 그림으로 변해 버렸고, 종잇장처럼 펄럭거리며 날아가 버렸다. 그가 손을 뻗으며 달려가는데 갑자기 누군가가 그를 불렀다.

"정진영!"

제길, 난 그녀를 데려와야 한단 말이야. 그녀를 데려와서 도로 입체로 살려낸 다음에······.

"빨리 일어나요! 당신 엄마라니까!"

목소리가 간신히 뇌의 이성적인 부분에 닿아 해석되는 순간, 그는 눈을 번쩍 뜨고 일어나다가 그의 위에 몸을 굽히고 있던 희주와 부딪칠 뻔했다. 희주는 황급히 뒤로 물러났다. 갑자기 일어난 덕택에 눈앞이 빙글빙글 돌자 진영은 손으로 소파 모서리를 잡았다. 목이 지독하게 아팠고, 입 안은 텁텁하고 머리 속에서는 난쟁이 열두 마리가 망치를 들고 설쳐 대고 있는 것 같았다.

"무슨··· 뭐라고?"

그는 거친 목소리로 간신히 물었다. 목이 타는 것처럼 아팠다. 감기약을 먹은 상태로 술을 마시러 가는 게 아니었다. 도대체 왜 지금 그의 앞에 희주가 서 있는지도 생각이 나지 않았다.

"당신 어머니 지금 문 앞에 서 계시다고요."

희주는 목소리를 낮춰 격렬하게 말했다. 눈에서 불꽃이 튀는 걸로 봐서 그를 당장 베란다 밖으로 집어 던지고 싶은데 그럴 수 없어서 안타까워하는 것 같았다. 진영은 문득 자신의 몸 상태를 깨닫고 무릎을 굽히며 그녀의 시선이 다리 사이에 닿지 않도록 가렸다.

"여기가 어딘데?"

"어딘 어디겠어요, 내 집이지."

놀라운 자제력으로 그녀는 목소리를 낮게 유지하고 있었다.

조금 더 놀려보고 싶었으나 벨소리가 다시 울리자 진영은 흠칫
하고 신음 소리를 냈다. 머리 속에서 방금 전의 벨소리가 여운
을 남기며 흘러 다니고 있었다.

"방으로 들어가요, 빨리!"

"방? 무슨 방?"

그녀는 그를 일으켜 방을 향해 밀었다. 다행히도 그녀가 뒤
에 서 있는 덕택에 몸 상태는 들키지 않을 수 있을 것 같았다.
진영은 방으로 밀려들어 간 다음 그녀가 후닥닥 현관으로 달려
가 신발을 들고 오는 것을 보았다. 신발을 그에게 떠안긴 다음
그녀가 그를 노려보며 한 자 한 자 정확하게 말했다.

"절대로 밖으로 나오지 말아요. 소리도 내지 말고. 화장실은
안에 붙어 있으니까 필요하면 거길 가는데 소리는 절대로, 절
대로 내면 안 돼요. 알겠죠!"

"옛써."

그는 오른손으로 경례 자세까지 취하며 나름대로 가볍게 받
으려고 했으나 그녀는 여우처럼 눈을 흘기고 문을 닫아버렸다.
진영은 한숨을 내쉬고 신발을 조심스럽게 뒤집어 방구석에 내
려놓은 다음 방 안을 훑어보았다. 여자 방에 들어온 것은 거의
처음인 것 같았다. 물론 사귀던 여자애들 집에 놀러간 적은 있
었지만, 이렇게 깔끔한 침실을 구경해 본 적은 없었다. 방금 일
어나서 정리가 안 된 침대를 제외하면 그녀의 방은 깨끗했고,
뭔가 좋은 냄새도 나는 것 같았다. 그는 천천히 화장대 앞으로

가서 놓여 있는 화장품들을 구경한 다음 의자 위에 놓여 있는 옷을 잠깐 보고 슬그머니 침대 끄트머리에 앉았다. 기분이 묘했다. 방 밖에서는 말소리가 들려오고 있었다.

"아줌마, 무슨 일이세요?"

희주는 태연한 척하기 위해서 노력했다. 혜은은 상자를 든 채로 집 안을 슬그머니 들여다보았다.

"저기, 저번 주에 호텔 간 거 때문에 아직 나한테 화나 있는 거 아니지?"

"에이, 아니에요."

희주는 손을 내저으며 말했다. 혜은의 얼굴에 어려 있던 걱정스러운 표정이 조금 사라지며 그녀가 미소를 지었다.

"그럼 다행이고. 아직 아침 안 먹었지? 내려와서 같이 먹을래?"

"아뇨, 그런데 그건?"

혜은은 들고 있던 상자를 깨닫고 웃으며 희주에게 내밀었다.

"아, 옷 왔거든. 잘 맞나 한 번 입어봐. 얼른."

"저기, 감사합니다. 그런데 나중에 입어볼게요. 저 지금 좀 바쁘거든요."

혜은은 눈을 깜박였다. 그녀의 얼굴에서 미소가 사라졌다.

"어, 그러니? 미안하다, 시간 빼앗아서. 약속있나 보지?"

"예. 죄송해요. 제가 나중에 저녁에나 들를게요."

"음, 그래, 알겠다."

돌아서던 혜은이 갑자기 다시 몸을 돌리고 안도의 한숨을 내쉬던 희주를 보았다.

"그런데 어제 집에 누구 왔니? 밤에 막 시끄럽던데. 지금 술 냄새도 나고. 별일없는 거지?"

희주는 가슴이 철렁 내려앉는 것을 느끼고 황급히 둘러댔다.

"아니, 친구가 술에 취해서 와가지고요, 좀 전에 갔어요."

"그래? 발소리 못 들었는데. 어쨌든 알겠다. 나중에 옷 입은 거 보여줘야 돼."

"예, 고맙습니다."

희주는 웃으며 인사까지 한 다음에 문을 닫고 확실하게 잠그고 나서야 숨을 돌렸다. 심장이 쿵쿵거리며 뛰고 있었고, 그녀의 코에도 집에 찌든 것 같은 술 냄새가 맡아졌다. 이런 젠장, 대청소해야 하잖아. 그녀는 황급히 베란다로 가서 문을 활짝 연 다음에 침실로 향했다. 정진영을 걷어차서 쫓아낼 만반의 준비를 하고.

그러나 문을 벌컥 열자마자 그녀는 멍하니 멈춰 서 그를 쳐다보았다. 좀 전까지 그녀가 누워 있었던 바로 그 침대 위에서, 흐트러진 이불 위에서 그가 몸을 웅크리고 자고 있었다. 헝클어진 노란 머리는 비슷한 색깔의 이불 때문에 잘 보이지도 않았고, 새로 돋아나는 검은 뿌리 부분만 확연하게 눈에 들어왔다. 입을 약간 벌린 채 옆으로 몸을 구부리고 손으로 이불을 약간 쥐고 잠들어 있는 그는 꼭 어린애처럼 보였다. 무지하게 야단

칠 준비를 하고 왔는데 태연하게 자고 있는 말썽꾸러기 사내아이처럼.

"당장 안 일어나!"

희주는 바깥에 들리지 않을 정도로만 목소리를 높이고 그에게서 이불을 끌어당겼다. 맙소사, 내 침대에서! 침대에까지 냄새가 배었을 것이다. 이불까지 다 빨아야 하잖아. 그게 얼마나 대청소인데!

"빨리, 빨리 일어나라구! 당신 도대체 뭐 하는 인간이야? 어떻게 자기 엄마가 밖에서 이야기를 하고 있는데 남의 침대에서 그렇게 잘 수가 있어?"

진영은 비실비실 일어나서 눈을 뜨려고 노력했다. 분명히 어머니가 희주와 이야기 나누는 것을 들으려고 노력하고 있었던 것 같은데, 갑자기 이불이 너무 편안하고 따뜻해 보여서 잠깐 눕는다는 것이 잠이 든 것 같았다. 다행히도 몸의 흥분 상태는 가라앉아 있었다. 그는 손으로 얼굴을 문지르며 정신을 차렸다.

"아, 이 술 냄새. 어떡하면 좋아?"

희주는 방의 창문을 활짝 열었다. 가을 아침의 찬바람이 쏜살같이 달려들어 와 반팔 티셔츠 차림의 그를 후려친다. 맨살을 손으로 문지르며 그가 인상을 찌푸렸다.

"아, 씨. 춥잖아."

"빨리 정신 차리고 나가, 나가란 말이에요!"

진영은 머리를 쓸어 넘기다가 아직까지 젤 때문에 딱딱하면서 찐득거리는 머리카락을 깨닫고 신음 소리를 내며 일어섰다.

"나 샤워 좀 하고 나서 이야기하자. 알겠지?"

희주는 금방이라도 폭발할 것 같은 얼굴이었으나 아랑곳하지 않고 그는 욕실로 홀쩍 들어가 버렸다. 차마 따라 들어오지는 못하고 그녀가 밖에서 욕설을 중얼거리는 것이 들리자 그는 조금 웃었다.

솔직히 미안했다. 창피하기도 했다. 지난밤에 도대체 어떻게 여기로 오게 된 건지 생각이 나질 않았다. 옷을 벗은 다음 샤워기를 틀고 찬물을 몇 분 맞고 있자 알콜에 절어 있던 뇌가 정신을 차리는 것 같았다. 그러니까 분명히 준우승 기념으로 같은 팀 애들에게 한잔 산다고 술집으로 몰려갔고, 3등을 했던 재욱이가 2차를 샀고, 그 다음에 누가 샀는지 기억은 안 나지만 3차를 갔다가 애들이 다시 노래방으로 몰려갈 때 자신은 빠졌다. 택시를 잡은 다음에, 그리고……

"이런 머저리 같으니."

욕실 벽에 손을 짚은 채 물을 맞으며 그는 나지막하게 중얼거렸다. 집 주소를 댔던 것이다. 그리고 빌라를 보는 순간 갑자기 희주를 봐야겠다는 생각이 들었다. 그녀에게 머리 속에서 나가라고, 내 인생을 좀 내버려 두라고 말해야겠다는 생각이 들었던 것이다. 그래서 벨을 누른 것까지는 기억이 나는데, 그 다음에는 아무것도 기억이 나지 않았다.

"이렇게 마시지 말아야지, 애도 아니고."

그는 한숨을 내쉬었다. 마지막으로 이렇게 마셨던 게 벌써 1년 전의 일이었다. 좀 착실하게 살아보겠다고 작년 한 해 동안 나름 대로 노력했는데, 지난 일주일 사이에 완전히 망가져 버린 것 같았다.

희주의 앞에서 막 나가는 짓을 하긴 했지만, 여자 집에서 샤워하는 것도 사실은 오늘이 처음이었다. 머리에 덕지덕지 발라놓은 젤만 아니었으면 그냥 나가서 가까운 찜질방이라도 가든가 하겠는데, 술 냄새까지 풍길 게 뻔하니 도저히 나갈 수가 없었다. 씻고 나서 그녀에게 사과를 해야겠다고 생각하며 그는 샤워 바스를 들고 손으로 적당히 문질러 씻은 다음 머리를 감았다. 타월을 쓰기도 조금 미안했지만, 닦지 않을 수는 없는 노릇이라 적당히 닦은 다음 빨아서 세면대 옆에 놔두고, 어제 입었던 옷을 입었다.

나가서 그녀를 대면해야 할 것을 생각하니 도저히 용기가 나지를 않았다. 손으로 얼굴을 문지르자 턱이 깔깔한 것이 느껴졌다. 면도도 못했으니 그야말로 건달처럼 보이리라. 그는 한숨을 푹 내쉬고 문을 열었다. 다행히도 침실은 비어 있었다.

희주는 거실에 앉아 있었다. 아는 욕을 한 번씩 다 외우며 녹차를 끓였으나 다행스럽게도 욕을 들으며 만들어진 녹차는 마실 만했다. 한 잔만 끓이려고 했지만 인생이 불쌍한 진영을 생각해 한 잔을 더 만들었다. 물론 혜은이 그의 어머니가 아니었다면 지금쯤 경찰에 연락했으리라. 왜 가만히 있는 건지 스스로가 이상할 정도였다.

침실 문이 열리고, 여전히 노란 머리를 쓸어 넘기며 그가 걸어나왔다. 자기 집인 양 아무렇지 않게 나오던 그가 힐끔 그녀에게 시선을 던졌다. 그의 표정은… 설마 저런 인간 말종이 창피한 기분을 느낄 리 없었다. 그랬다면 여자 혼자 사는 집에서 샤워를 한다는 소리 따윈 안 했겠지.

"그거 혹시 내 거야?"

희주는 고개만 한 번 끄덕였다. 진영은 터벅터벅 다가와서 소파 한쪽에 앉아 잔을 들어 올려 뜨거운 녹차를 한 모금 마시고는 만족스럽게 한숨을 내쉬었다.

"속 쓰려 죽을 것 같았거든."

그는 슬쩍 말을 던지고는 녹차만 쳐다보았다. 희주는 저 진드기 같은 자식을 어떻게 하면 쫓아낼 수 있을까 생각하며 잔을 내려놓았다.

"이봐요."

"저기."

동시에 말을 꺼낸 두 사람은 서로를 쳐다보다가 시선을 돌렸다. 희주는 자신도 모르게 얼굴이 달아오르는 것을 느꼈다. 젖은 머리가 이마 위로 흘러내려 있었고, 그의 눈은, 저번에 호텔에서 봤을 때도 예쁘다고 느꼈던 그의 눈은 충혈되어 있음에도 불구하고 여전히 반짝이는 것처럼 보였다.

"먼저 말해."

"아뇨, 별거 아니에요. 무슨 말 하려고 했어요?"

그녀는 말을 돌리며 찻잔만 노려보았다. 그를 보고 얼굴을 붉히는 짓 따윈 하지 않으리라. 물론, 아까 소파에서 그가 일어날 때 그 부분이 부풀어 있는 걸 보긴 했지만, 보고 싶어서 본 건 절대 아니었다! 어쨌든 남자들은 아침엔 원래 그런 상태라고 하니까… 아닌가?

"그러니까, 그게……."

진영은 잠시 찻잔을 쳐다보다가 테이블 위에 내려놓고 그녀를 보았다. 그의 표정은 묘하게 진지했다. 희주는 머뭇머뭇 시선을 들어 그를 보았다. 진영은 무릎 위에 손을 올려놓은 채 주먹을 쥐었다 폈다 하다가 말했다.

"나랑 사귀자."

희주는 잠시 잘못 들었다고 생각했다. 그의 눈은 차분하게 가라앉아 있었고, 흰자위도 아까 전과는 달리 그리 충혈되어 보이지 않았다.

"뭐라고요?"

희주는 혹시나 해서 다시 물었다. 진영은 혀로 입술을 적신 다음 천천히 다시 말했다.

"나랑 사귀자고."

희주가 눈을 한 번, 두 번 깜박일 동안 진영이 조심스럽게 말을 이었다.

"그러니까 저기, 시작이 잘못됐다는 건 알아. 내가, 저기, 그런 짓 한 거 정말로 미안하고, 죽을 죄 지었다는 것도 알고. 하지만 일주일 동안 당신이 머리 속에서 떠나지를 않았어. 그, 저기, 앞으로 잘할 테니까, 한 번 기회를 주면 안 될까?"

그가 강아지 같은 눈을 하고 그녀를 바라보았다. 희주는 눈을 깜박이며 방금 들은 말을 다시 생각해 보았다. 도대체 이 남자가 뭐라고 한 거지? 사귀자고? 농담하는 걸까? 앞으로 잘하겠다고? 이런, 세상에.

솔직히 말해서 그녀는 제대로 연애해 본 적이 한 번도 없었다. 소개팅이며 미팅에서 만났던 남자들은 결국 친구로 남는 경우가 대부분이었다. 여자 친구들은 그녀가 너무 많은 것을 바라고 있다고 말하곤 했다. 하지만 대화가 될 만큼 비슷한 교육을 받았고, 생긴 것도 적당히 그녀의 취향에 맞을 정도가 되고, 비슷하게 전문직을 가진 마음 착한 남자를 찾는다는 게 그렇게 많이 바라는 건가? 그게 뭐가 어때서! 스물아홉이면 슬슬 결혼을 생각해야 할 때였다. 아무하고나 만나서 시간을 허비하고 싶지는 않았다.

그리고 이 남자가 그녀가 내놓는 조건에 맞는 점이라고는 딱하나, 생긴 게 잘생겼다는 것뿐이었다. 그나마 노란 머리에다가 줄줄이 달린 피어싱을 제외한다면.

"당신 제정신으로 말하는 거예요?"

그녀의 말에 진영은 고개를 끄덕였다. 희주는 천천히 일어나

65

서 그를 내려다보았다.

"진짜 진심이에요?"

진영은 다시 고개를 끄덕이며 그녀를 올려다보았다. 어쩐지 불안해졌다. 실수했나? 그녀의 얼굴 표정은 실수를 넘어서서 당장 일어나 나가는 게 좋을 것 같아 보였다.

"도대체……"

그녀의 목소리가 째질 듯 날카롭게 튀어나왔다.

"도대체 내가 어떻게 당신 같은 사람하고 사귈 거라고 생각하는 거예요? 난 눈도 없는 줄 알아요? 나랑 사귀고 싶으면 최소한 멀쩡한 직업 갖고, 그 노란 머리는 도로 염색하고, 귀고리도 다 빼고 구멍도 막아요. 젠장, 날 도대체 얼마나 하찮게 보는 거예요? 술이 덜 깬 거 아냐?"

최소한 그녀 정도면, 조실부모했다는 걸 제외하면 외모도 그다지 나쁘지 않았고, 게다가 전문직에 종사하는 학벌도 좋은 여자라고 생각하고 있던 터였다. 이 정도면 충분히 괜찮은 집안에서 맞선도 들어올 만했다. 그런데 뭐가 모자라서 저 날라리 양아치 자식과 사귀어야 한단 말인가. 첫키스 때문에? 망할! 그건 정말이지 인생에서 지워 버리고 싶은 기억이었다. 아니, 없던 일로 만들고 싶었다.

그가 인상을 찌푸리고 벌떡 일어나서 위협적으로 그녀를 내려다보았다. 하이힐을 신지 않아서인지 그는 그녀보다 족히 20센티 이상 커 보였다.

"나도 직업 있어."

불행히도 그녀는 그런 위협적인 눈길에는 꿈쩍도 안 할 만큼 화가 나 있었다.

"무슨 직업? 중국집 배달부? 주유소 급유기 담당? 정신 차려요. 나도 최소한 이상형은 있다구!"

진영의 얼굴은 험악하게 일그러졌다. 도대체 무슨 생각으로 이 여자에게 그런 이야기를 했을까? 자신이 바보처럼 느껴졌다. 이 여자는 늘 잔소리만 하는 그의 어머니와 하나 다를 바 없었다. 같이 잘 어울릴 때 알아봤어야 했다. 청바지 주머니에 양손을 밀어 넣고서 그는 삐딱하게 그녀를 노려보았다.

"너, 속물이구나."

그녀의 말이 갑자기 뚝 끊겨졌다. 희주는 방금 들은 말을 믿을 수 없다는 듯 눈을 휘둥그렇게 뜨고 입을 딱 벌린 채 그를 쳐다보았다.

"뭐, 뭐라고요?"

"속물. 겉만 보고 알맹이까지 판단하는 머저리. 중국집 배달부나 주유소 직원이 네 눈엔 그렇게 하찮게 보이냐? 걔네도 사람이야. 열심히 일하는 사람들이라고!"

희주는 눈을 깜박이고 그를 보다가 외쳤다.

"누가 아니래요? 다만 내 이상형은 그런 사람들은 아니라는 것뿐이에요!"

"관둬라, 관둬. 내가 돌았지, 너 같은 기집애한테 그런 소리를 했으니. 잊어버려. 네 말대로 술이 덜 깼나 보다 해버려."

그는 소파 근처에 있던 재킷을 집어 들고 훌쩍 밖으로 나가다가 신발이 아직 그녀의 방에 있다는 것을 깨닫고 짜증스러운 신음 소리를 내며 방으로 돌진해 신발을 집어 온 다음 현관으로 돌아가 확 던지고 대충 구겨 신은 다음 나가 버렸다. 다행히도 아래층에 계실 어머니를 생각해서 문은 조심조심 닫았지만, 마음 같아서는 부숴 버려도 시원치 않을 것 같았다.

돌은 게 분명하다. 그런 여자한테 사귀자고 하다니. 담배가 피우고 싶어서 죽을 것 같았지만 재킷 주머니에서 잡히는 거라고는 자일리톨 한 통뿐이었다. 별수없이 껌을 우적우적 씹으며 그는 빌라를 나가 버렸다.

3

"**나**더러 속물이래!"

희주는 기가 막힌 투로 말하고는 새로 바른 손톱을 보고 있는 정연을 노려보았다.

"내 말 듣고 있는 거야?"

"너 속물 맞잖아."

"뭐?"

희주가 금방이라도 칼을 집어 들 듯한 눈으로 자신을 노려보자 정연은 재빨리 웃으며 덧붙였다.

"속물이 뭐 어때서? 나도 속물인데. 속물 좋잖아."

"난 속물 아니야! 넌 어떤지 몰라도 난 아니라고."

"야, 인정할 건 인정해. 너 돈 많은 남자 좋아하고, 겉보기에도 딱 엘리트 스타일 좋아하잖아. 게다가 학벌 웬만하지 않으면 쳐다도 안 보고. 그거 속물 맞아."

희주는 눈을 굴리고 코웃음을 친 다음 다시 정연을 보았다.

"이상형이 뚜렷한 게 어째서 속물이라는 거야? 좀 까다롭다고 하면 인정하겠지만, 최소한 속물은 아니야."

"그래, 그래, 알았어. 너 잘났다. 그래서?"

"그래서는 뭐가 그래서야! 그렇게 말하고는 그냥 휙 나가잖아. 재워준 은혜도 모르고. 내가 그냥 쫓아냈으면 기온도 팍 내려가는 가을밤에 동사했을 텐데."

"요즘 날씨 그 정도는 아니다, 얘."

정연은 여전히 손톱을 쳐다보며 종알거렸다. 희주는 뭔가 던져 버릴까 했으나 참기로 했다. 도대체 이런 걸 친구라고 두고 있는 자신이 한심하다는 기분이 들었다.

"임정연, 넌 친구면 뭔가 내 편을 들어줘야 하는 거 아냐?"

"난 바른말만 하거든. 변호사잖아."

"변호사가 바른말만 해? 듣다 처음 듣는 소리다, 그건."

정연은 생긋 웃고서 희주를 빤히 쳐다보았다. 불편한 기분에 희주가 눈살을 찌푸렸다.

"왜?"

"네가 그렇게 열심히 남자 이야기 하는 거 처음 본다 싶어서."

"남자 이야기? 지나갈 때마다 돌 던지는 이웃집 꼬맹이 이야기 하는데 그게 남자 이야기냐?"

"이웃집 꼬맹이는 호텔에서 키스 같은 거 안 해."

"너 죽을래?"

희주는 무섭게 정연을 노려보았다. 떠올리고 싶지 않은 기억을 그녀가 자꾸 되살리는 것이 기분 나빴다. 진영이 그런 식으로 나가 버린 게 벌써 사흘 전의 일인데도 계속해서 머리 속에 달라붙어 떨어지지를 않고 있었다. 특히 사귀자고 말했을 때의 그 초롱초롱하던 눈과 그녀가 소리를 질러대고 난 다음의 우울한 눈이.

대놓고 그런 소리를 해서는 안 되는 거였다. 후회는 하고 있지만, 말이 먼저 튀어나가는 것을 어떻게 할 수가 없었다. 그냥 좋게 좋게 말하고 내보냈어야 했는데. 하지만 잘못한 건 그녀가 아니었다. 대뜸 키스를 하고, 그리고서는 마음에 드니 사귀자고 하는 건 그야말로 원시시대의 야만인이나 할 법한 일이 아닌가.

정연은 혀를 끌끌 차며 손을 내리고 의자에 푹 기대서 희주를 보았다.

"야, 그렇게 신경 쓰지 마. 너 그렇게 말한 거 지금 후회하지? 마음에 안 든다면서 왜 후회는 하고 그래?"

저 녀석은 날 너무 잘 안단 말이야. 희주는 테이블에 팔꿈치를 짚고 턱을 괸 다음 한숨을 내쉬며 창밖을 보았다. 다양한 종류의 사람들이 지나가고 있다. 세상에 있는 수많은 다양한 종류의 사람들을 생각하면, 진영은 그래도 중급은 될 텐데.

"미안하잖아, 좀. 그냥 좋게 말해 줄 수도 있었을 텐데."

"관둬라, 애. 차라리 그런 남자는 빨리 떼어버리는 게 상책이야. 진지하게 대해줄 것도 아니면서 뭘. 잊어버려."

"그치? 그게 낫겠지?"

"남자 경력 10년인 날 믿어라. 잘한 거야."

희주는 정연의 단호한 말에 고개를 끄덕였다. 확실히 자신보다는 고등학교 시절부터 남자 친구를 거느리고 다녔던 정연의 말을 따르는 편이 나을 것이다. 시계를 본 다음 희주는 일어섰다. 정연이 눈을 가늘게 떴다.

"왜 벌써 일어나? 시간 아직 남았잖아."

"일이 많아. 하여튼 잡다한 건 다 나한테 떠넘긴다니까."

"그렇게 말을 하지 그래, 위에다가?"

희주는 웃기지 말라는 표정으로 그녀를 마주보았다.

"넌 위에다 대고 잡다한 거 말고 뭔가 중요한 사건 달라고 대놓고 말하니?"

"그래, 그래, 할 말 없음이다."

정연은 고개를 내저으며 따라 일어났다. 희주는 잠시 늘씬한 정연의 뒷모습을 보다가 배시시 웃으며 그녀의 허리에 팔을 감고 매달렸다. 정연이 화들짝 놀라며 뒤를 돌아보았다.

"야, 야, 징그러워. 저리 가."

"너 사랑하는 거 알지?"

"커피값 안 내줄 거야. 나 가난해. 돈 많은 변리사가 내라."

"알았다. 상담도 해줬으니 내가 큰맘먹고 내주마. 사랑의 표현이야."

희주는 씩 웃으며 말했다. 정연은 눈을 굴렸으나 슬쩍 희주의 팔짱을 끼고 금세 깔깔거리며 가게를 나왔다.

"여자들은 전부 다 '사' 자 달린 직업을 좋아하는 거겠지?"

뜬금없는 진영의 말에 한 방을 쓰는 윤형이 그를 돌아보고 어깨를 으쓱였다.

"그렇겠지 뭐. 요즘 여자들 다 그렇잖아."

침대에 누운 채로 진영은 멍하니 있었다. 윤형은 모니터를 힐끔 본 다음 몸을 완전히 돌려서 그를 쳐다보았다.

"형, 혹시 담배 끊었어?"

"왜? 끊으라고 닦달을 해대더니."

"아니, 담배 끊을 정도로 독종이 될 생각은 없다고 했었잖아."

윤형은 진영이 한 손에 들고 있는 자일리톨 통을 흡사 약상자라도 되는 것 같은 눈길로 보며 중얼거렸다. 진영은 알아들을 수 없는 말을 중얼거리며 몸을 굴려 엎드렸다.

도대체 왜 그 여자는 그의 최악의 성질만을 끌어내는 걸까? 처음부터 그랬다. 물론 그 자신도 잘한 건 없었지만 젠장, 도대체 이 자학을 언제까지 하고 있어야 하는 건지 알 수가 없었다. 나도 잘한 거 없지만 그 여자도 마찬가지잖아! 그는 짜증스럽게 좁은 침대에서 다시 몸을 굴려 등을 대고 누웠다. 갑자기 윤형이 혀를 차는 소리가 들렸다.

"형, 요즘 이상해. 이거 문제지?"

새끼손가락을 들어 보이는 다섯 살 아래의 팀 멤버에게 진영은 베개를 던졌다. 윤형은 그것을 재빨리 받아 들고는 낄낄거렸다.

"이야, 진짠가 부네. 누구야, 누구? 천하의 정진영이 여자 때문에 끙끙댄다고 죄다 불어버린다?"

"닥치고 게임이나 해. 너 주말에 시합있지?"

"형도 마찬가지잖아."

진영은 입을 다물었다. 그래, 마찬가지이긴 했다. 그리고 이렇게 나가다간 지난번처럼 얼토당토않은 실수로 게임을 망쳐버릴 게 뻔했다. 이게 다 그 여자 때문이라니까! 그는 벌떡 일어나서 인상을 찌푸리며 컴퓨터 앞으로 다가가 앉았다.

"한판하자."

"아씨, 괜히 말 걸었다."

윤형은 툴툴거리면서도 별수없다는 듯 그의 상대해 줄 준비를 했다. 소속팀 멤버 중에서, 아니, KPGA 소속 스타크래프트 프로게이머들 중에서 진영과 실력을 겨루는 것은 임요환 정도였다. 그러나 임요환에 비해 진영이 남자 팬들에게 인기가 적

은 이유는 워낙에 매끈한 외모 때문일지도 몰랐다. 게다가 그
가 나오는 시합에는 방청석을 여자들이 반 이상 채운다는 이유
때문일 수도 있었다.

마우스를 움직이며 윤형이 물었다.

"형, 이거 언제까지 할 거야?"

"저녁 먹을 때까지."

"아니, 내 말은, 게이머 언제까지 할 거냐고. 형도 나이 꽤 많
잖아."

마주 보게 위치한 컴퓨터 옆으로 진영이 고개를 기울이고 윤
형을 노려보았다.

"방금 뭐라고 했냐?"

"에이 씨, 인생 상담 하면 좀 끝까지 들어봐. 나도 집에서 지
금 이거 계속할 거냐고 물어보거든. 군대 갔다 오고 나면 난 아
무래도 계속 못할 거 아냐."

윤형의 말에 기계적으로 유닛들을 움직이며 진영은 생각에
잠겼다. 겨우 스물두 살 난 녀석이 저런 소리를 하는 걸 보면 생
각없이 사는 건 자신뿐인 것 같았다. 생각이 없는 건 아니었다.
솔직히 필요하면 고모의 회사에 얼마든지 들어갈 수 있었다.
어머니가 바라는 것도 그거였고. 하지만 그러고 싶지는 않았
다. 양복을 빼입고 9시까지 출근해서 저녁 7시까지 일하는 그
런 생활을 하고 싶지는 않았다. 차라리 게임 회사에 들어가면
모를까.

"다른 거 한다고 그만둔 사람들도 꽤 있잖아. 해설가 하는 사람도 있고, 게임 회사 들어간 애들도 있고. 뭐, 할 거야 많지. 병특 업체 들어가 버려."

"그게 제일 낫겠지? 오라는 데도 있긴 한데… 형은 좋겠수, 카투사로 끝내서."

"임마, 카투사도 군대야."

진영은 고개를 기울여 그를 노려본 다음 다시 모니터를 보았다. 그러고 보니 카투사도 '사'로 끝나는군. 그는 픽 웃었다. 뭐, 김희주가 원하는 그런 '사'는 아닐 테지만.

얼마간 두 사람은 아무 말 없이 게임에 열중했다. 헤드셋에서는 게임에서 나는 소리들이 귀를 울리고 있었고, 곧 빠르게 움직여 간 진영의 유닛들이 윤형의 본거지에 들이닥쳐 온통 부수기 시작했다. 윤형이 비명을 지르며 헤드셋을 벗어버렸다.

"뭐야, 이거! 언제 이 개떼들 다 뽑았어? 아, 진짜."

"업무상 비밀이야."

진영은 느긋하게 웃으며 헤드셋을 벗었다. 이런 걸로 만족감을 느끼는 그를 희주나 그의 어머니는 비웃을지도 모르지만, 그래도 이게 그가 가장 잘하고, 다른 사람들에게 인정받는 일이었다. 그래서 좋았다. 좋아하는 일로 돈까지 버는데 뭐가 문제란 말인가.

하지만 그렇다고 해서 희주에게 사과해야 할 의무가 없어지는 것은 아니었다. 속물이네 어쩌네 하는 소리까지 하는 게 아니었다. 그녀가 어떤 남자를 좋아하든, 그가 끼어들어 이러쿵 저러쿵할 권리는 없었다. 자일리톨 통을 찾아 껌을 입 안에 털어 넣으며 그는 다시 인상을 찌푸렸다. 윤형은 모니터를 노려보며 새로운 전략을 생각하는 모양이었다.

들쩍지근하면서 알싸한 맛이 혀에 감돌자 진영은 인상을 찌푸리며 침대 모서리에 앉았다. 이 하나는 무지하게 깨끗해지겠군, 자일리톨 통에 써 있는 설명을 읽으며 그는 생각했다. 담배를 끊기로 결심하고 바로 다음날 아침에 치과에 예약해서 스케일링을 받고 치아 미백까지 받았다는 것은 누구에게도 말할 수 없는 비밀이었다. 자신의 입에서도 그때 그 여자 같은 썩은 재떨이 맛이 날 걸 생각하니 끔찍했다. 좀 창피하긴 했지만, 칫솔질을 할 때 거울에 비치는 깨끗해진 치아를 보면 돈 들인 가치가 있다는 생각도 들었다.

"형, 조금만 더 해줘."

진영은 잠시 망설이다가 컴퓨터 앞으로 가서 도로 앉았다.

"알았다. 내 오늘 널 위해 봉사해 주마."

"잘났어, 정말."

윤형이 툴툴거리는 소리가 들렸으나 진영은 한 귀로 흘려버렸다. 희주에게 사과를 하러 갈 것이다… 언젠가는. 물론 안 갈지도 모르지만.

지각도 하지 않았는데 재수라고는 더럽게 없는 날을 어떻게 정의해야 할까? 희주는 아직까지 부들부들 떨리는 몸으로 차를 세우고 잠시 숨을 돌렸다. 화가 아직도 가라앉지를 않았다. 정말이지 사표라도 던지면 속이 시원하겠지만, 지금 같은 불경기에 사표를 던져 봐야 그녀만 손해일 뿐이었다.

그것은 여직원의 '실수'로부터 시작되었다. 일을 전부 다 뒤섞는 바람에 의뢰하러 온 고객에게 엉뚱한 설명을 한참 늘어놓다가 면박을 당하고, 제대로 된 서류를 찾으려고 미친 듯이 뒤지는 동안 새파랗게 어린 여자애는 팔짱만 끼고 구경을 하고 있는 것이었다. 그 정도야 매일같이 있는 일이니 봐주려고 했었다. 하지만 오후에 대전까지 내려가서 변호사를 기다리다가 결국 사무실에 전화를 해보니 약속을 취소해야겠다는 연락을 받았다는 것이었다. 서류까지 다 들고 내려갔는데. 대전까지 내려온 시간이며 기다린 시간까지 합하면 도대체 몇 시간을 길바닥에서 날렸단 말인가.

눈앞에 보이는 거라고는 하나도 없어서 나중에 속도 위반장이 날아오든 말든 있는 대로 엑셀러레이터를 밟아 사무소로 곧장 돌아온 다음 막 퇴근하려던 여직원을 붙잡고 완전히 사무실을 뒤집어놓았다. 결국에는 다른 사람들이 와서 그녀를 말려야 할 지경이 되었으나 여직원은 울면서 그냥 실수한 걸 가지고 그녀가 화를 내는 거라고 사람들에게 말하는 것이었다.

결국 나이 지긋한 다른 변리사가 나서서 중재를 한 덕에 여직원이 그녀에게 사과를 하고 끝났지만, 희주로서는 도저히 받아들일 수가 없어서 여자애의 직업의식에 대한 욕설을 한가득 퍼부어준 다음 토요일에 월차 쓰겠다고 선언하고 나와 버렸다.

다른 사람들이 뭐라고 하든 더 이상은 신경 쓰고 싶지 않았다. 새파랗게 어린 여직원이 그녀의 뒤에서 '낙하산 인사' 운운하는 것도 신경 쓰고 싶지 않았다. 분명 혜은의 소개로 들어가긴 했지만, 낙하산 인사라고 할 만한 것은 아무것도 없었다. 그녀는 열심히 일했고, 허드렛일을 주어도 불평 한마디 안 하고 버렸다.

차에서 나와 자동 잠금 장치를 누르고 그녀는 빌라로 들어갔다. 하이힐 소리가 계단에 날카롭게 울렸다. 피곤하게 3층까지 올라갔는데, 층 사이의 창가에 진영이 서 있었다. 창문을 등지고서 그녀를 내려다보는 모습은 처음 봤을 때와 똑같아 보였다. 희주는 눈을 깜박였다.

진영은 험악한 얼굴로 계단을 올라오는 희주를 쳐다보았다. 그를 발견하기 전부터 찌푸리고 있었으니 분명 자신의 탓은 아니었다. 사실 그녀를 기다릴 생각은 아니었다. 집에 들러 물건 몇 가지를 갖고 오려고 했는데 어머니가 안 계셔서 기다리던 중이었을 뿐이다. 그러나 그녀를 발견한 순간 갑자기 손이 축축해지고 머리 속이 빙빙 돌았다.

희주는 입술을 꼭 다문 채 타박타박 계단을 올라와서 그에게 말 한마디 걸지 않고 휙 지나쳤다. 그리고는 저번처럼 조심스럽게 벽 쪽으로 붙어서 계단을 올라갔다. 진영은 갑자기 심사가 뒤틀리는 것을 느꼈다. 도대체가 저 여자는 그를 사람 취급도 하지 않는 것 같았다.

"그렇게 올라가도 치마 속 다 보여. 아니면 보여주려고 그러는 거야?"

다음 순간, 진영은 그 자리에서 펄쩍 뛰어오를 뻔했다. 그녀가 그에게 들고 있던 핸드백을 내던지며 죽은 사람이라도 깨울 것 같은 비명을 질렀기 때문이다. 핸드백을 받아 들고서 쏜살같이 계단을 뛰어올라 가 그는 그녀의 입을 막으려고 노력했다.

"도대체 나한테 왜 이러는 거야! 내가 도대체 뭘 잘못했는데! 내가……."

"아, 알았어, 알았어. 미안해."

그는 다급하게 그녀의 입을 막으며 계단 위로 그녀를 밀었다. 다른 사람들이 나와서 보는 건 절대로 원치 않는 일이었다. 하지만 그녀가 입을 막고 있는 그의 손을 물어뜯자 그는 간신히 비명을 삼켰다. 도대체 이 여자가 왜 이러는 거야? 무슨 일 있었나? 분명히 이 정도는 아니었는데. 그가 이렇게나 싫은 걸까?

간신히 5층까지 올라간 다음 그는 발버둥 치는 그녀를 팔로 껴안고 핸드백을 뒤져 가까스로 열쇠를 찾아내서 문을 열고 그녀를 안으로 밀어 넣은 다음 문을 닫고 잠갔다. 팔을 풀자마자 희주는 신발을 벗어 던지고 안으로 들어가 재킷을 소파 위에 내

동댕이치고 그를 노려보았다. 잇자국이 생생한 손을 문지르며
고개를 들던 진영은 그녀의 눈에 눈물이 고여 있는 것을 발견하
고 온몸이 차갑게 식는 것을 느꼈다.

"왜……."

"도대체 나한테 왜 이래요? 지겨워 죽겠어! 왜 다들 나한테
이러는 거야? 내가 뭘 잘못했다고. 지금까지 열심히 살아왔고,
남들 도우려고 노력하면서 살았는데 내가 얻은 거라고는 부모
님 돌아가신 거랑 직장에서 이지메당하는 거랑 웬 이상한 자식
이 따라다니며 괴롭히는 것밖에 없어! 나도 이렇게 살긴 싫단
말이야. 나도 좀 편하게 살고 싶고, 멋있는 남자도 만나고 싶
고, 일도 안 하고 싶어. 난 뭐 놀 줄 모르는 줄 알아? 왜 뒤에서
궁시렁거리는데? 욕을 할 거면 차라리 대놓고 하란 말이야. 내
가 뭘 어쨌다고!"

진영은 신발을 벗고 조심스럽게 거실로 올라왔다. 희주는 짜
증스럽게 얼굴 주변으로 흩어진 머리카락을 쓸어 넘기고 블라
우스 소매로 눈가를 꾹꾹 찍어냈다. 코까지 훌쩍이는 게 아무
래도 불안했다. 진영은 덫에 걸린 야생 동물에게 다가가듯 조
심조심 그녀의 앞으로 접근했다.

"그렇게 죽도록 힘들었는데 이젠 당신이야. 내가 도대체 뭘
잘못했어요, 당신한테? 내가 한 거라곤 저번에 아줌마가 부탁
해서 그 생일 파티 한 번 가준 것밖에 없는데, 약혼녀 흉내 좀
낸 게 그렇게 거슬려요? 젠장, 반지도 아줌마 돌려 드렸고, 내

가 받은 건 좀 비싼 옷 세 벌뿐이었는데. 돌려줄게요. 돌려주면 되잖아! 그거 갖고 내 눈앞에서 없어져 버리란 말이에요!"

눈물이 반쯤 고이고, 거기에 짜증과 분노, 어쩔 줄 모르는 당황함까지 뒤섞인 그녀는 숨이 막힐 정도로 예뻤다. 진영은 멍하니 서서 그녀를 응시하고 있었다. 빨갛게 달아오른 얼굴에 코까지 훌쩍거리고 머리는 엉망으로 헝클어져 있었지만 그래도 예뻐 보였다. 다른 사람들이, 팀 멤버 애들이 보면 그를 미쳤다고 할 것이다. 진영 자신도 눈에 뭔가 한 꺼풀 뒤집어쓴 것 같은 느낌이었다.

그녀가 몸을 돌려 방으로 가려고 하자 그는 자신도 모르게 손을 뻗어 그녀를 붙잡아 홱 돌렸다. 희주는 놀람 반 짜증 반으로 그를 올려다보며 비명 지를 준비를 했다.

"나한테 왜 이래요, 정말!"

"모르겠어."

그는 멍하니 대답하고서 눈물이 흘러내린 그녀의 뺨에 입술을 누르고, 천천히 그녀의 입가로 이동한 다음 그 부드럽고 단단한 부분을 음미했다. 눈물의 짠맛과 립스틱의 뭐라고 말할 수 없는 맛이 합쳐져서 그의 혀에 와 닿았다. 그녀는 숨을 들이켰으나 그를 밀어내지는 않았다. 대신 그녀의 손이 그의 옷자락을 붙잡는 것이 느껴졌다. 진영은 그녀의 몸을 기울이며 더욱 깊숙이 키스했다. 벌어진 입술 사이로 혀를 밀어 넣으며 깔끔한 치아를 탐색하고, 그 안을 더듬었다. 혀와 혀가 맞닿아 춤을 추듯이 움직이고, 그녀의 손이 그의 등 뒤로 돌아가 어깨를 끌어안는 것이 느껴졌다. 그는 그녀의 전부를 먹어버릴 것처럼 빨아들였다. 다리가 후들거리고, 그녀의 몸 역시 힘이 빠진 듯 그의 팔에 기대오는 것이 느껴졌다. 두 사람은 동시에 바닥으로 주저앉으면서도 입술만은 떼지 않았다.

그녀가 그의 혀를 깨물자 그는 신음을 흘리며 몸을 움직였다. 바지가 불편하게 조여들기 시작했고, 그녀의 몸을 더욱 가까이 느끼고 싶은 욕구가 치솟았다. 다급하게 블라우스를 치마에서 빼내고 안쪽으로 손을 들이밀자 나일론의 매끄러운 질감이 느껴졌다. 젠장, 도대체 뭘 이렇게 많이 입고 있는 거야? 여자의 옷에 대해 그가 알고 있는 거라고는 나이트에서 만나 자본 여자들 두엇뿐이었는데, 그 여자들은 이렇게 많이 껴입고 있지 않았었다. 아니면 그랬었는데 그가 눈치 채기도 전에 벗어버렸든지.

그는 가까스로 입술을 떼고서 숨을 헐떡이는 희주의 얼굴을 쳐다보았다. 그녀의 얼굴은 여전히 붉었고, 눈은 몽롱해 보였다. 그는 서툰 손길로 그녀의 블라우스 단추를 열기 시작했다. 그녀가 눈을 깜박거리며 정신을 차리려는 것이 눈에 들어오자 진영은 다급한 마음에 블라우스를 그냥 잡아당겨 버렸다. 단추가 떨어지고 옷이 찢어지는 소리가 들렸으나 개의치 않고 그녀의 어깨 너머로 그것을 밀어버린 다음 그는 슬립을 노려보았다. 심장이 쿵쿵거렸고, 머리가 빙글빙글 돌고 있었다. 눈에 들어오는 거라고는 상아색의 슬립, 그 아래의 레이스 달린 브래지어, 그리고 그 밑으로 솟아오른 그녀의 가슴뿐이었다.

그는 재킷을 벗은 다음 그녀의 목덜미를 공격했다. 길고 하얀 목덜미는 책에서나 나오는 '백조 같은'이라는 수식어에 딱 어울렸다. 정신을 차릴 듯하던 그녀가 다시 고양이 같은 소리를 내며 뒤로 넘어갔고, 진영은 따라 움직이며 그녀의 목덜미를 빨고 깨물었다. 그녀의 피부에서는 달콤한 맛이 났다. 건드리면 부러질 듯한 쇄골을 지나서 슬립의 어깨끈을 내리며 그는 혀로 핥았다. 그 아래의 보드라운 살을 지나서 가슴이 부풀기 시작하는 부분에 도착하자 그는 가쁘게 숨을 내쉬며 그 부분을 보았다. 레이스 브래지어에 감싸여 있긴 했지만, 그래도 단단하게 솟아오른 끄트머리가 명확하게 드러나자 그는 폭발할 것 같은 기분이 들었다.

희주는 정신을 차릴 수가 없었다. 분명히 짜증이 머리 끄트머리에서 폭발해서 진영에게 소리를 지르고 화를 내고 있었는데, 갑자기 그가 묘한 표정으로 그녀를 바라보며 '모르겠어'라고 한마디 하더니 다음 순간 껴안고 키스를 나누고 있었다. 이게 일어날 수 있는 일일까? 하지만 그녀의 블라우스는 이미 벗겨져 옆에 뒹굴고 있었고, 슬립 역시 반쯤 내려간 상태였다. 그의 숨결이 뜨겁게 가슴 위에서 느껴지자 가슴과 다리 사이가 뜨겁게 고동치는 것을 느끼고 그녀는 다리를 꼬았다. 기분이 이상했다. 이게, 이게 성적으로 흥분했다는 걸까? 하지만 어떻게 잘 알지도 못하는 남자에게 이렇게 달아오를 수 있단 말인가. 그녀가 이상해진 게 분명했다. 그가 최음제를 뿌리고 다닌다든지, 아니면 아까 마셨던 커피에 이상한 게 들어 있었다든지……. 하지만 모든 생각은 그가 브래지어 위로 가슴을 깨무는 순간 전부 날아가 버리고 말았다.

그녀가 날카롭게 비명을 지르자 진영은 움직임을 멈추었다. 아팠나? 잘못한 걸까? 하지만 그녀의 손이 그의 머리를 감싸고 가슴 쪽으로 더욱 끌어당기자 그는 용기백배해서 다시 얇은 천 위를 따라 혀를 움직였다. 천을 사이에 두고도 볼록하게 솟아오른 부분이 느껴졌고, 그의 다리 사이 역시 청바지를 밀며 단단하게 솟아올라 있었다. 이 망할 물건을 벗겨 버리고 싶은데, 도대체 잘되지가 않았다. 그가 몸을 일으키자 그녀가 흐느끼는 소리를 내며 손을 내밀었다. 그는 그 손을 잡고 그녀를 일으켜 앉힌 다음 슬립 끈을 팔에서 빼내고 등 뒤로 손을 돌려 브래지어 고리를 풀었다. 그 얇은 방어막이 그녀의 가슴 위에서 흔들리고 어깨 밑으로 흘러내리는 순간, 그는 숨을 멈췄다. 하얗고 풍만한 가슴이 무르익은 열매처럼 흔들렸고, 끄트머리를 장식한 유두는 바싹 솟아올라 있었다. 그녀가 부끄러운 듯 손을 들어 올렸으나 그는 재빨리 그 손을 잡은 다음 그 부분을 빤히 응시했다. 다른 여자들하고 할 때는 이렇게 머리를 한 대 맞은 것 같은 느낌은 들지 않았었다. 십대 시절 부모님 몰래 포르노를 본 경험이야 대부분의 남자애들에게 있는 거였고, 일본 연애 게임에도 벗은 여자 아이들은 얼마든지 등장했다. 그래서 여자에 대한 신비감 따윈 없어진 지 오래라고 생각했었다. 하지만 그게 아니었다. 그녀는 달랐다. 그는 한 손을 내밀어 그 끄트머리를 건드렸다. 흡사 진짜인지 확인하려는 것처럼.

희주는 당황스러웠다. 맨살에 차가운 공기가 닿는 순간 이성이 조금 돌아왔고, 남자 앞에서 벗고 있다는 걸 깨닫자 얼굴이 그야말로 불타는 것처럼 느껴졌다. 하지만 그의 눈이 가슴에서 떨어지지 않자 갑자기 걱정이 들었다. 그녀의 가슴은 약간 큰 편이었고, 그렇게 예쁘지도 않았다. 요즘 여배우들이 성형 수술로 만드는 탄탄하고 딱 올라붙은 큰 가슴과는 차이가 있었다. 하지만 멍하니 그녀의 가슴을 바라보던 그가 손끝으로 유두를 건드리자 온몸을 휩쓰는 짜릿한 느낌에 그녀는 자신도 모르게 비명을 토했다. 그의 손가락이 그 솟아오른 부분을 조심스럽게 눌러보고, 쓰다듬고, 튕겼다. 그녀는 움찔거리며 그의 움직임에 맞춰 신음하고 헐떡거렸다. 흡사 꿈에 빠져 있는 느낌이었다. 이런 게 현실일 리 없었다. 이런 느낌이, 이 남자와, 이런 식으로……. 믿을 수가 없었다.

그의 커다란 손이 가슴을 감쌌다. 무게를 가늠하듯 슬쩍 들어 올리고 모양을 느끼는 것처럼 어루만진 다음에 살짝 주무른다. 여전히 그의 한 손에 손을 붙들린 채로 그녀는 몸만 떨었다. 몸 안에 열기가 고여 빠져나갈 곳만 찾고 있는 듯한 기분이었다. 그의 손이 가슴을 만지작거리다가 유두를 슬쩍 잡아당겼

다. 그녀가 비명을 지르자 재미있는 듯 다시 한 번 그가 같은 동
작을 반복했다. 그녀는 눈을 반짝이며 자신의 얼굴을 쳐다보고
있는 진영을 보았다. 그가 씩 웃었다. 그 미소에는 은근한 자부
심과 뭔지 모를 표정이 뒤섞여 있었다. 순진함? 이런 짓을 하는
남자가? 그럴 리가 없었다.

그가 갑자기 일어나서 자신의 티셔츠를 머리 위로 벗은 다음
그녀를 안아 일으켰다. 희주가 눈을 깜박이며 그를 쳐다보고만
있자 그가 귓불을 살짝 깨물며 그녀를 뒤로 밀었다. 천천히 한
걸음씩 움직이며 그녀는 그에게 홀린 것처럼 멍하니 자신의 집
거실을 보았다. 꼭 처음 보는 것 같은 느낌이었다.

어느 순간 두 사람은 그녀의 침실로 들어와 있었다. 그는 몸
을 돌려 침대에 앉은 다음 그녀를 다리 사이에 세우고서 치마의
단추를 풀었다. 지퍼를 내리자 치마는 그녀의 발치로 주르륵
미끄러졌고 슬립이 뒤를 따라 흘러내렸다. 그녀가 입은 거라고
는 이제 팬티 스타킹과 그 안의 팬티뿐이었다.

여전히 청바지를 입은 채 그는 그녀를 끌어당겼다. 자신의
가슴이 딱 그의 입 위치에 온다는 것을 깨닫는 순간 희주의 얼
굴이 붉어졌다. 그러나 그는 망설이지도 않고서 그 부분을 입
에 물고 혀로 굴리기 시작했다. 몸 안에서 뭔가가 폭발하는 느
낌에 그녀는 그의 머리를 껴안은 채 불안정하게 숨을 몰아쉬었
다. 그의 손은 그녀의 엉덩이를 쥐고 끌어당기고 있었고, 허벅
지에 그의 솟아오른 일부가 느껴졌다. 그녀는 그의 노란 머리

카락을 헝클어뜨리며 그에게 매달렸다. 그의 다리가 갑자기 그녀의 다리 사이로 들어왔고, 어느새 그녀는 그의 무릎 위에 걸터앉아 그에게 가슴을 내준 채 그의 남성에 자신의 몸을 문지르고 있었다. 얇은 나일론 사이로 느껴지는 그의 몸은 뜨거웠고, 그의 입 역시 뜨거웠다. 그의 강한 손이 그녀의 등 아래쪽을 받치며 가슴을 거세게 빨아 당겼고, 그녀는 몸을 뒤로 휘며 비명을 질렀다.

그가 다른 쪽 가슴에까지 붉게 자신의 흔적을 남기고 입술을 뗐다. 그의 얼굴은 달아올라 있었고, 눈은 열정으로 타올랐다. 희주는 멍하니 숨만 거칠게 내쉬며 가슴을 내민 채 눈을 반쯤 감고 있었다. 그가 그녀를 안아 침대에 내려놓은 다음 위로 올라와 그녀의 머리 양 옆으로 팔꿈치를 짚고 내려다보았다. 맨살에 닿는 이불이 차갑게 느껴졌고, 그의 몸에서 느껴지는 열기가 그녀의 피부를 데웠다. 그가 다시 그녀의 입술을 내리누르며 몸을 문질렀다. 그의 맨가슴에 달아오른 가슴이 자극되었고, 벌어진 다리 사이로 들어온 그의 몸은 금방이라도 천을 뚫고 안으로 들어올 것처럼 움직였다. 그의 손이 팬티 스타킹과 팬티를 헤집고 안쪽으로 들어가 동그랗게 솟아오른 엉덩이를 어루만졌다. 희주는 몸을 떨며 그의 혀를 받아들였다. 뭔가가 당겨지는 듯한 느낌이 들더니 그가 스타킹과 자그마한 속옷을 함께 아래로 밀어 내려 버렸다. 그리고 입술을 떼고 그녀를 쳐다보았다.

진영은 관자놀이에서 맥박이 쿵쿵거리는 것을 느끼며 그녀를 응시했다. 그녀의 눈은 흐릿했고, 입술은 발갛게 부풀어 있었다. 반쯤 번지고 지워진 립스틱 자국을 보자 온몸이 더욱 뜨겁게 달아오르는 느낌이었다. 그는 그녀를 바라보며 천천히 손을 드러난 그녀의 다리 사이로 움직였다. 그녀가 눈을 꼭 감으며 입술을 살짝 벌렸다. 벌어진 입술 사이에서 흘러나오는 신음 소리는 흡사 노랫소리처럼 들렸다. 그는 뜨거운 그녀의 속살 안으로 손가락을 움직였다. 달아오른 도톰한 부분이 느껴지고, 그 아래로 그의 솟구친 욕망을 받아줄 통로를 탐지할 수 있었다. 그녀는 이미 젖어 있었다. 심장이 최고 속도로 뛰었고, 혈관 속에서 피가 용솟음쳤다. 그는 손을 빼내고 자신의 청바지 지퍼를 열고서 끌어 내리다가 정신을 차렸다. 콘돔! 분명히 저번에 나이트에 가던 날 챙겼는데, 어디다 뒀더라? 지갑이었나? 그는 다급하게 뒷주머니에서 지갑을 찾아 열어보았다. 다행히도 지갑 안쪽에 들어 있던 것을 꺼내 재빨리 착용한 다음 그녀의 발목에 걸려 있던 옷을 완전히 벗겨낸 다음 그녀의 무릎 아래로 손을 넣어 다리를 들어 올렸다. 그녀가 낮게 앙알거리는 소리를 내며 손으로 그의 어깨를 움켜잡았다. 기다리지 못하고 그는 자신의 몸을 그녀의 안으로 밀어 넣기 시작했다.

"아, 아파……."

그녀가 인상을 찡그리며 눈을 반쯤 뜨고 그를 보았다. 그는 심장이 쿵 내려앉는 것을 느꼈다. 아프다고? 그럼 어떻게 해야

하지? 들어가지 못하면 죽을 것만 같은 기분이었다. 여기서 그
만두라는 건 나가 죽으란 소리나 다름없었다. 그는 참느라 부
들부들 떨며 그녀를 쳐다보았다. 그의 팔에 닿아 있는 그녀의
다리에는 힘이 들어가 있었고, 그녀의 온몸 역시 긴장된 상태
였다.

"힘 빼. 조금만, 긴장을 좀 풀어봐."

"못하겠어……. 앗!"

그가 조금 더 움직이자 그녀가 눈을 꼭 감고 몸을 파르르 떨
었다. 진영은 그녀의 다리를 들어 올린 채 조금씩 전진했다. 마
음 같아서는 미친 듯이 움직이며 욕구를 풀고 싶었지만, 그녀
의 얼굴에 떠오른 고통스러운 표정 때문에 차마 그럴 수는 없었
다. 젠장, 설마 진짜로 경험이 없을 줄 내가 어떻게 알았겠어!
여자들도 이 나이라면 한 번쯤은 다 경험을 해볼 거라고 생각했
던 게 잘못이었다. 하지만 그녀에게 이런 은밀한 행위를 처음
으로 하는 게 자신이라는 것이 빌어먹게 기분이 좋았다. 시대
에 뒤떨어진 원시인이라는 말을 들어도 괜찮았다. 그녀에게 경
험이 있다고 해도 상관없었겠지만, 어쨌든 뭐……. 그가 마침
내 그녀의 안으로 완전히 자신을 밀어 넣자, 그녀의 긴장한 몸
이 엄청난 고통을 참는 것처럼 바들바들 떨리는 것이 느껴졌
다. 그는 그녀의 얼굴을 바라보았다.

"괜찮아질 거야."

그는 감은 눈 위에 키스를 하고, 뺨을 따라 짤막한 키스를 흩

뿌렸다. 여자만 이렇게 고통스러워해야 한다는 건 정말이지 불공평한 일이었다. 여자들은 거기다 아이까지 낳고. 갑자기 그녀가 이 보드라운 배 안에 그의 아이를 품고 있는 것이 떠오르자 엄청난 희열감에 그는 몸을 떨었다. 그의 움직임에 그녀가 반응을 보이며 그의 어깨를 움켜쥐었다.

아팠다. 아프고 불편했다. 무언가가 몸 안에 들어와 있다는 것이 너무나 이상했다. 하지만 그 기묘한 느낌에 조금 적응이 되자 희주는 눈을 살짝 떴다. 진영은 그녀의 목덜미에 얼굴을 묻고서 간신히 숨만 내쉬고 있었다. 남자가 이런 상황에서 꼼짝도 하지 않는 것이 얼마나 힘든 일일지는 주워들은 게 있으니 잘 알고 있었다. 하지만 그는 버티고 있었다. 갑자기 그가 몸을 떨자 온몸에 이상한 감각이 느껴졌다. 몸 깊숙한 곳에서 뭔가가 떨리고, 열기가 솟아올랐다. 희주는 몸을 움직이려 했으나 그가 그녀를 활짝 벌린 채 고스란히 몸으로 누르고 있어서 움직일 수가 없었다. 그녀는 신음 소리를 내며 그의 어깨를 잡아뜯었다. 그의 피부는 뜨겁고 축축했다.

진영이 마침내 자제력을 잃고 움직이기 시작했다. 안으로, 안으로 밀고 들어갔다가 빠져나오고, 다시 가장 깊은 곳까지 침입했다. 희주는 고스란히 그의 움직임을 받아들이며 머리를 흔들고 비명을 질렀다. 맙소사, 이런 느낌일 거라고는 한 번도 생각해 본 적이 없었다. 처음의 불편함은 온데간데없고, 오로지 불꽃 같은 열기가 온몸을 휘감고 비틀고 있었다. 그녀의 비명 소리가 높아졌고, 진영 역시 거칠게 신음을 토하며 빠르게 움직였다. 눈앞에 빛이 번쩍거리는 것 같았고, 귀가 웅웅 울렸다. 높이, 더 높이. 파도의 끄트머리까지 올라갔다가 떨어져 내리며 그녀는 온 세상이 주위에서 산산이 부서지는 것을 느꼈다.

진영 역시 자신을 쏟아내며 거칠게 소리를 질렀다. 한 번도 이렇게 느껴본 적이 없었다. 이렇게 뜨겁고 격렬했던 적도 없었다. 꼭 처음 여자와 사랑을 나누는 것 같은 느낌이었다. 처음으로 여자의 몸을 보고, 느끼고, 갖는 것 같은 기분. 그녀의 늘어진 몸 위에 엎드린 채 그는 간신히 숨을 고르고서 조심스럽게 몸을 빼냈다. 아무리 그녀가 한 번은 허락했어도, 임신이라도 시키는 날에는 그의 목에 칼을 꽂을지도 모른다.

그가 몸을 빼자 그녀가 파르르 떨었다. 아직까지 어깨에 걸치고 있던 그녀의 다리를 조심스럽게 내려준 다음 그는 그녀를 보았다. 몇 번인가 눈을 깜박거리던 그녀가 한숨을 내쉬며 눈을 감았다. 그리고 곧 호흡이 차분해졌다. 진영은 잠시 그녀가 잠드는 것을 보고 있다가 히죽 웃으며 일어나 엉망으로 흐트러진 이불을 끌어당겨 그녀의 벗은 몸 위에 덮어준 다음 아직까지 반쯤 걸치고 있던 청바지를 벗고 화장실에 가서 뒤처리를 한 다음 돌아왔다. 그녀는 여전히 붉은 얼굴을 하고 잠이 들어 있었다. 입술이 부어 있는 것을 보자 다시 몸이 슬그머니 요동치는 것이 느껴졌다. 진영은 혀를 차고는 이불 속으로 들어가 그녀를 쳐다보았다. 잠이 든 그녀의 모습은 귀여웠다. 새끼 여우처럼 보인다. 그의 구미호 아가씨.

만족스럽게 기지개를 켠 다음 그는 그녀를 끌어당겨 품에 안고 눈을 감았다. 이제 모든 게 다 잘될 것이다. 그렇지? 그녀가 그를 받아들였으니까. 이제 더는 괜한 성질을 부릴 필요도 없고, 괜한 자존심을 내세울 필요도 없을 것이다. 다 잘될 것이다. 그는 서서히 잠에 빠져들었다.

4

희주는 불편하게 잠에서 깨기 시작했다. 왠지 피부가 끈적거리는 것 같았고, 온몸이 아팠다. 다리도 당기고, 몸 안쪽이 생리 때와는 다른 방식으로 쓰렸다. 어깨가 추워서 이불을 잡아당기던 그녀는 뭔가 이상한 느낌에 눈을 떴다. 그리고 기절할 뻔했다.

튼튼한 팔이 그녀의 눈앞에 놓여 있었다. 팔을 따라 어깨가 보이고, 어깨 위로는 그녀 쪽으로 고개를 돌린 채 자고 있는 남자의 얼굴이 있었다. 노란 머리카락이 이마로 흘러내려 있었고, 길고 검은 속눈썹이 눈가에 그늘을 드리우고 있다. 약간 부은 듯한 입술은 아기 같은 분홍빛이었고, 얼굴 역시 그랬다. 어려 보였다!

갑자기 어젯밤에 무슨 일이 있었는지 전부 다 떠오르자 희주는 경악한 채로 손을 움직여 자신의 몸을 더듬어보았다. 실 한 오라기도 걸치지 않은 맨몸에 가슴 끄트머리가 쓰라렸고, 다리 사이 역시 끈끈했다. 이런 세상에, 내가 미쳤나 봐! 아무리 스트레스가 쌓였어도 그렇지, 어떻게 저 남자랑, 아주머니의 말썽꾼 아들이랑! 세상에, 세상에, 세상에.

어떻게 하면 이 상황을 무사히 넘길 수 있을까 열심히 고민해 보았으나 아무것도 떠오르지 않았다. 창문은 이미 훤했고, 그녀가 할 수 있는 유일한 탈출구는 이 남자를 깨우지 않고 화장실로 돌진하는 것이었다. 하지만 조심스럽게 이불을 걷어내려는 순간, 그가 눈을 반짝 떴다. 희주는 꼼짝도 못하고 뱀 앞의 쥐처럼 그를 쳐다만 보고 있었다.

그는 기지개를 켜면서 베개에 얼굴을 문지르고는 그녀를 돌아보고 나른한 미소를 지었다. 하얗고 매끄러운 치아가 드러나자 그녀는 순간적으로 화가 났다. 담배까지 피우는 녀석이 저런 하얗고 예쁜 치아를 갖는다는 건 말도 안 돼! 하루 세 번 꼬박꼬박 이를 닦는 그녀의 치아는 원래 약간 누런빛이 도는 편이라서 치아 미백을 하면 어떨까 고민하고 있는 중이었기 때문이다. 문득 그녀는 간밤에 그에게서 담배 맛이 거의 나지 않았다는 것을 떠올리고는 인상을 찌푸렸다. 어쩌면 정신이 나가서 담배 맛도 그냥 무시해 버렸던 건지도 모른다.

"잘 잤어?"

너무나 태연하게 그는 그녀에게 손을 뻗으며 말했다. 그리고
는 그녀의 등 뒤로 팔을 두르고 잡아끌더니 느긋하게 키스를 했
다. 희주는 멍하니 그의 키스를 받았다. 그는 키스를 잘했다! 맙
소사. 물론 그녀의 경험이라고는 전무했지만, 최소한 기분이
좋고 나쁜 것은 구분할 수 있었다. 입술을 잘근거리는 그의 이,
상처를 달래듯 핥아주는 혀, 그리고 부드러운 피부. 자신도 모
르게 신음 소리를 내며 그녀는 그의 입술을 받아들였다.

한참 만에 그가 그녀의 입술 위에서 천천히 떨어졌다. 희주
는 몽롱한 눈을 뜨고서 시야를 맑게 하느라 한참이나 깜박거렸
다. 그의 새카만 눈에는 미소가 담뿍 고여 있었다.

"배고파."

"에?"

"배고프다고. 우선 좀 씻고……."

진영이 가볍게 몸을 일으키자 그의 벗은 상반신이 햇살 아래
드러났다. 운동이라도 착실하게 하는 건지, 아니면 정말로 철
가방을 들고 배달을 다니느라 그런 건지 그의 어깨에는 단단하
게 근육이 붙어 있었고, 군살이라고는 없었다. 희주는 양손으
로 이불을 움켜쥔 채 아까부터 머리 속에서 빙글빙글 돌던 질문
을 던졌다.

"몇 살이에요?"

"응?"

그가 고개를 돌리고 인상을 찌푸렸다. 미간에 살짝 주름이 졌지만, 여전히 그는 별로 나이 들어 보이지 않았다. 한 번도 혜은에게 그의 나이를 들어본 기억이 없었다. 혹시, 혹시 이십 대 초반은 아니겠지? 아닐 거야, 설마 그럴 리 없어. 그랬다면 아줌마가 직장을 안 갖는다고 그렇게나 고민하지는 않았을 거야.

"나이가 뭐 그렇게 중요하다고."

그는 슬그머니 얼버무리며 일어나려고 했다. 그녀는 황급히 한 손을 뻗어 그의 팔을 잡았다가 뜨거운 피부를 느끼고 데인 듯 놓았다. 그는 돌아보고 씩 웃었다.

"침대에 더 있자고?"

"몇 살이냐고 물었잖아요!"

그녀의 얼굴에 떠오른 두려운 표정을 보자 진영은 머리를 긁적이고 있다가 결국 솔직하게 말했다.

"당신보다 두 살 어려. 우리 옛날에 이웃에 살았었잖아. 기억 안 나? 당신이 고3일 때 나 막 고등학교 들어갔었는데."

기억할 리가 없지! 도대체 이웃에 사는 얼굴도, 별로 볼일 없는 남자애의 나이까지 그녀가 어떻게 기억한단 말인가. 그 이래로 시간이 얼마나 많이 흘렀는데. 하지만 최소한 그렇게까지 어리지는 않다는 것을 깨닫자 불안감이 조금 사그라들었다.

그러나 그녀에게 빙글거리며 친근하게 구는 그를 보자 다른 종류의 불안감이 일었다. 설마 이 일로 그녀를 완전히 정복했

다고 생각하는 건 아니겠지? 아니, 그럴지도 모르지. 어떤 남자
라도 만난 지 2주 만에 여자를 덮치게 되면 조금은 가볍게 생각
할 거라는 생각이 들었다. 아닐지도 모르지만. 젠장, 겨우 안
지 2주 된 남자의 속내를 그녀가 어떻게 알 수 있단 말인가!

그는 아무렇지 않게 일어나서는 단단한 엉덩이를 그대로 드
러낸 채 바닥에서 팬티를 주워 입었다. 희주는 시선을 돌리려
고 했지만 슬쩍 드러난 그의 일부에 호기심이 가는 것을 어쩔
수가 없었다. 힐끔거리다가 그의 시선과 마주치는 순간 그녀는
얼굴을 새빨갛게 붉히며 고개를 돌렸다. 그러나 순간적으로 그
역시 얼굴을 붉힌다는 것을 눈치 채자 묘한 기분이 들었다. 그
녀는 조심조심 그에게 시선을 던졌으나 그는 붉어진 얼굴로 고
개를 돌리고 청바지까지 주워 입고 있었다. 청바지를 입은 다
음에 그는 고개를 돌려 시계를 보더니 놀란 표정으로 희주를 홱
돌아보았다.

"오늘 무슨 요일이지? 토요일 맞지?"

희주는 고개만 끄덕거렸다. 그의 상체는 여전히 드러나 있어
서 납작한 갈색 젖꼭지까지 그대로 보였다. 거기다 할퀸 듯한
상처……. 설마 내가 그랬을 리 없어. 절대로 그럴 리 없어. 그
녀는 입 안으로 되뇌며 시선을 돌렸다.

"아, 젠장. 늦겠다, 큰일 났네."

그는 황급히 방에 붙어 있는 화장실로 달려들어 가며 중얼거
렸다. 문이 닫히자 희주는 조심스럽게 몸을 일으킨 다음 문을

흘겨보았다.

"늦긴 뭘 늦는다는 거야? 하는 게 뭐가 있다고."

나지막하게 중얼거리며 그녀는 바닥에 떨어져 있던 속옷과 줄이 나간 스타킹을 집어 든 다음 신음 소리를 냈다. 새 스타킹이었는데, 제길. 하지만 언제 그걸 벗었는지도 제대로 기억이 안 난다는 사실이 가장 속 쓰린 일이었다. 무슨 생각으로 이런 짓을 했는지 여전히 알 수가 없었다. 아니, 어쩌면 알고 있는지도 모른다. 너무나 기분이 절망적이었고, 그의 손길은 너무 부드러웠으니까. 이래서 여자들이 하룻밤의 실수 따위 하는 거야. 씁쓸하게 생각하며 그녀는 다른 옷가지를 찾다가 거실에서 벗어 던졌던 것을 떠올리고는 다시 신음 소리를 내며 옷장에서 새 속옷을 꺼낸 다음 뻐근한 몸으로 간신히 거실로 가서 자신의 옷가지를 들고 화장실로 들어갔다.

화장실 거울로 본 자신의 모습은 가관이었다. 괴물도 이런 괴물이 없을 정도였다. 마스카라는 떡이 되었고, 눈가에 흘러내리기까지 했다. 립스틱 역시 뭉개져서 입가에 다 번져 있어서 그가 도대체 무슨 생각으로 조금 전에 키스를 한 건지 신기할 정도였다. 얼굴은 기름기로 번들거렸고, 머리는 다 헝클어져 있다. 머리핀부터 뺀 다음 그녀는 클렌징 오일로 화장을 지우고 씻었다. 뜨거운 물이 닿자 피부가 쓰라렸고, 다리 사이 역시 움직일 때마다 아팠다. 욕조에 물을 받은 다음 푹 앉아서 그녀는 한숨을 내쉬었다. 뜨거운 김이 욕실 안을 가득 채웠고, 거울에까지 김이 서렸다. 문득 자신의 몸을 내려다보고 여기저기 붉은 흔적이 남아 있는 것을 깨닫자 희주는 얼굴을 붉혔다. 이런 게 키스 마크라는 건가? 그저 신기할 따름이었다.

"내가 왜 이러지? 지금 신기해할 때가 아니란 말이야."

그녀는 무릎에 얼굴을 묻으며 끙끙거렸다. 이제부터 그가 어떤 식으로 나올지 무척이나 불안했다. 돈이라도 뜯으려고 한다면 과연 저항할 수 있을까? TV 뉴스에서 내연남에게 돈을 주다 결국엔 얻어맞기까지 하는 여자들을 보며 한심하다고 생각했었는데, 자신이 똑같은 꼴이라는 생각이 들었다. 이 일을 퍼뜨리지만 않는다면 정말이지 돈이라도 줄 수 있을 것 같았다.

갑자기 문에서 노크 소리가 들리자 그녀는 화들짝 놀라 문을 쳐다보았다.

"나와서 뭐 좀 먹어. 토스트 구워놨거든."

남의 집에서 빵까지 구워? 스멀스멀 화가 솟구치는 것을 느끼고 그녀는 문을 노려보고 있다가 재빨리 씻고 머리를 감은 다음 조심스럽게 옷을 입고서 목욕 가운을 꽁꽁 두르고 밖으로 나갔다. 그는 태연자약하게 거실의 소파에 앉아 토스트를 먹으며 신문을 보고 있다가 그녀를 쳐다보았다.

"잼이 없던데."

"크림 치즈 냉장고에 있잖아요."

자신도 모르게 대꾸하고는 희주는 스스로의 바보스러움에 신음을 흘렸다. 그는 씩 웃으며 들고 있던 조각을 꿀꺽 삼킨 다음 일어서서 그녀의 앞으로 다가왔다. 불안하게 뒤로 물러서던 그녀는 그의 손에 붙들렸다.

"왜……."

그가 고개를 기울이자 그의 젖은 앞머리가 그녀의 이마에 닿았다. 키스는 짧고 뜨거웠고, 몸 안에서 열기가 솟구치게 만들었다. 그는 빙그레 웃으며 소파 위에서 재킷을 집어 들었다. 그는 결코 여자의 집에서 밤을 지샌 남자처럼 보이지 않았다. 너무나 멀쩡해 보였다.

"나중에 와서 이야기하자. 지금은 일하러 가야 하니까. 늦었다가는 잘릴 거야."

"일이요?"

뜻밖의 말에 희주는 눈을 동그랗게 뜨고 그를 보았다. 진영은 고개를 끄덕이며 삐딱한 미소를 지었다.

"이래 봬도 중국집 배달부나 주유소 종업원 말고 다른 일을 한다구."

자신의 말을 상기시키는 그의 행동에 희주는 얼굴을 조금 붉혔다. 그는 잠시 그녀를 보고 있다가 갑자기 몸을 돌려 소파 앞 테이블에 놓여 있던 리모컨을 집어 들었다.

"집에 케이블 TV 나오지?"

"네? 네."

"6시부터 저거 꼭 보고 있어. 알았지?"

"네?"

진영은 설명도 않고는 리모컨을 내려놓고 시계를 본 다음 인상을 찡그리며 황급히 현관으로 나갔다.

"밤에 올게. 응?"

거의 다짐이라도 하는 듯한 말투로 말을 남기고 그는 훌쩍 집을 나가 버렸다. 희주는 목욕 가운 차림으로 문이 닫히는 걸 보고 있다가 TV를 쳐다보았다. 그리고 인상을 찌푸렸다.

"게임 채널? 내가 저걸 왜 보고 있어야 돼?"

윤형이 알겠다는 듯한 표정을 하고 진영을 팔꿈치로 쿡 찔렀다.

"형, 오늘 우승 못했으면 아마 팀에서 쫓겨났을걸. 도대체 왜 말도 없이 외박은 하고 그래? 혼난다는 거 알잖아."

"내 나이가 몇인데 숙소 안 들어왔다고 혼이 나겠냐."

진영은 느긋하게 말하며 윤형의 머리를 거칠게 쓰다듬어 헝클어놓았다. 윤형은 어깨를 으쓱이고는 힐끔 소속팀 담당 감독 쪽으로 턱짓을 했다.

"감독님한테. 게임 전날인데 그러고 돌아다니니까 그렇지. 다들 형 숨겨주느라고 난리도 아니었어. 다들 그렇게 고생했는데 형은 어떻게 뻔뻔하게 지각까지 하고 그러냐?"

"미안, 미안. 나중에 밥 산다니까."

"밥 필요없어. 술 사, 술, 지금. 다들 나오네."

진영은 호주머니에 손을 밀어 넣은 채 동료들을 보았다. 대부분이 자신보다 최소한 한두 살은 어렸지만 2년째 같이 지내다 보니 형제나 다름없이 친한 사이였다. 물론 게임의 승패에 따라서 희비가 엇갈릴 때도 많았지만.

"오늘 진영이 형이 쏜대!"

"오늘 안 돼!"

진영은 황급히 윤형을 붙잡고 입을 틀어막았다. 하지만 이미 다른 녀석들이 눈치를 채고 다가오고 있었다.

"이야, 오늘 형이 쏴? 하긴 우승했는데 당연하지."

"잘됐네. 룸싸롱 가자, 룸!"

와글거리는 사내 녀석들을 무섭게 쏘아본 후 다들 조용해지자 진영은 윤형을 놔준 다음 옷을 탁탁 털고 씩 웃었다.

"데이트 있어서 안 돼."

"에? 데이트? 진짜?"

모두의 눈이 커다래졌다. 진영이 데이트라고 선언하고 어딘가 가는 것은 지난 2년간 단 한 번도 없었던 일이다. 진영은 태연한 척 어깨를 으쓱였지만 얼굴에는 이미 미소가 한가득 퍼져 있었다.

"뭐야, 형수 될 사람 소개 좀 시켜줘."

"아직 안 돼. 가만히들 있어. 때 되면 어련히 알아서 해주려고."

"야, 이거 그냥은 못 보내지. 뭐냐, 짜증이다."

동갑내기인 재원과 윤형이 눈짓을 하더니 진영에게 덤벼들었다. 길 한가운데서 세 사람이 뭉친 채 넘어졌고, 다른 두 명은 낄낄거리며 쳐다만 보고 있었다.

지갑에 들어 있던 몇 만 원을 밥값으로 뜯기고 나서야 진영은 팀원들에게서 해방되었다. 그나마 감독인 훈주에게 붙잡히지 않은 게 다행이었다. 진영보다 겨우 네 살 위인 훈주는 그와 형제처럼 지내는 사이였기 때문에 죄다 털어놓을 때까지 괴롭힐 게 뻔했다.

간신히 오토바이를 타고 숙소로 돌아가 옷을 갈아입고 샤워를 한 다음 빌라로 향하던 그는 근처의 유료 주차장에 오토바이를 세워놓았다. 오토바이를 타고 빌라까지 가면 어머니께서 눈치 채실 게 분명했기 때문이다. 터벅터벅 빌라를 향해 걸어가면서 그는 생각에 잠겼다. 남들 앞에서야 아무렇지 않게 데이트라고 말했지만, 사실 데이트일 리가 없었다. 희주가 어떤 얼굴을 하고 그를 맞아줄지조차 불안했다. 문도 안 열어주면 어떻게 하지? 가버리라고 하면? 아침에는 그녀도 정신이 없어서 아무런 반응도 못했지만, 그가 어젯밤을 즐긴 것만큼 그녀는 어젯밤을 즐기지 않았을 수도 있었다. 그는 그야말로 사춘기 소년처럼 덤벼들었고, 그녀는 경험도 없었다. 뭐, 증거까지 확인한 건 아니었지만 그녀의 반응을 봤을 때는 그런 것 같았다. 아침에는 일부러 그녀가 말을 할 시간이 없게 급하게 굴었지만, 이제는 분명히 뭔가 말을 할 텐데. 걱정스러웠다.

문득 아직 문을 닫지 않은 꽃가게가 눈에 띄자 진영은 자신도 모르게 안으로 들어갔다. 주인 아주머니가 그를 보고 반갑게 웃었다.

"어서 와요. 뭐 드릴까?"

"어, 저기, 몇 가지 섞어서 크게 꽃다발 좀 만들어주세요."

"꽃다발? 얼마짜리로 해드릴까?"

"어, 음……."

주위를 둘러보던 그는 눈에 띄는 꽃바구니를 가리켰다.

"저 정도 크기의 다발로 해주세요. 거기 분홍 장미 예쁘네요. 그거 넣어서요."

"분홍 장미? 저거 오늘 아침에 들여온 거라 아직 싱싱해요. 그럼 장미랑 다른 거랑 적당히 섞어서 해주면 되지? 여자 친구 줄 거예요?"

진영의 얼굴이 자신도 모르게 약간 붉어졌다. 커다란 덩치의 총각이 얼굴까지 붉히는 게 재미있는지 아주머니는 가볍게 웃으며 능숙한 손놀림으로 장미와 다른 꽃들을 섞어서 커다란 꽃다발을 만들어주었다. 진영은 카드로 계산한 다음 꽃다발을 조심스럽게 안고 빌라를 향해 걸어갔다.

희주는 거실 안에서 왔다 갔다 하며 불안하게 서성이고 있었다. TV의 게임 채널에서는 이미 다른 게임 시합을 방송하고 있었다.

프로게이머. 도대체 왜 아줌마는 그 사람이 직업이 없다고 한 거지? 별 생각 없이 TV를 틀어놓은 채 소파에 앉아 책을 읽고 있던 그녀는 갑자기 아나운서가 '정진영 선수' 운운하는 바람에 깜짝 놀라 버렸다. 정말로 TV 안에는 아침에 입고 나간 까만 옷차림 그대로인 진영이 앉아 있었다. 희주는 곧장 컴퓨터 앞으로 가서 인터넷에서 그의 이름을 검색해 보았고, KPGA 공식 홈페이지에서 그의 이력을 발견할 수 있었다.

그녀가 프로게이머에 대해 아는 것은 많지 않았다. 기껏해야 TV 광고에서 이상한 아이디를 가진 남자애가 프로게이머 어쩌고 하고 나올 때 본 것 정도였고, 신문에서 한동안 IT 산업에서 유망한 직종으로 프로게이머를 찍을 때 본 것뿐이었다. 그녀가 다루는 일도 전자 분야 특허이긴 해도, 게임에 관해서는 관심을 가진 적이 별로 없었다. 하지만 최소한 인터넷에 나오는 걸로 볼 때에는 꽤나 잘 나가는 직업인 것 같았다. 몇몇 프로게이머들이 인터뷰에서 한 해 동안 몇 천만 원씩 벌었다는 것을 보자 상당히 놀랐다. 거의 그녀의 연봉과 맞먹을 정도의 돈이었다. 게다가 진영의 순위는 그중에서도 톱이었다. 그러나 그의 인터뷰 기사는 하나도 찾아볼 수가 없었다. 게임 잡지의 기자들이 추측성으로 써놓은 기사 몇 개뿐. 왜일까? 다른 사람들은 인터뷰며 게임 공략 기사 같은 것도 썼던데.

어쨌든 의문투성이의 남자였다. 이해할 수가 없었다. 그렇다고 대뜸 혜은에게 가서 물어볼 수도 없는 노릇이었다. 왜 갑자기 묻는 거냐고 하면 할 말이 없으니까.

시계는 10시를 넘어서고 있었다. TV에서 게임이 끝난 지 이미 오래인데 왜 안 오는 거야? 갑자기 심장이 덜컥 내려앉는 느낌에 희주는 우뚝 멈춰 섰다. 설마 어젯밤에 할 건 다 했으니 이제 필요없다는 건 아니겠지. 그가 소속팀의 애들과 어울려 간밤의 여자가 어떠니 저떠니 말을 하고 있는 상상이 떠오르자 등골이 차갑게 식는 느낌이었다. 설마, 설마 그럴 리가 없다. 그러진 않을 거야, 그렇지? 하지만 자신이 그에 대해 아는 거라고는 아무것도 없다는 사실이 새삼 떠오르자 불안해졌다.

팔로 몸을 감싼 채 거실 한가운데 서 있는데, 갑자기 벨이 울렸다. 희주는 쏜살같이 문으로 달려가서 누군지 확인도 하지 않고 문을 열었다. 문을 열자마자 눈에 들어오는 것은 거대한 꽃다발이었다. 희주는 눈만 깜박였다. 꽃다발 뒤로 반쯤 가려진 진영의 얼굴이 눈에 들어왔다. 그는 들어와서 문을 닫은 다음 꽃다발을 내밀었다.

"이거, 선물."

희주는 아무 말도 하지 못하고 꽃다발을 받아 들었다. 남에게 꽃다발을 받아본 게 언제인지 생각도 나지 않았지만, 이렇게 큰 꽃다발은 구경해 본 적도 없었다. 엄청난 양의 장미와 뒤섞여 안개꽃과 파르스름한 다른 꽃들이 활짝 피어 있었고, 향기가 진동을 했다. 양팔로 꽃다발을 안은 채 그녀가 뒤로 조금 물러서자 그가 안으로 들어오며 싱긋 웃었다.

"봤어, 게임?"

희주는 고개만 끄덕이며 이 꽃다발을 어떻게 해야 하는 걸까 고민했다. 그냥 내려놓자니 왠지 아까웠고, 그의 성의를 무시한다는 느낌을 줄까 봐 걱정스러웠다. 하지만 계속 안고 있자니 아무것도 할 수가 없다. 그녀는 어쩔 수 없이 거실 테이블 위에 꽃다발을 내려놓고 돌아서서 그를 보았다.

그는 옷을 갈아입고 온 모양이었다. 청바지에 남방, 그리고 두꺼운 스웨터를 걸치고 있었다. 머리는 바람에 휘날린 듯 조금 헝클어져 있었고, 눈은 여전히 반짝였다. 잠시 그녀를 내려다보던 그가 낮게 신음 소리를 내며 그녀를 확 끌어안았다. 희주는 헉 하고 숨을 들이키며 몸을 굳혔다. 그는 그녀의 어깨에 얼굴을 묻고서 나지막하게 속삭였다.

"걱정했어, 쫓아낼까 봐. 없는 척할까 봐. 다시는 보고 싶지 않다고 할까 봐."

희주는 눈을 깜박였다. 그가 그런 것을 걱정했다는 것이 믿어지지 않았다. 처음 봤을 때부터 인상도 좋지 않았던 데다가, 두 번째 봤을 때 다짜고짜 키스까지 했던 사람이 그런 걸 걱정해? 하지만 묘하게 가슴이 따뜻해지는 느낌이었다. 혹시 알고 보면 여자 꼬시는 데 선수라거나, 뭐 그런 건 아니겠지. 희주는 마음을 다잡고서 조심스럽게 그를 밀어냈다. 그의 얼굴은 약간 상기되어 있었다.

"우선 얘기 좀 해요."

"알았어."

그는 마음에 들지 않는 눈치였으나 별수없다는 듯한 표정으로 소파에 앉았다. 그리고는 곧장 리모컨을 집어 들고 M-TV로 채널을 바꾸었다. 금세 팝송이 흘러나온다. 자기 집처럼 행동하는 그를 보며 희주는 팔짱을 끼고 인상을 찌푸렸다.

"우선 어제 일부터 이야기해요."

그는 힐끔 그녀를 보고는 시선을 돌렸다. 희주의 눈살이 더욱 찌푸려졌다. 마음을 다잡고서 그녀는 입을 열었다.

"어제, 저기, 어쩌다 보니 그런 일이 생기긴 했지만, 그렇다고 해서 뭔가가 달라졌다고는 꿈도 꾸지 말아요. 어제 일은 분명히 실수였고, 다시는 일어나지 않을 일이라구요. 알겠어요?"

그는 몇 번인가 더 그녀 쪽을 힐끔거리며 뭔가 말을 하고 싶은 듯 입을 달싹거렸으나 결국 입을 다물고 TV를 응시했다. 입가의 미소가 사라지고 얼굴이 굳어져 있는 것을 보니 마음에 안드는 모양이었다. 희주는 턱을 치켜 올리며 그를 빤히 쳐다보았다.

"뭐, 할 말 있어요?"

그는 묵묵히 TV를 쳐다보고 있다가 마침내 결심한 듯 고개를 돌려 그녀를 쳐다보았다. 그의 미간에 깊게 주름이 패여 있었다.

"싫었어?"

"네?"

희주의 눈이 커졌다. 무슨 소릴 하는 거야, 이 남자? 진영은 몸까지 돌려 그녀를 똑바로 쳐다보며 다시 말했다.

"어제 말이야, 싫었냐고. 불편했다거나 아팠다거나, 내가 너무 마구잡이로 몰아대서 다쳤다거나……."

그가 무슨 말을 하는지 깨닫는 순간 희주의 얼굴이 새빨갛게 붉어졌다. 어떻게 저렇게 멀쩡한 얼굴을 하고 그걸 대놓고 물어볼 수가 있는 거야? 그녀는 양손으로 화끈거리는 뺨을 감싸며 그를 노려보았다.

"무슨, 무슨, 신경 쓸 거 없잖아요! 그런 걸 왜 물어보는데요?"

"당신이 실수라고 말할 거라는 건 알고 있었어. 하지만 만약 그 이유가 내가 뭘 잘못해서 그런 거라면, 그건 나도 알아야 하잖아. 다쳤어? 아직도 아파?"

그가 일어나서 그녀에게 다가올 것처럼 움직이자 희주는 소스라치게 놀라 뒤로 물러서며 손을 내저었다.

"아니, 아니, 그러니까 그런 이유 때문에 그러는 건 아니에요. 그러니까 내 말은……."

이런, 세상에. 품위있는 성인처럼 대화하려고 했던 계획은 완전히 물 건너가 버렸다. 이렇게 당황해서야 어떻게 품위있게 말을 할 수 있단 말인가. 진영은 팔짱을 끼고 우울한 눈으로 그녀를 쳐다보고 있었다. 희주는 차분하게 마음을 가라앉히려고 노력하며 말했다.

"그래서 그런 건 아니에요. 내가 말하려는 건, 어쨌든 간에 그런 일은 다시 일어나지 않을 거라는 거죠. 어제의 일은 내가 너무 당황해서 저지른 실수였어요. 당신이 혹시라도 다른 생각을 갖고 있다면 미리 유념하라고 말해 주는 거예요."

"그게 싫은 게 아니라면 왜 그러는데?"

팔짱을 끼고 인상을 찌푸리고 있는 그는 위협적으로 보였다. 희주는 겁먹지 않으려고 어깨를 쭉 펴며 그를 노려보았다.

"그것만 좋다고 다 되는 줄 알아요? 그런 문제가 아니잖아요!"

진영은 잠시 뭔가 생각하는 듯 시선을 돌리고 있다가 소파에 풀썩 주저앉았다. 그리고는 갑작스럽게 말을 돌렸다.

"피자 먹을래, 자장면 먹을래?"

"네?"

"저녁. 배고프니까 머리가 안 돌아가는 것 같아."

그의 퉁명스러운 말투에 희주는 잠시 토라진 어린애 같은 얼굴의 그를 보다가 물었다.

"밥 안 먹었어요?"

"당신이랑 같이 먹으려고 했었지."

죄책감이 들어야 할 이유는 없었다. 그는 저녁을 먹지 말고 기다리라는 말은 한마디도 하지 않았었고, 시간도 이미 10시가 넘었으니까. 하지만 왠지 신경이 쓰여서 그녀는 조심스럽게 말했다.

"밥 먹을래요? 밥 있는데, 찌개랑."

"진짜?"

그는 그녀를 슬쩍 보고는 잠시 턱만 문지르고 있다가 고개를 끄덕였다.

"응, 먹을래."

이거야 완전히 어린애 돌보기잖아. 저녁을 차리며 희주는 고생을 자청한 자신의 바보스러움을 꾸짖었다. 물론 밥 한 끼 차려주는 게 그렇게 대단한 일은 아니지만, 그것은 식탁에 앉아 그녀의 일거수일투족을 응시하는 남자가 없을 때의 이야기였다. 진영은 그녀를 관찰하는 것이 자신의 의무라도 되는 것처럼 식탁 차리는 그녀를 쳐다보았다.

찌개를 데워 식탁 위에 올려놓고, 김치와 밑반찬들을 꺼낸 다음 전자레인지로 데운 밥을 그의 앞에 놓아주었다. 진영은 머뭇거리며 숟가락을 들더니 조심스럽게 찌개를 맛보고 다른 반찬들도 맛을 본 다음 그녀를 쳐다보았다.

"김치랑 멸치 조림, 우리 어머니가 하신 거지?"

"내 반찬 솜씨를 비평할 생각이라면 숟가락 놔두고 당장 나가요."

희주가 뾰로통하게 말하자 진영은 씩 웃고는 밥을 푹푹 떠먹기 시작했다. 맞은편에 앉아 턱을 괴고 그를 쳐다보던 희주는 누군가에게 밥상을 차려준 게 몇 년 만이라는 사실을 깨달았다. 부모님이 돌아가시기 전에 가끔씩 마음이 내키면 그녀가 식사 준비를 하곤 했었다. 하지만 전업 주부인 어머니 밑에서 그녀가 식사 준비를 할 일은 별로 없었던 데다가, 마지막 해에는 변리사 시험 준비를 한다고 신경이 곤두서서 차려준 밥상도 마다하는 경우가 많았었다. 그 기억이 떠오르자 갑자기 마음이 아팠다. 진영은 찌개를 뜨다가 그녀를 보고 한쪽 눈썹을 치켜올렸다.

"부모님 생각 나?"

"당신이 우리 부모님을 어떻게 알아요?"

진영은 찌개 국물을 떠먹은 다음 어깨를 살짝 으쓱였다.

"당신 어머니는 좀 알았지. 왜, 같은 아파트 살 때 우리 어머니랑 매일 만나셨잖아. 당신이 우리 어머니 아는 만큼이지 뭐. 교통사고로 돌아가셨지?"

"네."

지금도 그 연락을 받았을 때가 떠올랐다. 연휴에 여행을 떠나셨던 부모님이 술 취한 운전사가 모는 트럭과 충돌해 그 자리에서 사망하셨다는 경찰의 단조로운 말투에 그녀는 잠시 장난전화를 받았다고 생각했었다. 하지만 그것이 사실이라는 것을 깨닫기가 무섭게 너무나 많은 해야 할 일들에 치여서 제대로 슬퍼할 겨를도 없었다. 혜은이 그녀를 이 집으로 데려와서 혼자가 된 첫날밤에, 그녀는 이불을 껴안고 밤새 울었다.

"우리 형이랑 아버지도 교통사고로 돌아가셨지."

그가 아무렇지 않은 말투로 말했다. 희주는 고개를 약간 들어 그를 쳐다보았다. 진영은 여전히 열심히 밥을 먹고 있었다.

"그거 나도 기억나요. 엄마가 아줌마 걱정 많이 했었거든요. 갑자기 그렇게 남편이랑 자식을 잃으셨으니."

"정확히는 남편과 유일하게 자랑스러운 자식이었지."

진영의 말투는 빈정거리는 어조였다. 희주는 눈을 깜박거렸다. 그녀의 묻는 듯한 표정을 보고 진영은 픽 웃으며 고개를 저었다.

"아무것도 아니야."

"아줌마는 당신이 프로게이머 하는 거 싫어하세요?"

"응."

"왜요? 당신 꽤 유명한가 보던데."

진영은 밥을 입에 밀어 넣으며 눈만 들어 그녀를 보았다. 희주는 정말로 궁금한 얼굴을 하고 있었다. 입 안의 밥을 삼키고 물을 마신 다음 그는 한숨을 내쉬었다.

"어머니가 원하는 건 형처럼 번듯하게 대학 가서 고시 보거나 아니면 뭐, 어쨌든 남들 앞에 내놓을 만한 걸 하라는 거니까. 난 하고 싶은 걸 하는 거고."

희주는 생각에 잠긴 듯 식탁 끄트머리를 응시했다. 진영은 불안한 기분으로 그녀를 힐끔거리며 마저 밥그릇을 비웠다. 배가 고프기도 했지만, 사실 뭔가 먹자고 말했던 것은 그녀가 듣고 싶지 않은 말을 할 것 같았기 때문이다. 그래도 찌개는 확실히 맛있었다.

"아줌마는 당신이 하는 일 없이 돈만 낭비하면서 다닌다고 해서 난 정말로 그런 줄 알았어요."

"정확히 말하자면 '하는 일 없이 돈만 낭비하는 버러지 같은 녀석'이라고 하셨겠지. 귀에 못이 박히게 들어서 이젠 기분도 안 나빠."

진영의 말에 희주는 입술을 오므렸다. 사실이었다. 혜은이 진영의 이야기를 하면서 욕설을 섞지 않는 경우는 드물었다. 그래서 그녀가 우아한 의상실에 자신을 데려갔을 때 놀랐던 것이다. 그런 곳에 다니며 옷을 맞춰 입는 부잣집 사모님이라면 언제나 우아한 말투에 조신하게 다닐 거라고만 생각했는데. 그래, 그러고 보면 이 남자도 꽤나 부잣집 아들인 셈이지. 희주는 인상을 찡그렸다.

"왜 대학 안 갔어요? 성적이 나빠서?"

"갔어. 중간에 그만뒀을 뿐이지."

혜은은 그런 이야기도 하지 않았었다! 희주는 지금까지 진영에 대해 알고 있던 모든 정보가 잘못된 것이었음을 깨닫고 기가 막힌 듯 웃었다. 진영은 알겠다는 듯한 얼굴로 숟가락을 내려놓았다.

"어머니 눈에야 대학 같지도 않았겠지. 형이 서울대를 들어갔으니. 하지만 나야 형보다 머리도 훨씬 나쁘고, 뭘 해도 형을 따라갈 수 없는데 어쩌겠어. 어머닌 죽은 아들을 껴안고 사시는 거고, 나는 살아서 나한테 어울리는 일이나 하는 거고, 뭐 그런 거지. 밥 맛있게 먹었어."

희주는 기계적으로 일어나서 빈 그릇을 치웠다. 진영은 반찬 통의 뚜껑을 닫고 찌개 냄비를 옆으로 옮겨놓고 냉장고에 반찬을 집어넣으며 그녀의 일을 도와주었다. 희주는 설거짓감을 싱크대에 그냥 담가놓은 다음 몸을 돌려 차 주전자를 가스레인지 위에 올렸다.

"차 뭐 마실래요? 녹차, 생강차, 아, 유자차도 있는데."

"유자차."

물이 끓을 때까지 두 사람은 한마디도 하지 않았다. 희주는 냉장고에서 유자차를 꺼내 컵에 담고, 뜨거운 물을 부은 다음 진영의 앞에 밀어놓고, 자신은 녹차를 조금 마셨다. 진영은 찻숟가락으로 유자차를 한참이나 젓다가 말했다.

"이제 말해도 돼."

"뭘요?"

"아무거나. 하고 싶은 말 있었던 거 아니야? 제발 좀 눈앞에 나타나지 말라든지, 아니면 뭐, 하룻밤 잘 놀았는데 이제 더 보고 싶지는 않다든지."

그는 말끝을 흐리며 어깨만 으쓱였다. 희주는 잠시 그의 얼굴을 빤히 쳐다보다가 물었다.

"원래 그렇게 비관론자예요?"

"최악을 예상하고 있으면 실망은 덜하잖아."

그럴까? 하지만 그녀는 한 번도 살면서 최악의 순간이 올 거라고 예상한 적이 없었다. 그녀는 여전히 이해할 수 없다는 듯 진영을 쳐다보았고, 진영은 인상을 찌푸리고 덧붙였다.

"나도 예전에는 이 정도면 좋은 결과가 나올 거라고 생각한 적이 있었어. 그러니까 말하자면, 어머니에 대해서. 하지만 어머니가 내가 한 일에 대해 만족하신 적은 한 번도 없거든. 뭐, 여자에 대해서도 비슷한 것 같아. 최악을 예상하고 있으면 실망할 일이 없지. 크게 기대가 빗나가는 일도 없고."

어쩌다 아줌마는 자식을 이렇게 만든 걸까? 희주는 머리카락을 손으로 쓸어 넘기는 진영을 쳐다보며 생각했다. 인생에서 최악을 예상하고 산다는 것은 어쩐지 슬픈 일이었다. 그리고 조금은 짜증이 나기도 했다.

"좀 건전하고 밝게 살고 싶진 않아요? 이해가 안 가는 생활 방식이야."

"나한테 좋은 대답 해줄 생각 있어?"

진영의 눈은 가라앉아 있었고 입가에는 빈정거리는 듯한 미소가 떠올라 있었다. 희주는 잠시 망설였다. 물론 처음에는 그럴 생각이 전혀 없었다. 하지만 어쩐지 그가 밥을 먹고 있는 모습을 보다 보니 왠지 굉장히 친해진 것 같은 느낌이었다. 누군가를 위해 뭔가를 한다는 것도 기분 좋았고.

사실 그와 연애를 한다고 해서 뭐라고 할 사람은 아무도 없었다. 유일하게 신경 쓸 만한 사람은 혜은이었는데, 진영도 그녀도 혜은에게 알릴 생각은 조금도 없었으니까. 어차피 조만간 결혼을 할 수 있을 것 같지도 않고, 그렇다면 남자 친구 하나쯤

두는 게 뭐가 나쁘단 말인가.

너무 내 취향이 아니니까 그렇지! 머리 속의 한 부분이 소리 쳤다. 생각을 해봐. 대학을 중퇴한 프로게이머, 거기다 두 살이나 어린 남자애랑 무슨 이야기를 할 거야? 일 이야기든 뭐든 대화가 통할 것 같아? 노는 건? 기껏해야 쉬는 날 집에서 구르며 TV를 보는 게 낙인 나랑 저 남자가 뭘 하겠어? 일주일 내내 힘들게 일하고서 쉬는 날까지 밖에 나가 뭔가 하자고 하면 맞춰줄 수 있을 것 같아?

무슨 상관이람. 속궁합이 잘 맞는데. 가슴 구석의 자그마한 부분이 심술궂게 말했다. 희주는 인상을 찌푸렸다. 젠장, 그런 짓은 다시 안 할 거라니까…… 할지도 모르지만. 확실히 지난 밤은 꽤나 좋았던 것 같지만, 그것만 갖고 될 게 아니지 않은가. 게다가 피임에 실패라도 하면? 어제는 그가 콘돔을 쓰긴 했지만, 콘돔의 피임률도 100%는 아니었다. 다시 그런 짓을 하는 것은 확실히 좀 생각해 볼 필요가 있는 문제였다.

아아, 몰라, 몰라. 지금 이 나이까지 제대로 된 연애라고는 한 번도 못해봤는데, 까짓거 이렇게 내가 좋다는 사람이 있는데 좀 하면 어때서? 같이 자지만 않으면 될 거 아냐. 심심할 때 놀아줄 거고, 저렇게 커다란 꽃다발도 안겨주는데, 뭐 어때? 마음에 안 들고 피곤하다 싶으면 그만 만나자고 하면 된다. 안 그런가?

희주는 자신을 빤히 쳐다보고 있는 진영을 마주 보고 숨을 크게 들이마신 다음 고개를 끄덕였다.

"좋아요. 대신 몇 가지만 짚고 넘어갔으면 해요."

"뭐?"

진영은 인상을 찌푸리고서 몸을 앞으로 기울여 그녀를 보았다. 그의 입술 끄트머리를 장식하고 있던 빈정거리는 미소는 온데간데없이 사라지고, 그의 눈에는 믿을 수 없다는 듯한 표정이 어려 있었다.

"좋다니?"

"나랑 사귀고 싶다고 했잖아요."

희주의 말은 조금 방어적이었다. 혹시 그새 마음이 바뀌었나? 그렇다면 이거 진짜 창피한 일인데. 하지만 진영의 입이 약간 벌어지는 것을 보자 마음이 놓였다. 단지 그는 놀랐을 뿐인 것 같았다.

"어, 응, 그러니까, 나랑 사귄다고?"

"네."

진영은 일어나서 곧장 식탁을 돌아왔다. 희주는 놀라서 일어섰다. 그러나 그녀가 어떻게 할 새도 없이 그가 그녀를 안아 올렸다. 그의 얼굴에 활짝 웃음이 떠올라 있었다.

"진짜? 진짜지?"

"어, 저기, 놓고 이야기하면 안 될까요?"

희주가 불안하게 그의 어깨를 짚으며 말했으나 그는 귀를 기울이지 않은 채 그의 얼굴 높이에 있는 그녀의 가슴에 얼굴을 묻었다.

"진짜지? 번복하기 없어!"

"놓아주면 다른 소리 안 할 테니까 우선 좀 내려놔요!"

허공에서 발을 버둥거리며 그녀는 그의 어깨를 찰싹 내려쳤으나 그는 고개를 들고 바보처럼 웃으며 그녀를 쳐다볼 뿐이었다. 희주는 눈을 굴리고 한숨을 내쉬고 그 상태로 말을 이었다.

"그러니까, 몇 가지 조건이 있어요."

"말해 봐."

"우선 어젯밤 같은 건 다시는 안 돼요. 자칫 일이라도 생기면 덤터기 쓰는 건 언제나 여자 쪽이라구요."

"임신 말이야?"

진영의 말에 희주는 인상을 찌푸렸다. 그는 히죽 웃으며 고개를 끄덕였다.

"알았어. 오케이. 당신이 먼저 하자고 하는 거 아니면 절대로 안 할게."

"두 번째는 아줌마한테는 비밀이라는 거예요."

"그건 당연하지. 내가 왜 오토바이도 저 앞 유료 주차장에 대놓고 왔는데."

그가 인상을 찌푸리고 말했다. 혜은에 대한 이야기는 그의 얼굴에서 웃음이 사라지게 하는 데 즉효라고 생각하며 희주는 계속 말했다.

"그리고 다시는 저런 꽃다발은 사 오지 말아요. 그것도 정도

껏이지, 저거 얼마 줬어요? 요즘 꽃이 얼마나 비싼데."

"어, 좀 비싸더라. 하지만 처음 사본 거라서 원래 그런가 보다 했었지."

진영의 얼굴에 다시 히죽거리는 미소가 되돌아왔다. 희주는 한숨을 푹 내쉬었다. 어쩔 수가 없었다. 어려서 그런가 보다 하는 수밖에. 그는 여전히 그녀의 엉덩이께에 튼튼한 팔을 받치고 아무렇지 않게 그녀를 안고 있었다.

"이제 가봐요. 계속 이러고 있을 거예요?"

"난 괜찮은데."

말은 그렇게 하면서도 진영은 별수없이 그녀를 내려놓았다. 계속 안고 있고 싶었지만 그랬다가는 지금의 이 모든 게 날아갈지도 모른다. 강아지처럼 그녀를 쳐다보고 있는 스스로에게 어쩐지 짜증이 나서 그는 고개를 끄덕였다.

"그럼 저기, 나 갈게. 더 있는 거 싫지?"

희주는 잠시 입술을 오므리고 생각에 잠겼다. 딱히 싫은 건 아니었다. 그가 다시 건드리지만 않는다면, 까짓거 어차피 사귀기로 했으니 이런저런 이야기 나누는 것도 괜찮을지 모른다.

"TV에서 주말의 명화 할 텐데 그거 보고 가든지요. 숙소 살죠? 규율 엄해요?"

"별로. 내가 제일 나이가 많으니까 감독님도 뭐라고는 안 하시거든. 집이 서울이라는 것도 아시니까."

"그럼 좀 더 있다 가든지요. 차도 다 안 마셨잖아요."

진영의 얼굴에 다시 미소가 번졌다.

"응."

5

[에? 진짜? 진짜 사귀기로 했어?]

"그렇다니까. 몇 번을 묻는 거야?"

희주는 믿을 수 없다는 듯한 정연의 목소리에 짜증스럽게 말했다. 핸드폰을 통해서 들리는 정연의 목소리에는 웃음이 섞여 있었다.

[야, 야, 너 나한테 그 남자 욕 해댄 지 일주일밖에 안 됐다는 거 알아?]

"알고 있으니까 상기시켜 줄 필요 없어."

[웃기잖아.]

"내가 도대체 왜 너한테 전화를 했는지 모르겠다."

[이 몸이 바쁘셔서 밥을 같이 못 먹어주니까 어딜 가나 왕따인 네가 할 일이 없었던 게지. 내 말 틀려?]

"내가 왜 너랑 친구 하고 있나 스스로를 한심해하는 중이다."

정연은 낄낄대고 웃었다. 재판이 있는 날이라 바쁘다며 매주 정해져 있는 점심 약속을 정연이 펑크 내버려서 사실은 정말로 시간이 비어버렸던 것이다. 하지만 그것을 솔직하게 말할 생각은 조금도 없었다.

[어쨌든 김희주 스물아홉 생애의 첫 연애로구나. 그래서 뭐 했어, 지금까지는?]

별거 안 했지. 희주는 지난 주말을 떠올려 보았다. 진영은 그녀가 피곤하다는 것을 눈치 챈 듯 일요일에는 전화만 했을 뿐이었다. 집 전화번호와 핸드폰 번호까지 다 입력해 가서는 어제도 밤늦게까지 통화를 했다.

의외로 그와 이야기가 잘 통한다는 것은 신기한 일이었다. 최근의 영화 이야기며 재미있게 읽었던 책 이야기, 주위 사람들에 대한 이야기를 진영은 재미나게 늘어놓는 편이었다. 희주 역시 스스로 말을 잘하는 편은 아니라고 생각했지만, 그와 통화를 하면 해줄 만한 이야기가 새록새록 떠오르곤 했다. 그는 말을 잘하는 만큼 또한 재미있게 들어주었다. 게다가 머리도 더 이상 무스를 발라 뾰족하게 세우지 않았다. 뭐, 귀고리는 여전히 주렁주렁 달고 있긴 하지만, 그 정도는 봐주기로 결정했다.

[뭐야, 왜 대답이 없냐? 어, 뭐 나한테 말 못할 거 했어? 이야, 김희주 잘 나가네.]

"시끄러워, 입 다물어. 나중에, 하여튼 다음주나 그 다음주에 만나서 이야기하자. 알겠지?"

[그래, 알겠다. 나중에 솔직하게 다 털어놔야 돼!]

전화를 끊은 다음 희주는 한숨을 내쉬었다. 사실 할 일은 별로 없었다. 시계는 열두 시 반을 가리키고 있었고, 사무실 사람들은 전부 밥을 먹으러 나간 상태였다. 시켜 먹을까 생각하고 있는데 갑자기 핸드폰이 울렸다. 그녀는 전화번호를 확인하고 폴더를 열었다.

"네."

[밥 먹었어?]

진영이었다. 희주는 자신도 모르게 미소를 지으며 대답했다.

"아직이요. 진영 씨는 뭐 해요? 오늘은 시합없어요?"

[내일. 점심 왜 아직 안 먹었어? 친구랑 먹는다고 했잖아.]

"펑크났어요. 어쨌든 내일 시합이면 얼른 연습해요. 괜히 나중에 또 팀원들한테 잔소리 들었다느니 하지 말고."

[하지만 점심…….]

"알아서 먹을 테니까 신경 끊어요. 알겠죠?"

진영은 전화에 대고 몇 마디 툴툴댄 다음 알았다고 대답하고는 저녁에 전화하겠다는 말을 남기고 끊었다. 희주는 피식 미소 짓고 전화기를 내려놓았다.

연애라는 건 참 이상한 것이다. 사소한 일에 대해서 이야기하면서도 깔깔거리고, 그의 목소리를 듣는 것 자체가 즐겁다. 방금 전화했는데도 그의 전화가 다시 기다려지고, 그가 무엇을 하고 있을지 궁금했다.

도대체가 이거 어쩔 수 없이 사귄다고 주장하던 사람의 자세 맞는 거야? 희주는 인상을 찌푸렸다. 며칠 만에 완전히 그에게 매여 버린 듯한 느낌이어서 어쩐지 짜증이 났다. 한 손으로 귓가의 머리를 쓸어 넘기고서 그녀는 펼쳐 놓고 있던 보정 명령을 받은 서류에 집중하기 시작했다.

"정진영! 이 자식 너 또 도망치려고? 잘 걸렸다."

"아, 형, 한 번만."

진영은 실실거리며 양손을 모았으나 훈주는 가차없이 그의 머리를 주먹으로 내려쳤다. 진영은 맞은 부분을 감싸며 뒤로 두어 걸음 물러났다.

"또 어딜 가? 너 내가 준 공략 보긴 봤어?"

"나중에 보려고……."

"나중에? 내일 게임인데 나중에 봐? 이 새끼가 정말 보자 보자 하니까. 너 토요일은 어디서 돌아다니다가 아침에 왔어? 숙소에서 안 잤지?"

이훈주는 진영이 소속되어 있는 KPT 팀의 감독이었다. 3년 전까지는 프로게이머였으나 일찌감치 감독으로 전향해서 지금은 알아주는 편이었고, 진영과는 처음 프로게이머로 나설 때부터 친하게 지낸 사이였다. 무소속이었던 그를 상당한 계약금에 KPT로 끌어들인 것도 훈주였다.

물론 형제처럼 지낸다고 해서 만만하게 여길 상대는 결코 아니었다. 그야말로 호랑이 감독처럼 애들을 다잡는 게 그의 특기였다. 게다가 진영이 3차 리그 우승을 날려먹은 것은 치명타였다. 훈주의 굵은 눈썹은 이마에서 송충이처럼 꿈틀거렸다.

"야, 임마. 너, 이……. 당장 안 들어가?"

"진짜 너무하네. 점심만 먹고……."

"점심을 어디서 먹는데? 다른 애들은 전부 다 그냥 시켜 먹는데 너만 왜 나가? 그것도 오토바이까지 끌고. 얼마나 멀리까지 나가려고?"

"애인이 밥을 굶고 있는데 형 같으면 자장면이 넘어가겠수."

진영의 퉁명스러운 말에 훈주가 눈썹을 치켜 올렸다.

"뭐시기가 어째? 애인?"

"응."

"정진영이 애인이 생겨? 듣다 듣다 별 소릴 다 듣네. 그 거짓말 진짜냐?"

"거짓말 아니야."

진영은 입이 벌어지는 것을 느끼며 대답했다. 훈주의 가느다란 눈이 최대한도로 커졌다.

"진짜냐? 이 형님한테 얼렁 불어라, 응?"

훈주의 굵다란 팔이 진영의 목을 감고 조였다. 이미 여러 번 당해본 터라 진영은 재빨리 그의 팔을 비틀며 빠져나와 안전거리를 유지하며 그를 보았다.

"다그쳐 봤자야. 비밀이야, 비밀. 아직."

"뭐가 비밀이냐, 말하면 닳기라도 해?"

"당연하지."

진영이 허리에 손을 얹고 당당하게 말하자 훈주는 기가 막힌 얼굴로 그를 보다가 인상을 찌푸렸다.

"너 진짠가 보네. 웬일이냐, 네가 여자랑 그런 관계가 다 되고. 진짜 괜찮은 여자야? 뭐 하는 여잔데? 네 팬이야?"

"웬걸. 내가 이거 하는 줄도 모르고 있던 사람이야."

진영은 재킷 아래의 어깨를 으쓱였다. 훈주는 턱을 문지르며 계단에 앉아 옆 자리를 툭툭 두드렸다. 진영은 망설이다가 어쩔 수 없이 그의 옆으로 가서 다리를 뻗고 앉았다. 어차피 빠져나가기는 틀린 노릇이었다.

"네가 여자를 만나서 그렇게 진지해지다니, 이 형님은 기뻐서 눈물이 다 나오려고 한다. 다 컸구나, 이제."

연극적으로 그가 진영의 어깨에 기대 훌쩍이는 시늉을 하자 진영은 픽 웃고 주먹으로 그를 후려치며 중얼거렸다.

"관둬."

"어떻게 만난 여자야?"

"비밀이야."

"뭐, 다 좋은데 게임하는 데 괜히 신경 쓰이게 만들지는 마. 너 저번에 3차 리그 게임 개떡 쳐놓고 또 튀었잖아. 그거 여자 때문에 그런 거지?"

"형도 전에 그런 적 있잖아."

"그거랑은 이야기가 다르지. 나야 그때도 할까 말까 하던 중이었지만, 넌 이 길로 지금 맘 잡고 있는 거잖아."

갑작스러운 이야기에 진영은 손등으로 얼굴을 문지르며 생각에 잠겼다. 이 길을 정말로 진지하게 생각하고 있는 걸까? 가장 잘하고 또 좋아하는 게 게임이라 이걸로 돈까지 벌면 금상첨화라고 생각해서 뛰어들기는 했지만, 지난번에 윤형이 장래 문제를 물어본 이후로 계속 머리 속 한구석에서 그를 괴롭히고 있는 문제였다. 이 길로 계속 나가야 하나?

"형은 왜 감독으로 전향했어?"

훈주는 그를 잠시 쳐다보다가 고개를 들고 파란 하늘을 쳐다보며 대답했다.

"글쎄다. 그쪽에서 그렇게 잘할 자신이 없었던 탓이랄까. 그리고 좀 더 오래가는 일을 찾고 싶은 생각도 있었고. 그런데 갑자기 그건 왜 물어? 여자가 뭐 다른 직업 찾으래?"

"아니, 그냥 갑자기 궁금해서."

진영은 무릎에 팔을 걸친 채 콘크리트 계단만 응시했다. 아직은 이 일로 돈도 꽤 많이 벌고 있긴 하지만, 분명히 몇 년 안에 그도 그만둬야 할 것이다. 하지만 그러고 나면 무슨 일을 할지 한 번도 생각해 본 적이 없었다. 지금까지는 어머니와 싸우기에 바빠서 그런 것에 신경을 쓸 여유가 전혀 없었다.

"뭐, 어쨌든 넌 아직 당장 신경 쓸 필요는 없잖아. 내년쯤에는 생각해 봐야 할 것 같다만."

훈주의 말에 진영은 고개만 끄덕였다. 어쨌든 통장에 쓸 수 있는 돈은 쌓여 있고, 원한다면 희주에게 뭐든 해줄 수 있었다. 진영은 일어나서 느긋하게 하늘을 쳐다보고 있는 훈주를 발로 툭 건드리며 히죽 웃었다.

"뭐 하는 거야, 감독이 되어서 애들 관리는 안 해주고. 난 들어가서 연습할 거야."

"자식아, 시키는 거나 좀 잘해. 나한테 명령하지 말고."

훈주의 노려보는 눈길을 가볍게 무시하고 진영은 주머니에서 핸드폰을 꺼내며 안으로 들어갔다. 희주에게 내일 만나자고 문자 메시지를 보낼 생각이었다.

희주는 시계를 쳐다보며 황급히 극장 안으로 뛰어들어 갔다. 늦은 시간에 찾아온 고객과의 상담이 길어지는 바람에 진영과의 약속에 늦었던 것이다. 저녁 8시가 넘었는데도 메가 박스에는 사람들이 많았다. 희주는 에스컬레이터를 뛰어내려 가서 매표소 앞에 서 있는 사람들을 두리번거리다가 여러 명의 소년들에게 둘러싸여 있는 진영을 발견하고 다가갔다.

"진영 씨."

"어, 미안해요. 다음에."

진영은 아이들을 헤치고 희주에게 다가왔다. 대여섯 명가량의 소년들은 진영의 사인을 받아 들고 희희낙락하고 있었다. 희주는 고개를 기울여 아이들을 본 다음 진영을 쳐다보고 흠 하고 심각한 눈으로 그를 보았다. 진영이 눈썹을 치켜 올렸다.

"왜?"

"아니, 진영 씨 유명인이구나 싶어서요."

"내가 좀 유명하지."

그가 씩 웃으며 그녀를 이끌고 에스컬레이터 쪽으로 다시 향했다.

"표 샀어요?"

"응. 내 마음대로 샀는데 괜찮아? 트리플 엑스 보자고."

"나 어차피 영화 본 지 꽤 오래됐어요. 아무거나 상관없어요."

"저녁은 아직 안 먹었지? 식사부터 하자. 영화 10시 거 끊었거든."

위로 올라가서 가까이 있는 브루스케타 픽스로 향하며 희주는 신기한 눈으로 몇 번이나 진영을 쳐다보았다. 아이들이 사인을 청할 만큼 그가 인기인이라는 생각은 한 번도 해보지 않았던 것이다. 그녀의 눈에 그는 여전히 조금은 양아치 같은 외모를 하고, 그녀와는 다른 세상에 살고 있는 사람일 뿐이었다. 다른 세상에 사는 건 사실이긴 하지, 내 사인을 원하는 사람은 아

무도 없으니. 그녀는 인상을 살짝 찌푸리고 레스토랑 안으로
들어가서 자리에 앉았다.

"사인해 달라고 오는 애들 많아요?"

"별로 많지는 않아. TV로 얼굴이 나오긴 해도, 실제로 보면
저게 그 사람인가, 그게 그 사람인가 하니까. 게다가 카메라는
나의 잘생긴 얼굴을 제대로 못 찍거든."

그는 씩 웃으며 대답했다. 하지만 흐릿한 조명 아래서도 그
의 얼굴이 약간 붉어지는 것이 보여서 희주는 눈을 깜박였다.
입으로는 태연하게 말을 하고 있어도, 실제로는 꽤 창피한 모
양이었다. 그 이중적인 모습에 그녀는 쿡 하고 웃었다. 진영은
인상을 찌푸리고 그녀 앞에 메뉴판을 내밀었다.

"식사나 하시죠, 아줌마."

"누가 아줌마라고!"

"당신 나보다 두 살이나 많으면서. 곧 꺾어진 육십이지? 힘
내서 열심히 살아."

희주는 메뉴판을 들어 그를 후려치려고 했다. 진영은 낄낄거
리며 양팔을 들어 올려 메뉴판을 막았다. 메뉴판을 내려놓고
주문을 하고 나서도 희주의 기분이 영 풀리지 않는 듯한 눈치에
진영은 조심스럽게 그녀의 얼굴을 살피고서는 미안한 어조로
말했다.

"농담이었어. 화났어?"

"나 지금 깨달았는데, 나보다 두 살이나 어리면서 진영 씨 나

한테 왜 반말해요?"

그녀가 팔짱을 끼고 날카롭게 그를 노려보았다. 이런, 화났
군. 제때 멈추지 못하는 자신의 혀를 원망하며 진영은 그녀의
기분을 풀어주려고 노력했다.

"희주 씨가 싫으면 존댓말 쓸게요. 누나아, 화 풀어요."

그가 존댓말을 쓰니 그건 그것대로 이상했다. 무엇보다도 그
와 자신의 나이 차를 상기시키는 것 같아서 불편했다. 희주는
팔짱을 고쳐 끼며 아랫입술을 비죽 내민 채 말했다.

"관둬요. 그냥 반말이 낫겠어요."

"그렇지? 희주 씨가 나이보다 훨씬 훨씬 어려 보여서 그렇다
니까."

"빈말은."

그를 흘겨보면서도 희주는 결국 피식 웃고 말았다. 그와 싸
움을 해봐야 별 승산도 없을 것 같았고, 그런 이야기 하나하나
에 화를 낸다는 것도 우스운 노릇이었다. 진영과 사귀기로 결
정했을 때 이미 그런 것은 감수하기로 했던 게 아니던가.

"오늘 게임은 잘된 것 같아요?"

시합이 끝나자마자 그가 '이겼어!!' 라고 이모티콘까지 뒤에
넣은 문자 메시지를 보내서 결과는 알고 있었지만, 그래도 궁
금했다.

"음, 그럭저럭. 나쁘진 않았지만, 몇 가지 실수한 게 있어서
훈주 형한테 혼났지."

종업원이 다가오자 두 사람은 주문을 했다. 희주가 오늘 있었던 몇 가지 일들을 이야기하고 있는데 근처 테이블에 있던 여자 아이 하나가 한참이나 그들을 살피다가 갑자기 다가와 진영을 보았다.

"저기요, 프로게이머 정진영 선수 맞아요?"

희주는 진영이 머리를 긁적이며 여자 아이가 내미는 종이에 사인을 해주는 모습을 보았다. 꽤나 멋쩍은 모양이었다. 여자 아이가 자기 테이블로 돌아가 일행에게 사인을 자랑하는가 싶더니 나머지 애들도 전부 다 우르르 몰려와서 사인을 받겠다고 늘어섰다. 희주는 입을 다물고 가만히 그 모습을 보고 있었다.

아이들이 다 돌아가고 나자 진영은 희주를 보고 미안한 듯 웃었다.

"자주 이러진 않아."

"여자 팬도 있다는 게 신기해서 본 것뿐이에요. 여자애들도 요즘은 게임 많이 하나 보죠?"

"희주 씨 공대 나오지 않았던가? 컴퓨터 안 써?"

"아니, 그거랑은 다르잖아요."

공대를 나오긴 했지만 그녀가 1, 2학년 때에는 그다지 게임에 열중하는 여자애들은 없었다. 스타크래프트 같은 게임도 없었고. 3, 4학년 때에는 변리사 시험 준비하느라 바빠서 다른 것에 신경 쓸 여유가 없었다.

"하긴 공대 나왔다면서 컴퓨터 전원 켜고 끄는 것도 못하는 사람도 봤지."

희주가 눈을 흘기자 진영은 씩 웃고서는 조용히 말했다.

"어쨌든 이래저래 얼굴이 팔려 있으니까, 게다가 팬이라는 건 결국 돈이 되는 거라서 소속팀에서도 가능하면 팬 관리를 잘 해주길 바라거든."

"진영 씨는 인터뷰 기사 같은 것도 별로 없던데, 인터뷰 싫어해요? 남들은 광고 같은 것도 많이 찍었잖아요."

"인터뷰는 그냥, 괜히 이것저것 물어보면 할 말도 없고 해서 안 하는 거고, 광고는 예전에 들어온 적은 있었는데 거절했어."

"왜요? 돈도 벌고 좋지 않아요?"

호기심 어린 희주의 얼굴을 보고 진영은 인상을 찡그렸다.

"창피해서 어떻게 돌아다녀? 광고 찍는다 그러면 게임 할 때 입는 것만으로도 충분히 창피해 죽을 것 같은 그 은색 코스프레 같은 옷 입고서 폼 잡아야 하는데. 그렇게 전국에 방영되고 나면 고개 들고 길거리 못 다녀."

희주는 쿡쿡거리며 웃었다. 진영이 질색을 하며 말하는 것이 어쩐지 우스웠기 때문이다. 방금 전까지 여자애들 여럿에게 멋 들어지게 사인까지 해줘놓고서는 무슨 소리람.

"진짜야. 그런 거 싫다니까."

그는 정색을 하고 말했다. 희주는 여전히 웃으며 고개만 끄덕였다. 진영은 인상을 조금 찌푸렸다.

사실 그게 솔직한 이유는 아니었다. 광고에 나오면 친척들까지 전부 다 그가 무엇을 하고 있는지 알게 될 거고, 그러면 그들이 뒤에서 비웃을 것 같아서 싫었다. 어머니 역시 야단하실 테고. 자기비하라고 해도 어쩔 수가 없었다. 돈이야 좋지만, 사람들이 수군거릴 걸 생각하면 소름이 끼쳤다.

"알았어요, 알았어. 식사 나오네요."

희주는 고개를 돌리고 종업원이 식사 가져오는 것을 보았다. 보기와 다르게 진영은 상당히 가리는 게 많은 모양이었다.

식사를 마친 다음 시계를 보고 두 사람은 다시 극장으로 향했다. 밤이라 사람이 많이 줄어 있었다. 배가 불러서 희주는 진영이 사겠다고 우기는 팝콘을 끝끝내 거절하고서 안으로 들어가 자리를 찾아 앉았다.

영화가 시작할 무렵 진영이 슬그머니 팔걸이 위에 있던 희주의 손을 잡고 깍지를 꼈다. 희주는 그를 힐끔 쳐다보았으나 그는 스크린만 쳐다보며 가만히 있을 뿐이었다. 커다랗고 따뜻한 손에 감싸여 있는 느낌이 나쁘지 않아서 그녀도 가만히 있었다. 영화를 보는 내내 두 사람은 계속 그렇게 손을 잡고 있었다.

"자, 도착했습니다."

진영이 핸드 브레이크를 올리며 외쳤다. 깜박 잠이 들었던 희주는 눈을 뜨고 어두컴컴한 빌라를 쳐다보았다. 어차피 오토바이를 놓고 왔다며 그가 희주의 차로 그녀를 집까지 데려다 주었던 것이다.

"내일도 출근해야 할 텐데 괜히 밤에 영화 보자고 한 거 아냐?"

그는 걱정스럽게 희주를 쳐다보며 말했다. 그녀는 기지개를 켜고 한숨을 푹 내쉬었다. 사실 좀 피곤하긴 했다. 졸리기도 하고. 하지만 그렇게 늦은 시간은 아니니까 올라가서 씻고 곧장 자면 되겠지. 영화를 본 것도 오랜만이고. 그것도 남자랑 단둘이. 그녀는 졸린 눈으로 배시시 웃었다.

"괜찮을 거예요. 그런데 진영 씨는 어떻게 할 거예요? 집에 들어갈 거예요?"

잠시 진영은 그녀가 자신의 집으로 초대하는 거라고 생각하고 반색을 했으나 곧 원래 집 이야기를 한다는 것을 깨닫고 고개를 흔들었다.

"이 시간에 어머니 깨웠다가는 괜히 잔소리만 듣지. 싫어. 숙소로 돌아갈 거야. 훈주 형이 또 외박하면 가만 안 둔다고 했거든."

"훈주 형이 누구예요? 아까도 그러더니."

"우리 팀 감독이야."

"감독도 있어요?"

야구나 농구팀처럼? 신기해서 희주는 그를 쳐다보았다. 작전도 짜고, 연습도 시키고 그러는 걸까? 진영은 미소를 지으며 고개를 끄덕였다.

"다음에 언제 소개해 줄게. 얼른 올라가."

그가 자동차 열쇠를 빼서 그녀에게 건네주고 차에서 내렸다. 희주도 차에서 내리다가 차가운 밤바람에 몸을 부르르 떨었다. 어느새 밤에는 날씨가 꽤 많이 추워졌다. 9월만 해도 그렇게 춥지는 않았는데. 자동 잠금 장치를 누른 다음 그녀는 진영을 보았다.

"택시 타고 갈 거죠?"

"그래야지."

"들어가거든 전화해요. 걱정되니까."

"알았어. 그런데 말이야."

희주는 여전히 졸음이 가득한 눈을 깜박이며 그를 보았다. 진영이 히죽 웃으며 주머니에 손을 꽂고 차에 비스듬히 기대서 그녀를 보았다.

"대리운전 해줬는데 요금 안 줘?"

무슨 소릴 하는 거야, 이 남자가? 한 해에 내 연봉만큼 버는 사람이. 희주는 눈살을 찌푸리며 그를 쳐다보았다. 설마 돈을 뜯어내려는 건 아닐 것이다. 그렇지? 사귀기로 한 지 며칠밖에 안 되긴 했지만 그런 사람이라는 생각은 들지 않았다.

"현금 필요해요?"

"에이, 그런 요금 이야기가 아닌데."

그는 눈썹을 치켜 올리며 그녀를 빤히 응시했다. 그게 설마……. 희주는 눈을 동그랗게 뜨고 그를 보았다. 이런 길거리에서? 설마!

"무슨 소릴 하는 거예요?"

"한 번만. 안 될까? 뺨에다 해줘도 되는데."

희주는 눈을 굴렸다. 진영은 슬금슬금 그녀에게로 다가오고 있었다. 이 남자가 정말로 창피해서 광고 같은 건 못 찍겠다고 했던 사람 맞아?

"한 번만, 희주 씨."

"그런 거 안 하기로 했었잖아요."

진영은 주머니에 손을 꽂은 채 어깨를 웅크리고 불쌍해 보이는 얼굴을 하고서 그녀를 쳐다보았다. 덩치만 커다란 어린애라니까. 희주는 한숨을 내쉬고 주위를 둘러보았다. 사람은 아무도 없었고, 빌라 역시 깜깜했다. 4층에는 확실하게 불이 꺼져 있었다. 좋아. 뭐, 뺨에 한 번 정도야 안 될 것도 없겠지. 그녀는 손을 뻗어 그의 어깨를 잡고서 발꿈치를 들어 올려 그의 뺨에 입술을 갖다 댔다.

"됐죠?"

"응."

"그렇게 비실거리며 웃지 말아요. 꼭 모자란 사람 같아."

그녀는 눈을 흘겼으나 정말로 그렇게 생각하는 것은 아니었다. 다만 진영이 저렇게 소년처럼 웃으면 아무거나 들어줄 것 같은 마음이 들기 때문이었다. 그의 페이스에 말려들면 곤란하다구. 그녀는 그의 옷을 바로잡아 준 다음 팔을 톡톡 쳤다.

"가요. 전화하구요. 알겠죠?"

"알았어."

그는 연신 빙글거리며 몸을 돌려 길을 따라 걸어가기 시작했다. 잠시 그 뒷모습을 쳐다보고 있다가 희주는 집으로 올라갔다. 발소리를 죽여 4층을 지나간 다음 무사히 5층의 집에 도착해서 안으로 들어서자 안도의 한숨이 나왔다.

가방을 소파에 내려놓고 재킷을 벗은 다음 그녀는 한참이나 멍하니 앉아 있었다. 텅 빈 집이 오늘은 별로 쓸쓸하게 느껴지지 않았다. 핸드폰을 꺼내 탁자 위에 올려놓은 다음 그녀는 가만히 전화가 울리기를 기다렸다. 진영이 숙소에 도착하려면 최소한 20분은 걸릴 테니까 그동안 씻는 편이 좋겠지만, 그의 전화를 받은 다음에 하고 싶었다. 전화를 놓치고 싶지가 않았다.

"초기라서 그런 거야, 초기라서."

그녀는 자신의 집착에 대해 변명하며 전화기를 쳐다보다가 일어섰다. 아무래도 씻으러 가는 게 좋겠다. 매여 있을 생각은 없었다. 내일 아침에 출근도 해야 하고, 연애가 아니라도 해야 할 일은 얼마든지 많았다.

토요일의 일은 일찍 끝났다. 지난주에 한바탕 한 이래로 여직원은 기가 팍 죽은 듯 얌전해졌고, 일을 뒤섞어놓지도 않았다. 재킷을 걸치고 가방을 들고 사람들에게 인사를 한 다음 엘리베이터로 향하며 희주는 핸드폰을 보았다. 진영은 오늘은 바쁜 모양이었다.

아니, 취소야. 밖으로 나와서 그녀의 차 옆에 오토바이를 세우고 느긋하게 기대앉아 10월의 햇살 아래 책을 읽고 있는 그를 발견한 순간 희주는 머리 속으로 생각했다. 바쁜 사람이 연락도 없이 저러고 있었을 리 없지. 그녀는 구둣발 소리를 또각또각 내며 그에게 다가갔다.

"여기서 뭐 하고 있었어요?"

"뭐 하긴. 희주 씨 기다렸지. 일 다 끝났지?"

그가 활짝 웃으며 그녀를 보았다. 희주는 고개를 끄덕이며 딱딱거렸다.

"전화를 했어야죠. 그랬으면 더 일찍 나오든지 아니면 시간 맞춰 오라고 했을 텐데. 언제부터 여기 있었어요? 감독한테 혼 안 나요? 앞으로는 이러고 시간 낭비하고 있지 말아요. 내가 언제 나올 줄 알아서?"

"오늘 일찍 끝날 거라고 했었잖아. 그래서 기다렸지. 괜히 전화부터 해놓으면 희주 씨도 신경 쓰일 거 아냐."

그는 미소를 지은 채 책을 덮었다. 피터 드러커의 '미래 경영'이라는 제목이 보이자 희주는 고개를 살짝 기울이고 그를 보았다.

"재미있어요?"

"이거? 그냥 읽는 거지 뭐. 피터 드러커 책은 꽤 재미있어. 타."

그는 메고 있던 배낭형 가방에 책을 집어넣은 다음 똑바로 앉았다. 오토바이를 보고서 희주는 잠시 그대로 서서 의아한 얼굴로 그를 보았다. 진영은 왜 그러냐는 듯 그녀를 보았다.

"저기, 이거 타라고요?"

"응. 오토바이 타본 적 없어?"

"물론 없죠. 내 주위에 그런 거 타고 다니는 사람은 하나도 없었다구요."

대학 때 오토바이를 타고 다니는 애들이 있긴 했지만, 그녀는 남자 학우들의 뒷자리에 올라타서 다닐 만큼 용감하지 않았다. 그런 여자애들은 물론 거의 없기도 했고.

"게다가 이런 정장을 입고 어떻게 타겠어요? 그냥 내 차 타고 가요."

"빼기는. 대신 그럼 다음에 꼭 타야 돼. 오토바이가 얼마나 기분 좋은데."

진영은 마지못해 오토바이에서 일어나 그녀의 앞으로 다가와 손을 내밀었다.

"열쇠."

희주는 핸드백에서 열쇠를 꺼내 그의 손에 내려놓았다. 그는 운전석으로 돌아갔고, 희주는 옆 자리로 들어가서 그를 보았다.

"그런데 어디 가려고요?"

"음, 근처에 순대볶음 잘하는 집이 있거든. 갑자기 그게 먹고 싶어서, 희주 씨도 같이 먹자고. 괜찮지?"

순대? 희주는 눈을 깜박거렸다.

"나 그거 한 번도 먹어본 적 없는데요."

시동을 걸고 가볍게 차를 뒤로 빼고 있던 진영의 눈이 그녀를 향했다.

"뭐라고?"

"순대 말이에요. 나 한 번도 먹어본 적 없다구요."

"진짜야?"

희주는 고개를 끄덕였다. 부모님은 순대 같은 음식을 좋아하지 않으셨고, 중고교 시절에 친구들과 분식집을 가도 순대는 이상한 냄새가 나는 데다가 돼지 내장으로 만들었다는 이야기에 먹을 엄두를 내지 못했던 음식이다. 그런데 그런 걸 먹으러 가자고 하다니. 그녀는 인상을 찌푸렸다. 진영은 잠시 고민하는 듯하더니 씩 웃었다.

"그럼 오늘 한번 시도해 봐. 먹어본 적이 없는 거지, 못 먹는 건 아니지?"

먹어본 적이 없으니 못 먹는지 어떤지 알 게 뭐람. 그녀의 미간에 깊게 주름이 생겼다. 별로 먹고 싶지 않은데. 왜 하필 그런 걸 먹으러 가자고 하는 거야? 기왕 식사를 사줄 거라면 좀 더 우아하고 멋진 음식을 사주면 안 되나?

"그러지 말고 초밥 먹으러 가요. 가까이에 회전 초밥집 괜찮은 곳 있거든요."

"싫어, 싫어, 싫어."

노래하듯 말하고서 진영은 슬쩍 그녀를 보았다.

"그러지 말고 한번 시도해 봐. 매일 하던 것만 하다 보면 사람은 바보가 된다구. 새로운 걸 자꾸 시도해 봐야 발전이 있지."

"그런 발전 없어도 돼요. 순대 못 먹는다고 인생이 퇴보하지는 않아요."

"못 먹는 거 아니라며. 한 번만 먹어봐. 맛있다니까. 마음에 안 들면 곧장 초밥집으로 돌릴게. 어때?"

희주는 한숨을 푹 내쉬었다. 진영이 저렇게 졸라대니 어쩔 수가 없는 노릇이었다. 확실히 최근 몇 년 동안은 모험이라고 할 만한 일을 한 번도 해본 적이 없었다. 음식뿐만 아니라 인생살이 전반에 걸쳐서 전부 다.

"알았어요. 하지만 맛 이상하면 곧장 나오는 거예요."

그녀는 단단히 다짐을 받아냈다. 진영은 절대로 그럴 리 없다는 듯 차를 몰아 근처에 있는 잘 아는 순대집으로 향했다.

순대라니. 동그랗고 시커멓고 당면 같은 것이 우르르 채워져 있는 기이한 것을 보고서 희주는 한참이나 망설였다. 철판 위에서는 시뻘건 양념과 야채들이 함께 볶아지고 있었고, 까맣고 둥그런 속을 채운 타이어 같은 물체도 기름에 볶아지고 있었다. 그녀는 조심조심 야채를 골라 먹으며 순대를 의식적으로 피하고 있었으나 진영이 깻잎에 한 움큼 싸서 그녀에게 내밀자 결국 받는 수밖에 없었다.

"한입에 먹어. 괜찮다니까."

그는 눈을 반짝거리며 그녀를 쳐다보고 있었다. 희주는 깻잎 쌈을 들고서 한숨을 푹 내쉬었다. 이걸 먹어야 하나, 말아야 하나. 그의 면전에 대고서 내려놓을 수도 없는 노릇이고.

"먹는다고 안 죽어, 글쎄."

"사람의 기호란 제각기 다른 거란 말이에요. 꼭 먹어야 돼요?"

"응, 꼭 먹어야 돼. 안 그러면 차 열쇠 안 줄 거야."

유치해. 그녀는 그를 노려보았지만 그는 여전히 순진한 얼굴로 그녀만 응시하고 있었다. 결국 희주는 눈을 딱 감고 깻잎 쌈을 입에 집어넣은 다음 숨도 쉬지 않고 씹었다. 얼른 삼켜 버리면 맛을 안 봐도 될지 몰라……. 하지만 너무 커다래서 숨을 안 쉬고 씹어 삼킨다는 것은 불가능했다. 결국 그녀는 캑캑거리며 간신히 삼키고 물을 반 컵이나 마셨다.

"괜찮아? 그렇게 싫어?"

진영은 인상을 찌푸리고 그녀의 잔에 물을 채워주며 물었다. 희주는 입술을 부루퉁하게 내민 채 잠시 생각해 보았다. 너무 금방 삼킨 데다가 물까지 마셔서 무슨 맛인지 알 수가 없었지만, 그냥 기름 맛에 당면 맛밖에 안 나는 것 같았다. 고개를 갸우뚱하고서 그녀는 그를 쳐다보았다.

"하나 더 싸주면 다시 먹어볼게요."

"알았어. 이번엔 좀 더 작게 싸줄게."

그는 젓가락을 들고 고심해서 야채 조금, 부서진 순대 조각을 깻잎 위에 잘 올리고서 양념장을 약간 올린 다음 그녀에게 내밀었다. 커다란 손으로 쌈을 싸고 있는 그의 모습을 보고 있자니 상당히 우스웠지만 희주는 가까스로 웃음을 참고 토라진 표정을 유지했다.

"자, 이번엔 천천히 먹어."

희주는 쌈을 받아 입 안에 넣고서 느릿느릿 씹었다. 깻잎 향에 양념장의 매콤달콤한 맛, 그리고 야채 맛, 거기에 뭐라고 형용할 수 없는 순대의 맛. 그녀의 표정이 묘하게 변하는 것을 보며 진영은 인상을 찌푸렸다.

"어때?"

"역시 잘 모르겠어요. 하나 더 싸줘요."

"알았……."

그녀의 눈에 떠오르는 미소를 보고서 진영은 반쯤 웃는 얼굴로 투덜거렸다.

"뭐야, 나 놀리는 거지?"

"이제 알았어요? 어지간히 둔하네."

그녀가 낄낄거렸다. 진영은 이맛살을 찌푸린 채 입에는 미소를 달고서 그녀를 쳐다보았다. 그리 이상하지는 않은 듯 그녀는 깻잎을 들고 직접 싸 먹기 시작했다. 그렇게 꽉 막힌 건 아니로군. 다행이야. 그는 조금 마음이 놓이는 것을 느끼고 순대볶음을 먹기 시작했다. 멋대로 그녀에게 강요하긴 했지만, 그녀가 정말로 싫어하면 다른 곳에 갈 생각이었다. 하지만 순대도 못 먹고 그녀가 얌전을 빼고 있다면 조금은 싫어질지도 모르겠다는 생각은 문득 들던 터였다.

먹는 것 가지고 사람을 차별한다는 것은 우스운 일이었지만, 어쩔 수가 없었다. 그녀가 부디 그가 알았던 몇몇 사촌 누나나 여동생들, 그리고 몇몇 여자들처럼 새침이나 떨고 얌전빼지 않았으면 하는 것이 그의 바람이었다. 그래서 호텔에서 그에게 조금도 주눅 들지 않고 쏘아붙이던 그녀가 마음에 들었던 건지도 모른다. 진영은 자신도 모르게 싱글거리며 그녀를 쳐다보고 있었다. 희주가 눈을 동그랗게 뜨고 그를 보았다.

"왜요?"

"어, 아니. 다음엔 보신탕 먹으러 갈까? 개고기 먹을 줄 알아?"

"그건 절대로 싫어요. 절대 안 돼요. 차라리 삼계탕이라면 잘하는 가게 알아요."

"알았어. 그런데 당신도 설마 귀여운 강아지를 먹는 야만인들, 뭐 이런 말 하는 부류는 아니지?"

"그 정도는 아니지만, 어쩐지 개고기는 좀 그래요. 다른 고기도 먹을 거 많은데 꼭 개고기까지 먹어야겠어요?"

"악어, 영양, 기린 고기도 먹는 세상에 개가 어때서."

"하여튼 개고기는 싫어요. 알겠죠? 보신탕 집에 오늘처럼 다짜고짜 끌고 가면 사귀는 거고 뭐고 없어요. 당장 관두고 나올 테니까 그런 줄 알아요."

희주는 협박조로 말했다. 진영은 씩 웃으며 고개를 끄덕였다.

"절대 엄수할게. 진짜 약속해."

고개를 끄덕이며 희주는 순대볶음을 보았다. 여전히 그렇게 끌리는 것까지는 아니었지만, 뭐 참고 먹어줄 만은 했다. 냄새가 좀 나긴 하지만, 삼겹살도 이 정도 냄새는 나니까. 게다가 진영이 너무 맛있게 먹고 있어서 뭐랄 수가 없었다.

뭐, 이 정도를 좋아하는 척하는 건 얼마든지 해줄 수 있었다. 그렇게 어려운 일은 아니니까. 게다가 자기가 좋아하는 걸 먹여주고 싶다고 열심히 데려온 그의 성의를 무시하고 싶지도 않았다. 예전 같으면 친구가 이런 걸 먹으러 가자고 했으면 싫다고 해버렸을 텐데. 스스로의 변화에 조금 당혹해하며 희주는 고개 숙여 철판을 바라보았다. 그래도 어쨌든, 오래 갈 관계도 아니니까. 내년이면 서른이라구. 내년까지만 이렇게 지낼 거야. 서른이 넘으면 정말 진지한 관계를 찾을 거라구. 속으로 다짐하며 그녀는 진영을 보았다. 그가 웃는 모습을 보자 어쩐지 가슴 한구석이 찔리는 느낌이었다.

일요일 아침 9시에 벨이 울렸다. 거실 소파에 앉아 토스트에 크림 치즈를 발라먹으며 TV를 보고 있던 희주는 일어나서 문으로 다가갔다. 진영 씨는 아닐 텐데.

"누구세요?"

"응, 나다, 희주야. 문 좀 열어볼래?"

이런 맙소사. 희주는 황급히 토스트를 테이블 위의 접시에 내려놓고는 문으로 달려가서 자물쇠를 풀었다. 혜은이 랩으로 싼 샐러드 그릇을 들고 서 있었다.

"아침 벌써 먹었니? 너 먹으라고 해온 건데."

"아뇨, 지금 먹던 중이었어요. 들어오세요."

"그래."

들어오라는 말에 혜은은 반갑게 웃고는 안으로 들어섰다. 한이 주 진영과의 관계 때문에 그녀가 찾아와도 제대로 문도 열어주지 않아서 미안하던 터였다. 희주는 소파 쪽으로 혜은을 안내하고는 곧장 부엌으로 가서 물을 올렸다.

"생강차요?"

"응, 그래."

혜은이 평소 잘 먹는 생강차를 탄 다음 포크를 들고 희주는 소파로 갔다. 반쯤 먹다 만 토스트를 보고서 그녀가 눈살을 찌푸렸다.

"좀 잘 먹어야지. 겨우 토스트 한 쪽 갖고 체력 유지가 돼? 가능하면 밥을 먹어."

"아침에 밥 먹으려면 잘 안 넘어가요. 아참, 옷 감사하다는 인사도 제대로 못 드렸죠?"

혜은이 의상실에서 맞춰주었던 옷은 희주의 옷장에 그대로 걸려 있었다. 그 옷을 입고 나갈 만한 일이 없었던 것이다. 혜은은 컵을 들고 미소를 지었다.

"됐어. 네가 해준 일 때문인데 뭐. 그나저나 지난주에는 계속 바쁜가 보더라. 문소리도 늦게 나는 것 같던데."

"아, 네. 일이 좀 많았거든요."

사실은 순전히 진영과 돌아다니느라 늦었던 거지만 혜은에게 그렇게 말할 수는 없는 노릇이었다. 김이 오르는 생강차를 한 모금 마시고서 혜은은 한숨을 내쉬었다.

"그래, 희주는 혼자서도 알아서 잘하지. 우리 진영이도 좀 그러면 좋을 텐데."

그녀의 인상이 갑자기 찌푸려졌다. 테이블 위에 컵을 내려놓는 손길이 거친가 싶더니 아니나 다를까 그녀의 입에서 하나 남은 자식에 대한 욕이 나오기 시작했다.

"그놈 자식, 그거 그래도 한동안은 일주일에 한 번은 집에라도 들어오더니만 요즘은 집에도 아예 안 들어와. 어디서 뭘 하고 싸돌아 다니는지, 원. 속 터져 죽겠어. 요즘은 또 머리는 노랗게 물들여 갖고 귀에 구멍을 몇 개씩 뚫고 돌아다닌다니까. 요즘은 중국집 배달하는 애들도 그렇게 안 하고 다니더니만."

희주는 가만히 혜은을 쳐다보았다. 짜증이 가득 어린 그녀의 얼굴은 확실히 진영에게 화가 나 있는 것 같았다. 물론 희주 자신도 처음에 진영을 그렇게 생각했지만, 어머니라면 자식 편을 들어주어야 하는 게 아닐까? 게다가 정말로 날백수도 아니

고, 프로게이머라는 직업이 엄연히 있는데. 희주는 조심스럽게
말했다.

"저기요, 저도 왜 저번에 호텔에서 잠깐 봤잖아요."

"응, 그래, 맞다. 그랬지? 그날은 그나마 머리라도 염색하고
와서 다행이었는데, 그 다음에 보니까 도로 그놈의 노란 머리
를 하고 있더라구. 도대체 머리에 무슨 짓을 했는지, 원. 기도
안 차서."

혜은은 혀까지 차면서 이야기를 늘어놓고 있었다. 희주는 뭔
가 좀 끼어들어 물어보고 싶었지만 혜은이 하도 한심해하며 이
야기를 하고 있어서 어떻게 할 수가 없었다. 그녀가 자신을 자
식이나 마찬가지로 편하게 여기고 있어서 이런 이야기를 하는
거라고 생각할 수도 있었지만, 혹시라도 그녀가 다른 사람들에
게도 이렇게 이야기하는 건 아닐까 하는 생각이 들어 갑자기 화
가 났다. 물론 혜은의 말에 틀린 것은 없었다. 노란 머리에, 여
전히 피어싱을 주렁주렁 달고 있었고, 게임에만 빠져 있는 것.
하지만 프로게이머를 하고 있다고 자랑을 할 수도 있는 일이었
다. 안 그런가?

"저기요, 아줌마, 그 사람 직업 전혀 없어요?"

희주의 말에 혜은은 인상을 찌푸리고 그녀를 보았다.

"없다니까."

"그럼 무슨 돈으로 오토바이는 끌고 다녀요? 아줌마가 용돈
이라도 주시는 거예요?"

"그게… 무슨 뭐 쓸데없는 게임 대회인가 뭔가 해서 돈이 좀 있는 모양이야. 그걸로 샀나 보더라. 오토바이 탄 거 봤니?"

혜은이 인상을 찡그린 채 물었다. 희주는 심장이 덜컹 내려 앉는 것을 느끼고 고개를 흔들다가 끄덕거렸다.

"아, 저기, 파티 전날에 잠깐 봤었거든요. 그때는 누군지 몰라서 배달 왔나 했는데, 그날 파티 가니까 그게 아줌마 아들이라 좀 놀랐어요."

당황해서 심장이 쿵쿵거렸다. 생각해 보니까 난 진영 씨가 오토바이 탄다는 걸 알 리가 없잖아! 바보, 바보, 바보. 역시 비밀리에 뭔가 하는 것은 그녀의 성격에 맞지 않는 것 같았다.

"어머, 그랬었구나. 내가 미리 알았으면 그런 부탁 안 했을 텐데. 우리 진영이가 뭐라고 안 했니? 네가 왜 일찍 갔나 했더니 그래서 불편해서 그랬구나. 미안해라."

"아뇨, 아니에요. 그날은 일이 생겨서 어쩔 수가 없었던 거라서, 제가 죄송하죠."

희주는 황급히 말했다. 혜은의 뒤에서 진영을 만나고 있는 주제에 그녀에게 사과까지 듣고 있자니 마음이 영 불편했다. 이게 무슨 짓이람, 도대체.

"희주 같은 애가 내 며느리가 되면 딱 좋을 텐데."

그녀가 한숨을 푹 내쉬며 말하자 희주는 눈을 휘둥그렇게 떴다. 맙소사, 아줌마. 제가 아줌마를 좋아하긴 하지만, 그리고 진영 씨랑 사귀는 중이긴 하지만, 그건 싫어요. 아니, 뭐, 그렇게 나쁜 건 아니지만 그래도 좀 더 괜찮은 직업을 가진 남자를 만나고 싶다구요.

"아, 물론 희주가 우리 애 같은 녀석 만나기엔 아깝긴 하지. 그냥 한번 해본 소리야. 너무 놀라지 말아."

혜은은 희주의 손을 잡고 톡톡 치며 미소를 지었으나 그녀의 눈까지는 미치지 않는 미소였다. 희주는 어정쩡하게 웃으며 그녀를 보았다.

"아, 네. 하지만 잘 알지도 못하는 데다가, 그 사람 저보다 어리죠? 전 연하는 좀 그래요."

"그래. 부모님도 안 계시고 한데, 좀 어른스럽고 널 잘 돌봐 줄 만한 사람이 좋긴 하겠지. 아줌마가 중매 서줄까?"

"아뇨, 됐어요. 아직은 괜찮아요."

세상에, 진영 씨가 알기라도 하면 다짜고짜 찾아와서 난리를 칠 거라구요. 문득 그가 호텔에서 화를 내던 것을 떠올리고 희주는 인상을 찌푸렸다. 지금 생각해 보니, 그때처럼 무섭고 화가 나지는 않았다. 오히려 그의 입장이 이해가 갔다. 어머니 생각해서 기껏 머리도 염색하고 갔더니 알지도 못하는 여자를 약혼녀라고 데려온 데다가 고시 공부를 하고 있다고 친척들 앞에서 거짓말까지 했으니.

그렇다고 모르는 여자한테 키스를 해? 다른 사람한테도 그런 짓 하는 버릇이 있는 거 아냐, 혹시? 갑작스러운 생각에 그녀의 얼굴이 더욱 찌푸려졌다. 혜은은 그것을 잘못 해석하고 혀를 차며 일어섰다.

"그래, 아직은 혼자 찾아보고 싶기도 하겠지. 어쨌든 아줌마 가볼게. 집에서 쉴 거니?"

"어, 잘 모르겠어요."

"그래, 젊은애가 나가서 바람도 쐬고 그래야지. 밥 잘 챙겨 먹고. 알겠지?"

"네. 샐러드 감사합니다. 안녕히 가세요."

혜은이 나간 다음 문을 잠그고서 희주는 재빨리 전화기 앞으로 가 진영의 전화번호를 눌렀다. 아직은 시간이 이르니까 아무 시합도 없을 것이다. 의문 사항은 빨리빨리 해결해야지. 인상을 찌푸린 채 그녀는 전화기 옆을 손가락으로 톡톡 치며 신호음이 가는 것을 듣고 있었다.

[여보세요.]

졸린 목소리로 진영이 전화를 받았다. 희주는 심호흡을 한 다음 말했다.

"갑자기 생각났는데, 혹시 나 말고 다른 여자들한테도 화난다고 막 키스하고 다녀요?"

[응?]

부스럭거리는 소리가 들리고, 진영이 하품을 하는 듯 신음소리를 냈다.

[뭐라고, 희주 씨? 무슨 소리야?]

"그때 호텔에서 말이에요, 나한테 키스한 거. 다른 여자들한테도 허락없이 막 그런 짓 하냐구요!"

이건 절대로 질투가 아냐. 단지 확실하게 해두자는 것뿐이
야. 그녀는 스스로에게 거듭 말하며 진영의 대답을 기다렸다.
진영은 끙 소리를 내더니 말했다.

[무슨 소리야. 다른 여자들한테는 절대로 그런 짓 안 해.]

"그럼 나만 만만했던 거예요?"

[설마. 그때부터 사실은 희주 씨가 마음에 있었던 거라구. 그
것 때문에 새벽부터 전화한 거야?]

음, 그 이야기는 어쩐지 마음에 들었다. 희주는 간신히 마음
을 가라앉히고 투덜거렸다.

"지금 9시가 훨씬 넘었어요. 무슨 새벽이라고 그래요? 어제
몇 시에 잤어요?"

[네 시. 애들이랑 계속 게임했거든.]

남들에게는 '일했다'는 것과 똑같은 의미의 말인데도 '게임
했다'라고 하니까 어쩐지 하찮게 들렸다. 그녀는 잠시 인상을
찌푸리고 있다가 말했다.

"알았어요. 더 자요."

[아냐, 아냐, 잠 다 깼어.]

하지만 길고 긴 하품 소리가 다시 들려오자 희주는 픽 웃고
말았다.

"됐어요. 나중에 잠 깨거든 다시 전화해요. 오늘은 종일 집에
서 일해야 하니까."

[워커홀릭.]

"피차 마찬가지네요. 잘 자요."

희주는 전화를 끊었다. 그의 목소리가 어쩐지 가슴속에서 울렸다.

"그때부터 사실은 희주 씨가 마음에 있었던 거라구."

뭐, 나쁘지 않았다. 누군가가 자신을 좋아하고 있다는 느낌이 좋았고, 계속 생각하고 있다는 게 좋았다. 물론 그렇다고 그런 짓을 그냥 넘어가도 된다는 건 아니지만 다시 또 그런 짓 하면 걷어차 버리는 거지 뭐. 그녀는 생긋 웃으며 소파로 돌아와서 바로 그 남자의 어머니가 갖다 준 샐러드를 먹으며 다시 TV를 보기 시작했다.

6

"**자,** 이 언니한테 다 털어놔 봐. 어떻게 된 거야? 지난 한 주일 동안 궁금해서 죽는 줄 알았다."

스파게티 전문점에 들어가서 주문을 마치자마자 정연은 눈을 빛내며 희주를 빤히 보았다. 희주는 자신도 모르게 배시시 웃으며 그녀를 보았다.

"뭐가 궁금한데?"

"전부 다! 왜 천하의 죽일 놈이 갑자기 달링이 되어버린 거야?"

"난 달링이라고 한 적 없어."

"야, 야, 전화기에 이런 거 써다니는 놈이 어디서 발뺌이야?

당장 불어!"

정연은 희주의 핸드폰을 홱 낚아채서 노려보았다. 핸드폰의
로고 화면에는 진영이 저번에 자기 마음대로 입력해 놓은 '임
자 있음!' 이라는 글자와 함께 노려보는 남자 캐릭터 애니메이
션이 떠 있었다. 바꾸려면 얼마든지 바꿀 수 있었지만 달리 그
녀의 핸드폰을 쓸 사람도 없고 해서 그냥 놔둔 터였다. 도대체
언제 알아챈 거람, 하여튼 눈도 밝아. 희주는 속으로 이죽거렸
다.

"얼른!"

정연의 다그침에 희주는 한숨을 쉬며 손을 들어 올렸다.

"어쩌다 보니까 그렇게 됐어."

"어쩌다 보니까? 어쩌다 보니까? 그게 설명의 전부야? 너 죽
을래? 남자 없는 내 신세를 지금 놀리는 거야?"

"설마 내가 연애 경력 10년의 네 앞에서 주름 잡겠냐. 어떻게
하다 보니까 그렇게 됐다니까. 내가 좋다고 하도 그러니까, 그
게 그냥 싫다고 할 수가 없더라구. 나이도 있는데 나도 나 좋다
는 사람 있을 때 연애나 한번 해보자 싶어서 그러자고 했지."

정연은 인상을 찌푸리고 팔짱을 꼈다. 희주는 모든 중요한
사건들을 생략하고 설명한 게 괜찮은 걸까 고민해 보았으나 세
세한 일까지 말하고 싶지는 않았다. 그건 너무 개인적인 일이
었다.

"뭐야, 그거 되게 이십 대 초반의 애들이 처음 연애하면서 떠

드는 소리 같다. 잘난 척하면서 '이 남자가 날 너무 좋아하더라구. 불쌍해서 사귀어주는 거야' 하는 거."

"그래, 나 연애 처음 한다. 지금 놀리니?"

"아니, 그게 아니라……."

정연의 얼굴에는 이미 놀리는 듯한 미소가 사라지고 없었다. 오히려 뭔가 마음에 안 드는 표정이었다. 그러나 그녀가 뭐라고 할 새도 없이 식사가 나왔고, 스파게티를 먹을 동안 그녀는 별로 심각한 질문은 던지지 않았다.

"그래서 정말로 네가 그렇게 질색하는 노란 머리랑 사귀는 거야?"

"진영 씨 머리는 그렇게 이상하진 않아. 겉부분만 노랗게 탈색한 거고 안엔 그냥 검은 머리야. 그런 건 요즘에 많이들 하잖아."

"쳇, 그런 양아치 머리 싫다고 질색하던 주제에."

정연은 눈을 흘기고 스파게티를 우아하게 먹으며 계속 캐물었다.

"몇 살 차이야?"

"두 살."

"서른하나?"

"아니, 스물일곱."

"진짜? 뭐냐, 뭐! 나도 이날 이때껏 연하는 못 사귀어봤는데. 김희주, 이 호박씨 같으니!"

희주는 주위 사람들이 힐끔거리는 것을 보며 정연을 노려보았다. 그러나 정연은 조금도 신경 쓰지 않고서 툴툴거렸다.

"거기다 직업도 있다고? 프로게이머 돈 꽤 잘 번다던데. 갖출 건 다 갖췄네. 거기다 그 남자 어머니랑도 친하다며."

희주는 아무 대답도 하지 않고 스파게티를 먹는 데에만 열중했다. 비록 정연과는 허물없이 이야기를 나누는 사이라고는 하지만, 어디까지 이야기를 해야 하는 건가 고민스러웠다. 게다가 마음속에 있는 불안에 대해서 이야기를 하면, 정연은 과연 어떻게 반응할까? 좀 더 일찍 연애를 해봤어야 했는데. 인상을 찌푸린 채 희주는 스파게티만 열심히 먹었다.

식사를 끝내고 커피가 나오자 정연은 망설이다가 물었다.

"뭐 문제있는 거야? 내가 보기엔 잘된 것 같긴 한데. 성격이 이상해? 변태야? 떠밀려서 어쩔 수 없이 사귀는 거야?"

"아니, 그런 건 아닌데."

커피에 설탕을 넣고 한참이나 휘젓고 있다가 희주는 결국 입을 열었다.

"같이 있으면 진영 씨한테 왠지 좀 미안해. 진영 씨가 신경 써주는 것만큼 난 그 사람한테 신경을 안 쓰는 것 같아서. 계속 먼저 전화하는 것도 진영 씨고, 먼저 어디 가자고 하는 것도 그 사람이거든."

"너 원래 먼저 나서서 뭐 하자고 하는 타입은 아니잖아."

"내 말은, 진영 씨가 나를 좋아해 주는 만큼 내가 그 사람을 좋아하지 않는 것 같아서 미안하다는 거야."

정연은 커피를 홀짝이며 침묵을 지켰다. 희주 역시 묵묵히 커피만 휘저었다. 뭐라고 말을 해야 할지 알 수가 없었다.

"그러니까 말하자면, 나 그 사람이랑 진지한 관계를 생각하고 싶지는 않다는 거야."

"연애 시작할 때부터 진지한 관계를 생각할 필요는 없잖아. 즐길 만큼 즐기다 감정이 깊어지면 생각하는 거고, 영 아니다 싶으면 관두는 거지. 너무 앞서 나가는 거 아냐, 너? 그냥 즐겨. 내가 보니까 연하랑 사귀는 이득은 다 챙기고 있는 것 같은데 뭘. 젊겠다, 거기다가 너만 쳐다본다며. 인터넷으로 사진 나온 거 보니까 생긴 것도 꽤 귀엽고, 경제력까지 있고. 그거는 잘하려나 모르겠다만, 뭐 벌써 그 단계는 아니지?"

정연이 눈썹을 치켜 올리며 말했다. 희주는 눈만 굴렸다. 그거? 카사노바 뺨치지. 하지만 어쨌든 다시는 안 하기로 했으니 중요한 문제는 아니었다. 진영도 별로 신경 쓰는 눈치는 아니었고. 혹시 나랑 했던 게 마음에 안 들어서 그러는 건 아니겠지? 별것 아닌 일에 자꾸 엉뚱하게 신경을 쓰는 자신을 속으로 나무라며 그녀는 정연을 보았다.

"어쨌든 그러니까 내 말은, 내가 괜히 시간 낭비하고 있는 게 아닌가 싶은 거야. 정말로 괜찮은 남자를 만날 기회가 있는데 지금 진영 씨랑 놀며 시간만 보내고 있는 것 같아서. 난 진영 씨랑 결혼하고 싶지는 않아. 너도 알잖아, 나 전문직 남자 만나고 싶어한다는 거."

"그거야 전의 이야기였고, 지금은 그 남자랑 사귀는 중이잖아."

정연은 커피 잔을 든 채 인상을 찌푸리고 말했다. 희주는 한숨을 내쉬며 커피 잔을 약간 밀어놓았다.

"상관없어. 부모님 돌아가신 이후로 내 최대의 목표가 바로 안정이야. 하지만 진영 씨는 아직 어리단 말이야. 그 사람이야 아직도 몇 년쯤 자기 하고 싶은 거 하면서 시간 허비할 수 있겠지. 하지만 난 스물아홉이고, 가능하면 빨리 결혼해서 자리 잡고 싶어. 그리고 그러려면 진영 씨 같은 사람 만나고 있는 건 안되는 거잖아. 안 그래?"

정연은 잠시 아무 대답도 하지 않았다. 희주는 그녀를 빤히 쳐다보며 뭔가 좋은 대답을 해주기를 기대했다. 그녀의 편을 들어준다든지, 앞으로 어떻게 하라든지. 그러나 정연의 얼굴은 차갑게 굳어 있었다. 커피 잔을 내려놓은 그녀가 희주를 쳐다보았다.

"그러니까 연애는 괜찮은데 결혼은 싫고, 지금이라도 다른 괜찮은 남자 있으면 그만 만나겠다 이거야? 우와, 김희주, 어떻게 연애질 10년 한 나보다 더하니? 그런 생각 안 하는 여자야 없겠지만, 최소한 그런 생각을 했으면 서로 합의라도 했어야지. 친구 관계가 되든지. 그 남자는 네가 좋다고 목을 매고 있는데, 넌 시간 때우려고 만나다가 다른 괜찮은 남자 발견하는 즉시 차버리고 도망가겠다? 너 사람이 그러면 안 돼. 남의 가슴에 못 박고 편하게 살 수 있을 것 같아? 그 남자 감정 더 깊어지기 전에 자르든지 해라."

"진영 씨한테 상처 주고 싶지는 않아. 그 사람, 어머니 때문에 안 그래도 여러모로 상처받은 사람이란 말이야."

"그럼 넌? 넌 뭐 그 사람 어머니 대신이라도 될 것 같아? 그렇게 잘났니, 김희주?"

정연이 날카롭게 말했다. 희주 역시 굳어진 얼굴로 그녀를 바라보았다.

"왜 그렇게 빈정거리는데? 남한테 상처 주기 싫다는 게 그렇게 이해가 안 가? 그 사람 보기보다 훨씬 섬세한 사람이야. 나쁜 사람도 아니고. 단지 내가 좋다는데, 날더러 어떻게 하라고? 필요없으니까 가라고 해?"

"그게 낫지, 나중에 등에 칼을 박을 셈이라면."

정연의 얼굴은 여전히 차갑고 단호했지만 눈에는 묘한 표정이 어려 있었다. 희주는 퉁명스럽게 의자 뒤로 기대 그녀를 노려보았다.

"난 뒤에서 딴 짓 하려는 게 아니야. 그냥 그 사람하고 결혼까지는 생각없다는 거지."

"내가 이 말까지는 안 하려고 했는데 어쩔 수가 없다, 희주야."

정연이 몸을 앞으로 당기고 희주를 똑바로 쳐다보며 말했다.

"지금 너희 둘 관계에 매달리고 있는 게 어느 쪽이야? 그 사람이야…… 아니면 너야?"

그녀는 절대로 진영에게 매달리고 있는 게 아니었다. 매달리고 있는 건 진영이었고, 그녀는 그저 받아주고 있을 뿐이었다. 안 그런가? 늘 진영이 먼저 전화했고, 그가 먼저 찾아오고 있었다.

"희주 씨, 오늘 저녁 회식 잊어버리지 마. 먼저 퇴근하면 안 돼. 나 나중에 빠져나가려면 희주 씨 있어야 돼."

옆방에서 일하는 최은진 변리사가 사무실에 머리를 들이밀고서 윙크까지 하며 말했다. 은진은 세 살 된 아이가 있는 맞벌이 부부라 가능하면 일찍 들어가야 하기 때문에 희주가 먼저 취한 척하면 은진이 데려다 준다며 나오는 방법을 쓰곤 했었다.

"네, 알았어요."

희주는 웃어 보인 다음 핸드폰을 쳐다보았다. 이미 진영이 언제 끝나냐고 연락했길래 회식 때문에 늦을 거라고 말해 둔 상태였다. 데리러 오겠다고 했지만 그것도 거절했다. 어차피 은진과 택시를 탈 게 뻔했기 때문이다. 그는 좀 실망하는 것 같았다.

연애를 해보고 싶다는 게 왜 잘못이란 말인가? 진영은 그녀의 이상형은 절대로 아니었다. 하지만 연애에 꼭 이상형이 필요한 건 아니잖아. 결혼은 다르지만. 결혼에는 조건이 따르는 법이었다. 사랑으로 모든 것을 극복할 수 있다는 이야기를 그녀는 절대로 믿지 않았다. 결혼에는 여러 가지 책임과 의무 등이 따른다. 그리고 진영은 책임과 의무에 관해서는 그다지 신뢰가 가지 않는 사람이었다. 그는 노는 걸 좋아했고, 유일한 가족인 어머니와의 관계도 소원했다. 아니, 그는 절대로 안 돼. 어린애를 데리고 살고 싶지는 않았다. 그것은 실제 나이의 문제가 아니라 정신 연령의 문제였고, 진영의 정신 연령은 신체적 연령을 따르지 못하는 것 같았다. 그게 문제였다.

물론 그와 함께 있으면 재미있었다. 그는 그녀를 전혀 모르던 세계로 이끌었고, 사소한 것에서 즐거움을 찾아내는 편이었다. 게다가 의외로 섬세한 구석까지 있어서 그녀의 기분에 예민하게 반응했다.

"희주 씨, 가자!"

어느새 밖에서 시끄러운 소리가 들리더니 은진이 문을 열고 그녀를 불렀다. 희주는 정신을 차리곤 하고 있던 서류들을 정리해서 가방에 넣은 다음 재킷을 걸치고 밖으로 나왔다.

전자 전기 분야 특허팀 소속 변리사는 총 8명이었다. 거기에 직원들까지 합해 꽤 많은 수가 미리 예약해 두었던 근처의 고깃집으로 이동했다. 동문 선배들도 몇 명 있는 터라 기수별로 술을 돌리고 하다 보니 슬슬 분위기가 달아올랐다. 소주잔을 홀짝이며 희주는 말없이 앉아 있었다.

처음 하는 연애니까, 그와 함께 하는 하나하나가 전부 다 재미있어서 어쩌면 매달리는 것처럼 보이는지도 모른다. 그래, 정연처럼 연애를 많이 해본 사람이야 그런 것에 신경 쓰지 않겠지. 하지만 진영이 데려다 주는 것, 그와 전화기를 붙들고 있는 것, 그런 것들까지도 즐거운데 어떻게 하라는 건가. 그렇다고 그게 결혼하고 싶다는 의미는 아니잖아.

"희주 씨, 왜 이렇게 오늘 안 마셔? 좀 더 마셔."

멍하니 앉아 있는 그녀에게 은진이 술을 따라주었다. 다른 변리사들도 그녀를 보고는 어깨를 툭툭 치며 말을 걸고 웃었으나 희주는 적당히만 반응하며 술을 홀짝였다. 그 사람들의 말에 귀를 기울일 수가 없었다. 머리 속에 온갖 잡다한 생각들이 제멋대로 돌아다니고 있었다.

문득 핸드폰에서 삑삑거리는 소리가 나자 그녀는 주머니에 들어 있던 핸드폰을 꺼내보았다. 아니나 다를까 진영이 보낸 메시지였다.

〈정말로 안 데리러 가도 돼? 취해서 운전하지 마♡〉

하트까지 붙어 있는 문자 메시지. 은진이 슬그머니 고개를 기울여 그것을 보고 눈을 동그랗게 떴다.

"뭐야, 희주 씨? 남자 생겼어?"

"아뇨, 아니에요."

주머니에 핸드폰을 도로 집어넣고서 희주는 술잔을 쳐다보았다. 투명한 술이 잔 속에서 흔들린다. 날 걱정하지 마. 당신이 날 걱정하는 만큼 난 당신을 걱정하지 않는단 말이야. 그냥 남는 시간 동안 재미있게, 그렇게 지내자. 응? 난 좀 더, 좀 더 내가 생각하던 그런 사람과 결혼할 거란 말이야.

"하긴 희주 씨도 결혼할 나이가 됐구나. 난 시험을 늦게 붙어서 결혼도 늦었거든. 서른 넘어서 했어. 그래서 처음엔 시집에서 꽤 반대하셨지. 그래도 결혼하고 나서는 잘해주셨는데, 이제는 슬슬 일을 그만뒀으면 하시는 것 같아."

그녀는 나지막하게 넋두리하듯 말하는 은진을 쳐다보았다. 은진은 술잔을 처음 받은 그대로 탁자 위에 놓아두고 고기만 몇 점 집어 먹고 있었다. 다른 남자들은 시끌벅적하게 웃고 떠들며 지나간 월드컵 이야기부터 군대 이야기까지 신나게 늘어놓고 있었다. 은진은 그들 쪽을 잠깐 보고 피식 웃었다.

"저 사람들이야 속 편하겠지만, 어쨌든 아직도 우리같이 일하는 여자들은 힘든 것 투성이인 것 같아. 그래도 전문직이니까 좀 낫지 않을까 싶어서 힘들여 이쪽으로 왔는데, 어디든 힘든 거야 마찬가지인 법이지. 결혼하면 직장 그만두고 집에 들어앉을 거라는 속 편한 애들 보면……."

은진은 말끝을 흐리며 고개를 절레절레 흔들었다.

"희주 씨는 그럴 사람 아닐 테니까 이런 이야기 하는 거야. 결혼하면 더 힘들어. 남자는 잘 골라야 해."

"언니는 어떠세요? 남편 되시는 분이 좀 많이 도와줘요?"

"응. 그 사람은 시어머니랑 내 사이에 서서 나름대로 노력하느라 정신없지. 가끔은 미안하니까 나도 잘하려고 노력은 해."

미안하니까. 희주는 술을 한 모금 더 들이키고 그녀를 돌아보았다.

"미안해서 사귄다는 거, 가능할까요? 미안하니까 만난다는 거."

"글쎄, 남자한테 뭐 약점 잡혔어?"

"아니에요."

희주는 피식 웃었다. 은진은 곰곰이 생각하는 것 같더니 고개를 저었다.

"돈이라도 빚진 거 아니라면 그럴 이유가 없지. 여자들이란 원래부터 싫증을 잘 내는 생물이라구. 단순히 미안한 감정만으로 누굴 만난다는 건 말이 안 된다고 생각해. 그 외에도 뭔가 끌리는 게 있으니까 만나는 거지."

그럴까? 모르겠어. 희주는 나직하게 한숨을 쉬었다. 은진은 눈가에 미소를 지으며 희주를 보았다.

"어쨌든 남자란 많이 만나보는 게 좋아. 그러다 보면 마음이 꼭 맞고 날 편하게 해주는 상대가 있게 마련이지. 그럼 잡는 거야."

"다른 신경 쓸 것도 많잖아요. 경제적인 거라든지, 그쪽 가족이라든지, 그런 거요."

"음, 그런 것도 중요하긴 하지만 대체로 비슷한 사람끼리 끌리게 되어 있어. 신데렐라랑 왕자가 행복하게 영원히 잘살았을 거라고 생각해? 난 그렇게 생각 안 해. 계모한테 구박받아 가며 식모 일이나 하고 살던 여자가 어떻게 왕자비가 되어 우아한 생활방식을 익히겠어? 애당초 왕자가 신데렐라에게 끌렸다는 자체가 이상한 거야. 왕자라면 이웃 나라의 우아한 공주님에게 끌리게 되어 있어. 명심해. 서로 맞는다 싶으면 대체로 거의 비슷한 생활방식을 갖고 비슷한 사고방식을 갖고 있는 거야. 경제적인 게 좀 다르더라도, 최소한 사고방식이 비슷하다는 의미지. 전혀 다른 사람들끼리 끌리는 건 조만간 깨지게 되어 있어.”

“거기 무슨 이야기를 그렇게 심각하게 하고 있어? 자, 자, 마셔. 희주 넌 왜 이렇게 약한 모습이야? 좀 더 마셔라, 응?”

희주의 직속 과 선배이기도 한 정훈이 소주병을 들고 씩 웃었다. 희주는 속으로 한숨을 내쉬며 잔을 내밀었다. 은진은 생긋 웃으며 그를 보았다.

“여자들끼리 심각한 이야기 하는데 왜 끼어들고 그래요? 좀 내버려 두지.”

“어, 뭐 남자는 들으면 안 되는 이야기야? 에이, 너무하는데. 무슨 이야기 하는지 좀 가르쳐 줘.”

“결혼 이야기. 정훈 씨, 부인이랑 만난 지 두 달 만에 결혼했다고 들었는데 맞아요?”

“아, 뭐 그런 걸 소문 내고 그래?”

정훈은 술기운에 이미 붉어진 얼굴로 머리를 긁적이며 웃었다. 희주는 고개를 갸웃하고 그를 보았다.

"선 봐서 결혼하신 거예요?"

"아니, 연애였지. 뭐, 말하자면 불꽃 같았다고 할까. 첫눈에 필이 팍, 뭐 그런 거야."

다른 사람들이 그 이야기를 듣고는 왁자하게 웃었다. 희주 역시 붉어진 얼굴로 열심히 말을 하는 정훈을 보고 조금 웃었다.

"아, 나도 처음엔 그럴 줄 몰랐어. 집사람이 서클 후배라서 내내 알고 지냈단 말이야. 그런데 졸업하고 어쩌다 우연히 만났는데, 이게 옛날하고 느낌이 전혀 다른 거야. 그래서 뭐, 그 자리에서 잡아서 곧장 결혼했지."

"누가 저 사람 입 좀 막아. 팔불출도 저만한 사람이 없지. 입만 열면 부인 자랑만 늘어놓으니, 원."

반대쪽에 앉아 있던 누군가가 소리쳤다. 정훈은 시뻘건 얼굴을 하고서도 당당하게 허리에 손을 올리고 사람들을 보았다.

"어허, 나만큼 마누라 잘 얻은 사람 있으면 말들 좀 해보쇼. 응?"

"부인은 지금 뭐 하세요? 전업 주부?"

희주의 말에 정훈은 고개를 흔들었다.

"아니, 작가야. 집에서 일은 하는데, 일에 빠지면 정신이 없어서 밥을 태우는지 집에 불이 났는지도 모르는 사람이지."

그는 자랑스럽게 웃으며 말했다. 흐음, 결국은 그래도 비슷한 사람이랑 결혼한 거잖아. 두 달 만에 결혼했다고 해도 전혀 어려운 상황이 없었을 것 같은 커플이었다. 게다가 남자가 능력이 있는 경우와 여자가 능력이 있는 경우는 이야기가 다르잖아. 그런 커플이 잘되는 걸 본 적은 거의 없는 것 같았다. 아무래도 대한민국 남자들은 여자가 자기보다 많이 번다는 사실을 못 견뎌하는 습성이 있는 것 같았다.

"어쨌든 희주 씨, 결혼이라는 건 식 올리는 그 순간에도 무슨 일이 일어날지 모르는 거니까 결혼 갖고 너무 걱정할 거 없어. 안 되려면 결국은 안 되는 거고, 되려면 저렇게 두 달 만에도 되는 거니까."

"벌써 뭐 결혼까지 걱정하고 있지는 않아요."

희주는 빙그레 웃으며 대답했다. 은진 역시 마주 웃어주며 그녀를 토닥였다. 남자들은 벌써 가족 이야기로 넘어가서 누구네 아이가 백 일이 얼마 남았다더라 같은 이야기를 하고 있었다. 은진이 슬그머니 희주를 쿡쿡 찔렀다. 고개를 끄덕이고 희주는 사람들을 보며 미안한 듯 말했다.

"저기, 저희 먼저 일어설게요. 저 아무래도 더 못 마시겠거든요."

"뭐, 맨날 그러면서. 그래, 그래. 먼저들 가."

다른 사람들은 익숙한 일이라 그런지 선선히 보내주었다. 밖으로 나와서 은진은 한숨을 푹 내쉬었다.

"그래도 벌써 열 시가 넘었네. 집에 가면 열한 시 넘겠는데. 애들 얼굴도 제대로 못 본다니까."

"그래도 가족이 있으니 좋으실 거 아니에요."

"희주 씨 혼자 살아?"

희주는 그저 미소만 지으며 고개를 끄덕였다. 부모님이 돌아가신 이야기를 꺼내 괜한 동정을 받고 싶지는 않았다.

"빈집 돌아가는 거 고역이지. 나도 결혼하기 전에는 집이 지방이라 혼자 월셋방 살았는데, 정말 이제는 그때 어떻게 살았던 건가 싶어. 옆에 누구 하나 있고 없는 게 참 큰 차이지. 아, 택시 왔다."

두 사람은 택시에 올라탔다. 희주는 집이 가까운 편이라 먼저 내렸고, 은진은 손을 흔든 다음 가버렸다. 택시의 빨간 미등을 쳐다보며 한참이나 가만히 서 있다가 희주는 몸을 돌려 빌라를 향해 걸었다. 가을 바람이 불어왔으나 술기운 때문인지 추운 것도 느껴지지 않았다. 사람들이 드문드문 지나간다. 천천히 빌라 앞으로 걸어가던 그녀는 입구에 기대서 있는 사람을 발견하고 멈춰 섰다.

"많이 안 늦었네."

"진영 씨."

핸드폰을 쳐다보고 있던 진영이 벽에서 몸을 떼고 똑바로 서서 그녀를 보았다. 우뚝 서서 희주는 그를 쳐다만 보고 있었다.

"어, 데리러 안 와도 된다는 메시지는 받았는데 걱정되어서.

잘 들어왔으니까 됐어."

"나 어린애 아니에요, 진영 씨. 잘 들어온다면 잘 들어오는 거라구요."

"알았어, 미안."

그는 양손을 슬쩍 들어 올리며 미소를 지었다. 희주는 몇 걸음 다가가서 그를 쳐다보았다. 그렇게까지 추운 날씨는 아니었지만, 언제부터 서 있었던 건지 그에게서는 냉기가 느껴졌다. 손을 들어 올려 뺨에 대자 차갑게 언 피부가 느껴졌다. 입술을 깨물고 그녀는 그를 노려보았다. 진영은 그저 웃으며 뒤로 약간 물러섰다.

"잠깐 나온 김에 희주 씨 들어오는 거나 보고 가려고 기다렸던 거야."

"그게 말이 된다고 생각해요? 이러지 말라고 했잖아요, 기약도 없이 기다리는 거."

"하지만 재미있잖아. 게다가 못 만난 적도 한 번도 없는걸."

그녀는 한숨을 푹 내쉬고 그를 쳐다보았다. 그가 코를 킁킁거리더니 눈살을 찌푸렸다.

"소주 마셨어? 고기 냄새도 진동을 하는데."

"시끄러워요. 얼른 올라와요, 동태꼴 되기 전에."

"아냐, 갈게. 희주 씨 쉬어야지."

"내일 회사 안 나가요. 그러니까 회식을 했지. 얼른요."

그녀는 그의 팔을 잡아끌고 계단을 올라갔다. 똑바로 올라가고 있다고 생각했지만 그가 몇 번인가 몸을 잡아주는 걸로 봐서 별로 그렇지도 않은 모양이었다.

마침내 집에 들어서서 불을 켜자 빨갛게 언 진영의 얼굴이 고스란히 보였다. 짜증스러운 표정으로 희주는 소파에 앉는 그를 보았다.

"왜 그런 바보짓을 해요? 거기다 빌라 앞에 서 있다가 아줌마가 보기라도 하시면 어쩌려고 그랬어요?"

"그럼 집에 오려다 못 들어왔나 보다 하셨겠지. 그거 걱정돼서 그러는 거라면, 괜찮을 거야."

그런 문제가 아니라구요. 도대체 왜 난 당신한테 해줄 수 없는 일을 자꾸만 하는 거야? 난 이런 식으로 기약없이 기다리는 짓 못한다구. 도대체……. 희주는 입만 벙긋거리다가 결국 한숨만 내쉬었다. 샤워를 하고서 곧장 왔는지 그의 머리는 부스스한 모양으로 말라 있었다.

"나 좀 씻고 올게요."

"응. 난 TV나 보고 있을게."

희주는 방에서 옷가지를 챙겨 들고 욕조가 있는 거실의 화장실로 들어갔다. 진영은 그 모습을 보고 있다가 문이 닫히자 테이블 위에 다리를 올리고 뒤로 기댔다.

사실 찾아올 생각은 아니었다. 너무 쫓아다니는 것 같은 기분이 들어서 스스로도 한심하던 참이라 희주가 회식이라 바쁘니 오늘은 못 보겠다고 했을 때 은근히 안심이 되기도 했었다.

하지만 저녁때가 되고, 그의 메시지에 그녀가 응답도 하지 않자 자꾸 걱정이 되기 시작했다. 사람이 죽는다는 게 얼마나 쉬운 건지 그는 잘 알고 있었다. 형도, 아버지도 너무나 갑작스럽게 사라져 버렸다. 결국 훈주에게 잠깐만 나갔다 오겠다고 하고서는 도망치듯 숙소에서 나와 빌라로 온 것이었다.

"한심한 놈."

인상을 찌푸리고 그는 혀를 찼다. 자신이 바보처럼 느껴졌고, 희주가 그렇게 잔소리를 하는 것에 조금은 화가 났다. 걱정했을 뿐인데. 문자라도 좀 보내주면 될 거 아냐. 제길, 어머니한테 들킬 게 그렇게 걱정되나? 하지만 그녀의 표정은 그런 불안감 같지는 않았다. 그녀가 여전히 자신과 어느 정도 거리를 두고 있는 느낌이라서 왠지 불안했다. 그가 그녀를 좋아하는 만큼, 그녀는 그를 좋아하는 것 같지 않다는 느낌.

"정말 그런지도 모르지."

눈을 감고 그는 우울하게 중얼거렸다. 자신이 밀어붙여서 그녀를 사귀기 시작했다는 것은 잘 기억하고 있었다. 어쩔 수 없어서 그녀는 사귀기 시작했던 건지도 모른다. 어쩔 수 없어서⋯⋯. 화나는 말이었다. 그럴 리가 없다. 아무리 그래도 설마 마음에 들지도 않는 사람과 사귀는 여자가 있을까? 물론 남자들은 쫓아다니는 여자가 그럭저럭 괜찮다 싶으면 사귀는 경우도 있었다, 시간 때우기용으로. 여자들이라고 못할 것도 없겠지.

비명이라도 지를 것 같아서 그는 눈을 뜨고 벌떡 일어섰다. 차라리 희주 씨를 위해 꿀물이라도 만드는 편이 낫지, 이런 빌어먹을 생각만 해대고 있다가는 돌아버릴 거야. 그는 부엌으로 가서 가스레인지 근처에 있던 차 주전자에 물을 담아 올리고, 찬장을 열어 꿀을 찾기 시작했다.

희주는 조심스럽게 욕실에서 나왔다. 헐렁한 운동복에 두꺼운 면 티셔츠를 걸치고, 젖은 머리는 등 뒤로 빗어 내린 상태였다. 목욕을 하고 나니 술이 좀 깨는 것 같았다. 어차피 별로 많이 마시지도 않았으면서. 머리 속 일부가 중얼거렸다.

진영은 소파에 있지 않았다. 달그락거리는 소리에 그녀는 부엌 쪽을 보았다. 차를 만들었는지 그가 뭔가를 마시고 있다가 그녀를 보고 손가락으로 다른 컵을 가리켰다.

"꿀물을 타려고 했는데 꿀이 없더라구. 그래서 대신 유자차 만들었어. 술 마시면 비타민 B랑 C가 파괴된다니까 마셔둬. 비타민만 잘 섭취해도 숙취가 덜해. 이건 경험에서 나오는 거니까 확실하다구."

희주는 천천히 다가와서 컵을 보았다. 도대체 어떻게 이런 걸 할 생각을 했을까? 그녀라면 남자 친구가 취해서 집에 들어왔다면 짜증을 부리며 그냥 혼자 알아서 하게 내버려 두었을 것이다. 진영이 저번에 취해서 왔을 때도, 비록 그때는 사귀는 건 아니었지만, 소파에 그냥 내버려 두고 이불 한 장만 달랑 덮어주지 않았던가. 그 이불도 그날 당장 내버렸고.

"진영 씨."

"응?"

녹차인 듯한 것을 마시고 있던 그가 그녀를 쳐다보았다. 그의 얼굴도 이제 제 색깔로 돌아와 있었다. 귀에는 귀고리가 하나밖에 보이지 않는다. 게다가 생각해 보니 같이 있는 동안 담배를 피우는 모습도 보지 못했다. 희주는 눈살을 찌푸리고 그의 맞은편에 앉았다.

"담배 끊었어요?"

"어, 응."

그는 멋쩍게 웃었다.

"어떻게 알았어?"

"피우는 걸 본 적이 없거든요. 처음 만났을 때 이후로는."

"그때쯤 끊었어."

진영은 적당히 얼버무렸다. 나이트에서 만난 여자 이야기까지 할 생각은 추호도 없었다. 희주는 생각하는 듯한 눈길로 찻잔을 보다가 조심스럽게 한 모금 마시고서 그를 보았다.

"진영 씨, 나 어디가 좋아요?"

"응?"

"생각해 봤는데, 진영 씨가 내가 어디가 좋아서 사귀고 싶다고 한 건지 잘 모르겠어요. 뭐가 좋아요? 솔직히 진영 씨랑 나랑 처음 만난 거나 호텔에서 만난 거나 둘 다 이미지 좋을 일은 하나도 없었잖아요."

진영은 잠시 미간을 찌푸린 채 찻잔을 손가락으로 톡톡 두드리며 생각에 잠겼다. 어디가 좋냐고? 글쎄, 알 수 없었다. 그저 그녀가 머리 속에서 사라지지 않았던 것뿐이다. 어느 구석을 딱 집어서 말할 수는 없었다.

　　"잘 모르겠어. 그냥 좋아."

　　그냥. 어떻게 누군가를 좋아하는데 '그냥' 좋을 수가 있지? 희주는 이해할 수 없다는 눈으로 그를 쳐다보았다. 진영은 고개를 옆으로 기울인 채 좀 더 생각을 해보고는 덧붙였다.

　　"희주 씨, 초밥 좋아하지?"

　　"네."

　　"왜 좋아해?"

　　"맛있으니까요."

　　"아이스크림도 좋아하지?"

　　"네."

　　"왜 좋아해?"

　　희주는 눈살을 찌푸리고 그를 응시했다.

　　"무슨 말을 하고 싶은 거예요?"

　　"초밥이랑 아이스크림은 전혀 다른 맛이잖아. 하지만 좋아하잖아. 그런 거야. 정확하게 이유를 설명하라면 설명은 못하겠어. 하지만 좋아해. 같이 있는 게 좋고, 당신이 웃는 게 좋아. 당신한테는 뭐든 다 말해 주고 싶고, 당신도 그랬으면 좋겠어. 그냥, 그래. 설명하라면 그렇게밖에 못하겠어."

진영은 의자 뒤로 풀썩 기대서 그녀를 쳐다보았다. 희주는 한참이나 그를 응시하다가 시선을 돌렸다. 모르겠어, 정말로 모르겠어.

하지만 날 위해주는 누군가와 있는 게 좋아. 그게 안 돼? 그게 그렇게 나쁜 짓이야? 젠장, 왜 내가 정연이의 말에 이렇게까지 신경 써야 하지? 그래야 할 이유가 없었다. 정말로 알 바 아니었다. 그냥 지금은, 이 사람이랑 있는 게 좋아.

희주는 일어서서 식탁을 돌아 그의 앞으로 간 다음 그의 목에 팔을 감고 몸을 굽혀 입을 맞췄다. 진영은 순간적으로 놀란 것 같았으나 곧장 반응했다. 단단한 팔로 그녀의 몸을 끌어당겨 무릎 위에 앉히며 그녀의 입을 벌렸다. 두 사람의 혀가 마주치고 느릿하게 움직이는 동안 그의 손은 그녀의 허리를 멍이 들 정도로 꽉 잡고 있었다. 조금만 움직였다가는 무슨 짓을 할지 겁이 나는 것처럼.

입술을 천천히 떼며 그녀가 그를 보았다. 그녀의 입술은 젖어서 불빛에 반짝였고, 그녀의 눈 역시 그랬다.

"진영 씨, 자고 갈래요?"

그는 침을 꿀꺽 삼켰다. 말이 나오지 않았다. 그녀가, 분명히 사귀어도 좋다고 할 때 이런 일은 다시 없을 거라고 약속을 받아냈던 그녀가 먼저 이렇게 말할 거라고는 생각도 못했는데. 그는 참으려고 했었다. 그녀가 원하지 않는다면 얼마든지 참을 수 있을 거라고 생각했었다. 매일같이 꿈속에서 나신의 그녀를 보며 헐떡거려도, 실제로 그녀를 만날 수 있으니까 괜찮다고 생각했었다. 하지만 지금, 그녀가 무릎에 앉아 있는 지금 자신의 몸이 보이는 반응은 전혀 괜찮은 수준이 아니었다.

"하지만, 싫다고 했었잖아."

그는 머뭇거리며 말했다. 희주는 그의 가슴에 이마를 기댄 채 눈을 감았다.

"혼자 있는 거, 이제는 지겨워."

게다가 이렇게 한다고 해서 날 혼낼 사람도 아무도 없지. 희주는 말없이 생각했다. 어쨌든 지금은 혼자 있고 싶지 않았다. 그를 이용하는 거라는 정연의 목소리가 울려댔지만, 그녀는 간단하게 소리 지르는 마음의 일부를 닫아버렸다. 무슨 상관이람. 진영 씨 역시 이걸 원하잖아.

"희주 씨?"

그가 조심스러운 손길로 그녀의 얼굴을 들어 올렸다. 그의 얼굴에는 걱정스러운 표정이 담겨 있었다.

"정말로 원하는 거야? 그냥 같이 있고 싶은 거면 같이 있어도 돼."

"진영 씨는 싫어요?"

진영은 어색하게 웃었다.

"설마. 반응 보면 몰라?"

"그럼 왜 물어요?"

"당신이 너무 우울해 보여서."

이렇게 눈치 빠른 사람이 아니면 좋을 텐데. 그녀는 간신히 미소를 지으며 머리로 그의 가슴을 툭 받았다.

"어떻게 해야 하는지 알잖아요. 저번엔 잘해놓고선."

"그냥, 저번처럼 당신이 아침에 당황하지 않았으면 좋겠어."

"안 그럴 거예요."

"정말?"

"네."

제길, 굴러 들어온 호박을 차버릴 이유는 없었다. 진영은 그녀를 안고 일어나 침실로 향했다.

7

창문에서 환한 빛이 들어오는 느낌에 희주는 인상을 찡
그린 채 반쯤 눈을 떴다. 몸을 돌리려고 했지만 단단한 몸에 바
싹 안겨 있어서 꼼짝도 할 수가 없었다. 진영의 몸. 그녀는 느릿
느릿 눈을 깜박이며 그를 돌아보려고 노력했다.

"진영 씨, 일어났어요? 오늘 게임 없어요?"

"없어."

잠에 취해 거친 목소리로 그가 중얼거리며 그녀를 더욱 꼭
감싸 안고 목덜미에 얼굴을 문질렀다. 등에 닿은 그의 몸은 따
뜻하다 못해 뜨거워서 난로가 필요없을 정도였다. 불행히도 아
직 난로가 필요없는 계절이라는 게 문제일 뿐.

"더워."

그녀의 중얼거림에 진영이 어깨까지 덮고 있던 이불을 훌쩍 걷어냈다. 갑작스럽게 몸에 찬바람이 닿자 희주는 눈을 반짝 뜨고 바둥거렸다.

"진영 씨!"

"덥다며."

그가 나지막하게 말하며 그녀의 귓가에 대고 킬킬거렸다. 허리를 안고 있던 그의 팔이 슬그머니 위로 움직이고 있었고, 엉덩이에 닿아 있는 그의 몸은 어느새 단단하게 일어서 있었다.

"콘돔도 없다면서 무슨 짓이에요?"

"하나 남겨둘 걸 그랬나. 세 개나 있었는데, 젠장."

그녀가 그의 손을 잡아끌어 내리는 것에도 아랑곳 않고 그는 느긋한 움직임으로 그녀의 가슴을 어루만졌다. 오뚝하게 솟아 있는 유두는 그의 손이 스치자 따갑고 아팠다. 그녀는 몸을 꿈틀거리며 반항했지만 결국 그만두고 말았다.

지난번에는 워낙 정신이 없어서 아무것도 몰랐지만, 진영은 대단히 열정적인 애인이었다. 솜씨는 어떤지 비교할 대상이 없어서 모르겠지만, 그는 그녀의 움직임에 곧장 반응했고, 그녀의 몸을 한 부분도 빼지 않고 더듬고 애무했다. 여자를 처음 대하는 것처럼 조심스러우면서도 끈질겼고, 불행히도 그녀를 괴롭히는 것을 좋아했다. 희주는 그 기억을 떠올리고 인상을 찌푸렸다. 그녀가 쥐어뜯으며 애원할 때까지 그는 속도를 내지 않았다.

"진영 씨!"

"음."

그녀의 귀를 잘근잘근 깨물며 그는 계속 손으로 그녀의 가슴을 만지고 주물렀다. 한 손이 갑자기 아래로 방향을 바꿔 부드러운 배를 쓰다듬고 다리 사이로 내려가자 그녀가 곧장 다리를 오므리며 소리쳤다.

"그만!"

"싫어. 너무해. 지금 그만두라고?"

그가 귓가에 대고서는 툴툴거렸다. 희주는 황급히 팔꿈치로 그를 푹 치며 고개를 돌려 눈을 흘겼다.

"글쎄, 아무것도 없잖아요."

"나가서 사 오면 안 될까?"

"안 돼요. 일어나요, 이제. 숙소에 연락도 안 했을 거 아니에요."

진영은 꿍 소리를 내며 베개 위에 도로 누워버렸다. 희주는 침대에서 흘러내리려고 하는 이불을 붙잡고 몸을 가리고서 그를 보았다.

"훈주 형한테 죽었다."

"말로만 그러지 말고 그럼 얼른 일어나서 돌아가야죠."

"가기 싫어. 형한테 전화하고서 여기 있으면 안 될까?"

그는 눈을 반짝이며 그녀를 쳐다보았다. 턱에 수염 자국이

옅게 나 있고, 노란 머리는 제멋대로 헝클어진 그는 영화에 나오는 건달처럼 보였다. 희주는 문득 기묘한 느낌에 사로잡혔다. 모든 것이 다른 세상에서 일어난 일처럼 느껴졌다. 어른인 척 침대에서 남자와 뒹굴고 있는 자신을, 그저 평범하게 혼자 사는 스물아홉 난 김희주가 TV 화면을 통해 보고 있는 것 같은 느낌이었다.

진영이 눈썹을 치켜 올렸다.

"왜 그래?"

"아니에요, 아무것도. 그냥, 좀 이상해서요."

그녀가 침대에서 내려가려고 하는데 갑자기 그가 그녀의 팔을 잡고 홱 끌어당겨 품에 꼭 안았다. 희주는 힘을 빼고 그에게 가만히 안겨 있었다. 그는 따뜻하고, 기분이 좋았다.

"나도 사실 좀 이상해. 하지만 당신하고 같이 있다는 것만으로도 안심이 돼."

"남자들도 이런 기분 느껴요?"

그녀는 고개만 살짝 들고 그를 보았다. 그는 픽 웃었다. 검은 눈동자가 반짝거렸다.

"다른 남자들까진 모르겠지만, 난 그래. 당신 기분이 어떤지 알 것 같아. 대체 내가 왜 지금 여기서 이 남자랑 누워 있는 걸까, 뭐 그런 거 맞지?"

그녀는 고개만 끄덕였다. 그는 그녀의 이마에 자신의 이마를 맞대고 나지막하게 중얼거렸다.

"밤에 보는 거랑 낮에 보는 건 다르기 마련이잖아. 하지만 어쨌든 눈을 떴는데 당신이 나한테 안겨서 자고 있는 걸 보니까 기분이 좋았어. 당신은?"

희주는 가만히 고개만 끄덕였다. 그의 팔이 그녀를 안고 있고, 그의 몸이 그녀의 옆에서 따뜻한 열기를 내뿜고 있다는 것이 좋았다. 어쩌면 단순히 누군가가 옆에 있다는 것만으로 안심하고 있는 건지도 모른다.

아니, 생각하지 마. 그냥 지금 현재를 즐겨. 안 될 거 없잖아?

희주는 그를 밀어내고 그가 다시 붙잡기 전에 이불을 움켜쥐고 일어섰다.

"자, 그래서 계속 누워 있을 거예요? 일어나요. 벌써 9시라구요."

"오늘 뭐 할 건지 결정하기 전에는 싫어. 놀러가자."

"놀러? 어디로요?"

"음, 아무 데나. 단풍놀이 어때? 설악산!"

그가 침대에 누워 그녀가 잡고 있는 이불의 나머지 절반을 잡고서 실랑이를 벌였다.

"설악산! 멀다구요. 싫어요."

"좋아, 좋아. 그럼 안면도는 어때? 별로 멀지도 않고, 가을 바다도 볼 수 있어."

"일어나기나 해요. 그렇게 게으르게 뒹굴고 있으면서 가긴 어딜 가요?"

"일어나면 가는 거지? 약속했어."

그가 벌떡 일어나며 말했다. 희주는 깔깔거리며 그의 맨가슴을 찰싹 때렸다.

"하여튼 노는 것만 생각해. 팀에다가 뭐라고 할 생각이에요?"

"싫으면 자르라지 뭐. 자, 자, 얼른 준비하자구. 같이 샤워할래?"

"진영 씨!"

겨울 바다가 운치있다는 이야기는 많지만, 가을 바다에 대한 이야기는 아무것도 없다. 하지만 대단히 멋졌다. 여러 번 와본 듯 진영은 지리에 훤했고, 희주가 한 일이라고는 그를 따라다니며 구경을 하고, 밥을 먹고, 깔깔댄 것뿐이었다. 전에는 왜 주말에 쉬어야 한다고 여행을 다니지 않았는지 스스로가 한심할 정도였다.

"다음엔 거기 자연휴양림에 가봐야겠어요. 휴양림이 참 좋다던데, 말만 들어봤지 한 번도 못 가봤거든요."

"난 작년에 가봤어. 쉬고 오기엔 딱이야."

종알거리던 두 사람은 빌라 앞에 차가 멎자 약속이나 한 듯 입을 다물고 차 안에 있던 회 상자를 들고 발꿈치를 들고서 계단을 올라갔다. 집에 들어서자 진영은 낄낄대며 웃었으나 희주는 조금 미안한 마음이 들었다.

진영이 회 상자를 식탁 위에 내려놓고 배를 두드리며 의자에 앉아 그녀를 빤히 올려다보았다. 희주가 인상을 찌푸렸다.

"진영 씨가 차려요. 난 이거 아줌마 좀 갖다 드리고 올 테니까."

"우리 어머니?"

진영이 인상을 찌푸렸다.

"뭐라고 하고 갖다 드리려고?"

"친구랑 놀러갔다 오면서 사 왔다고 해야죠 뭐. 아줌마 혼자 계시는데 진영 씨는 죄송하지도 않아요?"

진영의 표정은 알아볼 수가 없었다. 희주는 인상을 찌푸리고 스티로폼 상자를 연 다음 회를 꺼내 종류별로 조금씩 접시에 담은 다음 그를 보았다.

"차려놓고 있어요. 금방 올게요."

"같이 먹자고 하지 않으시겠어?"

진영의 퉁명스러운 말에 희주는 어깨를 으쓱였다.

"괜찮아요. 아직 친구가 있다고 하면 되죠."

진영은 신경 쓰이는 눈치였으나 희주는 재빨리 아래층으로 내려갔다. 벨을 누르자 혜은은 금방 나왔다.

"어머, 이게 뭐니?"

"친구랑 놀러 갔다가 회를 좀 사 왔는데, 드시라구요."

"고마워라."

안에서는 시끄러운 소리가 들리는 게 손님이 있는 모양이었다. 희주는 살짝 들여다보고 이웃 아주머니들이 와 있는 걸 보고 빙긋 웃었다. 그래도 혜은이 혼자 있지 않다는 것에 마음이 놓였다.

"손님 계신데 조금밖에 못 가져와서 죄송해요. 숨겨놓고 아줌마만 드세요."

"이런, 이런. 그래, 알았다. 고맙다."

희주는 자신의 말에 쿡쿡 웃는 혜은에게 인사를 하고서 재빨리 집으로 돌아왔다. 조그만 종지에 초고추장을 담고 있던 진영이 인상을 찌푸린 채 그녀를 보았다.

"집에 계셔?"

"동네 아줌마들이 놀러와 계시네요. 혼자 안 계셔서 다행이에요."

"몇 명이나?"

희주는 어깨만 으쓱였다. 현관의 신발 수로 보아서는 세 명쯤 있는 것 같았다.

"회 안 모자랄까? 좀 더 갖다 드리던지."

희주는 내키지 않는다는 투로 말하는 진영을 쳐다보고 있다가 씩 웃었다.

"진영 씨, 사실은 신경 쓰이는 거죠?"

"뭐가?"

"아줌마 말이에요. 진영 씨 의외로 그런 거 표현하는 것에 서투른 것 같아."

진영은 초고추장이 들어 있던 봉지를 쓰레기통에 버린 다음 그녀를 보았다.

"말도 안 되는 소리 하지 말고 얼른 먹기나 해."

그에게 붙들려 식탁 앞에 앉으면서도 그녀는 계속 그를 쳐다보았다. 신경이 쓰이지 않을 리가 없다. 진영은 그렇게 매몰찬 성격은 아니었다. 결국엔 표현의 문제야. 하지만 나중에 말해도 된다고 하는 사이에 기회는 사라질지도 모른다.

"부모님이 돌아가셨다는 연락 받고 제일 먼저 생각난 게 뭔지 알아요?"

젓가락으로 회를 집어 올리던 진영은 눈만 들어 그녀를 쳐다보았다. 희주는 턱을 괸 채 조용하게 말했다.

"다음 주에 학원비 내는 날인데 이 사람이 무슨 소릴 하는 거람. 그 생각이 제일 먼저 들었어요."

"아버지랑 형 사고 연락 받았을 때는 병원에 가느라 정신이 없어서 아무 생각도 할 겨를이 없었지."

그는 태연하게 말을 하며 회를 먹었다. 희주는 젓가락을 집어 들며 접시에 제멋대로 담겨 있는 회를 쳐다보다가 말을 이었다.

"아직도 같이 있을 날이 한참 많이 있다고 생각해서, 그래서 제대로 하지 못한 일이 많아요. 진영 씨는 그러지 말아요. 아줌마 계실 때 좀 더 잘해 드려요."

"나도 생각은 굴뚝같아. 하지만 한 번씩 좋게 마음먹고 집에 들어가면 손에 잡히는 거 아무거나 던지며 나가라고 하시니까 차라리 어머니 속 시원하게 안 들어가는 것뿐이야."

희주는 한숨을 푹 쉬고 그를 노려보았다.

"그런 뜻 아니시라는 거, 알잖아요. 어린애도 아니고."

"죽은 형 물건들 아직도 끼고 사시는 양반이야. 그만둬, 괜한 수고 하지 말고. 회나 먹어. 좀 있다가 아침의 연장전 해야지."

무슨 소리냐는 듯 희주는 그를 보았다. 그는 히죽 웃으며 고갯짓을 했다.

"아까 편의점에서 콘돔 한 통 샀으니까."

희주는 눈을 굴리며 그의 손을 찰싹 내려치려 했으나 그는 재빠르게 피하고서는 킬킬거렸다. 뭐, 나쁜 건 아니지. 그녀는 은근히 마음이 동하는 스스로를 깨닫고 속으로 한숨을 쉬었다. 옹녀 기질이 있나 봐, 나.

하지만 하던 이야기는 마무리를 해야 했다. 그가 계속 혜은과 소원하게 지내도록 놔두고 싶지는 않았다.

"진영 씨, 말 들어요. 아줌마랑 화해하라니까요."

"글쎄, 희주 씨는 신경 쓰지 마. 우리 관계 안 들키게만 하면 되잖아."

"그런 문제가 아니에요. 만약에 갑자기 아줌마한테 무슨 일이라도 생기면 어떻게 할 거예요?"

진영은 입을 꾹 다물며 젓가락을 내려놓았다. 이야기의 방향이 마음에 들지 않았다. 그녀가 만약 그를 어머니와 화해시킨 다음 얌전한 회사원으로 바꾸려는 생각을 하고 있다면, 일찌감치 싹을 잘라놔야 했다.

"난 싫어. 어머니가 먼저 나한테 연락하셔야 할 거야. 젠장, 이게 내가 시작한 일인 것 같아? 나 돈 한 푼 없이 나가서 친구 집 전전하다가 겨우 게임 대회에서 상금 받은 다음에야 살 만해졌어. 자식을 한 푼 없이 쫓아내는 게 부모님이 할 일이야? 단지 어머니 마음에 드는 좋은 대학 못 갔고, 형처럼 잘난 자식 못 된다는 이유로? 희주 씨, 어머니한테 넘어가지 마. 불쌍한 게 어느 쪽인지 알아?"

"아줌마가 당신 형한테 많이 얽매여 계시다는 거 나도 알아요. 하지만 워낙 갑자기 자식을 잃어서 충격 때문에 그러신 거 잖아요. 당신이라도 이해해 드려야죠. 게다가 집 나간 거, 아줌마가 정말로 나가라고 해서 나간 거예요?"

희주가 미간을 깊게 찌푸리며 묻자 진영은 인상을 찌푸린 채 퉁명스럽게 대답했다.

"꼴도 보기 싫으니까 나가라고 하셔서 나가 드렸지."

"진영 씨, 몇 살이에요? 그런 말 곧이곧대로 받아들일 만큼 어린애예요?"

"난 죽어도 어머니가 원하는 자식은 못 돼. 강요하지 마. 노력하지도 않을 거야. 중고교 시절에 노력은 죽도록 했어. 능력이 안 되는데 어쩌겠어? 실망도 그쯤이면 충분해. 이젠 싫어. 희주 씨도 마찬가지야. 날 다른 사람으로 만들려고 하지 마. 난 이대로가 전부야."

그가 벌떡 일어나서는 쿵쿵거리며 거실로 가서 소파에 풀썩 앉아 리모컨을 집어 들고 TV를 켰다. 희주는 의자에서 몸을 돌려 그를 보고 있다가 한숨을 쉬며 일어나서 그의 옆으로 갔다.

"진영 씨, 제발 말 좀 들어봐요. 부모가 자식 못 이긴다고는 하지만, 그러는 동안 얼마나 골이 생기는지 알아요? 아줌마한테 당신 일을 이해해 달라고 하는 방법은 여러 가지가 있잖아요. 좀 노력해 봐요. 아니면 타협할 수도 있잖아요. 어차피 몇 년 뒤에는 프로게이머 계속 못할 테니까 그때 가서……."

진영의 차갑게 얼어붙은 눈이 곧장 희주에게로 향했다. 그가 자세를 고쳐 앉으며 그녀를 응시했다. 희주는 말을 다 끝맺지도 못하고 그를 쳐다보았다. 그의 얼굴은 싸늘하게 굳어 있었다.

"십 년 뒤든 백 년 뒤든 난 계속 이거 할 거야. 희주 씨까지 날 다른 사람으로 만들고 싶어? 그런 거야?"

희주는 팔짱을 끼고 그를 노려보았다.

"정말로 십 년 뒤까지 프로게이머 할 수 있을 거라고 생각해요? 진심으로 그렇게 생각하고 말하는 거예요?"

"그래!"

그가 버럭 소리를 질렀다. 희주는 눈도 깜박하지 않았다.

"말이 되는 소리를 좀 해요. 그렇게 화만 내며 몰아대지 말고. 게임이라는 거, 스무 살 남짓한 애들이 잘하겠어요, 아니면 삼십 넘어 사십 바라보는 장년층이 잘하겠어요? 장년층이 잘하면 지금 왜 그 사람들이 프로게이머 안 하겠어요? 진영 씨가 나보다 더 잘 알 거 아니에요. 왜 이래요?"

"당신은 내가 창피한 것뿐이야. 안 그래? 우리 어머니랑 똑같이. 난 싫어, 싫다고. 다른 건 할 줄도 모르고, 능력도 없어!"

그가 벌떡 일어나서 거실을 이리저리 걸어다니며 거칠게 말했다. 희주는 그가 움직이는 것을 한참 쳐다보다가 날카롭게 말했다.

"자기비하 하는 거, 그렇게 재미있어요? '난 할 줄 아는 게 이것 말고는 아무것도 없어' 그렇게 말하면 노력도 안 하는 것에 대한 면죄부가 된다고 생각해요? 무책임한 소리 하지 말아요, 진영 씨. 당신 게임하는 데에는 노력 안 들여요? 전혀 노력도 안 하고, 신경도 안 쓰는데 이기는 거예요? 그런 거 아니잖아. 세상 일 다 마찬가지라구요."

"난 다른 거 하고 싶지 않아! 게임이 좋다구."

"난 뭐 변리사가 지상 최대의 꿈이라서 한 줄 알아요? 유학 갈 사정은 안 되고, 취직 자리도 마땅찮은 상태에서 가장 확실한 일자리가 바로 이거였다구요. 공대 나와서 법학 공부 하는 건 뭐 만만한 일 같아요? 그래도 해야 하니까 했어. 진영 씨도 좀 이제 스스로 책임의식을 가질 때가 되지 않았어요?"

진영의 얼굴은 벌겋게 달아올라 폭발 직전으로 보였다. 희주는 입을 꼭 다문 채 그를 노려보았다. 최소한 그를 혜은와 화해를 시키면 그녀의 죄책감이 덜할 것 같았다. 그러나 실수였던 모양이다. 진영의 입술 끄트머리가 비틀리더니 그가 빈정거리는 듯한 미소를 지으며 그녀를 쳐다보았다.

"책임의식? 그거 좋지. 어떤 종류의 책임이냐에 달렸지만."

그가 갑자기 낮은 테이블 위에 한쪽 무릎을 올리고서 몸을 기울여 그녀를 똑바로 쳐다보았다.

"책임질 필요가 있으면 얼마든지 지겠어. 어때?"

희주의 이마에 깊게 주름이 생겼다. 그녀는 자신을 향해 뻗는 그의 팔을 찰싹 때리고 벌떡 일어나서 테이블을 돌아 나왔다.

"진영 씨 바보예요? 그만둬요. 돌아가요!"

"지금? 이대로? 싫은데. 말도 안 되는 소리 하지 마."

그는 일어나서 그녀를 왈칵 끌어당겼다. 희주는 그를 밀어내려고 노력하며 차가운 얼굴로 노려보았다.

"이런 식으로는 싫어요. 젠장, 싫다구요! 내 말 안 들려요?"

"안 들려. 아무것도 안 들려."

"지나간 일 또 되풀이할 생각이에요? 또 저번에 호텔에서처럼 하려고? 이번에 또 그렇게 하면 완전히 끝장인 줄 알아요!"

진영의 얼굴이 굳어졌다. 허리를 안고 있던 그의 팔이 스르륵 옆으로 떨어졌고, 희주는 재빨리 뒤로 물러서서 그를 노려보았다.

"가요. 나가라구요. 가서 머리 좀 식히고, 내 말 생각 좀 해봐요. 그리고 나서 이야기해요. 알겠어요?"

"당신한테 해를 입히려던 건 아니었어."

그는 무뚝뚝하게 말하며 여전히 굳은 얼굴로 꼼짝도 하지 않고 그녀를 보았다. 물론 희주도 그가 무서운 건 아니었다. 다만 계속 그가 그런 식으로 문제를 해결하려고 할까 봐서 화가 나는 것뿐이었다.

"네, 그러시겠죠. 가요. 가서 생각이라도 좀 해요. 알겠어요?"

진영은 잠시 머리만 쓸어 올리고 있다가 성큼성큼 현관으로 향했다. 희주는 황급히 식탁 의자에 걸려 있던 재킷을 집어다가 그에게 던져 주었다. 그는 그녀와 눈을 마주치지 않은 채 옷을 받아 들고 문을 열었다. 어쩐지 미안한 마음이 들어서 희주는 얼굴을 찌푸렸다. 그를 너무 밀어붙인 건지도 모른다.

"저기, 회라도 좀 갖고 갈래요? 가서 숙소에서 다른 사람들이랑 같이 먹든지……."

"됐어."

그는 그녀에게 우울한 시선을 던지고는 훌쩍 나가 버렸다. 문이 조용히 닫혔다.

"삐침쟁이."

희주는 입술을 비죽이며 중얼거리고는 식탁으로 가서 거의 먹지도 않은 회를 다른 접시에 담아 정리하기 시작했다.

훈주는 소주잔만 거듭 비우고 있는 진영을 쳐다보며 아무 말도 하지 않았다. 처음 만났을 때 무뚝뚝하고 말도 잘하지 않던 그를 생각해 보면, 지금이야 장족의 발전을 했지만 그래도 개인적인 이야기는 어지간히 털어놓지 않는 녀석이었다. 진영에게서 사생활에 관련된 이야기를 끌어내려면 소주 두어 병으로도 모자랐다.

소주를 혼자서 거의 반 병가량 비우고서야 충혈된 눈으로 그가 훈주를 보았다.

"형, 내가 어린애처럼 보여?"

담배를 피우며 앉아 있던 훈주는 힐끔 그를 쳐다보았다. 벌겋게 술기운이 올랐어도 잘생긴 얼굴에 노랗게 염색한 머리, 청재킷.

"응."

진영은 훈주의 짤막한 대답에 욕설을 중얼거렸다. 훈주가 그만 하라는 듯 한 손을 들어 올렸다.

"성격 이야기가 아니야. 겉보기에 젊어 뵌다는 이야기지. 그거 얼마나 좋은 건지 아냐? 난 밖에 나가면 남들이 다 내 나이보다 다섯 살은 더 들어 보인다고들 해."

"어쨌든 어리다는 거잖아. 제길, 난 싫어."

어른이 되고 싶다라. 훈주는 담배 연기 사이로 눈을 가늘게 뜨고 3년 넘게 알고 지낸 동생을 응시했다.

"애인이랑 싸웠냐?"

"내가 어린애 같대. 책임의식을 좀 가져 보래."

거 말 잘했네. 속으로는 그렇게 생각했지만 훈주는 그저 재 떨이에 담배만 꾹꾹 누르며 소주잔을 비우는 그를 쳐다보았다.

"그래서?"

"뭐가 그래서야? 화내고 나왔지."

"잘했다. 어린애라는 걸 확실하게 보여주고 나왔구나."

진영이 험악한 얼굴로 그를 보았다. 훈주는 어깨를 으쓱이고 그의 빈 잔에 술을 채워준 다음 자신의 잔을 비웠다. 목구멍으로 쓴 알콜이 넘어가자 저절로 크 하는 소리가 새어 나왔다. 안주를 한 점 집어 먹은 다음에야 그는 다시 진영을 보았다.

"뭐, 내가 틀린 말 했냐?"

"젠장, 내가 뭐가 그렇게 어린애고 책임의식이 없다는 거야? 남들만큼 돈 벌고 있고, 다른 사람한테 해 끼친 적도 없다구. 뭐가 문제야?"

"여자 이야기나 좀 해봐라. 뭐 하는 여자냐?"

담배 갑에서 새 담배를 꺼내 플라스틱 탁자에 대고 톡톡 치며 훈주가 물었다. 진영은 손으로 머리를 쓸며 짜증스러운 얼굴로 주위를 돌아보았다. 실내 포장마차 안은 사람들로 가득했고, 담배 연기 역시 자욱했다. 순간적으로 희주 씨가 또 담배 냄새 난다고 하겠구나 하고 생각하다가 진영은 스스로에게 넌더리를 냈다. 희주, 희주, 희주. 도대체 벗어나지를 못하는구만.

"나보다 두 살 많아. 직장 다니고."

"회사원이야?"

"변리사야."

"변리사? 그거 돈 꽤 많이 버는 직업 아니었냐?"

"몰라. 내가 연봉까지 캐묻고 다니는 줄 알아?"

진영이 찌푸린 눈으로 그를 보았다. 훈주는 담배에 불을 붙인 다음 길게 한 모금 빨았다.

"변리사에다가, 너보다 나이도 많으면 여자 나이로는 늙은 편이네. 어쩌다 너랑 사귀냐?"

어쩌다 너랑 사귀냐? 훈주의 불쌍하다는 듯한 말투에 진영은 누가 뒤통수를 한 대 후려친 느낌이었다. 어떻게 그가 그런 식의 말투를 쓸 수 있단 말인가? 이 관계에서 손해 보는 게 희주라는 듯이. 진영 역시 자신의 자유시간을 전부 다 희주에게 바치고 있었고, 돈을 쓰는 것도 대부분 그였다. 게다가 그녀가 그만 만나자고 할까 봐 전전긍긍 속까지 태우고 있었다. 왜 불쌍한 게 내 쪽이라는 걸 몰라주는 거야?

"내가 사귀자고 했고, 희주 씨가 오케이했으니까 사귀는 거지."

"그 여자 맘도 좋다. 그 나이면 결혼할 남자를 찾아야지, 어쩌다 너랑 노닥거릴 생각을 했을까?"

진영의 얼굴이 곧장 차가워졌다. 그의 눈이 문득 훈주의 담배 갑으로 향했다. 훈주는 자동적으로 담배를 앞으로 밀어놓았지만 진영은 한참이나 망설이다가 결국 시선을 돌리고 애꿎은

닭꼬치만 젓가락으로 찍어댔다.

"너한테 뭐라고 하는 게 아니야. 솔직히 너도 생각 좀 해봐라. 그 나이에 그런 직업 가진 여자가 뭐가 모자라서 너같이 나이도 아직 어린 데다가 별로 내놓을 것도 없는 놈을 만나? 아, 뭐 요즘 전문직 가진 여자들, 결혼 생각 없이 가볍게 만나는 상대 좋아한다고는 하더라마는 너까지 그 장단에 춤출 셈이야? 그 여자가 갑자기 너랑은 수준 안 맞아서 못 만나겠다고 하면 어떻게 하려고 그래?"

"희주 씨 그런 여자 아니야. 그런 싸가지없는 것들하고 비교하지 마."

"싸가지 좋아하시네. 여자들은 다 그런 거야. 솔직히 너도 생각 좀 해봐라. 너 같으면 너 따라다니는 중삐리 여자애가 좋냐, 아니면 예쁘장하고 코스프레 같은 짓거리는 구경도 해본 적 없는 참한 여자가 좋냐?"

물론 후자 쪽이지. 머리 속에서 곧장 대답이 튀어나오자 진영은 인상을 팍 찌푸렸다. 그래, 사실이었다. 젠장, 그 역시 이것저것 많이 따지는 편이었다. 희주가 그런다고 해서 뭐라고 할 수는 없는 노릇이었다.

"하지만 희주 씨는 그런 말 한 적 없어."

물론 처음에는 멀쩡한 직업 가진 남자 운운했지만, 내가 직업 있다는 거 알고 나서는 그런 이야기 안 했단 말이야. 아까 게이머 오래 못할 테니 어쩌고 했지만, 그건 앞으로 어떻게 할 거냐고 물은 거지, 내가 창피하다고 말한 게 아니잖아. 희주는 다르다고! 진영은 금방이라도 튀어나오려는 말을 간신히 붙들고 있었다. 한 번 말을 하면 그칠 수 없을 것 같았다. 아무리 훈주와 친한 사이라도, 그런 세세한 속내까지 털어놓고 싶지는 않았다. 남에게 비밀스러운 속마음까지 털어놓는다는 것은 여전히 불안하고 불편했다.

"누군 대놓고 말하겠냐? 아, 물론 그 여자가 진짜로 널 좋아할 수도 있지. 하지만 넌 어때? 여자들은 남자보다 현실에 빨리 눈을 뜬단 말이야. 그 여자하고 맞출 수 있어? 지금부터 주택적금 붓고, 오토바이 대신 적당한 중형차 몰고, 게이머 말고 안정적으로 월급 주면서 대우도 좋은 회사 찾아다닐 자신 있어?"

"형은 왜 그렇게 비관적이야? 남이 연애하는데 응원은 못해줄망정, 왜 초는 치고 그래?"

담배를 뻑뻑 빨며 훈주는 그 굵은 눈썹이 거의 붙을 정도로 인상을 찌푸린 채 진영을 건너다보았다. 그리고는 혀를 찼다.

"너 임마, 나중에 괴로워하는 꼴 보기 싫어서 그런다, 왜? 나이 차이는 절대로 좁힐 수 없는 거야. 그 여자는 영영 너보다 나이가 많을 거고, 거기 맞추려면 네가 빨리 철이 들어야 돼. 책임의식 좀 가지라고 했다고? 그런 말에 발끈해서 튀어나올 것 같으면 어떻게 사귈 셈이야? 일찌감치 때려치우고 적당히 너랑 수준 맞춰 놀 수 있는 어린애를 찾아봐."

진영은 테이블 위에 탁 소리가 나게 잔을 내려놓고는 험악한 얼굴로 훈주를 노려보았다.

"내 어디가 철이 덜 들었다는 거야? 알아듣게 말 좀 해봐. 난 도저히 모르겠다구!"

"관둬라, 관둬. 말해 봤자 네놈이 지금 알아먹을 상황도 아니고 나도 모르겠다. 네 마음대로 해."

훈주는 지겨운 얼굴로 담배를 재떨이에 눌러 끄고서는 술잔을 비웠다. 진영 역시 일그러진 얼굴로 술만 연신 들이켰다. 철이 들라니, 어떤 면에서? 프로게이머가 그렇게 전망 좋은 직업이 아닐지 모르지만, 그가 제일 잘하는 일이었고, 두 사람 먹고 살 만큼의 돈은 벌고 있었다. 까짓거, 나중에는 게임 업체에 취직하면 될 거 아닌가. 컴퓨터 프로그래머를 찾는 곳은 여전히 많았고, 아는 사람들도 도처에 널려 있었다. 소속 회사인 KPT에서도 계약이 끝나고 나면 정사원으로 받아줄 마음이 있는 눈치였다. 나름대로 그도 생각하고 살고 있었다! 왜 자꾸 어머니랑 똑같은 식으로 날 밀어붙이는 거지? 훈주 형까지. 이해할 수가 없었다.

훈주는 자기 잔에 술을 따르며 진영을 힐끔 보고 조용히 말했다.

"네가 정말로 그 여자를 좋아하는 거라면 뭐 나도 할 말은 없는데, 어쨌든 사과는 해라. 그렇게 화내고 뛰쳐나오고서 제대로 사과도 안 하고 넘어가면 그거 다 나중에 맺힌다. 너한테는 별일 아닌 것도, 상대방한테는 또 다를 수 있는 거야. 간단한 거라도 문제 생기면 꼭 풀고 넘어가. 알았어?"

"알아."

불퉁하게 대답하고서 진영은 안주 접시를 멍하니 쳐다보았다. 화를 내고 나온 건 분명 그의 잘못이었다. 물론 그녀가 그런 식으로 바가지만 긁지 않았어도…….

바가지? 언제부터 걱정해 주는 이야기가 바가지로 바뀐 거야? 진영은 손으로 술잔을 만지작거리며 생각했다. 분명히 즐거운 하루였는데. 그녀와 안면도까지 가서 놀다 왔고, 회를 사다가 저녁에 먹으려고 했었다. 그의 어머니에게 한 접시 갖다 드려야겠다는 이야기를 들으니 어머니까지 신경 써주는구나 하는 생각에 기분이 은근히 좋아졌었다. 그런데 갑자기 그녀가 어머니와 화해하라고 말했고, 그는 어머니가 먼저 손을 내미셔야 한다고 주장했다. 그러다가 철 좀 들라는 이야기가 나왔지.

그는 나지막하게 욕설을 중얼거렸다. 어째서 간단히 넘어갈 수 있었던 일을 그런 식으로 만든 걸까? 그녀에게 조금 시간을 두고 보자고 말했으면 될 것을. 좀 더 느긋하게, 천천히 어머니와 이야기를 나누어보겠다고 했어도 되는데. 그녀가 그의 약점을 지적하는 것 같아서 괜히 먼저 화를 냈다. 어린애라는 소리를 들어도 할 말이 없지. 제길. 훈주의 말 역시 하나 틀린 게 없었다.

"아, 젠장."

신음 소리를 내며 그가 양 팔꿈치로 테이블을 짚으며 손으로

머리를 감쌌다. 바보, 머저리 자식. 도대체 왜 이렇게 못난 거
야? 구박을 받아도 싸다.

"젠장, 젠장, 젠장."

진영은 벌떡 일어섰다. 훈주는 그저 앉아서 그를 힐끔 올려
다보았을 뿐이다.

"나 전화 좀 하고 올게."

"맘대로 해라."

진영은 곧장 가게 밖으로 나갔다. 훈주는 잠시 그의 뒷모습
을 보고 있다가 고개를 저으며 빈 잔에 술을 따랐다.

막 TV를 끄고 자러 가려고 하는데 전화가 울렸다. 희주는 잠
시 전화기를 쳐다보다가 수화기를 들어 올렸다.

"네, 여보세요?"

[희주 씨, 나.]

진영이었다. 그녀는 인상을 찌푸렸다. 설마 2차전을 하자는
건 아니겠지, 이 시간에.

"네, 무슨 일이에요?"

[저기…….]

그는 잠시 아무 말도 하지 않았다. 핸드폰으로 걸고 있는지
웅웅거리는 소리가 나고, 어쩐지 시끄러운 소리도 들렸다. 희
주는 가만히 그의 말을 기다렸다.

[저기, 미안하다고, 아까.]

그의 발음은 조금 흐릿했다. 희주는 짤막하게 한숨을 내쉬었다.

"진영 씨, 술 마셨어요?"

[약간. 미안해, 희주 씨.]

그의 목소리는 어딘지 처량하게 들렸다. 술을 마신 탓인지도 모른다. 희주는 한 손으로 지끈거리는 머리를 문질렀다. 술버릇 나쁜 남자는 질색인데.

"됐어요. 어디예요?"

[숙소 바로 앞에 있는 포장마차.]

"누구랑 같이 있어요?"

[응, 훈주 형이랑. 이제 숙소로 들어갈 거야. 술 별로 많이 안 마셨어.]

희주는 잠시 가만히 있었다. 기침을 하는 듯 두어 번 콜록거리는 소리가 나고, 다시 진영의 목소리가 들렸다.

[내가 아까 정말로 어린애처럼 굴었어. 나, 어머니 이야기는 아직도 좀 그래. 어머니한테 죄송한 게 많으니까.]

"그럼 그렇게 말을 했어야죠."

[그렇게 말하는 거, 쉽지 않잖아. 희주 씨는 누가 잘못을 지적하면 기분 좋아? 이미 알고 있고, 고쳐야 한다는 것도 알고 있는데.]

물론 기분이 좋지는 않겠지. 하지만 그렇다고 진영처럼 화를 벌컥 내지는 않는다고 생각하며 그녀는 전화선을 손가락으로 꼬았다.

"알았어요. 됐어요. 들어가서 쉬어요. 오늘 종일 운전도 하고, 힘들었잖아요."

[희주 씨.]

"네."

[나 당신이 정말로 좋아. 정말이야.]

심장이 무겁게 쿵쿵 뛰었다. 웃어야 할지 울어야 할지 알 수 없는 상태로 희주는 손가락으로 어설프게 전화선만 잡아당겼다.

[듣고 있어? 정말로 좋아해. 그러니까, 노력할게. 응?]

뭘? 그녀에게 어울리는 남자가 되도록? 아니면 그녀의 말을 잘 듣도록? 왜 난 이 사람을 이렇게 괴롭히고 있는 걸까. 이렇게나 날 좋아한다고 말하는 사람한테, 똑같이 대답해 주지도 못하면서. 희주는 우울한 얼굴로 전화기를 쳐다보았다. 거기에 그의 얼굴이라도 있는 것처럼.

"알았어요. 날씨 추워요. 얼른 숙소 들어가서 자요. 내일 아침에 전화해요, 알겠죠?"

[알았어. 나 말이야, 전에, 당신 옆집 살 때, 당신을 보고 무슨 생각을 했었는지 알아?]

갑자기 그가 킥킥거리며 말했다. 취한 사람 특유의 화제 전환에 희주는 눈살을 찌푸렸다.

"모르겠는데요."

[그때 난 당신이…….]

갑자기 말이 끊겼다. 그의 숨소리에 귀를 기울이며 그녀는
말이 계속되기를 기다렸다. 그때 그가 뭘? 날 보고 무슨 생각을
했던 거지? 난 그를 알아차리지도 못했었는데.

하지만 말은 계속되지 않았다. 한참이나 숨소리만 들리다가
갑자기 그가 웃었다.

[아, 훈주 형 나온다. 나 끊을게. 내일, 내일 다시 전화할게.
알겠지?]

"알았어요. 조심해서 들어가요. 알겠죠?"

[응.]

나직한 웃음소리를 남기고 그는 전화를 끊었다. 희주는 수화
기를 내려놓고 그대로 서서 한참이나 생각에 잠겨 있었다.

그때 난 당신이……. 그리고 그는 무슨 이야기를 하려고 했
던 걸까? 그때부터 그녀를 좋아했을 리는 없었다. 그건 아닐 것
이다.

한숨을 쉬고서 그녀는 방으로 들어가서 침대에 누웠다. 침대
는 조금 차가웠고, 어쩐지 너무 넓은 것 같았다. 싱글 침대에 둘
이 끼어 자는 쪽이 오히려 불편해야 하는데, 왜 혼자 있는 쪽이
더 불편한 걸까? 몸을 뒤척이며 그녀는 베개에 얼굴을 묻었다.
사방이 너무 고요하다. 처음 이 집에 왔을 때처럼 모든 것이 침
묵 속에서 그녀를 지켜보는 것 같았다.

이불을 꼭 움켜쥔 채, 그녀는 지난밤 자신을 따뜻하게 감싸

주었던 진영의 온기를 떠올렸다. 어린애 같다고 생각하면서도 든든하게 그녀를 감싸주던 그의 따스함을.

그는 월요일 저녁에 꽃다발을 들고서 머뭇거리며 벨을 눌렀다. 그녀가 그런 것은 사 오지 말라고 한 건 알지만, 그래도 미안해서였다. 희주는 피곤한 얼굴로 문을 열고는 향기 짙은 국화를 보더니 인상을 찡그렸다.

"그나마 하얗지 않아서 다행이네요. 기분은 딱 그건데. 하얀 국화."

화난 것 같지는 않은 모습에 진영은 속으로 안도의 한숨을 쉬었다. 그녀가 평소처럼 대해주어서 다행이었다. 안으로 들어가며 그녀는 지난번 꽃을 꽂아두었던 화병을 갖고 다용도실로 들어가서 시든 꽃을 버리고 새 걸로 갈아 꽂은 다음 나왔다. 진영은 재킷을 벗어 소파에 내려놓고 그녀를 보았다.

"꽃 사 왔다고 화내지 않을 거지?"

"평소 같으면 화를 내겠는데, 지금은 화낼 기운도 없어요. 피곤해 죽겠어."

그녀는 화병을 TV 장식장 위에 올려놓고 한숨을 푹 내쉬며 그의 옆에 풀썩 앉았다. 그의 온기가 느껴지자 하루 종일 초조하던 기분이 가라앉는 것 같았다. 그녀는 잠시 망설이다가 그의 어깨에 머리를 기댔다. 진영 역시 머뭇거리다가는 그녀의 어깨에 팔을 두르고 꼭 안았다.

"왜? 무슨 일 있었어?"

"특허청 직원이랑 싸웠거든요. 하여튼 공무원들은 죄다 국민의 세금을 낭비하는 밥벌레들이야."

분개하는 그녀를 보고서 진영은 자신도 모르게 입이 헤벌쭉 벌어지는 것을 느꼈다. 그녀가 화를 내고 있어도 좋으니 나도 정말이지 팔불출이로구만. 하지만 정말로 종일 불안하던 기분이 싹 가시는 느낌이었다.

"테러할까? 도시락 폭탄? 해킹? 특허청 홈피에다가 아동 포르노 사진이라도 띄워둘까?"

그의 말에 희주가 눈을 둥그렇게 뜨고 고개를 들어 그를 쳐다보았다.

"진영 씨, 설마 그런 것도 봐요?"

"나? 설마! 인터넷에서 구하려면야 얼마든지 구하니까. 난 그냥 어떻게 하면 우리 귀여운 희주 씨를 화나게 만든 그 특허청 놈들에게 복수할 수 있을까 생각하는 것뿐이야."

"말은, 하여튼."

그녀는 눈을 슬쩍 흘기고는 다시 머리를 기댔다. 애완동물처럼 머리를 부비적거리던 그녀의 머리에 문득 그의 귀고리들이 닿자 그녀는 고개만 약간 돌려서 그것들을 쳐다보았다. 은제 링으로 된 자그마한 귀고리들이 귀에 차례대로 여섯 개가 달려 있었다.

"진영 씨, 귀고리 안 하면 안 돼요?"

"이건 내 자유의 상징이야."

희주는 웃기지 말라는 듯 눈을 굴렸고, 그것을 본 진영이 히죽 웃었다.

"정말이라니까. 집을 나오고 나서 가장 먼저 한 일이 이거야. 피어싱. 사실은 다른 데도 뚫으려고 했는데, 눈썹 위에 뚫는 건 잘못하다가 눈이라도 다칠까 봐 무서워서 못했고, 혀에 뚫는 건 뚫은 애를 하나 아는데 음식을 먹으면 구멍에 낀다고 그러잖아. 그래서 관뒀어."

"혀에 뚫어요? 으엑."

희주는 혐오스럽다는 듯이 외쳤다. 진영은 그녀의 반응에 관대한 얼굴로 웃었다. 그녀라면 그렇게 반응할 만도 했다.

"희주 씨, 학생 때에는 그야말로 모범생이었지? 부모님 말씀 착실하게 듣고 절대로 학원도 안 빠지는?"

"뭐, 꼭 그렇지는 않아요. 학원 간다고 그러고 친구들이랑 놀러간 적도 있어요. 학생 시절에 그 짓 한 번 안 해본 사람이 어디 있어요? 내가 그렇게 쑥맥인 줄 알아요?"

불량하게 결혼도 안 하고 남자랑 잠까지 자고 있구만. 하지만 희주는 차마 그 말은 덧붙이지 못했다. 솔직히 별로 후회는 하지 않으니까. 진영은 잠깐 가만히 있다가 천천히 입을 열었다.

"나, 고등학교 때까지 거의 대인 기피증이었어."

"네?"

희주는 몸을 떼고 그를 쳐다보았다. 이 남자가? 뭐, 좀 섬세한 성격이라는 건 알겠지만, 그래도 다짜고짜 그녀를 붙들고 호텔에서 키스를 했던 남자가? 믿을 수 없었다. 그러나 진영의 표정은 우울해 보였다.

"내가 다닌 고등학교는 사립이라 선생들의 이동이 별로 없었거든. 형도 그 학교를 나왔고. 그래서 선생들 중에 형을 아는 사람들이 많았어. 난 누가 날 알아보고 왜 형이랑 그렇게 안 닮았냐고 할까 봐서 수업 시간에도 언제나 고개를 푹 숙이고 있었지. 애들하고 이야기하는 것도 겁이 났어. 혹시 형을 아는 사람이 있을까 봐. 정말이지 사람들을 만나는 게 겁이 났었지."

그가 길게 한숨을 내쉬고 말했다. 희주는 눈을 깜박거리며 그를 보았다. 그럴 수가. 진영의 손이 가만히 그녀의 손을 더듬어 잡았다. 그의 손은 약간 축축하고 뜨거웠다.

"대학에 들어오고 나서도, 별로 변한 건 없었어. 조금이라도 외향적이 되려고 운동 서클에 들어갔는데, 선배들이 군기 잡느니 어쩌니 하는 게 너무 힘들더라구. 그래서 그만뒀지. 거기에 비하면 컴퓨터 게임은 몰입하기가 정말로 쉬웠어. 아무도 나를 알지 못하니까. 내가 어느 학교에 다니는지 궁금해하지 않고, 어떤 사람인지도 궁금해하지 않아. 그저 게임 순위로만 사람을 평가하지. 물론 학교와 다를 건 없어. 성적만으로 상대를 평가하니까. 하지만 게임 성적은 좋았고, 잘했거든. 사람들도 다들 날 대단하게 추켜세워 주고. 그래서 점점 자신감이 붙었어, 게임의 세계에서는."

현실 세계에서는 그렇지 않았지. 그는 그녀의 작고 여린 손을 쥔 채 생각했다. 현실에서, 그는 학사 경고를 두 번이나 받은 형편없는 성적의 학생이었을 뿐이다. 그나마 교수들은 고교 선생들처럼 학생들 개개인에게 별로 신경을 쓰지 않는다는 점이 다른 것뿐이었다.

"처음으로 게임 대회에 나가게 되어서 아이디로만 알던 사람들을 만났는데, 그 사람들은 다들 나한테 잘해주는 거야. 날 대단한 사람처럼 대접해 주고. 처음으로 나갔던 대회에서, 그냥 통신사에서 개최한 길거리 대회 같은 거였는데 1등을 했어. 갑자기 세상이 달라 보이더라. 거기서 만난 사람들이랑 술을 마시고서, 다음날 당장 난 염색을 했어."

다른 사람이 되고 싶었다. 뭔가 다른 사람이, 지금까지의 자신과는 다른 사람이, 정진수의 형편없는 동생으로 여겨지던 과거의 그와는 다른 사람이. 그래서 염색을 했다. 샛노란 머리를 본 어머니는 입을 딱 벌린 채 한마디도 하지 못하셨다.

"불행히도 첫 시도는 금방 끝이 났지. 군대에 가야 했거든. 도로 검게 물들이고, 짧게 자르고 군대에 갔어. 하지만 군대에서도 생활은 뭔가 좀 달랐어. 거기도 나를 알던 사람들은 하나도 없었으니까. 미군 부대 애들이랑도 많이 친해졌고, 착실하게 사는 습관도 익혔지. 군대가 사람을 망가뜨리는 경우도 있다던데, 난 반대인 것 같아. 군대에 갔다 오면서 좀 더 성격이 밝아졌거든. 형의 그늘에서 벗어났기 때문인지도 모르겠어."

"진영 씨, 카투사였어요?"

"응."

그는 싱긋 웃었다.

"카투사 갔다 왔다고 하면 사실 다들 무시해. 그런 느슨한 곳도 군대냐고. 하지만 내가 아는 군대는 거기니까. 뭐, 상관없어. 난 그 시절이 좋았고, 한동안은 차라리 직업 군인이 될까 생각도 했었는데, 그건 또 좀 그렇더라구."

그가 다시 한숨을 내쉬었다. 방금 떠올랐던 미소는 봄바람 앞의 눈사람처럼 허물어졌다. 그 울적한 표정에 희주는 자신도 모르게 그의 손을 단단히 잡았다. 그는 그녀에게 잠깐 눈길을 던지고 웃으려고 노력했다.

"어쨌든 제대를 하고 도로 학교에 복학을 하니까 낯익은 두려움이 드는 거야. 난 여기서는 가망이 없어, 난 공부에 소질도 없고, 사람들도 무서워, 뭐 그런 거. 그래서 거의 학교엔 안 나가고 다시 게임의 세계에 빠졌지. 2년 2개월이나 게임을 안 해서 거기서도 밀려날까 봐 겁이 났는데, 의외로 날 기억하는 사람들이 있는 거야. 그 사람들에게 창피를 당할 수는 없잖아. 그래서 열심히 했고, 그 사람들이 알려주는 대회에도 나가기 시작했지. 첫 번째로 나간 대회에서 2등을 하고서, 다시 머리를 염색했어. 염색을 하는 게 어쩐지 행운의 상징 같아서. 그게 어머니와의 싸움의 불씨를 당겼지."

오래된 기억 속으로 그는 서서히 빠져들고 있었다. 2등 상금을 받아 친구들과 술도 마시지 않고 집으로 돌아왔는데, 어머니는 험악한 얼굴로 그를 기다리시다가는 고함을 지르셨다.

"어떻게 된 녀석이 그런 짓이나 하고 싸돌아다녀! 상금? 네 등록금이 얼만지 알아? 왜 하라는 공부는 안 하고, 머리엔 또 그런 짓이냐 하고! 네가 무슨 길거리에 널려 있는 불량배야? 깡패야? 왜 그래, 도대체? 뭐가 문제니, 응?!"

왜 어머니는 그를 인정해 주시지 않는 걸까? 왜 다른 사람들은 다 그를 대단하다고 말해 주는데, 어머니의 눈에는 그렇게 형편없는 놈으로밖에 보이지 않는 걸까? 그게 이해가 되지 않았다. 그렇게 말을 하고 싶었지만, 어머니는 말을 할 여유도 주지 않으셨다.

"그 따위로 살려면 나가. 나가 버려! 내 눈앞에서 꺼지란 말이다. 너만 보면 머리가 지끈거려. 왜 네 형의 반도 못 닮는 거니? 왜 진수처럼 그렇게 못하는 거야!"

형, 형, 형. 죽어버린 형을 어떻게 따라갈 수 있단 말인가? 살아 있으면 언젠가 형도 실수를 저지를 수 있었을 텐데, 죽어버렸으니 영영 실수조차 한 번 하지 않을 형과 비교하면 어떻게 하란 말인가. 어머니를 붙들고 외치고 싶었다. 형이 죽어서 안타까운 건 어머니만이 아니라고. 하지만 원망심이 너무나 컸다. 그의 최초의 성공을 기뻐해 주지 않는 어머니에게.

"젠장, 나가면 될 거 아니에요! 맨날 형, 형, 형! 형 대신 내가 죽었으면 훨씬 나으셨겠죠? 저 같은 건 엄마한테 하나도 필요 없잖아요. 안 그래요? 형이 죽었다고 아버지까지 따라 죽어버리고, 엄마도 형 따라 가시라구요, 예? 차라리 따라가 버려요!"

부모 자식간에 하지 말아야 할 말을 너무나 많이 했던 밤이었다. 결국 그는 그 자리에서 뛰쳐나왔고, 그 이래로 잠시 집에 들르는 것 외에는 다시 돌아가지 않았다. KPT에 들어가 숙소에서 살게 될 때까지 아는 사람들의 집을 전전하고, 여관방이나 PC방을 돌아다니며 살았다. 그리고 귀를 뚫었다. 하나도 아니고 여러 개로. 가게에서는 그의 머리 색깔을 보고는 별로 놀라지도 않는 눈치였다. 오히려 요즘 유행은 어떤 거라고 친절하게 가르쳐 주기까지 했다.

"이건 어머니에게서 독립하겠다는 내 의지의 표명이라구. 어머니 말에는 신경 쓰지 않고, 내 길을 걷겠다는 거지. 자유와 독립, 이거 무슨 미국 국민 헌장 같다, 그렇지?"

그는 씩 웃으며 희주를 쳐다보았으나, 그녀의 얼굴은 심각했다. 검은 눈은 깊은 웅덩이처럼 가라앉은 채 그를 똑바로 바라보고 있었다. 그의 손 안에 들어 있는 그녀의 손은 차가웠다. 나한테 실망한 걸까? 이 이상 실망할 게 뭐가 있다고? 그녀는 그가 술에 취해 주정을 부리는 모습도 보았고, 화를 내는 모습도 보았으며 미안하다고 비는 것까지 보았다. 지금 와서 이전보다 더 실망할 이유는 없었다.

"진영 씨."

"응?"

그녀의 목소리는 나지막했다.

"더 이상 아줌마랑 화해하라고는 안 할게요. 하지만 어느 날 갑자기 아줌마가 돌아가시면 얼마나 죄책감을 느낄지, 그건 꼭 생각해 봐요. 그러려고 그랬던 건 아니잖아. 아줌마를 정말로 싫어하는 거 아니잖아요. 그러니까 생각해 봐요. 알겠죠?"

"알았어."

생각을 해보는 건 어려운 일이 아니었다. 먼저 고개를 숙이고 들어가는 것이 어려운 거지. 진영은 가만히 그녀의 손가락을 어루만지고 있다가 고개를 돌려 그녀를 보았다.

"키스해도 돼?"

"언제부터 허락받고 했어요? 새삼스럽게."

그녀는 코웃음을 쳤지만 얼굴은 조금 붉어져 있었다. 진영은 몸을 기울여 그녀에게 입술을 갖다 댔다. 그녀가 필요했다. 그녀를 원했다. 그녀를 꼭 끌어안고, 그녀가 품 안에 정말로 있다는 것을 느껴야만 했다. 그의 팔이 그녀를 감싸고 자신의 무릎 위로 끌어 올렸다.

그녀의 입술은 부드러웠다. 그리고 촉촉했다. 이미 머리 속
에 완벽하게 새겨져 있는 그녀의 입술 모양을 따라 혀를 움직였
다. 그녀의 손이 그의 옷자락을 움켜쥐었고, 그녀의 몸이 나른
하게 늘어지는 것이 느껴졌다. 그가 고개를 기울이며 입술을
살며시 깨물자 그녀는 고양이 같은 울음소리를 냈다. 그녀의
소리에 그의 몸이 즉각 반응을 보였다. 허리가 뻐근해지고 몸
이 달아올랐다.

당신이 좋아. 정말로 좋아. 그러니까 제발 당신도 나한테 그
렇게 말해 줘. 부탁이야, 날 좋아한다고 말해 줘. 하지만 그녀
는 그저 그의 입술에 대고 신음을 흘릴 뿐이었다. 그의 입술이
그녀의 입술 위에서 움직였다.

"사랑해, 희주 씨. 사랑해."

감겨 있던 그녀의 눈이 뜨이고, 검은 눈동자가 그를 응시했
다. 그녀의 눈에 떠오른 표정을 보고 싶지 않아서 그는 입술을
거칠게 누르며 혀를 밀어 넣었다. 그녀가 헉 소리를 내며 몸을
움직였다. 그녀의 동그란 엉덩이에 자극된 그의 일부가 당장
바지를 밀고 솟아올랐다. 이대로 그녀를 눕히고 곧장 안으로
들어가고 싶었다. 그녀를 갖고, 그녀의 안에 자신을 쏟아 넣으
며 그녀의 전부를 소유하고 싶었다.

희주는 부드러운 그의 머리카락 안으로 손을 밀어 넣으며 입
을 벌리고서 그를 받아들였다. 그는 언제나처럼 다급하게, 그

녀의 전부를 다 갖고 싶은 것처럼 움직였다. 그리고 그게 좋았다. 그가 움직이는 방식이, 그녀를 갖고 싶어하는 그 다급함이 좋았다. 누군가가 그녀를 원하는 게 좋았다…….

아니, 그게 아니야. 그녀는 불현듯 정신을 차렸다. '누군가가' 그녀를 원하는 게 아니라 바로 그가, 정진영이란 사람이 그녀를 원하는 것이 좋았다. 그녀를 위해 담배를 끊으려고 하는 게 좋았고, 미안해서 머뭇거리며 그녀의 눈치를 살피는 것도 귀여웠다. 그녀에게 오토바이를 한 번이라도 태워주고 싶어서 안달하는 것도 좋았고, 괜히 연락도 없이 회사 앞에서, 혹은 집 앞에서 기다리고 서 있는 낭만적인 면이 좋았다. 그를 좋아해.

어떡해? 어떡하면 좋아? 그를 좋아하고 있잖아. 이제 어떻게 할 거야! 그녀의 머리 속 이성적인 부분이 비명을 질렀다. 이런 세상에, 그가 불쌍해서, 단지 그녀를 좋아하는 게 좀 미안해서 사귀는 거라고 했었잖아. 정연에게도 그렇게 말했었잖아. 그런데 이제 와서 그를 좋아한다니, 어쩔 거야? 그렇게 계속 같이 붙어 있고, 이런 짓을 하니까 좋아하는 기분이 드는 게 당연하지. 어떻게 할 거야, 이상적인 전문직 남성은 어떻게 하고!

그녀는 입술을 떼어내고 그를 쳐다보려고 했지만 그는 고개를 숙인 채 그녀의 뺨을 타고 목덜미를 깨물었다. 갑자기 그가 거칠게 그 부분을 빨아 당기자 그녀는 몸을 움찔했다. 그가 입을 떼고 빨갛게 변한 부분을 엄지손가락으로 살짝 쓸었다. 그녀의 몸은 이미 소파에 완전히 누워 있는 상태였다.

"모든 사람들이 당신은 내 거라는 걸 알았으면 좋겠어."

그는 거친 목소리로 말하고 다시 고개를 숙였다. 헐렁한 티셔츠 안으로 그의 손이 들어와 브래지어 위를 더듬다가 조급하게 뒤로 돌아가서 후크를 풀었다. 속옷이 느슨해지자 그의 뜨거운 손은 자유롭게 그녀의 젖가슴을 애무했다. 여전히 충격에 빠져 있던 그녀는 그가 가슴을 세게 움켜쥐자 벼락에 맞은 것처럼 몸을 휘었다.

"진영 씨!"

대답없이 그는 그녀의 티셔츠를 끌어 올리고서 가슴을 드러냈다. 그의 손길에 단단하게 부푼 언덕의 끄트머리는 다홍빛으로 곤두서서 그의 관심을 요구하고 있었다. 그는 곧장 고개를 숙여 그 부분을 물고 빨았다.

"아, 앗!"

그녀는 그의 머리를 껴안은 채 몸을 휘며 그의 입 안으로 가슴을 더욱 밀어댔다. 이미 정신이 몽롱한 상태였다. 그의 손길이, 그의 열정이 그녀를 완전히 지배하고 있었다.

손으로 가슴을 움켜쥔 채 한쪽 유두를 격렬하게 탐닉하던 그는 반대쪽에도 똑같은 열정을 기울여 애무했다. 마침내 젖은 채 바싹 달아오른 유두를 놓아주고서 그는 그녀의 허리로 손을 내려 헐렁한 운동복 바지와 팬티를 한꺼번에 끌어 내려 바닥으로 떨어뜨렸다. 한쪽 다리는 소파 등받이에 걸치고, 다른 쪽은 소파 아래로 향한 채 은밀한 부분을 고스란히 드러내고서 그녀는 그를 보았다. 그는 여전히 옷을 전부 다 걸치고 있었다.

"진영 씨, 옷……."

"나중에."

그는 뜨거운 눈으로 그녀의 검은 부분을 응시하다가 단단한 손으로 허벅지를 붙잡고 더욱 벌렸다. 뜨거운 입김이 그 부분에 닿는 것을 느끼자 희주는 몸을 꿈틀거렸다. 설마, 설마 그건 아니겠지! 클린턴과 르윈스키가 했다던 그것. 물론 지금은 역할이 반대이지만.

하지만 바로 그것이었다. 그리고 이렇게 적나라한 느낌은 처음이었다. 그의 손가락이 살짝 덮여 있는 살을 벌리고, 보지 않아도 뭔지 분명한 뜨겁고 축축한 것이 그 부분에 닿아 움직였다. 예민한 정점이 뜨겁게 달아오르고, 축축하게 그로 인해 젖었다. 그녀는 몸을 떨며 엉덩이를 움직였다. 갑자기 날카로운 것이 느껴지자 그녀는 비명을 질렀다.

"깨물지 마!"

"아파?"

그 부분에서 그의 입술이 움직이는 것이 느껴졌다. 그의 숨결이 고스란히 와 닿는다. 그녀는 숨을 헐떡였다. 아픈 게 아니었다. 너무, 너무 자극적이었다. 그대로 절정에 도달할 정도로.

"그냥, 하지 마."

울 듯한 목소리로 그녀가 말했으나 그는 낮게 웃으며 계속 장난을 쳤다. 지금의 그는 너무나 남성적이었고, 그녀를 완전히 장악하고 있었다.

그의 혀가 안으로 들어오는 순간, 그녀는 결국 꼭대기까지 올라가고 말았다. 몸이 휘어지고, 뜨거운 열기가 뱃속에서 폭발하고, 머리가 빙빙 돌며, 눈앞이 하얗게 보였다. 그의 혀는 계속해서 그녀의 몸 안팎으로 움직이며 가장 은밀한 행위까지 서슴지 않고 해치웠다. 마침내 그가 고개를 들고서 자신의 옷을 벗은 다음 그녀를 잡아당겨 여전히 가슴 윗부분에 걸려 있던 티셔츠와 브래지어를 벗겨냈다. 그녀는 그에게 기대 그가 하는 대로 얌전히 따랐다. 반항할 기운도 남아 있지 않았다. 그가 다시 키스를 하자 그에게서 자신 맛이 느껴졌다. 그것은 충격적이었고, 너무나 은밀한 비밀을 나눈 것 같은 느낌이었다.

"해줘, 희주 씨. 응?"

그녀는 화들짝 놀라서 그를 쳐다보았다. 그가 그녀의 손을 잡고서 자신의 완전히 흥분한 남성에 갖다 댔다. 뜨거우면서도 부드러운 그의 일부를 자신도 모르게 어루만지며 그녀는 그의 얼굴을 보았다. 그의 광대뼈 부분에는 홍조가 떠올라 있었고, 눈은 흥분과 열기, 그리고 애원으로 가득했다.

"부탁이야."

그녀는 손 안에 있는 커다란 그의 몸을 바라보다가 천천히 고개를 숙였다. 은밀한 비밀, 그와 나누고 싶은. 그녀가 살짝 숨결을 내뿜자 그의 온몸이 전기 충격이라도 받은 것처럼 떨렸다. 그녀는 눈을 감고 고개를 뒤로 젖히는 그의 얼굴을 보고 매혹된 듯 응시하다가 소파 아래로 내려와 그의 다리 사이에 무릎을 꿇었다. 그리고 그를 받아들였다.

그녀가 움직일 때마다 그는 거칠게 숨을 내쉬며 그녀의 이름을 부르고, 알 수 없는 말을 중얼거렸다. 그녀의 혀는 그의 살결 위에서 춤을 추었고, 그의 몸은 폭발하기 직전까지 치솟아올랐다. 입 안에 느껴지는 그의 몸이 저 혼자 살아 있는 것처럼 부푸는 것이 느껴지자 그녀는 눈을 감고 깊게 빨아들였다.

"아, 안 돼!"

그가 거칠게 외쳤다. 다음 순간 그녀의 안에서 그가 폭발했다. 그의 몸이 솟구치고, 뜨거운 액체가 쏟아져 나오자 그녀는 어떻게 할 새도 없이 고스란히 전부를 받아들였다. 그가 소파 위에서 뒤로 늘어졌고, 그녀는 몸을 떨며 그를 쳐다보았다. 입 안이 타는 것 같았고, 이 모든 것이 다시 떠올릴 수도 없을 만큼 은밀했다. 다른 사람에게 결코 말할 수 없는 비밀. 그가 여전히 거칠게 가슴을 들먹이며 그녀를 안아서 무릎 위로 올렸다.

"이 정도까지 바란 건 아니었는데."

희주는 대답을 하려고 했지만 목소리가 나오지 않았다. 기침을 몇 번 하는데 그의 눈이 흐려졌다. 여전히 식지 않는 열정으로 그는 그녀에게 깊숙하게 키스했다. 두 사람의 맛이 섞여들고, 처음부터 하나였던 것처럼 몸이 합쳐졌다. 너무 빠르다고 그녀가 놀라기도 전에 이미 그는 그녀의 안에서 움직이고 있었다. 단단한 몸이 그녀를 소파로 누르고, 자궁 깊숙한 곳까지 그가 소유권을 주장하며 침범했다. 그녀는 그의 몸에 다리를 감은 채 움직임을 맞췄고, 그의 입술은 여전히 숨도 못 쉴 정도로 그녀를 누르고 있었다.

사랑해, 사랑해, 사랑해. 움직일 때마다 그의 심장이 외치고 있었다. 이 여자를 사랑해. 맙소사, 어쩌다가 이렇게 된 거지? 이 여자는 나한테 어울리지 않는데. 조금도 어울리지 않는데! 머리는 계속 이야기를 하고 있어도, 그의 심장은 이미 절망적으로 중독되어 있었다. 사랑해. 당신을 사랑해.

당신이 좋아, 당신이, 맙소사, 그를 좋아해. 어떻게 하지? 그녀의 머리는 미친 듯이 비명을 지르고 있었다. 그를 받아들여, 그는 널 여왕처럼 떠받들어 줄 거야, 심장이 속삭였지만 그녀의 머리는 그것을 받아들이기에는 지나치게 충격을 받은 상태였다. 나의 꿈은, 나의 희망은? 이상적인 남자는? 전문직을 가진, 어른스럽고 혼자 남은 날 거뜬히 돌봐줄 수 있는 남자는? 이 남자는 어린애야, 내가 평생 돌보며 살아야 할 거라구! 그건 싫어, 싫어! 하지만 좋아하잖아. 이제 어떻게 해? 어떻게 해!

그는 그녀를 꼭대기까지 끌어올렸다가 만족감도 주지 않은 채 끌어내리고, 다시 꼭대기로 밀어 올렸다. 그녀는 머리를 흔들고 그의 어깨를 쥐어뜯으며 엉덩이를 흔들었고, 그는 만족스럽게 낄낄거렸다. 그리고 마침내 그녀의 안에서 폭발했다. 희주는 희열의 절정에서 떨어져 내리고 있었다.

그녀의 머리는 여전히 소리치고 있었다. 그를 좋아하지 마! 그건 재앙이야!

8

사무실 문을 열고 희주는 뽀로퉁한 얼굴로 앉아서 컴퓨터를 두드리고 있는 여직원을 보았다.

"연호 씨, 김재운 씨 도면 어떻게 됐어요?"

"아직이요."

대판 뒤집어놓고 나서 일주일이 넘어서자 슬슬 효과가 떨어지는 모양이었다. 희주는 팔짱을 끼고 문가에 기대서 그녀보다 최소한 다섯 살은 어린 여직원을 응시했다.

"내가 그거 언제까지 달라고 했는데 아직이에요?"

"바빠서요. 일 밀려 있는 거 안 보이세요?"

퉁명스러운 대답이 곧장 날아온다. 희주는 욱하는 기분을 느끼며 여자의 뒤통수를 쳐다보고 있었다. 그때 옆방 문이 열리며 은진이 나오다가 희주의 가늘어진 눈을 보고 여직원 쪽을 본다음 그만두라는 듯 고개를 저었다.

"희주 씨, 점심 먹으러 같이 갈래? 내가 살게."

희주는 여직원을 밟아놓고 싶은 기분과 점심의 사이에서 갈등하다가 그냥 넘어가기로 했다. 뒤집은 지 일주일 만에 또 시끄러운 소리를 내면 다른 사람들 눈에도 좋을 리 없었다. 그녀는 지갑과 재킷을 들고 밖으로 나왔다.

엘리베이터에 올라가자 은진이 혀를 찼다.

"조연호 씨랑 상대하지 마. 그 사람 일 안 해."

"일도 안 하는데 도대체 어떻게 몇 년째 여기서 일하는 거예요? 전 이해가 안 가요."

희주의 짜증 섞인 목소리에도 은진의 표정은 별로 변하지 않았다.

"남자들 말은 잘 듣거든."

두 사람은 건물 밖으로 나와서 근처에 있는 한식집으로 향했다. 점심 시간이 아직 조금 일러서 식당은 텅 비어 있었다. 식사를 주문하고 나서 은진은 턱을 괴고 희주를 쳐다보았다.

"그나저나 남자 친구랑은 잘돼?"

"네?"

희주는 자신의 얼굴에 무슨 표시라도 난 게 아닌가 싶어 손으로 얼굴을 더듬었다. 목을 덮은 폴라티도 제자리에 있었고,

얼굴도 이상하지 않은 것 같은데. 아침에 샤워를 하다가 진영이 남겨놓은 키스 마크를 보고 얼마나 놀랐는지 지금도 생각하면 가슴이 떨렸다.

은진이 낮게 웃었다.

"회식 때 보니까 문자 메시지도 받는 것 같더니. 게다가 회사 앞에서 남자가 기다리는 거 봤다는 사람도 있었고."

도대체 누가 본 거지? 이럴까 봐 회사 앞에 와서 멀뚱히 기다리고 있지 말라고 했건만! 희주는 인상을 팍 찌푸리고 입을 다물었다. 은진은 눈썹을 치켜 올리고 잠시 대답을 기다리다가 가만히 말했다.

"어쨌든 밖에서 상대를 만난 것 같아서 다행이다. 미혼인 사람이 들어오면 아무래도 신경이 쓰여. 괜히 안에서 누구랑 사귀게 되면, 나중에 좋은 이야기 안 나오거든. 뭐 조연호 씨 같은 사람이야 안에서 남자 하나 건지는 게 최대의 목표라지만 말이야."

"네? 정말이요?"

예쁘장하고 심술궂은 얼굴의 여직원을 떠올리고 그녀는 인상을 찌푸렸다. 그런 표정을 하고 사무실 안에서 남자를 꼬시겠다고?

"그 사람 우리 앞에서만 그렇게 일도 잘 안 하고 그러지, 남자들이 뭐 시켜봐. 재깍재깍 해다 바치고, 얼마나 눈웃음도 살살 잘 치는데. 말도 마. 어리다고 해도, 정말이지 봐주기 힘들 정도야. 뭐, 어차피 결혼해서 직장 그만두는 게 목표라니까 그런가 보다 하는 거지만."

"남자들은 그런 거 몰라요?"

"아는 사람도 있는 모양인데, 귀엽게 봐주는 거지, 뭐. 그 사람들 눈엔 그게 귀여운가 봐. 여자들은 다 그러는 거 아니냐고 하는 사람도 있어."

희주는 눈을 굴렸다. 이런, 세상에. 남자들이란 전부 다 바보 머저리들인 모양이다. 은진은 작게 웃고는 물을 조금 마신 다음 고개를 저었다.

"뭐, 나쁜 건 아니지. 돈 잘 버는 남편 만나서 집에 들어앉겠다는 거. 나같이 애까지 있으면서 이러고 돌아다니는 쪽이 이상한 건지도 몰라."

"남편 되시는 분이 많이 도와주신다면서요?"

희주의 말에 은진의 얼굴에서 미소가 사라졌다. 그녀는 괜히 젓가락을 만지작거리며 식당 종업원이 차려놓는 밑반찬 그릇들을 쳐다보고 있다가 조용히 말했다.

"뭐랄까, 그게, 좀 그래."

갑자기 그녀가 고개를 들고 희주를 쳐다보았다.

"희주 씨는 결혼에서 사랑이 중요한 것 같아, 아니면 조건 맞는 게 더 중요한 것 같아?"

머리 속을 꽉 채우고 있는 질문을 고스란히 들킨 것 같은 기분에 희주는 태연하게 보이려고 노력했다.

"글쎄요. 사랑도 중요하고, 그래도 조건을 무시할 수는 없는 거고, 그런 거 아닐까요?"

"그야 그렇지."

"결국 사랑에 빠지는 상대는 비슷한 사람이라고 하신 거 언니잖아요."

희주의 투덜거림에 은진은 피식 웃고 잠시 생각에 잠긴 듯 가만히 있다가 고개를 들었다.

"난 말이지, 처음에 남편을 사랑해서 결혼한 건 아니었어. 그 사람이 날 엄청 쫓아다녔거든. 좋아하는 사람은 따로 있었어."

의외의 이야기에 희주는 눈을 동그랗게 떴다. 그녀는 지금까지 은진이 평범한 전철을 밟아 결혼한 케이스일 거라고 생각했던 것이다.

"그랬는데 정작 결혼할 때가 되니까 생각이 바뀌는 거야. 내가 좋아했던 남자랑은 결혼하면 힘들 것 같았어. 그 사람, 가난했거든. 성공해야겠다는 야망도 엄청 컸고. 정말 좋은 사람이고, 좋아했는데도 왠지 이 사람이랑 결혼하면 같이 지낼 시간도 없이 일만 해야 할 것 같았어. 반면에 우리 종원이 아빠는 재미도 없고, 말도 어눌한 게 어딜 봐도 마음은 안 끌리는 사람이었거든. 그런데 내가 너무너무 좋다고 따라다니고, 정말이지 행복하게 해주겠다고 그러는 거야. 집에 재산도 꽤 있었고, 시부모님도 남편이 하도 그러니까 결국 뭐든 해줄 테니 우리 애랑 결혼만 해달라고 그러시고."

은진은 알 수 없는 의미의 미소를 지으며 자신의 손을 쳐다
보았다.

"두 번째로 좋아하는 사람이랑 결혼하면 행복해진다는 말 알
아? 난 딱 그 케이스였어. 난 이 남자에게 분에 넘치는 사람이
지, 그렇게 생각하고 결혼했거든. 정말로 종원 아빠 나 때문에
성격도 많이 고치고, 평생 안 하던 운동도 시작하고 그랬는데
도 너무 좋아하는 거야. 그냥 내가 옆에 있는 것만으로 그렇게
좋대. 날 위해 뭔가 하는 게 너무 좋대. 그걸 보고 있으니까, 미
안해지더라. 난 그 사람을 위해서 해준 거라고는 결혼한 것밖
에 없는데 그렇게 좋아해 주고 날 위해 뭐든 하려고 하니까 정
말이지, 미안한 거야."

옆에 있는 것만으로 좋고, 뭔가 해주는 게 좋다는 것. 희주는
자신도 모르게 진영을 떠올렸다.

"노력할게."

실제로 변한 건 많지 않았지만, 그래도 그는 조금씩 변하려
고 노력하고 있는 것 같았다.

"그 사람이라고 왜 안 힘들었겠어? 하지만 상대방을 위해서
스스로를 변화시키고 싶었던 거지. 그러다 결혼하고 1년쯤 있
다가 그이 친구들 모임에 부부동반으로 나갔는데, 갑자기 그
사람 첫사랑 이야기가 튀어나온 거야. 그 순간 너무너무 기분

이 나쁘고, 심장이 덜컥 내려앉더라. 내가 이 사람을 좋아하고 있었구나, 그때 깨달았지. 불안하고 겁이 나서 며칠을 잠도 제대로 못 잤어. 날 위해 노력하는 것에 지쳐서 이 사람이 날 떠나면 어떡하나, 내가 뭘 해줘야 하나 해서. 그 사람, 일주일 만에 나더러 이상하다고 그러더라. 그냥 마음 편한 대로, 해주고 싶은 게 있으면 해주고, 해달라고 하고 싶은 게 있으면 해달라고 하래. 조급하게 굴 것 없이 서로를 위해 스스로를 조금씩 변화시켜 나가는 거지. 그때 보니까, 그 사람이 나보다 훨씬 어른인 것 같더라구."

은진은 문득 웃으며 고개를 흔들었다.

"이야기가 엇나가 버렸네. 어쨌든 하고 싶었던 이야기는 이거야. 희주 씨 요즘 고민이 많은 것 같은데, 결혼에 대한 부담감이 있으면 그런 건 털어버려. 사랑도, 조건도, 결국 중요한 게 아닌 것 같아. 어쩌면 처음엔 조건 보고 결혼했을 수도 있고, 어쩌면 열렬히 사랑해서 결혼했을 수도 있지. 하지만 결국 중요한 건 나 자신인 것 같아. 그 사람과 만나서 더 나은 내가 될 수 있고 좀 더 변할 수 있다면, 그게 바로 가장 중요한 것이 아닐까 싶어."

희주는 눈만 깜박거리며 은진의 동그란 얼굴을 바라보았다. '나 자신'이 중요하다? 하지만 사랑에 있어서 중요한 것은 상대방을 생각하는 거고, 상대방을 위해주는 거라고들 하지 않던가?

"여자들은 아무래도 남자들보다 좀 더 현실적이잖아. 아무리 상대방을 사랑하고 좋아하고 그래도, 한쪽 머리로는 조건을 따져 보고 있게 마련이지. 하지만 조건만 따지다 보면 스스로를 잊어버리게 돼. 날 가장 행복하게 하는 게 돈이라면 뭐, 돈을 따라가야겠지. 하지만 사실 그건 아니거든. 더 나은 내가 될 수 있게 해주는 사람을 만난다는 게 가장 중요한 것 같아. 그걸 깨닫는다는 거. 결국 결혼해서 뭔가 깨닫기 전까지는 여자들도 어른인 척하지만, 아직은 다 애들인 거야. 남자들은 대부분 더 심하긴 하지만."

은진은 빙그레 웃으며 물컵으로 탁자를 살짝 두드렸다.

"이야기가 너무 심각해졌지? 회식날 별말 못해준 것 같아서 뭐라도 이야기해 주고 싶었어. 그나저나 남자 친구 구경이나 좀 시켜줘. 궁금해."

희주는 그저 머뭇머뭇 웃으며 아무 대답도 하지 않았다. 머리 속이 복잡했다. 더 나은 내가 될 수 있게 해주는 사람, 그게 도대체 결혼이랑 무슨 상관이란 말인가. 자기발전이라는 건 결혼을 하든 안 하든 할 수 있는 건데. 그것은 사랑도, 조건도, 결혼과 관계된 다른 어떤 종류의 이야기도 아니었다.

"어쨌든 말이야, 남편이 번 돈 갖고 먹고 놀겠다는 조연호 씨 같은 사람 보면 좀 화도 나고, 불쌍하기도 해. 저것밖에는 즐거운 일이 없는 걸까 싶어서. 돈 쓰는 것 외에는 즐거운 일이 아무 것도 없다는 거잖아."

"돈 쓰면 재밌죠, 왜."

희주가 가볍게 말하자 은진이 웃었다. 종업원이 두 사람의 앞에 식사를 놓고 갔다. 숟가락을 집어 들며 은진은 장난스럽게 인상을 찡그려 보였다.

"생각해 봐. 좋아하는 걸 사느라 돈을 쓰면야 재미있지. 하지만 아무 데에나 돈을 쓰는 게 재밌어, 희주 씨는? 그건 아니잖아."

"그건 그렇네요, 생각해 보니."

"그렇지? 그러니까 내 말 믿어. 조건이라는 것도 자기랑 어울리는 조건을 따져야지."

"언니 이야기 이제는 하나도 모르겠어요. 도대체 무슨 말 하려는 건지 이해가 안 가요."

은진이 깔깔거리며 웃었다.

"아직 어려서 그래. 걱정 마. 곧 깨닫게 될 거야."

어리다? 자신이 어리다고 생각해 본 적은 한 번도 없었다. 부모님이 돌아가신 직후, 갑자기 10년쯤 늙어버린 기분이었고 영영 그 상태로 굳어진 느낌이었다. 하지만 지금 은진의 말을 듣자 갑자기 도로 어려진 기분이 들기도 했다.

"남자 친구 이야기나 좀 해봐. 어떤 사람이야?"

희주는 인상을 찡그리고 숟가락으로 밥알을 건드리며 투덜투덜 말했다.

"어려요."

"어려?"

"네, 저보다 두 살 어려요."

"우와, 요즘 유행하는 연하남? 희주 씨 보기보다 능력있네."

희주가 눈을 가늘게 뜨며 그녀를 노려보자 은진이 깔깔거리며 계속하라는 듯 한 손을 흔들었다.

"정말 말 그대로 어려요. 자기 앞날에 대해서는 하나도 생각도 안 하고, 내가 그런 거 생각 좀 해보라 그러면 화만 내고, 돈 벌면 놀러 다니고 선물이나 사주고. 가끔은 답답하다니까요."

"아직 그러기 싫은가 보지 뭐."

은진의 태연한 말에 희주는 인상을 찌푸렸다.

"그러니까 문제죠. 저는요……."

희주는 갑자기 입을 다물었다. 무슨 이야기를 하려고? 부모님이 돌아가신 이후로 최대의 목표가 전문직 남자랑 결혼해서 안정되게 사는 거라고? 그건 그녀가 싫어하는 여직원과 똑같은 생각이 아닌가. 하지만 대학 시절 현실을 생각해서 유학을 포기하고 지금의 안정된 직업을 선택했음에도 불구하고 뭔가가 늘 모자란다는 느낌이 들었다. 그래서 조건이 맞는 남자와 정착하면 훨씬 편안해질 거라고 생각해 왔었다.

아아, 정말이지 모르겠어. 이젠 뭐가 뭔지 하나도 모르겠어. 희주는 우울한 얼굴로 거의 식사를 하지도 않은 채 숟가락을 내려놓았다. 은진은 말을 하다 마는 그녀가 이상한지 고개를 갸웃하다가 미소를 지었다.

"힘내, 희주 씨. 살다 보면 뭘 잘못 생각하고 있었던 건지 언젠가는 깨닫게 되는 법이야. 난 말이지, 가끔 운명은 정해져 있는 게 아닌가 하는 생각이 들어. 돌이켜 보면 그런 느낌이 들거든. 희주 씨는 안 그래?"

"모르겠어요."

운명이라는 게 정해져 있다면, 진영과 만난 것도 운명이었을까? 그러면 앞으로는 어떻게 되는 거지? 그는 언제까지 그런 식으로 사는 걸까? 그리고 그녀는 그를 붙들고 있게 되는 걸까, 아니면 그를 걷어차 버리고 다른 남자를 만나게 되는 걸까?

모르겠어, 정말로 모르겠어. 희주는 어지러울 정도로 생각이 가득 찬 머리를 하고서 한참이나 꼼짝도 하지 않고 앉아 있었다.

"야, 여자 친구 WCG(World Cyber Games) 구경 안 오냐?"

갑작스러운 훈주의 말에 진영은 고개를 돌려 뒤에 서 있던 그를 올려다보았다.

"못 오지. 일하러 가야 할 텐데."

"결승 올라가도 구경 안 온대? 꽤 큰 게임이잖아. 너 하는 일에 되게 관심이 없나 보다?"

진영은 인상을 찌푸렸다. 훈주는 뭐가 마음에 안 드는지 진영만 보면 자꾸 이런저런 빈정거리는 소리를 늘어놓고 있었다. 그런 그의 앞에 희주를 내놓고 싶은 생각은 조금도 없었다.

"쓸데없는 소리 하지 마."

"뭐가 쓸데없냐? 구경 좀 시켜줘."

"다음에 자리 한 번 마련할게."

"뭐, 나야 상관은 없는데."

훈주는 어슬렁거리며 진영의 침대로 가서 풀썩 드러누워 그를 보았다. 오늘의 게임은 잘 끝냈는데도 훈주가 자꾸 옆에서 얼쩡거리는 것이 이해가 안 되어서 진영은 인상을 찌푸린 채 그를 쳐다보았다.

"무슨 소리를 하고 싶은 건데?"

"내 말은, 넌 그 여자 회사 앞에도 찾아가고 그런다며. 그런데 그 여자는 너한테 너무 관심을 안 보이는 거 아냐?"

진영의 표정이 곧장 차가워졌다. 도로 컴퓨터 모니터로 시선을 돌리고서 그는 무뚝뚝하게 대답했다.

"형이 신경 쓸 일 아니잖아."

나한테 어울리지도 않는 놈이라고 했으면서. 하지만 훈주는 여전히 그의 침대에 드러누운 채 일어날 생각도 하지 않았다. 진영은 모니터 앞에 놓여 있던 자일리톨 통을 들어 껌을 두 알 꺼내 입 안에 넣고 기분이라도 풀려는 것처럼 와작와작 씹었다.

"뭐, 그냥 한 번 해본 소리야. 어쨌거나 오늘 게임은 잘 풀리는 것 같더라. 여자 친구랑 화해는 잘한 모양이지?"

"신경 끊어."

진영의 날카로운 한마디에 훈주는 포기한 듯 벌떡 일어나서 모니터 쪽을 쳐다보다가 혀를 차고는 밖으로 나갔다. 팀원들은 다들 어울려 저녁을 먹으러 가고 없었다. 진영은 의자에 기대 앉아 인상을 찌푸리고 모니터를 쳐다보다가 핸드폰을 보았다. 희주에게 전화를 걸고 싶었다.

망설이다가 그는 문자 메시지를 보냈다. 간단한 내용이었다. '저녁 먹었어?' 별로 답은 기대하지도 않았다. 그녀는 문자 메시지를 보내는 데에 서투르다고 이미 몇 번이나 말한 적이 있었고, 가끔은 확인도 안 하는 일이 잦았기 때문이다. 어쩌면 그에게 보내는 것이 귀찮은 건지도 모르지만.

"자학은 좀 그만둬야지."

짜증스럽게 머리를 쓸어 넘기고 핸드폰을 내려놓으려던 그는 곧장 메시지가 들어오자 눈을 깜박였다.

〈아직 회사. 초밥 먹고 싶어 죽을 것 같음.〉

그는 곧장 1번을 눌렀다. 그녀의 전화번호가 뜨면서 자동으로 전화가 걸리고, 신호음이 울렸다. 그녀는 기다리고 있었던 것처럼 전화를 받았다.

"왜 아직 회사야? 일이 많아?"

[그 싸가지없는 애 때문에. 내가 맡긴 일 하나도 안 해서 아직도 이러고 있는 거예요. 그 망할 기집애는 퇴근하고 없는데.]

짜증이 바글바글 어린 그녀의 목소리를 듣는 것이 기분 좋다

237

는 것은 분명히 이상한 일이지만, 어쩔 수가 없었다. 진영은 입가에 웃음을 머금은 채 그녀의 목소리에 귀를 기울였다.

"그래도 저녁은 먹어야지. 뭐 사갈까?"

[됐어요. 괜히 진영 씨까지 힘 빼고 싶진 않아요.]

"나야 힘이 남아도는데 뭐."

[오늘 게임은 잘했어요? 요즘 연습 너무 안 한다고 혼나지 않았어요?]

"방금까지도 형이 잔소리 늘어놓다 금방 나갔어. 나가자마자 문자 보낸 거야."

[그럼 연습해요, 얼른. 나만 고생하기는 싫으니까 진영 씨도 열심히 해요.]

"알았어. 저기⋯⋯."

갑자기 진영은 그녀를 부른 채 입을 다물었다. 뭐라고 말을 하지? 회사 빠지고 게임쇼 구경 오라고? 그건 확실히 무리였다. 진영 자신도 회사에 소속되어 있기 때문에 충분히 알 수 있었다. 무리야, 역시. 괜히 훈주 형 이야기에 넘어가지 마.

"아니야, 아무것도."

[피곤한가 보네, 진영 씨. 푹 쉬어요. 밤에 좀 푹 자고.]

"내가 못 자는 거야 순전히 당신 때문이지 뭐. 꿈에 나타나서⋯⋯."

그가 슬그머니 야한 이야기를 늘어놓자 희주가 소리를 지르며 낄낄거렸다.

[근처에 아무도 없는 모양이죠? 얼른 게임이나 해요!]

"알았어. 퇴근할 때 전화 꼭 해."

[네.]

진영은 핸드폰을 내려놓은 다음 한숨을 내쉬며 의자 뒤로 푹 기대 천장을 올려다보았다. 그러다 갑자기 몸을 펴고 주위를 둘러보았다. 두 명이 사용하는 작은 방에는 양쪽으로 침대 두 개와 책상 두 개, 컴퓨터가 놓여 있었다. 이 방에서 지낸 게 벌써 만 3년이 다 되어가고 있었다. 그동안 이런저런 일도 많았고, 알게 된 사람도 많고, 인생도 많이 변했다.

새삼스러운 느낌에 그는 일어나서 방을 천천히 걸어다녀 보았다. 처음 이곳에 들어왔을 때에는 꼭 고등학교 수련회 온 기분이었다. 다만 고등학교 때보다 훨씬 더 편한 기분에, 더 친한 사람들과 있다는 차이뿐. 지금은? 지금은 아무 느낌도 없었다. 어쩌면 고등학교 때에도 좀 더 급우들과 친하게 지낼 수 있었을지도 모른다. 그가 너무 거리를 두었던 게 문제였을까?

돌아가면 뭔가 달라질까? 돌아가면……. 글쎄, 그 시절 그때로 돌아간다고 뭔가가 달라질 리는 없었다. 그는 여전히 형의 그림자에 치여 살고 있고, 그걸로 여자에게까지 변명을 하는 어린애였다. 바보. 왜 좀 더 그녀에게 좋은 이야기를 해주지 못하는 걸까? 손으로 염색한 머리를 긁어 올리며 그는 생각에 잠겼다. 염색한 지가 오래되어 보기 흉하다고 애들이 슬슬 하나 둘씩 말을 하고 있는 참이었다. 어쩌면 아예 검은색으로 다시 염색해도 괜찮겠지. 귀고리도 뺀다고 해서 뭔가 달라지지는 않을 것이다.

하지만 이성적으로는 알고 있는데도, 실행이 되지를 않았다. 귀고리를 빼고 머리를 검게 물들이는 순간, 다시 예전의 어리숙하고 바보 같은 자신으로 돌아갈 것만 같았다. 잘 나가는 유명 프로게이머 정진영이 아니라, 잘난 정진수의 멍청한 동생으로 취급받을 것만 같았다.

"바보, 멍청이."

그는 나지막하게 혼자 중얼거렸다. 문득 희주를 보러 가고 싶었다. 그녀와 함께 있고 싶었다. 그녀와 함께 있으면 좀 더 자신이 훌륭하고, 좀 더 괜찮은 놈이라는 생각이 가끔씩 들었다. 물론 가끔은 자신이 그녀에게 어울리지 않는 형편없는 자식이라는 자학에 빠져 괴로워하고 있었지만. 기분이 조울증 수준으로 급격히 추락했다가 다시 꼭대기까지 올라가는 짓을 반복하고 있었다.

내일. 내일은 게임이 없으니까 그녀를 보러 가야지. 훈주는 짐이나 싸고 전략이나 짜라고 하겠지만, 다음 한 주 내내 대전에 내려가 있어야 할 테니 볼 수 있을 때 그녀를 보아야 했다. 그녀를 느끼고, 기억해 둬야지. 그리고 그녀에게 WCG 스타크래프트의 1등상을 선물할 것이다. 유치할지는 모르겠지만, 그게 그가 해줄 수 있는 최고의 것이었다.

수요일 점심 시간이 되자 자연스럽게 전화기를 집어 들고 정연의 번호를 누르려다가 희주는 움직임을 멈췄다. 이런, 별로 그녀를 만나고 싶지 않았다. 괜히 정연이 쓸데없는 이야기를 한마디라도 하면 곧장 되돌릴 수 없는 말이라도 하지 않을까 걱정스러웠다.

이럴 때에는 안 보는 편이 낫다. 뻣뻣한 목을 주무르며 희주는 인상을 찌푸렸다. 지난밤에 늦게까지 진영과 전화를 하느라 제대로 잠을 자지 못한 탓인지 온몸이 굳은 느낌이었다. 게다가 여직원은 오늘도 여전히 퉁명스러운 얼굴이었다. 물론 갑자기 사무실에서 다른 남자 변리사가 하나 나오는 순간 활짝 웃으며 커피까지 권했지만. 다른 직원들도 많은데 하필이면 그녀가 자신의 일을 처리하고 있는 게 짜증스러웠다. 빼앗아서 다른 사람에게 넘길까 생각도 해보았지만, 괜히 인상만 나빠질 것 같았다. 게다가 연호의 최대 목표는 그저 남자 하나 잡아 시집이나 가려는 거라는 이야기를 듣고 나자 그녀가 다르게 보였다.

"어쨌든 점심은 먹어야 할 텐데."

그녀는 책상 위의 서류를 정리하면서 나지막하게 중얼거렸다. 뭔가 산뜻한 것, 이를 테면 초밥 같은 게 먹고 싶었다. 어제부터 계속이었다. 하지만 근처에 괜찮은 초밥집은 차를 타고 나가야 했고, 운전을 하기도 귀찮았다. 그냥 대충 아무거나 시켜 먹을까 생각해 보았지만 그건 더 싫었다.

희주는 책상에 엎드려 한숨을 내쉬었다. 머리 속이 복잡하기만 했다. 진영과의 관계, 정연의 이야기, 그리고 요즘 얼굴 보는 걸 피하고 있는 혜은까지. 자신이 왜 이렇게 복잡하게 살고 있는 건지도 알 수가 없었다.

슬슬 진영을 좋아한다는 사실을 그냥 인정해도 될 텐데. 하지만 그걸 인정하는 순간 모든 게 달라질 것 같아서 겁이 났다. 인생이 달라질 것 같았다. 부모님이 돌아가셨을 때에는 그녀가 어떻게 할 수 없는 일이었고 그녀의 책임도 아니었지만, 지금 인생이 바뀌게 된다면 그것은 순전히 그녀 자신의 책임이었다. 바로 그 책임이 두려운 건지도 모른다.

"진영 씨랑 똑같잖아."

혀를 차며 허리를 펴던 희주는 핸드폰이 울리자 번호를 확인했다. 진영이었다. 얼굴에 자신도 모르게 미소를 띠며 그녀는 전화를 받았다.

"네, 왜요?"

[점심 먹었어?]

"아뇨. 회사 앞이에요?"

[응? 아냐, 아냐. 점심 먹으러 나갈 거야?]

"모르겠어요. 안 먹을지도 몰라요."

다이어트는 될지 모르지. 인상을 찌푸리고 시계를 힐끔 보며 그녀는 생각했다. 진영은 기분이 좋은 듯 전화에 대고 웃었다.

[왜 안 먹는데? 아, 저기 잠깐만. 내가 좀 있다 다시 걸게.]

전화가 끊기자 핸드폰을 내려놓고 그녀는 짜증이 섞인 얼굴로 책상 위에 다시 엎드렸다. 애당초 연애 같은 걸 하는 게 아니었다. 너무 생각해야 하는 게 많았다. 전화가 다시 오기를 기다리고 있는데 갑자기 노크 소리가 들리고, 연호가 문을 열었다.

"저기요, 식사 주문하셨어요?"

짜증이 가득한 얼굴로 연호가 그녀를 노려보며 말했다. 식사 주문? 그런 거 한 적 없다고 말하려던 희주는 연호의 뒤로 머리 하나는 더 솟아 있는 진영의 모습을 보고 눈을 휘둥그렇게 떴다. 그는 그녀의 시선을 보고서는 싱긋 웃으며 손에 들린 봉투를 들어 올렸다. 봉투에는 그녀도 잘 아는 일식집의 이름이 써 있었다.

도대체 저 사람이 무슨 생각을 하고! 회사 앞이 아니라고 해 놓고서는. 연호는 짜증스럽게 희주를 보았다.

"식사 주문하신 거 맞냐구요. 식사는 휴게실에서 드셔야지, 여기로 가져오시면 사무실에 냄새 나잖아요."

연호의 말에 뭐라고 할 여유도 없었다. 희주는 일어나서 황급히 연호를 밀치고 밖으로 나왔다. 진영은 그저 말없이 웃고만 있을 뿐이었다. 뭔가 말을 하려던 희주는 연호의 시선을 의식하고는 진영의 팔을 잡아끌고 바깥의 휴게실로 가려고 했으나 갑자기 은진이 사무실에서 나오다가 두 사람을 보았다.

"어머, 누구…… 희주 씨 손님?"

"도시락 배달왔대요."

연호가 퉁명스럽게 대답했다. 희주는 슬그머니 나가려고 했으나 은진이 고개를 기울이고 진영의 손에 들린 봉투를 보더니 생긋 웃었다.

"어머, 그 가게는 배달해 주는 곳이 아닌데. 도시락 나랑 나눠 먹으면 안 되는 거지?"

그녀가 윙크를 보냈다. 뭔가 이상하다 싶은 것을 느꼈는지 연호의 시선도 슬그머니 진영을 향했다.

맙소사! 희주는 머리를 감싸고 책상 밑으로 기어들어 가고 싶었다. 사무실에 개인적인 손님이 온 것만으로도 충분히 안 좋은데, 거기다 은진까지 도대체 왜 저러는 건가! 아직 점심을 먹으러 가지 않은 바깥 사무실에서 일을 하고 있던 직원들까지도 전부 다 호기심 어린 눈으로 그들을 쳐다보고 있었다.

"그럼 누구예요?"

"그……."

은진은 문득 연호를 깨닫고 미안한 듯한 표정으로 혀를 빼물었다. 희주는 연호를 쳐다보고, 진영을 보았다. 진영의 얼굴에서는 어느새 미소가 사라져 있었다.

진영은 오늘도 평소처럼 청바지에 청재킷 차림이었다. 머리는 무스만 안 발랐지, 여전히 노란 상태였고, 뿌리 부분에는 검은 머리가 자라서 어중간해 보였다. 귀에는 여러 개의 피어싱이 달려 있었고, 얼굴에는 평소의 그 울적한 미소가 떠올랐다. 실수했구나, 그런 얼굴이었다.

왜 난 자신있게 사귀는 사람이라고 말하지 못하는 거지? 아니면 친구라든지, 뭐든 둘러댈 말이 있잖아. 그런데 왜 아무 말도 안 나오는 걸까? 희주는 머뭇거리며 진영을 쳐다보았다. 아무렇게나 둘러대면 그가 얼마나 상처받을지 알고 있기 때문이었다. 하지만 그렇다고 해서 이미 비웃는 듯한 표정이 떠오르고 있는 연호의 앞에서 지금 사귀는 사람이라고 말하고 싶지도 않았다.

도대체 왜 이런 골치 아픈 상황을 만들어놓은 거야? 은진 씨가 조용히 있기만 했어도, 진영 씨가 여기까지 오지만 않았어도! 그녀는 화가 나는 것을 느끼며 고개를 돌렸다. 그때 갑자기 진영이 그녀의 손을 잡았다.

"이거."

그가 그녀의 손에 봉투를 들려준 다음 몸을 돌렸다. 주머니에 손을 꽂고 있는 자세를 보니 분명히 화가 난 것 같았다. 은진은 어느새 슬그머니 사무실로 도로 들어가 버렸고, 연호는 팔짱을 끼고 두 사람을 구경하고 있었다. 희주는 그를 잡으려고 하다가 멈췄다. 지금 여기서 무슨 말을 할 수 있겠는가. 하지만 이대로 보내는 것도…….

"어, 희주 씨, 점심 먹으러 아직 안 갔으면 어제 왔던 윤재석 씨 것 말인데, 희주 씨가 맡아서…… 고객?"

서류를 들고 나오던 정훈이 진영을 보고 눈썹을 치켜 올리며 물었다. 그러나 곧장 팔짱을 낀 연호나 봉투를 들고 서 있는 희주의 자세가 어색했는지 인상을 찌푸렸다.

"어떻게 오셨죠?"

진영은 대답없이 희주를 돌아보았다. 말하고 싶은 대로 하라는 듯한 얼굴이었다. 그녀가 입술만 잘근잘근 깨물고 있는데 갑자기 정훈이 아, 소리를 내며 진영을 보았다.

"저기 혹시, 프로게이머 정진영 선수 아닙니까?"

진영이 인상을 찌푸리고 고개를 끄덕였다. 정훈은 오래된 친구라도 만난 것처럼 눈을 빛내며 그를 보았다.

"이야, 이거 반갑습니다. 희주 씨랑 아는 사이셨던 모양이죠?"

희주는 눈살을 찌푸리고 정훈을 쳐다보았다. 삼십 대 중반의 저 아저씨가 도대체 어떻게 진영 씨를 아는 거지? 그녀의 표정을 보고 질문을 깨달았는지 그가 인상을 찡그렸다.

"이봐, 이봐. 나도 이래 봬도 직장인 스타크 나가려고 연습 중이란 말이야. 집사람은 쓸데없는 짓 좀 하지 말라고 하고 있지만."

그가 혀를 차고서는 다시 진영을 보았다.

"희주 씨, 아직 점심 안 먹었을 테니까 가서 먹고 와요. 뭐, 점심 시간 정도야 나가서 먹고 와도 괜찮겠지. 안 그래, 희주 씨?"

그가 희주를 돌아보고 싱긋 웃고서는 밖으로 향했다. 연호는 여전히 의심스러운 얼굴로 두 사람을 보고 있었으나 결국 희주는 마음을 다잡고 진영의 팔을 붙잡은 다음 휴게실로 향했다.

이렇게 될 줄 알았어야 했는데. 진영은 한 손으로 머리카락을 긁어 올리며 생각했다. 이럴 줄 알았어야 했다. 괜히 희주의 회사까지 오면 곤란할 거라는 생각을 왜 못했단 말인가. 하지만 최소한 그녀가 반가워해 줄 거라고 생각했는데, 조금 정도는.

휴게실에는 아무도 없었고, 조금 전까지 누군가가 있었던 것처럼 담배 냄새만 조금 남아 있었다. 의자에 앉은 다음 희주가 그를 올려다보았다.

"앉아요, 진영 씨."

"아냐, 갈게."

"앉으라니까요. 그렇게 서서 내려다보고 있으면 내가 사과를 할 수가 없잖아요."

그녀의 얼굴은 약간 붉어져 있었다. 진영은 가만히 그녀를 보고 있다가 살짝 미소를 지었다.

"아니야. 온다는 말도 없이 회사로 찾아온 내가 잘못한 거지. 그럴 거 없어. 갑자기 어제 초밥 이야기 했던 게 생각났거든."

그래, 그녀의 잘못은 아니었다. 회사로 찾아오다니, 그가 생각이 없었던 거다. 진영은 화난 기분이 갑자기 사그라드는 것을 느끼고 한숨을 내쉬었다. 희주의 얼굴에는 여전히 걱정이 가득했다.

"아니에요. 진영 씨. 난 그러니까, 내 말은, 다른 사람들이 누구냐고 물었을 때……."

"괜찮다니까."

그는 그녀의 옆 자리에 앉아서 희주를 똑바로 보았다.

"나라도 당신 입장이었다면 말하기가 곤란했을 거야. 알아. 그러니까 너무 그렇게 울 것 같은 얼굴 하지 말라구. 저녁때 집으로 갈 테니까. 알겠지?"

희주는 입술을 비죽 내밀고 웃고 있는 그를 노려보았다.

"이해하는 척하지 말아요. 차라리 화내는 편이 낫겠어."

"안 내려고 노력하고 있는 사람 괜히 찌르지 마."

진영은 씩 웃으며 손을 들어 그녀의 머리카락을 잡아당겼다. 희주는 고개를 돌리고서 가만히 그의 손을 더듬어 잡았다.

"미안해요, 정말로."

"정말 그렇게 미안해?"

희주는 고개만 끄덕였다. 그는 한숨을 내쉬고서 그녀의 손을 양손으로 잡은 다음 그녀와 시선을 맞췄다. 머뭇거리며 그녀는 그를 보았다.

"정말 미안해요."

"내 부탁을 들어줄 정도로 미안해?"

갑자기 진지해진 그의 얼굴을 보고 그녀는 입술을 오므렸다. 무슨 부탁을 하려고 그러는 거지? 진영은 그녀가 대답을 할 때까지 말없이 쳐다만 보고 있었다. 결국 그녀가 고개를 끄덕이자 그가 천천히 말했다.

"나 일요일에 대전 내려가는 거 알지? WCG 때문에."

"네."

"그거 말인데……."

손을 잡고 있는 그의 손에 약간 힘이 들어갔다.

"내가 결승 올라가면 보러 올래?"

"네?"

희주는 눈을 깜박거렸다. 그가 자신의 게임을 보러 오라고
한 것은 처음이었다. 지금까지 관심은 있었지만 주말에 TV로
보는 것만으로도 충분하다고 생각하고 있었기 때문이다.

"하지만 저기, 결승이 무슨 요일인데요? 일 때문에……."

"다음 주 일요일이야. 물론 저기, 주중에도 오면 좋지만 그것
까지는 상관없어. 결승 올라가면 보러 와줄래?"

일요일, 갈 수는 있었다. 게다가 대전이야 자주 내려가는 곳
이니 지리에도 익숙했고. 희주는 망설이다가 고개를 끄덕였다.

"알았어요. 결승이라면 보러 갈 수 있을 것 같아요."

"정말이지? 꼭 와야 돼. 저기, 물론 토요일쯤 와도 괜찮고."

진영의 얼굴은 환하게 밝아졌다. 희주 역시 자연히 미소를
지으며 그의 손을 꼭 잡았다.

"갈게요. 그 정도는 할 수 있어요."

"훈주 형도 그렇고 애들도 그렇고, 다들 당신이 궁금한가 봐.
꼭 보여주고 싶었어."

에? 그 사람들에게 보여준다고? 갑자기 가슴이 쿵 내려앉는
느낌이었다. 어쩐지 그의 친구들을 만나야 한다는 사실이 불안
해졌다. 뭐, 그리 이상한 사람들은 아니겠지만, 잘 어울리지 못

하면 어떻게 하지? 그러나 진영은 그녀의 불안을 눈치 채지 못한 듯 일어났다.

"도시락 남 주지 말고 다 먹어. 알겠지? 저녁때 전화할게."

희주는 고개만 끄덕이고 그가 휴게실을 나가는 것을 보았다. 그리고서 아직까지 한 손에 들고 있었던 도시락을 쳐다보았다. 꽤나 비쌌을 텐데. 돈을 함부로 쓴다고 혼이라도 내고 싶었지만, 기분이 좋다는 것도 인정할 수밖에 없었다.

젠장, 저렇게 세세한 것에 신경 쓰는 사람이 아니었으면 죄책감이 덜했을 텐데. 만약 정훈이 그를 알아보지 못했다면 그녀는 그저 아무 말도 하지 않고 부끄러운 뭔가를 숨기는 것처럼 그를 밀어냈을 것이다. 희주는 도시락을 가만히 휴게실 탁자 위에 올려놓고 열어보았다. 먹기 아까울 정도로 예쁘게 생긴 초밥과 반찬들이 아기자기하게 정렬하고 있다.

"바보."

겨우 결승전 게임 한 번 보러 간다고 해결될 문제가 절대로 아닌데. 하지만 그는 알지 못할 것이다. 이해하지도 못하겠지. 그녀는 낮게 한숨을 내쉬고서 젓가락을 집어 들었다. 그때 은진이 슬그머니 휴게실로 들어와서 주위를 두리번거렸다.

"갔어?"

"순전히 언니 탓이에요. 왜 괜히 아는 척 말을 꺼내요? 그것도 조연호 씨 있는 앞에서."

희주는 눈을 흘겼다. 은진은 미안하다는 듯 양손을 모으고서 웃어 보였다.

"희주 씨 남자 친구가 왔는데 신경 안 쓸 수가 있어야지. 귀엽던데, 왜?"

"몰라요. 먹지 마세요. 그 사람이 절대로 다른 사람 주지 말라고 했단 말이에요."

"깍쟁이. 하나만 줘. 나 거기 초밥 좋아해. 맛있겠다, 응?"

은진은 여분의 젓가락을 들고 슬쩍 다가왔다. 젓가락도 두 개가 있는 걸 보니 아마 진영도 나눠 먹을 생각으로 가져온 게 아닌가 싶어서 희주의 기분이 다시 나빠졌다. 그래, 토요일에 일이 끝나자마자 대전으로 내려가야지. 그러면 아마도 기뻐할 것이다. 조금이라도 그를 기쁘게 해주고 싶었다. 너무 많은 것들이 미안했다.

"너 어제 이야기 들었어? 김희주 씨 남자 친구 왔었다는 이야기."

"김희주 변리사? 그 사람 남자 있었어?"

"너 아직도 못 들었니? 연하에다가 귀에 피어스를 열 개쯤 이렇게 달고 있는 남자더래. 그쪽 팀의 연호 씨가 바로 옆에서 봤대. 어제 장난 아니었나 봐."

"왜? 사무실 찾아와서 무슨 짓 했대?"

"몰라, 나도. 뭐 하는 남자인지도. 어머, 연호 씨. 잘 왔어, 잘 왔어. 안 그래도 지금 어제 그 이야기 하고 있었거든."

여자들의 웃음소리가 들리고 곧 이어 연호의 잘난 척하는 질질 끄는 듯한 말투가 들려왔다. 화장실 안에 앉아 있는 채로 희주는 연호가 과연 무슨 이야기를 할 건지 귀를 기울였다.

"아아, 그거? 말도 마. 얼마나 웃겼는지 몰라. 그 사람 얼굴 하얘져 가지고 숨기려고 안달하는데, 웃겨서 혼났다니까."

"왜? 그렇게 이상한 남자였어?"

"머리는 노랗게 염색하고, 피어싱을 수십 개는 하고 있는 거야, 글쎄. 얼마나 놀랐는지 몰라. 그 여자가 그런 사람 사귈 거라고 누가 예상이나 했겠어?"

나도 못했지. 희주는 씁쓸하게 생각하며 웃었다.

"뭐 하는 사람이래? 이상한 사람이야?"

"프로게이머래. 박 실장님이 아시더라구. 그래서 인터넷에서 찾아봤는데 글쎄 말이야, 김희주 씨보다 훨씬 어린 거야."

"정말? 그 사람 보기보다 능력있네. 웬일이야!"

훨씬 어리다니! 기껏 두 살 차이인데. 희주는 인상을 찌푸린 채 화장실 문만 노려보았다. 과장되게 떠들고 있는 조연호를 화장실 창문 밖에 거꾸로 매달아 버리고 싶은 기분이었다. 7층이니까 아마도 상당히 공포심이 들 것이다. 아니면 꿀을 발라 개미굴에 던져 넣는다든지.

"능력있기는? 내 생각인데 분명히 돈으로 어떻게 꼬셨을 거야. 생각을 해봐, 멀쩡하게 생긴 젊은 남자애가 그런 여자랑 사귀고 있는 게 돈 아니면 그것 때문이겠지. 도대체 달리 뭐가 있겠어?"

"그거? 혹시 그 말, 그거 이야기야? 밤일?"

여자 둘이 소리 죽여 키득거렸다. 연호는 여전히 건방진 말투로 말을 잇고 있었다.

"내가 누구냐고 물었더니 대답은 못하고 막 남자를 쏘아보고 있더라구. 그 남자도 아무 말도 못하고 있고."

"도대체 사무실엔 왜 온 거래, 그럼?"

"모르지 뭐."

"잘생겼어?"

"그런 식으로 여자한테 빌붙어 사는 남자가 못생겼을 리가 있니? 키도 크고 생긴 건 진짜 멀끔하더라니까. 하여튼 여자든 남자든 돈이 있고 봐야 해. 정말 그 여자 내숭 떨던 거 생각하면 치가 떨린다니까."

"아, 연호 씨 김희주 씨랑 사이 좀 안 좋았지?"

"사이가 안 좋다니? 그 여자가 날 싫어하는 거야. 저번에도 그랬잖아. 난 가만히 있었는데 도대체 왜 괜히 날 잡고서 나 해고하지 않으면 자기가 그만둔다느니 어쩌니, 기가 막혀서. 자기가 뭔데? 낙하산 주제에."

"낙하산? 그거 진짜였어?"

"진짜야. 사장님이랑 아는 사이라나 뭐라나. 젊은데 이력이 꽤 화려한 모양이야. 그 얼굴 갖고 어떻게 그렇게 사방에 후리고 다니나 몰라."

"그럼 사장님 '이거'였어?"

희주는 화장실 안에서 눈만 굴렸다. 별별 소문이 다 도는구나. 조금 있으면 내가 후린 남자가 이백열두 명쯤 되고, 애를 세 번쯤 지웠고 고교 시절부터 나이트 죽순이었다는 소문까지 돌겠는걸. 진영 씨 이야기에서 왜 갑자기 소문이 저렇게 확대된 거야? 분명히 연호의 짓이었다.

"침대에서 잘하나 보지 뭐. 얼굴 안 돼도 왜 그런 여자들 있잖아."

"그렇게 안 봤는데 그 사람 진짜 장난 아니었구나. 얌전해 보이는 얼굴로 어떻게 그러고 살지? 어제 그 남자 안 왔으면 감쪽같이 속고 살 뻔했네."

이웃 부서 여직원의 목소리였다. 도대체 누가 누구한테 속고 있는 건지 몰라. 희주는 고개를 흔들었다.

"그럼 그 남자는 호스트 같은 건가? 하룻밤에 얼마나 받을까?"

"흠, 요즘 호스트들 굉장히 비싸대. 뭐 게임 같은 거나 하고 그러려면 많이 받아야 하지 않을까? 그래도 몇 십만 원씩은 받겠지 뭐."

"너무 싸지 않아? 요즘 호스트들 몇 백이 기본이라던데."

"개인 봉사잖아. 하긴 또 모르겠다."

들을 만큼 들었다. 희주는 일어나서 물을 내린 다음 옷을 정리하고 화장실 문을 열고 나왔다. 세면대 앞에 서서 키득거리고 있던 세 여자는 거울에 비친 그녀의 모습을 보고 하얗게 질렸다. 이웃 부서의 여직원은 두말도 하지 않고 새빨간 얼굴을 하고 나가 버렸고, 희주가 소속된 전자 분야 사무실 소속의 여직원과 연호는 창백한 얼굴로 그냥 서 있을 뿐이었다. 희주는 태연하게 두 여자 옆으로 가서 물을 틀고 손을 씻었다.

두 여자 다 그녀의 눈치만 보고 있었다. 연호는 당황한 것 같으면서도 해볼 테면 해보라는 듯 반항적인 얼굴이었고, 또 다른 여직원은 창백하게 질려 그저 입술만 잘근거리고 있을 뿐이었다. 물을 잠그고 페이퍼지에 손을 닦은 다음 휴지를 쓰레기통에 버리고 몸을 돌리다가 갑자기 생각난 것처럼 희주가 연호를 보고 말했다.

"아, 하나 말해 줄 게 있는데 말이죠."

연호는 날카로운 눈으로 그녀를 쳐다보았다. 희주는 방긋 웃었다.

"그 사람, 나보다 돈 많이 벌어요. 요즘 게임 대회 상금이 장난 아니거든요. 간단하게 말하면 내 쪽이 빌붙어 있는 거랄까. 연호 씨도 괜히 못생기고 콧대만 센 변리사 남자 찾으려고 하지 말고 그런 쪽으로 찾아봐요. 남편이 벌어온 돈만 쓰고 사는 데에는 그쪽이 훨씬 나을 테니까."

연호의 얼굴이 하얗게 질리며 일그러지는 것을 보고 희주는 웃으며 화장실에서 나왔다. 몇 마디 쏘아붙이기는 했지만 이 정도로 만족스럽지는 않았다. 아니, 솔직히 말하면 연호의 머리칼을 죄다 뽑아놓고 얼굴에는 '남자 잡아 팔자 고치려는 계집애'라고 써놓고 길거리에 전시해 놓고 싶었다. 다만 한 조각 이성이 남아서 참았을 뿐이다.

젠장! 왜 진영 씨가 그런 멍청한 계집애 따위에게 그런 식의 험담거리가 되어야 하지? 그 사람이 무슨 잘못이 있다고. 진영은 연호 같은 여자에 비하면 훨씬 현실적인 면에서도 나은 사람이었다. 돈도 꽤 벌고 있었고, 유명하기까지 하잖아. 게다가 돈 많은 여자 잡아 팔자 고치겠다고 생각하고 있는 것도 아니고.

"망할 계집애 같으니라고!"

결국 화를 참지 못하고 사무실 문을 쾅 닫고 그녀는 자그마한 자신의 사무실 안에서 서성거렸다. 그런 여자애에 비하면 진영이 이만 배는 나았다. 그의 문제라면 자신의 미래에 대해 아무 생각이 없다는 것, 그리고 스스로를 너무 비하하고 있다는 정도였다. 오히려 자신이 잘난 줄 알고 사는 연호 같은 사람에 비하면 낫지 않은가.

그렇게 대놓고 말을 해주고 싶지만, 그럴 수가 없었다. 희주는 책상 앞의 의자를 끌어당겨 풀썩 앉았다. 말할 수 없는 이유는 간단했다. 그녀 자신조차도 은근히 진영을 무시하고 있었기 때문이다. 프로게이머는 전부 다 중고교 시절 게임이나 하던 애들이 시류를 타고 운 좋게 돈을 벌어들이고 있는 거라고 생각했기 때문이다. 그리고 진영 역시 그런 그녀의 생각을 바꿔줄 만한 일은 거의 하지 않았고. 그녀의 눈에 그의 직업이라는 것은 하찮기 짝이 없었고, 제대로 된 일로는 받아들이기가 힘들었다.

의자를 뒤로 기대며 희주는 하얀 사무실 천장을 쳐다보았다. 그래, 어쩌면 진영이 게임하는 걸 직접 보면 생각이 달라질지도 모른다. 그가 함께 지내는 사람들, 그와 같은 종류의 일을 하는 사람들을 보면 뭔가 달라질 수도 있다. 아니면 정말로 그런 일은 형편없다는 걸 알게 될지도 모르지. 어느 쪽이든 확실하게 결론을 내릴 수 있을 것이다.

"휴가가 아직 남아 있을 텐데, 갈까?"

일주일. 진영은 지나가는 투로 혹시 그녀가 좀 더 일찍 내려오면 저녁의 자유시간에 얼마든지 같이 있어줄 수 있다고 했었다. 물론 곧장 '훈주 형이 죽이려고 들겠지만'이라고 덧붙이며 아무것도 아닌 척했지만.

희주는 벌떡 몸을 세우고 책상 위에 양손을 올렸다. 그래, 가야겠어. 조연호 같은 애랑 똑같은 수준이 될 수는 없어. 내 눈으로 직접 확인하고, 직접 알아낼 거야. 그가 무슨 일을 하는지, 어떤 생각을 하는지.

"그리고 그런 망할 계집애한테 대놓고 말해 줘야지, 진영 씨가 2만 불을 받으면."

WCG의 1등 상금은 2만 불이었다. 희주는 씩 웃었다. 2만 불이면 조연호의 연봉보다 많은 돈이었다.

9

WCG(World Cyber Games)가 열리는 대전의 엑스포 공원에는 처음에는 별로 많은 사람들이 오지 않았지만 대회가 진행될수록 구경 오는 사람들이 늘어났다. 평일이라는 사실에도 개의치 않는 아이들이 꽤 되는 모양이었다.

희주는 신기한 눈으로 남자 아이들을 보았다. 대전 시내에 살고 있는 듯한 아이들은 학교가 끝나고 직행한 듯한 모습으로 교복에 책가방을 들고서 좋아하는 선수의 이름을 대며 떠들어 대고 있었다. 각국에서 온 선수들 역시 자기 게임이 끝나면 대전 시내를 돌아다니며 관광을 하곤 했다.

그녀의 옆에 서서 걷고 있던 진영이 갑자기 어깨에 걸치고 있던 손을 들어 그녀의 머리를 장난스럽게 쓰다듬었다.

"그렇게 두리번거리지 좀 마. 놀이공원에 온 어린애 같잖아."

"놀이공원이잖아요, 여기."

투덜거리며 희주는 시선을 돌렸다. 대전에 자주 오기는 했지만 엑스포 공원이 처음 조성되었을 때는 이미 그런 구경을 할 만한 나이가 아니었기 때문에 한 번도 와본 적이 없었던 것이다. 물론 서울의 유명한 놀이동산들과 비교할 만한 곳은 아니었지만, 역시 사람들을 구경하는 것이 가장 재미있었다.

"우리 어디 외곽으로 나갈래? 훈주 형이 맛있는 음식점 있다고 가르쳐 줬는데."

"오토바이 타고? 싫어요."

여기 온 다음에 진영이 하도 꼬셔서 오토바이를 한 번 타보긴 했지만, 별로 즐거운 경험은 아니었다. 불안한 데다가 오토바이의 진동 때문에 나중에는 엉덩이가 얼얼할 지경이었기 때문이다. 도대체 좋은 자동차 놔두고 왜 비싼 외제 오토바이 따위를 타는 건지 그녀로서는 이해할 수가 없었다.

"알았어. 그럼 희주 씨 차 몰고 가면 되잖아."

"피곤해요. 게다가 오늘 또 놀고 늦게 들어오면 훈주 씨가 가만히 안 둔다고 그랬잖아요."

희주는 팔꿈치로 그를 툭 치며 눈을 흘겼다. 여기 도착한 첫날 진영은 팀원들에게 그녀를 자랑하듯 소개했고, 다들 웃으며 그녀를 맞아주었다.

　다만 훈주만이 그녀에게 묘하게 거슬리는 느낌을 주었다. 다른 어린 팀원들과 마찬가지로 웃으며 그녀에게 인사를 하고, 은근히 진영을 놀리는 말을 던지곤 했지만 가끔씩 그녀에게 던지는 눈빛은 어딘지 모르게 날카로웠다. 아마도 아끼는 동생이니까 불안한 거겠지 하고 생각은 해도, 기분은 좋지 않았다. 난 진영 씨의 친구들이 전부 다 날 굉장히 좋은 사람이고 진영 씨에게 과분할 정도로 괜찮은 사람이라고 봐주길 바랐던 걸까? 거의 공주병 수준이잖아, 이건. 희주는 속으로 혀를 끌끌 찼다. 자신이 왠지 한심했다.

　"형은 형이고 나는 나지 뭐. 게임 잘 풀려서 기분이 좋은걸."

　"진영 씨 너무 연습 안 하는 거 아니에요? 다른 사람들은 다들 마지막 연습이라도 한 번 더 한다고 그러고 있던데."

　이미 한국팀에서도 일찌감치 떨어진 사람들이 나오고 있었다. 진영과 함께 스타크래프트에 출전했던 한국 대표 한 명도 이미 떨어진 상태였다.

　"희주 씨가 옆에 있으면 연습 열 시간 하는 것보다 낫거든."

　그가 갑자기 그녀를 확 끌어안고 낄낄거렸다. 희주는 주위 사람들의 시선을 느끼고서 버둥거렸지만 그는 놓아줄 생각을 하지 않았다.

　처음 이곳으로 내려올 때만 해도 그녀는 별로 깊은 생각은 하지 않고 있었다. 물론 진영이 어떤 걸 하는지 알고 싶다는 생각은 있었지만, 아마도 PC방에서 열심히 게임을 하는 남자애들과 비슷한 부류를 보지 않을까 생각했을 뿐이다. 그러나 세계 각국에서 모여든 남자 아이들, 어른들, 그리고 게임 업체 관계자들이 뒤섞인 게임장을 구경하면서 조금씩 생각이 바뀌고 있었다. 한국 아이들도 영어를 곧잘 쓰며 외국인 게이머들과 대화를 했고, 진영의 경우에는 영어도 능숙하게 사용했다. 물론 카투사에 있으면서 대충 익혔다고 그가 얼버무리긴 했지만, 게임을 하기 위해서 따로 공부까지 한다는 의외의 사실에 그녀는 놀라 버렸다.

취미가 직업이 된다는 게 저런 걸까? 신기했다. 자기가 하는 일을 즐기고 거기 푹 빠져 있는 사람들. 어쩐지 현실을 생각해서 직업을 택한 스스로가 불쌍하다는 생각이 들었다. 그리고 진영에게 다른 직업을 찾아보라고 다그친 것도 좀 미안해졌다. 분명히 게이머가 오래 할 수 있는 직업은 아니겠지만, 아마도 그에게도 무언가 생각이 있을 것이다.

뒤에서 그녀를 껴안고 머리를 기대고 있는 그를 손으로 토닥거리며 희주는 사람들을 보았다. 열기로 들떠 있는 많은 사람들. 다들 각자가 좋아하는 뭔가를 하고 싶어서 열정을 보이고 있다. 학교가 끝나고 책가방을 멘 채로 게임을 보러 달려올 정도로. 열정, 열의. 그런 걸 마지막으로 가져본 게 언제였는지 그녀는 기억도 나지 않았다. 고교생으로 보이는 남자 아이 둘이서 옆을 지나가며 신나게 이야기를 하는 것이 들렸다.

"그 사람, 하이 템플러 컨트롤이 장난 아닌……."

"황상우 선수 잘하더라. 그 사람하고, 스타크는 역시 정진영이랑……."

진영은 자신의 이름에 힐끔 소년들을 보고서는 재빨리 그녀의 어깨에 얼굴을 묻었다. 희주는 조금 웃었지만 생각은 다른 곳을 헤매고 있었다. 아이들이 지나가고 나자 그녀가 나지막하게 말했다.

"있잖아요, 진영 씨. 나 물어볼 게 있는데."

"뭔데?"

"게임을 하고 있으면 어떤 기분이 들어요? 재미있고 막 즐거워요?"

진영은 고개를 기울여 그녀를 보며 인상을 찌푸렸다.

"어떤 기분이 드냐니? 무슨 의미야?"

"진영 씨는 거의 매일매일 같은 게임만 하고 있어야 하는 거잖아요. 지겹다고 다른 게임을 할 수 있는 것도 아니고, 몇 년째 똑같이 스타만 하고 있는 건데 지루하지 않아요? 싫증 안 나요?"

"희주 씨는 지금 일에 싫증나? 그만두고 싶을 정도로? 희주 씨 하는 일도 거의 매일 똑같은 거잖아. 누가 자기 기술 갖고 오면 그거 서류 만들어서 특허청에 내주는 거."

말하자면 그렇긴 했다. 하지만 그건 직업이었고 진영은……. 내가 또 진영 씨 직업을 비하하고 있는 건가? 희주는 얼굴을 찌푸렸다.

"어쨌든 그래도 난 저기 저 애들처럼 학교 끝나자마자 이런 거 보러 올 만큼 뭔가 좋아했던 일은 없는 것 같아서 말이에요."

"희주 씨, 지금 일 별로 안 좋아하는구나."

진영은 새로운 것을 깨달은 듯 고개를 들고 그녀의 몸을 반 바퀴 돌려 마주보았다. 희주의 이맛살이 좀 더 깊이 찌푸려졌다.

"자기 일을 100% 좋아하는 사람이 어디 있어요?"

"나. 난 지금 이 일이 너무 좋거든."

그는 빙그레 웃으며 대답했다. 희주의 얼굴에는 약간의 의심이 어려 있었다.

"정말로 100% 좋아요? 정말?"

"그렇다니까."

그런가? 진영의 머리 속 한구석에서 질문이 흘러나왔다. 정말로 100% 만족하고 있는 거야? 평생 이걸 하고 싶을 정도로? 게임을 좋아하고, 이 일을 좋아하는 것은 사실이었지만 가끔 이걸로는 만족되지 않는다는 기분이 들 때가 있었다. 이것은 그저 미봉책일 뿐이고, 무언가 더하고 싶은 일이 있다는 생각이 들곤 했다. 하지만 자신에게 다른 무언가를 할 능력이 있을 리 없다고 생각해서 언제나 그런 감정을 한쪽으로 밀어두곤 했다.

제길, 희주 씨 일에나 집중하자구. 진영은 또다시 그 생각들을 머리 속 구석으로 밀어놓았다.

"희주 씨, 지금 일 싫으면 정말로 좋아하는 걸 찾아봐."

"말은 쉽죠. 하지만 그럼 뭘 먹고 살아요?"

"좋아하는 일이 뭔데? 좋아하는 걸 하다 보면 언젠가는 돈도 되지 않을까? 취미가 직업이 되는 사람들 많잖아. 그리고 그게 제일 좋은 거라고들 하고."

취미, 취미? 희주의 입이 묘하게 비틀렸다. 취미라. 내 취미가 도대체 뭐였지? 대학 시절부터 현실적인 직업을 갖겠다고 생각했고, 변리사가 된 이후로는 다른 것에 신경을 쓸 일이 없었다. 진영이 눈썹을 치켜 올렸다.

"취미라고 할 만한 게 생각 안 나면 좋아하는 거라든지, 아니면 꼭 하고 싶었던 일 같은 건 없어? 변리사 하면서도 뭔가 언젠가 돈이 생기면 꼭 해보고 싶다고 생각했던 그런 일."

"진영 씨는 있어요?"

진영은 싱긋 웃었다. 있긴 했다. 가능할지는 알 수 없지만.

"지금 하고 있잖아."

희주는 인상을 찌푸렸다. 그가 저런 식으로 웃으면 뭔가를 숨기고 있다는 건데, 그게 뭔지까지는 알 수가 없다는 게 문제였다. 정말이지 이럴 때는 독심술이라도 하면 좋겠다니까. 그녀는 속으로 툴툴거리며 그를 밀어냈다.

"어, 형 저기 있다!"

"아이 씨, 진영이 형! 훈주 형이 찾고 있는데 여기서 이러고 있으면 어떡해? 저기 형 좀 데리고 갈게요."

진영의 팀원이라는 두 소년이 달려와서 진영을 붙잡고 희주를 보았다. 진영이 발버둥을 치며 반항했으나 조금도 봐주지 않고 두 사람은 거의 범인을 체포해 가는 형사처럼 진영을 끌고 가버렸다.

혼자 남은 희주는 주위를 둘러보았다. 진영은 하고 싶은 일을 열심히 하고 있었다. 여기에 온 모든 아이들이 마찬가지였다. 좋아하는 것에 열정을 갖고 달려드는 것. 하지만 그녀는 지금까지 뭘 했던가? 현실과 돈, 안정이라는 것에 사로잡혀 있기만 했었다.

"돈도 중요하다구."

그녀는 혼잣말을 중얼거렸다. 부모님도 안 계신데, 어쩔 수 없잖아. 그녀는 천천히 걸어가서 가까이 있던 벤치에 앉아 지나가는 사람들을 바라보았다.

변명이었다. 현실에 얽매여 있는 스스로에 대한 변명. 대학을 다니는 동안에는 유학을 가고 싶었다. 공부를 더 해서 좀 더 나은 사람이 되고, 새로운 기술을 접하고 싶었다. 하지만 그럴 만큼 능력이 뛰어난 것 같지도 않았고, 당시 전자공학과를 나온 여학생에게는 그다지 비전이 없는 것 같았다. 그래서 결국은 변리사라는 엉뚱한 선택을 하게 된 것이었다. 포스닥을 밟고 있는 몇몇 친구들은 그녀의 선택이 나았다고 말을 하곤 했지만, 그런 것 같지는 않았다. 현실에 치일지라도 하고 싶은 일에 한 번쯤 푹 빠져 보고 싶었다.

진영이 부러웠다. 이런 마음을 갖는 스스로가 우습다는 생각이 들었지만, 정말로 그랬다. 진영이 부러웠다. 그녀는 한숨을 내쉬며 해가 저물고 있는 하늘을 쳐다보았다.

"야, 역시 진영이 형이야. 형이 우승해야지, 응?"

"형이 우승하면 크게 한 턱 쏴야 돼."

진영은 팀원들에게 둘러싸여 맥주를 홀짝이고 있었다. 훈주 역시 기분이 좋은 듯 유쾌하게 이야기를 늘어놓았고, 다른 사람들도 신나게 떠들고 있었다.

드디어 내일이 WCG 마지막 날이었다. 어쩐지 기분이 묘했다. 바라던 대로 결승까지 올라왔지만, 전 같으면 잠도 안 올 정도로 가슴이 뛰었을 텐데 지금은 시들하기만 했다. 웹상으로만 알고 지내던 다른 나라의 게이머들도 만났고, 실력있는 게이머들을 이기기도 했는데 왜 뭔가가 허전한 건지 알 수가 없었다. 뭔가가 불안했다.

희주 때문인가? 맥주 캔을 든 채 그는 그녀를 떠올렸다. 그녀는 월요일에 대전으로 내려와서 일주일째 호텔에 머물고 있었다. 자유시간 동안은 그녀와 지낼 수 있었지만 저녁때가 되면 그는 어쩔 수 없이 숙소로 돌아와야 했기 때문에 희주를 혼자 두는 게 마음에 걸렸다. 물론 그녀는 자신이 어린애냐며 웃곤 했지만, 이상하게 대전으로 내려온 이후에 그녀의 말수가 줄었다는 것도 불안한 이유 중 하나였다.

괜히 훈주의 꼬드김에 넘어간 걸까? 그가 게임에 열중하는 걸 보고 역시 어린애라는 생각이 들었던 걸까? 게임에 집중하는 걸 보면 희주도 뭔가 다르게 생각해 주지 않을까 했었는데. 오산이었는지도 모른다. 무엇보다 스스로도 그것을 확신할 수 없는 판국에 그녀가 믿어주길 바란다는 것은 정말로 무리였다.

그는 다른 사람들의 이야기를 한 귀로 흘리며 맥주를 홀짝였다. 그가 이상하다는 것을 느꼈는지 둘러앉아 있던 사람들의 말 역시 점점 작아지다가 결국에는 완전히 멈춰 버렸다. 모두가 진영을 쳐다보고 있었다. 뒤늦게 그것을 깨달은 진영은 인상을 찌푸리고 사람들을 둘러보았다.

"왜?"

"형 이상해서. 형수랑 잘 안 돼?"

형수라니. 진영은 인상을 찡그리고서 앞에 놓여 있던 마른 오징어채를 한 움큼 집어 윤형에게 던졌다.

"뭐가 형수냐. 아직 결혼도 안 했는데."

"알았어, 형수 후보라고 해주지. 어쨌든 난 괜찮아 보이던데. 안 그래?"

윤형은 다른 사람들을 둘러보며 물었다. 모두가 다 KPT 소속은 아니었지만 이번에 한국팀 대표로 출전한 사람들이었다. 몇몇은 이미 떨어진 상태였지만.

"나이 더 많은 것도 티도 안 나는 것 같고. 나이보다 어려 보이던데?"

"맞아. 직업도 좋다며. 땡 잡았어, 진영이 형."

진영은 그저 인상만 찌푸리고 있었다. 그런 이야기는 별로 듣고 싶지 않았다. 중요한 것은 그녀의 마음이었다. 그녀가 무슨 생각을 하고 있는 건지, 뭘 바라는 건지.

"있잖아……."

너희들은 게이머 하는 것에 다들 만족하고 있어? 그렇게 물으려고 고개를 들던 진영은 자신보다 서너 살씩 어린 아이들을 보고서 입을 다물었다. 다들 눈을 빛내며 열의에 차서 게임에 대한 이야기를 하고 있다. 미래에 대해 당장 걱정하는 사람은 아무도 없었다. 그들은 아직 어렸다. 먼 미래에 대해 고민할 만한 상황이 아니었다. 유일하게 그런 이야기를 할 만한 사람은 훈주였지만, 어쩐지 훈주는 희주를 별로 좋아하는 것 같지 않아서 말하고 싶지 않았다.

"왜, 형? 무슨 말 하려고?"

"아냐, 아무것도."

진영은 얼버무리고서는 맥주를 마셨다. 도대체 뭐가 이렇게 불안한 걸까? 왜 이 모든 게, 3년간 너무나 만족하고 있던 생활이 마음에 들지 않는 걸까?

순전히 희주 때문인지도 모른다. 그래, 그녀를 만나고서부터 스스로에게 점점 더 의심을 갖게 되었고, 지금의 생활에 대해서도 불만족스러운 기분을 느끼기 시작했다. 진영의 얼굴이 자신도 모르게 굳어졌다. 어쩌면 그녀에게 너무 많이 맞추고 있었던 건지도 모른다. 도대체 이 생활이 어때서? 그녀가 전문직을 갖고 있다고 해서 꼭 자신까지 거기에 맞춰야 할 필요는 없지 않은가. 미래? 그걸 왜 벌써부터 생각해야 하지? 그는 아직 어렸다. 겨우 스물일곱이었다. 벌써부터 미래에 부담을 가질 필요는 없었다.

그래, 그녀 때문이야. 그녀 때문에 괜한 생각을 갖게 된 거라고. 젠장. 진영은 맥주를 벌컥벌컥 마신 다음에 먼저 일어났다. 다들 그를 붙들었으나 훈주가 내일 게임을 상기시키자 몇몇이 툴툴대긴 했어도 결국 그를 놓아주었다.

미래 같은 것은 중요하지 않았다. 희주가 거기에 신경을 쓰는 것도 싫었다. 지금의 현실에 불만스러운 것 따위 아무것도 없었다. 절대로. 결코. 속으로 계속 되뇌이며 그는 눈을 감고 자기 위해 노력했다.

"진영 씨, 잘해요!"

진영은 자신있게 웃어 보이고는 사람들이 있는 곳으로 향했다. 희주는 관중석으로 갔다. 다른 팀원들은 이미 좋은 자리를 잡고 앉아 있다가 그녀가 오자 손을 흔들었다.

"여기 앉으세요, 여기요!"

"고마워요."

희주는 방긋 웃으며 거의 열 살쯤 차이나는 소년들의 옆에 앉았다. 소년들은 흥분해서 새빨간 얼굴을 하고 게임장을 쳐다보고 있었다.

진영의 상대는 같은 한국인 게이머였다. 희주도 어디선가 이름을 들어본 적이 있는 사람인 걸 보니 아마도 실력이 좋은 모양이었다. 윤형의 말에 따르면 진영과 상대방의 실력은 비슷한 수준이라고 했다.

게임이 시작되자 지켜보는 사람들도 조용해졌다. 희주는 가만히 모니터를 쳐다보는 진영만을 빤히 쳐다보고 있었다. 게임을 할 때의 그는 굉장히 진지했다. 옆에서 폭탄이 터져도 돌아보지 않을 것 같은 집중력이었다. 얼굴은 반쯤 굳어져 있고, 눈은 빛이 날 것 같았다. 그가 무언가에 저렇게 집중하는 걸 보는건 이번이 처음이라서 더욱 이 대회가 의미가 있었다. 그의 새로운 모습을 본다는 것.

혜은에게 전화를 하고 싶었다. 사실 오늘 저녁에 서울에 올라가면 그녀를 만날까 생각 중이었다. 아들이 비록 게임 대회라고는 해도 국제적인 대회에 출전해서 결승까지 올라갔는데 어머니가 모르고 있다는 것은 너무 잔인한 일이었다. 어째서 혜은은 진영을 있는 그대로 받아들이지 못하는 걸까? 저렇게나 진지한데. 저렇게나 진지한데.

희주는 문득 인상을 찌푸렸다. 진지하다고 해서 다 되는 건 아니잖아. 진지하다, 그래서? 저대로의 그를 받아들일 셈이야?

어쨌든 몇 년 안에 저 일은 그만둘 게 분명한데?

"젠장, 머리 복잡해."

"누나 무슨 말씀 하셨어요?"

옆에 있던 윤형이 그녀를 보고 의아한 듯 물었다. 희주는 재빨리 웃으며 고개만 저었다. 도대체 진영을 만난 이후로는 모든 일이 다 엉키는 것 같았다. TV CF에 나온 것처럼 '널 만나고부터 되는 일이 없어!' 라고 소리치고 싶을 정도였다.

대형 스크린에서는 여전히 그녀가 반밖에 이해하지 못하는 게임 장면이 나오고 있었다. 모든 관중들은 나이를 불문하고 거기에 푹 빠져 있는 것 같았다. 윤형을 비롯한 다른 게이머들도 나지막하게 속닥거리며 뭔가 전문적으로 들리는 이야기를 하고 있었다. 희주는 인상을 찌푸리고서 진영의 얼굴만 보았다. 거리가 좀 멀긴 하지만, 그의 표정은 알아볼 수 있었다. 눈에서 금방이라도 빛이 뿜어져 나올 것 같았다.

무언가에 저렇게나 열중한다는 건 어떤 느낌일까? 저렇게나 좋아하는 게 있다는 거, 어떤 기분일까? 난 뭘 좋아했고 하고 싶었더라? 희주는 열심히 고민해 보았다. 분명히 뭔가가 있었을 것이다. 꼭 하고 싶었던 게. 아마도 살아오면서 잊어버렸을 뿐이겠지. 하지만 잊어버린 그 순간 이미 그 열정은 사라진 게 아니었을까?

게임은 꽤 오래 계속되었다. 그러나 어느 순간 사람들의 탄성이 새어 나오면서 희주는 서서히 승패가 갈리고 있다는 것을 깨달았다. 진영이 밀리고 있었다. 한 번 밀리기 시작하자 게임은 걷잡을 수 없어졌다. 모니터를 쳐다보고 있는 진영의 얼굴에는 묘하게 표정이 없었다. 희주는 입술을 깨물었다. 그는 창백한 얼굴을 하고 마우스를 움직이고 있었다. 힘내요, 진영 씨. 이길 거라고 했잖아. 이길 수 있다고!

"아, 젠장. 형이 지겠다."

윤형이 아쉬운 듯 중얼거렸다. 희주는 아플 정도로 입술을 깨문 채 진영의 모습을 바라보았다. 스크린에서는 이미 피가 퍽퍽 튀며 로봇 같은 것들이 죽어가고 있었다. 사람들의 수군거리는 소리가 점차 커지고, 마침내 게임이 끝났다. 진영은 여전히 무표정한 얼굴을 하고 모니터를 쳐다보고 있다가 헤드셋을 벗었다. 심판이 확인을 하고, 사회자와 해설자의 이야기가 흐르다가 마침내 승자가 발표되었다. 관중들이 환호를 질렀다.

희주는 묘한 표정으로 모니터만 응시하고 있는 진영을 쳐다보았다. 가슴이 두근거렸다. 어딘지 모르게 그는 나이를 먹어버린 듯한 얼굴을 하고 있었다.

졌다.

진영은 페어웰 파티(Farewell Party)의 난장판 속에서 구석진 곳에 혼자 앉아 있었다. 가끔 사람들이 그를 발견하고 말을 걸고는 했지만 몇 마디 대답하지 않으면 결승에서 져서 우울한가 보다 하고 내버려 두고 가버렸다. 희주도 어딘가 있겠지만 훈주에게 대신 신경 좀 써달라고 부탁해 둔 상태였다.

졌다, 젠장. 이기겠다고 생각했었는데, 져버렸다. 이것은 저번 SKY배 대회 때처럼 다른 생각에 빠져 있었기 때문이 아니었다. 정말로 그가 실력이 모자랐고, 상대방이 더 나았다. 영웅이 된 승자는 파티 가운데서 많은 사람들과 이야기를 나누고 있었다. 그리고 구석에 앉아 있는 2등에게 시선을 주는 사람은 거의 없었다.

"형, 왜 여기 있어?"

어디선가 나타난 윤형이 그의 어깨를 철썩 때리며 낄낄거렸다. 기분이 꽤 좋아 보였다. 하긴 2001년 WCG에는 오지 않았었으니 신기하기도 할 것이다. 세계 각국에서 몰려든 자신과 똑같은 사람들과 어울린다는 게. 신기하게도 요즘 애들은 그가 처음에 느꼈던 것 같은 외국인에 대한 위화감이나 두려움 같은 게 전혀 없는지, 서툰 영어로도 아무렇지 않게 이야기를 나누었다.

세상이 바뀌었다는 증거지. 내가 이런 걸 하기에는 나이를 먹었다는 증거이기도 하고. 진영은 우울한 눈으로 사람들을 쳐다보았다.

"형, 그거 졌다고 삐졌냐? 어휴, 남자가. 누나 저쪽에서 두리번거리고 있더라. 빨리 데려와서 어떻게 좀 해."

"희주 씨?"

진영은 인상을 찌푸리며 몸을 일으켰다. 윤형은 똑같이 인상

273

을 찡그리고서 그를 보았다.

"그래."

"훈주 형은? 좀 데리고 있어 달라고 했는데."

"몰라. 감독님 어디로 사라졌어. 아, 정말. 일어나서 좀 나와. 얼른!"

윤형에게 질질 끌려서 별수없이 그는 사람들 속에 섞였다. 그를 보자 희주의 얼굴이 밝아졌다. 모르는 사람들과 모르는 게임의 세계에서 당황하고 있었던 모양이다. 그가 그녀의 회사에 가서 당황했던 것처럼. 잔인한 만족감이 드는 것을 느끼고 진영은 잠시 멍하니 서 있었다. 그의 앞으로 다가온 희주가 고개를 기울이며 그를 보더니 인상을 찌푸렸다.

"진영 씨, 피곤해요? 일주일 동안 너무 스트레스 받은 거 아니에요?"

아니야, 당신 때문이야. 전부 다 당신 탓이라고. 진영은 속으로 부글거리는 말들을 삼키며 웃으려고 노력했다.

"아니야. 뭐 재미있는 일이라도 있었어?"

"저 사람들이 당신 게임 너무 잘한다고, 대단하다고 그래서 그 이야기 듣고 왔어요."

그녀가 생글거리며 웃었다. 진영은 그녀가 가리킨 사람들 쪽을 보았다. 블리자드 사에서 온 사람들인 모양이었다. 게임사 입장에서야 이런 식으로 게임을 광고해 주면 좋기도 하겠지.

게임이라. 한때는 게임을 만들고 싶다는 생각도 했었다. 하지만 역시 자신은 게임을 만들기보다는 즐기는 쪽을 더 좋아한다는 사실을 깨닫고는 그만두었다. 그보다 더하고 싶었던 일은……. 진영은 피식 웃고 그녀의 어깨에 한 팔을 둘러 꼭 끌어안았다.

"우리 먼저 돌아갈까?"

"네?"

"먼저 올라갈까 해서. 희주 씨 내일부터 도로 출근해야 할 거아냐. 어차피 밤에 올라갈 거지?"

"진영 씨도 같이 가게요? 다른 사람들이랑 내일 안 올라오고?"

"맨날 보는 얼굴들인데 좀 먼저 올라가면 어때? 희주 씨랑이런 것 저런 것도 하고."

그는 그녀의 귓가에 대고 나지막하게 속닥이며 킬킬 웃었다. 희주의 얼굴은 금세 새빨갛게 달아올랐으나 별로 싫지는 않은표정이었다.

"그럼 먼저 갈까요?"

"응. 훈주 형 안 보이니까 애들한테 먼저 말하고 짐 챙겨올게."

희주는 고개를 끄덕였다. 진영은 조용히 회장을 나갔다.

올라오는 동안 진영은 내내 말이 없었다. 눈을 감고 있긴 했지만 숨소리로 보건대 잠이 든 것은 아니었다. 운전을 하며 희주는 몇 번인가 그를 힐끔거렸지만 그는 한 번도 눈을 뜨지 않았다.

뭔가 이상했다. 게임에 진 충격이 그렇게 컸던 건가? 하지만 집에 오자고 할 때에는 평소처럼 그냥 장난스러워 보였는데. 어두컴컴한 도로를 달리며 그녀는 한숨을 내쉬었다. 밤에 운전하는 건 싫었지만, 진영이 피곤해 보여서 대신 운전해 달라고 할 수가 없었다.

그에게 있어 게임에 진다는 것은 어떤 의미일까? 그녀는 알 수가 없었다. 시험을 봤는데 친구보다 못 봤을 때 같은 기분일까? 그건 아닐 것 같은데. 하지만 저렇게 우울해한다는 건 그 일이 그에게 큰 의미가 있었다는 뜻이겠지. 누군가에게 져서 화가 나고, 내 자신이 모자란 것 같아서 화가 나는 것.

어떻게 하면 그의 기분을 풀어줄 수 있을까? 앞 차의 미등을 바라보며 희주는 나직하게 한숨을 쉬었다. 어느새 서울시로 들어서는 톨게이트를 지나 그녀는 습관적으로 집을 향하고 있었다. 자주 다닌 길이라 이제는 눈을 감고도 운전할 수 있을 것 같았다.

눈을 감고 있는 진영의 옆모습은 묘하게 나이가 들어 보였다. 스물일곱, 어중간한 나이였다. 무언가를 하기에는 늦었고, 하지 않기에는 너무 이른 나이. 창문으로 스쳐 가는 가로등 불빛 때문에 그의 얼굴은 밝아졌다 어두워졌다 했고, 속눈썹 아래로 짙게 그늘이 드리워 있었다. 피곤하고, 말라 보인다. 노란 머리카락도 그림자 때문에 검게 보였다.

차를 세우고 그를 껴안고 싶었다. 갑작스러운 충동에 희주는 거의 그대로 브레이크를 밟을 뻔했다. 밤이야, 밤이라서 그래. 괜히 이상한 생각에 휩쓸린 것뿐이라고. 그녀는 인상을 찌푸리고 운전에 집중하려고 노력했으나 자꾸만 그에게 시선이 쏠렸다. 그를 안고 달래주고 싶었다. 괜찮을 거라고, 다음번에는 우승할 수 있을 거라고 말해 주고 싶었다. 아무리 세계 대회라고는 해도 그가 저렇게나 풀이 죽어 있는 것을 보니까 기분이 나빴다.

한숨을 내쉬며 그녀는 핸들을 돌려 한강 다리를 건너고, 눈에 익은 길을 지나 집으로 향했다. 늦은 시각인데도 길은 여전히 밀렸다. 골목으로 돌아서 가는 편이 빠를 것 같아서 그녀는 차를 옆으로 빼서 좁은 골목길로 들어갔다. 골목을 쭉 통과하면 바로 다음 사거리에서 빠질 수 있었다. 곁눈으로 보니 진영은 이제 정말로 자고 있는 것 같았다. 되도록 빨리 집으로 가려고 속력을 내는 순간, 갑자기 오른쪽에서 오토바이가 달려왔다. 희주는 다급하게 브레이크를 밟았으나 차 앞에 뭔가가 닿는 느낌이 들더니 오토바이가 쓰러지며 타고 있던 사람이 몇 미터 날아가는 것이 보였다. 가슴이 철렁 내려앉았고, 차는 덜컹거리며 멈췄다. 진영이 놀란 듯 눈을 떴다.

"왜? 무슨……."

희주는 운전대만 꼭 쥐고서 부들부들 떨고 있었다. 맙소사,

사람을 치었다. 어떻게 하지? 진영을 쳐다본 것 때문이었다. 운전을 하다가 한눈을 팔다니, 무슨 생각을 한 거야? 부모님 사고를 보고 배운 것도 없어?

부모님이 자동차 사고로 돌아가셨어도 같이 있었던 게 아니라서 운전이 무서웠던 적은 한 번도 없었다. 시내에서든 고속도로에서든 별로 겁내지 않고 차를 몰고 다녔었는데, 지금은 겁이 나서 견딜 수가 없었다. 왁 비명을 지르고 도망쳐 버리고 싶었다.

"당신 괜찮아?"

진영이 황급히 그녀를 돌아보며 물었다. 희주는 벌벌 떨며 고개조차 흔들지 못했다. 죽었으면 어떻게 하지? 저 사람 죽었으면 어떻게 해?

"가만히 있어봐. 내가 보고 올게."

진영은 곧장 차 문을 열고 내렸다. 밤바람이 차갑게 불자 정신이 확 드는 느낌이었다. 차 문이 열리며 불이 자동으로 켜지자 희주의 창백한 얼굴이 드러났다.

차 앞에는 오토바이가 쓰러져 있었고, 어려 보이는 소년은 무슨 일이 일어났는지 아직 정신이 없는 것처럼 그냥 도로에 드러누워 있었다. 크게 다친 건 아니겠지? 별로 속력을 낸 것 같지도 않은데. 진영은 소년에게 다가갔다.

"괜찮아요?"

아이는 그가 손을 내밀자 잡고서 비틀거리며 일어났다. 크게 다친 곳은 없는 것 같았지만 그냥 보냈다가 무슨 곤란한 문제가 생길지 알 수 없는 노릇이다. 진영은 조심스럽게 소년을 살폈다. 어두워서 제대로 보이지가 않았다.

"병원에 가서 검사부터 합시다. 어디 아픈 곳은 없어요?"

"아니, 저기, 괜찮은데요."

"그래도 혹시 모르니까. 오토바이라는 게 워낙에 사고에 약한 물건이 되어놔서."

문득 음식 냄새에 진영은 고개를 돌리고 오토바이를 보았다. 오토바이 뒷자리에 은색으로 빛나는 철가방이 보였고, 아이가 아 하고 허망한 표정을 지었다.

"음식 다 쏟아졌겠네."

"음식값은 걱정하지 말고, 정말 어디 아픈 데 없어요? 몇 미터나 날아간 것 같은데. 병원부터 가요."

어차피 지금 시간에 제대로 된 검사를 할 수 있을 리 없지만. 진영은 속으로 씁쓸하게 생각했다. 소년은 그것보다는 음식에 훨씬 신경이 쓰이는 모양이었다. 진영은 오토바이를 일으켜 세우고 소년에게 연락처를 적어주며 소년의 이름과 주소 및 연락처 역시 받아 적었다.

희주는 여전히 멍한 채 앉아 있었다. 부모님의 차와 충돌했던 트럭의 운전수가 생생하게 떠올랐다. 음주로 인한 과실치사였다. 사고를 일으킨 것이 처음도 아닌 사람이었다. 이제 난 그 사람이랑 똑같이 되는 건가? 사람을 죽이고, 그 가족들에게 영영 상처를 남기고······.

"희주 씨, 희주 씨!"

운전석 문이 벌컥 열리고서 진영이 거칠게 소리쳤다. 희주는 고개를 들고서 멍한 눈으로 그를 쳐다보았다.

"정신 좀 차려. 어떻게 할 거야? 보험사에 연락할 거야, 아니면 지금 그냥 여기서 처리할래?"

"네?"

"보험처리 할 거야, 아니면 돈으로 처리할 거냐고."

머리가 제대로 돌아가지 않았다. 진영이 무슨 말을 하는지 알 수가 없었다. 사고를 낸 것은 이번이 처음이었고, 어떻게 처리를 해야 하는 건지도 몰랐다. 아무것도 생각이 나지 않아! 금방이라도 울 듯한 그녀의 표정을 알아차린 듯 진영은 인상을 찌푸리고 있다가 그녀를 재빠르게 한 번 끌어안았다.

"괜찮아. 내가 처리할게, 그럼."

그는 몸을 돌려 철가방을 주워 올리고 있는 소년에게로 가서 뭔가 이야기를 하고 있었다. 희주는 여전히 몸을 떨면서 간신히 고개를 들어 그 모습을 보았다. 낮은 말소리를 통해 보면 아마도 소년에게 지금 집까지 함께 가자고 말하고 있는 것 같다. 저건 내가 처리해야 하는 일인데. 그래야 했다. 하지만 그가 대신 처리해 주고 있는 게 얼마나 기쁜지 몰랐다. 진영은 소년과 몇 마디를 더 나눈 다음 주머니에서 핸드폰을 꺼내 전화를 걸었다. 통화는 짧았고, 소년은 철가방을 오토바이 뒤에 실은 다음 오토바이에 올라타서 시동을 걸었다. 진영이 다시 차로 다가왔다.

"옆 자리에 타."

"네?"

"지금 운전 못할 거 아냐. 옆에 타라고. 저 애 집까지 데려다 주기로 했거든."

희주가 내리자 진영은 곧장 운전석에 올라탔다. 그녀는 떨리는 다리로 간신히 차 앞으로 돌아가다가 오토바이에 탄 소년을 보았다. 헬멧을 다시 뒤집어쓰고 있는 소년의 옷 옆부분은 지저분하게 되어 있었으나 상처도, 피도 보이지 않았다. 다행이야, 다행이야. 그녀는 가슴에 덜덜 떨리는 손을 얹은 채 옆 자리에 올라탔다.

"괜찮아. 저 녀석 안 다친 것 같아. 당신이 그렇게 겁낼 필요 없어. 아무 일 없을 거야."

"어, 엄마 아빠 사고가 생각나서, 갑자기……."

그녀의 목소리는 생각보다 더욱 떨리고 가늘게 흘러나왔다. 갑자기 눈물이 치솟자 그녀는 손으로 입을 막았다. 시동을 다시 걸고 오토바이의 뒤를 따라 운전을 하던 진영이 그녀를 힐끔 보고는 기어에 얹고 있던 손을 들어 그녀의 손을 잡았다. 그의 손은 크고 따뜻했다.

"괜찮을 거라니까."

"죽었으면 어떡하지 하고 겁이 나서……. 죽었으면……."

"알아, 그 기분 알아."

"난 정말로, 진영 씨 없었으면 난 ……."

그녀는 울지 않으려고 숨을 헐떡였으나 어쩔 수가 없었다. 눈물이 제멋대로 뺨을 타고 흘러내렸고, 멈추지가 않았다. 진영은 한 손을 그대로 잡은 채 조심스럽게 오토바이의 뒤를 따랐다.

희주가 잠이 든 것은 거의 새벽에 가까워서였다. 진영은 그때까지도 잠옷 차림의 그녀를 품에 안은 채 눈을 말똥말똥하게 뜨고 있었다.

사고. 형과 아버지가 죽은 사고는 그에게도 영향을 미쳤지만, 크게 교통수단에 대한 두려움을 준 적은 없었다. 하지만 희주의 경우에는 다른 모양이었다. 그녀는 구속된 트럭 운전사를 만났던 것을 이야기하며 너무나 무서웠다고 말했다.

"남의 가정을 박살 내고서도 자기가 얼마만큼 잘못했는지를 모르는 거예요. 갑자기 무서워지더라구요. 교통사고라는 건 그렇게나 살인이라는 자각이 없는 걸까 해서. 그래도 지금까지는 사고를 한 번도 안 냈으니까 몰랐는데, 그 남자애가 허공으로 튕겨 나가는 걸 보니까, 그냥 영화의 한 장면을 보는 것 같은 거예요."

그녀는 그의 품에서 내내 떨다가 몇 시간 만에 간신히 잠이 들었다. 이미 오토바이를 타고 다니다 몇 번이나 사고를 내본 적이 있는 진영으로서는 그녀의 기분을 알 수가 없었지만 그래 도 그녀가 그렇게 떨고 있는 것이 걱정스러웠다.

도대체 왜 게임에 진 걸 그녀의 탓인 양 돌리고, 어린애처럼 토라져서 한밤중에 서울까지 운전을 시키며 말 한마디 걸지 않 았단 말인가. 좀 더 그녀에게 신경을 썼어야 했는데. 운전에 대 해서 은근히 불안해하는 것도 깨닫지 못했다니. 생각해 보면 그녀는 그에게 운전대를 맡기고 있을 때가 더 편한 것처럼 보였 다. 남자들 대부분은 자신의 자동차 열쇠를 남에게 맡기지 않 는데. 그의 운전 솜씨를 믿어서라기보다는 사실 운전을 좋아하 지 않았던 게 분명했다.

"바보 자식."

그는 스스로에게 나지막하게 욕설을 중얼거렸다. 바보, 머저 리. 변하고 싶은 것은 그녀와 너무 차이를 느껴서가 아니었다. 단지 그녀를 위해 더 나은 사람이 되고 싶었기 때문이다. 만족 하는 척 살아왔던 이 다람쥐 쳇바퀴 도는 듯한 생활에서 벗어나 좀 더 날개를 펼치고 싶었다. 그런 감정을 갖게 해준 게 그녀였 는데, 그저 원망만 하고 있었다.

그의 품 안에 있는 그녀는 너무나 작고 가늘어 보였다. 지난 일주일이 갑자기 한 달쯤 된 것처럼 느껴졌다. 그녀와 함께 엑 스포 공원을 돌아다니고, 그녀가 잘 안다는 허름한 음식점에서 맛있는 순두부찌개를 먹고, 사람들에게 소중한 물건을 자랑하듯 그녀를 보여주고, 그녀는 그의 옆에서 웃었다. 그리고 그가 하는 게임을 열심히 보아주었다.

"당신을 좋아해."

그는 눈물 자국이 남아 있는 그녀의 창백한 얼굴을 쳐다보며 중얼거렸다. 뭐가 어떻게 돌아가는지 아무것도 알 수가 없지만, 그래도 그녀를 좋아한다. 그녀의 옆에 있으면서 이런 순간에 그녀를 지켜주고 싶었다. 그녀를 위해 용과 싸우는 기사가 되고 싶었다.

하지만 그는 기사가 아니었고, 왕자도 아니었다. 그는 그저 세상의 수많은 사람 중의 하나일 뿐이었고, 전혀 아무런 특색이 없었다. 그녀가 그에게 중요한 의미가 된 것처럼, 그 역시 그녀에게 의미가 되고 있는 걸까? 사실은 그게 가장 두려웠다. 여전히 그녀에게 그는 그저 잠깐 스치고 지나가는 상대일까 봐. 계속 똑같은 질문만이 머리 속을 맴돌고 있다.

그녀의 볼에 입술을 누르며 그는 그녀를 꼭 껴안았다. 부드럽고 따스한 몸이 그에게 닿자 어쩐지 조금이나마 마음이 놓이는 기분이었다. 제발 날 좋아한다고 말해 줘. 날 좋아해 줘. 제발.

10

핸드폰 벨이 울렸다.

"네, 김희주입니다."

[희주야, 나다.]

예상치 못했던 혜은의 목소리가 들리자 희주는 눈을 동그랗게 뜨고 펜을 내려놓았다.

"아, 예, 아줌마. 어쩐 일이세요?"

[응, 바쁘니?]

"아, 조금요."

혜은의 목소리는 언제나 듣던 것처럼 느긋하면서도 힘이 있었다.

[휴가 갔다 돌아왔는지 궁금해서 걸었어. 오늘 퇴근 늦게 하니?]

"아, 잘 모르겠는데요. 왜요?"

설마 혜은이 뭔가를 알았을 리는 없었다. 그녀는 언제나 조심에 조심을 거듭했고, 진영 역시 그랬다. 뭐 최근 얼마간은 좀 조심성이 떨어지기는 했지만, 그래도 빌라 근처에서 누군가에게 들킨 적은 한 번도 없었다.

[퇴근하면 우리 집 잠깐만 들를래? 내가 할 이야기가 좀 있거든.]

심장이 갑자기 속도를 내며 뛰기 시작했다. 희주는 한 손을 쥐었다 폈다 하며 입술을 적시고 겨우겨우 태연한 목소리를 냈다.

"무슨 일 있으세요?"

[일은 무슨. 그냥 얘기나 잠깐 좀 하려고. 꼭 들러. 알겠지? 몇 시쯤 퇴근해?]

"8시쯤 할 것 같아요. 전화 드릴게요."

[아냐, 할 거 없고 그냥 와. 이따가 보자.]

혜은은 희주가 뭐라고 말도 하기 전에 전화를 끊었다. 핸드폰을 내려놓고 희주는 불안한 기분으로 입술을 깨물었다. 뭔가 눈치 채신 게 아닐까? 아들 일인데 어머니가 이렇게 오랫동안 모를 수 있다는 것도 사실 이상한 것이었다.

만약 혜은이 알았다면 어떻게 해야 할까? 그녀는 뭐라고 말할까? 헤어지라고? 아니면 전에 잠깐 비쳤던 것처럼 그와 결혼하라고? 결혼하라고 한다면, 결혼할 생각은 있는 거야? 그렇게나 열심히 주장하던 이상형에 대한 조건을 내던지고 그에게 매일 생각이 있어? 펜을 도로 집어 들고 손가락으로 돌리며 그녀는 곰곰이 생각해 보았다. 그와 결혼해서 평생을 살 자신이 있어? 그의 아이까지 낳고서?

모르겠다. 그게 그녀의 답이었다. 정말로 알 수가 없었다. 그에 대한 감정이 많이 달라졌다는 것은 분명했다. 그는 그녀가 처음에 생각했던 것처럼 무책임한 사람도 아니었고, 자기 일에 열의를 갖고 있었다. 게다가 현실적인 조건을 생각해 보면 돈도 꽤 있다. 혜은의 재산을 다 물려받을 테니까. 거기다 집안도 좋았고.

"하지만 역시 현실적인 조건만 갖고 그런 게 되는 게 아니야."

그녀는 한숨을 내쉬며 인상을 찡그렸다. 혜은이 무슨 이야기를 할지도 모르면서 고민부터 하고 있는 자신이 우스웠지만, 어쩔 수가 없었다. 온갖 잡다한 생각이 죄다 솟아올라 머리 속을 차지하고 있었다. 그와 결혼을 하고, 그가 게임을 하는 동안 한구석에서 아이가 칭얼대고 있고, 그녀는 회사에 나가서 일을 하고 있는 모습에까지 상상력이 발전하자 그녀는 머리를 흔들었다.

"무슨 일이 일어날지 모르는데 왜 벌써부터 호들갑이람. 정신 차려, 김희주. 일해, 일!"

그녀는 다시 책상 위의 서류들을 읽으려 노력했지만 머리 속으로는 아무것도 들어오지 않았다.

"좀 앉아라."

집에 오는 것은 거의 한 달 만의 일이었다. 진영은 묵묵히 어머니의 말을 따랐다. 냉담한 얼굴을 한 혜은은 소파 맞은편에 앉아 그를 쳐다보았다.

"집에 한참이나 안 들어왔는데 나한테 할 말 없니?"

"없어요."

어머니를 마주 대하는 것은 여전히 어려운 일이었다. 갑자기 전화를 해서 보자고 먼저 말씀하신 것만 해도 이상했다. 지금까지 단 한 번도 그런 일을 한 적이 없는 분이었다. 그가 먼저 무릎을 꿇었으면 꿇었지, 어머니가 먼저 손을 내밀 거라고는 한 번도 생각해 본 적이 없었다. 어머니는 그에 비하면 백 배 정도는 의지가 강한 분이었다. 희주에게는 괜히 어머니가 먼저 사과하셔야 한다고 떠들었지만, 솔직히 그도 잘 알고 있었다. 그럴 가능성은 제로였다.

"왜 부르셨어요?"

진영의 목소리는 퉁명스러웠다. 혜은은 차나 물 한 잔 내놓지 않았다. 어쩐지 목이 마른 기분이 들어서 그는 입술을 잘근거리며 그녀를 쳐다보았다. 빨리 끝내고 가고 싶었다. 오늘은 게임을 할 때부터 어쩐지 피곤했기 때문이다. 희주에게 연락도 하고 싶었고. 어머니와의 만남이 끝나고 나면 그냥 돌아가는 척하고 희주의 집으로 올라갈 수 있을지도 모른다.

"너, 요즘 만나는 사람 있지?"

혜은의 눈동자는 흔들림 하나 없었다. 진영은 갑자기 얼굴에서 핏기가 빠져나가는 것을 느끼고 어머니를 쳐다보았다.

"에, 예? 무슨 말씀 하시는 거예요?"

"허구한 날 빌라에 드나드는데, 발걸음 소리가 4층에서 멈추는 게 아니야. 위로 올라가면 살고 있는 건 한 사람뿐이지. 어서 솔직하게 말 안 할 거니?"

맙소사. 어머니를 속이려고 하는 게 아니었다. 평생 한 번도 어머니를 제대로 속여 넘겨본 적이 없었다. 자식들에 대해 예민한 감각이 발달한 게 어머니라는 존재인 건지, 어린 시절 어머니의 눈을 피해 장난을 쳐도 언제나 들키곤 했었다. 지금이라고 달라질 것도 없겠지. 희주 씨는 나의 결백을 믿어줄까? 진영은 입을 꾹 다문 채 테이블 끄트머리만 노려보았다.

"뭐, 캐물을 것도 없겠지. 희주 그 애는 내 부탁을 들어준 셈이니까."

혜은의 한숨 섞인 말에 진영의 고개가 번쩍 들려 올라갔다.

"뭐라고요?"

혜은의 눈이 그에게로 움직였다.

"네가 무슨 말 할 자격이 있니? 남의 집 여자애를 건드려 놓

앞으면 그 책임을 져야지. 안 그래?"

"희주 씨가 어머니 무슨 부탁을 들어줬다는 거예요? 무슨 말
씀 하시는 거예요?"

진영의 얼굴이 험악하게 일그러졌다. 기묘한 기분이 그를 휘
저었다. 그럴 리 없다. 그럴 리가 없었다. 희주가 어머니와 짜
고 무슨 짓을 했을 리가 없었다. 어머니에게 비밀로 해달라고
했던 사람이 희주 아니었던가! 그런 그녀가 그의 뒤에서 어머니
와 무언가 계획을 짰을 리가 없었다. 이건 순전히 어머니 혼자
하는 생각임이 분명했다.

"희주는 아무 잘못도 없다, 네가 그거 묻는 거라면. 어쨌든
저녁때 네가 올라가는 소리가 나고, 아침까지 문소리가 안 났
으니 뻔한 일이잖니. 아니면 순수하게 지냈다고 말할 생각이
니? 나이트에서 밤을 새고 여자 향수 냄새며 화장품까지 온통
묻혀서 들어오던 네가?"

혜은의 말투는 날카로웠다. 그녀의 말에는 그에게 품고 있는
실망감이 고스란히 드러나 있었다.

"철 좀 들어라, 이 녀석아. 이젠 제발 철 좀 들어. 희주 그렇
게 해놓고서 도망칠 셈이라면 당장 정신 차려! 절대로 그렇게
놔두지는 않을 테니까."

"희주 씨랑 어머니랑 짠 거예요? 나 어떻게 좀 묶어놓자고?
저번에, 저번에 약혼녀라고 데리고 갔을 때처럼? 그런 거예
요?"

함정. 그를 잡기 위한 올가미. 원하지 않는 인생으로 끌어들이려는 미끼. 진영의 머리는 빙글빙글 돌고 있었다. 온갖 의혹과 불안감이 가슴 밑바닥에서 머리끝으로 치솟아오르고 있었다. 아니야, 그럴 리가 없어. 하지만 그게 아니라면 도대체 왜 희주 같은 여자가 나랑 사귀겠다고 했겠어? 단지 하룻밤 잤기 때문에? 어쩌면 그날, 그날 어머니와 만나서 상의를 했던 건지도 모른다.

갑자기 눈앞에 그 장면이 훤하게 그려졌다. 울면서 '아줌마 아들이……' 라고 말하는 희주의 모습과 그녀를 달래며 '그 애를 결혼시켜서 사람 만들자' 라며 돈을 제의하는 어머니의 모습이. 희주는 현실적인 여자였다. 혜은의 돈, 그리고 진영이 고모의 회사에 들어가 안정적인 자리를 잡게 된다면 얼마든지 결혼하겠다고 쌍수를 들 테지. 그게 그녀가 바라는 거니까. 안정적인 직장인. 젠장, 모든 여자들이 바라는 것이겠지. 어머니까지 포함해서! 그는 벌떡 일어섰다.

"어떻게, 어떻게 그럴 수가 있어요? 단지 나 하나 잡아놓자고 이젠 여자한테 돈까지 줘가면서 그렇게 하는 겁니까? 어머니한테 저는 그 정도 수준밖에 안 되는 자식이었어요?"

"무슨 소릴 하는 거니? 그럼 지금 희주랑 결혼 안 하겠다는 소리야?"

"네, 안 해요! 절대로 안 해요! 내가 도대체 왜 그 여자랑 결혼을 해야 하는 거죠? 단순히 같이 잤다고 해서? 젠장, 요즘 세상에 처녀인 채로 결혼하는 여자가 몇이나 있는지 좀 물어보세요. 세상이 변했어요. 한 번 잤다고 책임지는 세상 따위가 아니라구요!"

진영은 버럭 고함을 지르며 일어섰다. 혜은 역시 일어서서 그를 노려보았다.

"난 널 이렇게 키우지 않았다, 정진영. 어떻게 네가, 어떻게 그럴 수가 있니, 응? 네 형 같았으면……."

"빌어먹을 놈의 형! 형은 죽었어요!"

진영은 천장이 들썩거릴 정도로 소리쳤다. 혜은의 얼굴이 갑자기 창백해졌다. 그는 식식거리며 어머니를 노려보았다.

"형은 죽었다구요. 어머니가 갖고 있는 건 저 하나뿐이에요. 아시겠어요? 형 형 그러지 마세요. 전 형이 될 수 없고, 되지도 않을 거예요. 되지도 못해! 그게 어머니가 하시고 싶은 말씀이셨죠?"

혜은은 뭔가 말을 할 듯 입을 벌리다가 도로 다물고서 그를 응시했다. 진영은 좌절감이 가득 어린 얼굴로 그녀를 보았다.

"어떻게 이러실 수가 있어요? 어떻게 돈으로……. 희주한테 뭐라고 했어요? 뭐라고 했냐고요. 유산이라도 다 물려주겠다고 했어요? 아니면 뭐, 할아버지 재산?"

"난 그냥 희주한테 너와 결혼해 주면 좋겠다고 했을 뿐이야."

진영은 웃으며 고개를 흔들었다. 비틀린 입술이 자아내는 미소는 서글펐고, 눈에는 절망감이 가득했다.

"그럴 리가 없어요. 희주 씨는 그런 간단한 걸로 움직이는 사람이 아니에요. 희주 씨는, 그 여자라면 아마도 모든 걸 따져 봤겠죠. 내 재산, 집안, 학벌. 제길, 학벌은 그녀의 취향에는 모자랄 테니까 아마 돈으로 때운 건가? 아마 어머닌 제 머리를 염색시키고 귀고리도 빼라고 시키겠다고 하셨겠죠. 그 정도면 희주씨도 만족했으려나?"

"그런 소릴 해봤자 네가 저지른 짓에 대한 변명이 된다고 생각하니?"

혜은은 차갑게 말하며 도로 소파에 앉았다.

"만약에 네가 한 짓이 밖에 소문이라도 나면 희주는 어떻게 고개를 들고 다니겠니? 게다가 회사에는 어떻게 나가겠어! 희주랑 가능한 한 빨리 결혼해라. 네 직업이나 그런 것에 대해서는 차차 이야기하자. 우선 급한 건 너희 둘의 결혼이야. 내가 대충 계획도 세워놓았으니까……."

"싫어요."

싸늘하게 말하며 진영은 팔짱을 끼고 어머니를 내려다보았다. 혜은 역시 꿋꿋하게 그를 노려보았다.

"결혼해라."

"절대로 싫어요. 돈으로 포장을 해놓는다고 해도 싫어요. 뒤에서 호박씨나 까고 있던 여자랑 결혼해서 잡혀 살 것 같아요? 평생 그러겠지. '난 당신보다 훨씬 우월한데 당신 어머니가 매

293

달리며 애원해서 결혼해 준 거야. 그런 꼴로 살 생각은 없어요. 내가 결혼을 한다면, 김희주보다 훨씬 예쁘고 인생을 즐길 줄 알고 날 왕처럼 떠받들어 줄 여자와 결혼할 거라구요!"

"어떻게 된 애가 머리 속까지 그렇게 썩은 거니! 그럼 희주랑은 도대체 왜 만났던 거야? 그 앨 가지고 논 거니? 부모님도 없이 혼자 열심히 살고 있던 애를 데리고 장난 친 거야? 어떻게 그런 짓을 해!"

"왜 못해요! 그 여자를 갖고 어머니는 나한테 어떻게 했는데. 한때 형한테 짝 지어주려다가 이제 형이 없으니까 나한테? 형이 살아 있는 동안 평생 형 그늘 밑에서 형 옷이나 물려 입고 살았는데, 이젠 여자까지 물려받으라고? 난 그렇게 돌지 않았어요. 젠장, 옛날에 옆집에 살 때부터 재수없는 여자였지. 하는 짓부터 눈길까지 전부 다 형하고 빼다 박은 모범생! 그때 그 사고에서 제가 죽고 형이 살았더라면 모든 게 깔끔하게 해결되었겠죠? 아버지도 돌아가시지 않으셨을 거고, 지금 이렇게 어울리지도 않는 놈이랑 어머니가 그렇게 아끼시는 자식 같은 김희주랑 맺어주려고 노력하실 필요도 없을 거고."

진영의 얼굴은 벌겋게 달아올라 있었다. 눈에는 흐릿하게 분노 섞인 눈물이 고여 있었고, 숨결은 거칠었다. 목소리는 거의 쉰 것처럼 흘러나왔다. 혜은은 질린 듯한 얼굴로 그를 보며 고개를 저었다.

"너 정말로……. 가망이 없구나, 가망이 없어."

"가망이 없는 건 제가 아니라 어머니랑 희주 씨예요. 날 인정해 주려고 하지 않고 멋대로 바꿔놓으려고 한 희주 씨라고!"

"그……."

갑자기 혜은의 얼굴이 하얗게 질렸다. 그녀의 시선이 자신의 옆을 스쳐 뒤쪽으로 향하자 진영은 불길한 느낌에 뒤를 돌아보고 그대로 굳어졌다. 한 손에 서류 가방을 든 희주가 창백한 얼굴로 서 있었다.

문은 잠겨 있지 않았다. 벨을 누를까 했으나 안에서는 이미 커다란 고함 소리가 들려오고 있었다. 희주는 진영의 목소리를 알아채고서는 문을 열려다 멈췄다.

"내가 결혼을 한다면, 김희주보다 훨씬 예쁘고 인생을 즐길 줄 알고 날 왕처럼 떠받들어 줄 여자와 결혼할 거라구요! 형이 살아 있는 동안 평생 형 그늘 밑에서 형 옷이나 물려 입고 살았는데, 이젠 여자까지 물려받으라고? 옛날에 옆집에 살 때부터 재수없는 여자였지."

그의 말 하나하나가 그녀의 가슴에 치명적인 화살처럼 꽂혔다. 심장은 비명을 질렀고, 다리는 후들후들 떨렸다. 그가 아니야. 진영 씨가 저런 소리를 할 리 없어. 그럴 리 없어, 아니야. 설령 혜은이 그녀의 욕을 했다고 해도 앞을 가로막고 그녀를 지켜줄 진영이라고 생각했었다. 만약 혜은이 그녀와 그의 결혼을 주장한다면 아마도 진영은 어머니의 편에 설 거라고 생각했고,

그녀는 어떻게 하면 그 결혼을 하지 않을 수 있을까 고민하며 왔던 것이다.

하지만 사실은 정반대였다. 결혼을 원하지 않는 건 진영이었다. 그리고 그녀는 결혼을 원했다. 아니, 정확하게는 어쩔 수 없는 척하면서도 기뻐하고 있었다. 나중에 결혼이 잘못되면 그녀는 우아하게 '난 이 결혼을 원하지 않았어'라고 말하면 그만이고 잘된다면 그대로 행복을 즐기면 되는 거니까. 하지만 진영이 결혼을 거부하는 순간, 그런 말들을 쏟아내는 순간 그녀의 우습지도 않은 오만함은 산산조각나 버렸다.

그를 사랑했다. 그가 옆에 있는 게 좋았고, 어느새 완전히 익숙해져 버렸던 것이다. 그녀를 회사에서 끌어내 오토바이에 태워 맛있는 것을 먹으러 가는 그의 자유로움이 좋았고, 그녀의 기분을 예민하게 알아차리고 돌봐주는 섬세함이 좋았고, 어려운 일이 있을 때 나서서 처리해 주는 힘이 좋았다. 그가 게임에 져서 우울해하면 달래주고 싶었고, 그가 그녀를 보고 웃으면 우쭐해졌다. 세상에서 가장 아름다운 여자가 된 느낌이었고, 가장 훌륭한 사람이 된 기분이었다. 그것을 너무 당연하게 생각했던 것이다. 너무 당연하게. 갑자기 정연의 말이 떠올랐다.

"남의 가슴에 못박고 편히 살 수 있을 것 같아? 지금 너희 둘 관계에 매달리고 있는 게 어느 쪽이야? 그 사람이야…… 아니면 너야?"

정연은 알고 있었다. 그녀의 눈이 정확했던 것이다. 그와 사귀면서 그 관계에 의지하고 매달려 있었던 것은 진영이 아니라 사실은 희주 자신이었다. 누군가가 옆에 있어주고, 그녀를 편들어주고, 그녀를 따뜻하게 감싸주는 것을 너무나 좋아하고 있었으면서 깨닫지 못했던 것이다.

어떻게 하지? 이제 어떻게 하면 좋아? 도망쳐 버릴까? 여기서 나가는 거야. 차를 타고 어디든 갔다가 나중에 오는 거야. 모든 일이 끝난 다음에. 그리고 아무 일도 없었던 것처럼 행동하는 거야. 머리 속에 가장 먼저 스친 생각이었다. 거의 그녀는 몸을 돌릴 뻔했다. 하지만 다음 순간 냉담한 이성이 고개를 들었다.

그런다고 해서 뭐가 달라질 것 같아? 진영의 나에 관한 생각은 달라지지 않을 거야. 그는 지금까지 저렇게 생각해 왔던 거고, 앞으로도 저렇게 생각할 거야. 그걸 뻔히 알고 있으면서 그의 옆에 있을 수 있겠어? 훨씬 더 예쁘고 잘 노는 여자를 만나 살겠다는 남자의 옆에서 장난이라며 연애를 하고, 같이 잠을 잘 수 있을 것 같아?

안 돼, 못해, 그럴 수 없어! 피를 흘리는 그녀의 심장이 소리쳤다. 난 못해! 그가 다른 여자에게 가는 것도 싫어. 하지만 이대로 있고 싶지도 않아. 어떻게 하라는 거야!

들어가서 그를 마주 보는 거야. 그를 보고 말하는 거야, 당신 정말 잘났다고. 나도 당신 따위를 진지하게 생각하지는 않았었다고. 그냥 심심풀이 연애 상대였을 뿐이라고.

"안 돼, 그런 말은 못해."

그녀는 나지막하게 중얼거렸다. 하지만 달리 무슨 말을 할 수 있단 말인가. 그의 앞에 심장을 내놓고서 말을 할 건가? 지금까지 그가 그녀에게 속삭였던 그 달콤한 말들이 다 거짓말이라는 증거가 저기에 있는데. 그는 그녀를 좋아하지 않았다. 재수없는 여자. 형에게서 물려받는 여자. 하지만 그녀는 그의 형이 어떤 사람인지조차 기억 못했다. 도대체 무슨 말인지도 알 수가 없었다. 그저 마음이 아플 뿐이었다. 그냥 마음이 아팠다. 정연의 말처럼, 가슴에 대못이 박힌 느낌이었다.

천천히 그녀는 여태껏 현관 손잡이를 잡고 있던 손을 살짝 움직여 문을 열었다. 철문이 소리도 없이 열렸다. 진영과 혜은은 여전히 소리를 지르고 있었다.

"가망이 없는 건 제가 아니라 어머니랑 희주 씨예요. 날 인정해 주려고 하지 않고 멋대로 바꿔놓으려고 한 희주 씨라고!"

의자에 지친 듯 앉아서 진영을 쳐다보던 혜은의 시선이 갑자기 희주에게로 향했다. 그녀의 얼굴이 하얗게 변했고, 곧 이어 진영 역시 뒤를 돌아보았다. 붉게 달아오른 그의 얼굴에 험악하기 짝이 없는 표정이 떠올랐다.

"왜, 어머니랑 짜고 친 고스톱의 결과라도 보러 온 거야? 빌어먹을, 난 내가 이런 게임의 상품이라는 것도 모르고 있었는데 말이지."

"아니에요."

그녀의 목소리는 지독한 감기에 걸린 것처럼 쉬어 있었다.

"난 아줌마랑 그런 계획 짠 적 없어요."

"없다? 어머니가 대놓고 말씀하셨는데. 내 조건이 맞기만 하면 결혼하겠다는 생각, 한 번도 해본 적이 없어? 정말로?"

그는 팔짱을 끼고 비웃는 듯한 미소를 지으며 입술 끄트머리를 비틀었다. 노란 머리카락에 피어싱, 거기에 미소가 합해지자 그는 정말로 영화에나 나올 듯한 불량배처럼 보였다. 희주는 그저 가방 손잡이를 꼭 쥔 채 고개만 흔들었다.

"아니에요, 진영 씨. 난……."

"그쯤 해둬. 거짓말은 이제 질렸어."

그의 얼굴에서 미소가 사라졌다. 차갑고 낯선 얼굴로 그는 그녀를 노려보았다. 그의 목소리는 거칠고 낮았다.

"솔직하게 말해 봐. 날 만나면서도 계속 생각했던 거 아니야? 다른 괜찮은 남자가 나타나면, 당신의 그 잘난 조건에 들어맞는 남자가 나타나면 날 차버리겠다고. 난 그냥 심심풀이 땅콩 같은 존재고, 당신 인생에 들어갈 만큼 품위있는 인물은 아니니까. 마음속으로 당신은 아직 나타나지 않은 미지의 이상형과 내 사이에서 양다리를 걸치고 있었던 거지. 내 말 틀려? 그런 생각 전혀 해본 적 없어?"

희주의 얼굴은 그저 하얗게 질려 있었다. 그의 악의로 가득

한 말은 안 그래도 상처 입은 그녀의 심장에 사포를 문질러 대는 것 같았다. 그가 무서웠다. 희주는 주춤 뒤로 한 발 물러섰고 진영은 낄낄거리며 웃었다.

"그래, 그러시겠지. 나같이 중국집 배달부 같은 양아치 자식이 잘 나가는 전문직 커리어 우먼인 김희주 양과 어울릴 수 있을 리가 없잖아, 안 그래? 나도 알아, 안다고. 그럼 난 왜 당신을 따라다녔을까? 당신이 좋아서? 천만의 말씀. 당신을 좀 보라구. 그 지겨운 정장에 틀어 올린 머리 하며, 성격은 깐깐하기까지 하지. 내가 왜 당신을 좋아하겠어? 그럼 좋아하지도 않으면서 왜 만났던 걸까? 이유를 알고 싶어?"

아니, 알고 싶지 않아요. 이야기하지 말아요! 그녀는 귀를 틀어막고 싶었다. 그의 눈은 사악하게 빛나고 있었고, 그의 말투는 낮고 잔인했다.

"어머니가 형을 위해 찍어놨던 여자가 도대체 어떤 맛인지 알고 싶었기 때문이야. 그렇게 잘난 여자 몸은 남이랑 뭐가 다른지 알고 싶었을 뿐이라구. 알겠어?"

희주는 자신도 모르게 들고 있던 서류 가방을 휘둘러 그의 어깨를 내려쳤다. 퍽 소리를 내며 종이뭉치가 가득 든 가죽 가방이 그의 어깨를 후려쳤고, 그는 의외의 공격에 몇 걸음 비틀거렸다.

"망할 자식!"

날카로운 욕설이 그녀의 입에서 튀어나왔다. 형을 위해 찍어났던 여자가 어떤 맛인지 알고 싶었다고? 망할 자식, 망할 자식! 설령 그가 지금 그녀에게 감정이 상해 있는 거라고 해도, 그런 소리는 할 수 없었다. 그가 정말로 그녀를 좋아했다면 그런 말은 할 수 없었다. 그럴 수는 없었다. 그녀는 흐릿하게 보이는 눈을 빠르게 깜박이며 다시 가방을 휘둘렀다.

"이 나쁜 자식! 나가, 나가!"

"나갈 거야, 그러지 않아도."

그는 그녀의 가방을 피한 다음 몸을 돌려서 어머니를 보고, 눈물이 가득 고인 희주를 보았다. 그리고는 이를 갈며 홱 현관으로 향했다.

문이 쾅 소리를 내며 닫히자 희주는 가방을 떨어뜨리고 그 자리에 주저앉았다. 그가 가버렸다. 저런 식으로 그냥 가버렸어. 거짓말이었다고, 미안하다고, 사실은 결혼이라는 게 두려웠던 것뿐이라고 말해 주지 않고 그냥 가버렸다. 눈앞이 캄캄하고, 심장은 뛰지 않는 것처럼 느껴졌다. 너무나 아파서, 너무 아파서 이제는 아픔조차 느낄 수가 없었다.

"애, 애, 희주야! 숨 쉬어, 얼른!"

혜은의 커다란 손이 갑자기 그녀의 등을 세차게 내려치자 그녀는 거칠게 기침을 하며 숨을 쉬었다. 혜은은 지옥에라도 갔다 온 사람 같은 표정을 하고서 그녀의 얼굴을 보았다.

"이런, 세상에. 너 괜찮니? 이게 다 무슨 일인지……. 난 그냥 너랑 진영이 저 녀석을 좀 어떻게 하려고 했던 것뿐인데."

희주는 혜은이 호들갑스럽게 수건을 갖다가 얼굴을 닦아주는 대로 가만히 있었다. 꼼짝도 할 수가 없었다. 아무것도 보이지도 들리지도 않고, 손가락 하나 꼼짝할 수가 없었다.

이건 뭔가 잘못된 거야. 뭔가 4차원의 세계를 통과해서 다른 페러렐 월드(Parallel World)로 온 것 같은 기분이었다. 진영이 그녀를 사랑하지 않는 세상으로. 좋아하지 않는 세상으로. 잘못됐어. 여긴 내가 있을 곳이 아니야. 잘못된 게 분명해. 그녀의 세상에서라면 진영이 그녀를 쳐다보며 걱정스럽고 불안한 눈으로 사랑 고백을 하고서 수줍게 청혼을 해야 마땅했다. 그게 옳았다. 하지만 여기서는 잔인한 말로 그녀를 갈기갈기 찢어놓는 무뢰배가 있을 뿐이었다.

"도대체 어떻게 된 거야, 응? 진영이는 말을 안 하니까 너라도 좀 해봐라. 너랑 우리 진영이, 어떻게 된 거니? 전에 형님 생일에 갔을 때에는 분명히 모르는 사이였잖아. 그때부터 만났던 거니?"

희주는 그저 고개만 끄덕였다. 겨우 한 달밖에 되지 않은 그 호텔에서의 만찬이 십 년쯤 전의 일로 느껴졌다. 진영은 염색을 하고 피어스를 빼고서 불만스러운 얼굴을 하고 왔었고, 그녀에게 키스했다. 그 후 그는 그녀를 좋아한다고 했었고, 그를 사귀고, 게임 대회를 보러 가고…… . 그 모든 것들이 채 한 달도 되지 않은 이야기라고? 너무나 많은 일들이 있었는데?

"진영이가 먼저 너한테 만나자고 한 건 아닐 거 아냐. 네가 먼저 그랬니?"

희주는 고개를 돌려 혜은을 쳐다보았다. 그녀의 얼굴에는 정말로 걱정이 어려 있었다. 혜은은 진영을 다그치거나 두 사람의 사이를 이간질하려고 그들을 부른 게 아니었다. 그녀는 정말로 어머니로서 자식을 걱정했고, 이 기회에 아들을 바른길로 돌려놓겠다고 생각하고 있었던 것뿐이다. 다만 혜은이 몰랐던 것은, 진영은 이미 나름대로 바른길을 걷고 있다는 사실이었다.

갑자기 웃음이 치밀어서 희주는 고개를 숙이고 한 손으로 입을 가리며 키득거리기 시작했다. 혜은은 놀란 눈으로 그녀를 보다가 걱정스럽게 인상을 찌푸렸다.

"충격이 너무 컸나 보구나. 그래, 이해해. 나도 내 자식이 그런 소릴 할 거라고는 상상도 못했었단다."

희주는 고개를 흔들었다. 그런 의미가 아니었다. 오, 세상에.

"진영 씨 말, 틀린 거 하나도 없어요. 전 정말로 다른 괜찮은 남자가 나타나면 미련없이 그 사람이랑 헤어지려고 했었거든요."

그녀는 여전히 킥킥거리고 있었고, 혜은은 이해가 가지 않는 얼굴이었다.

"뭐? 그럼 우리 진영이는, 진영인 왜 만난 거니?"

"그 사람이 꼭 사귀고 싶다고 했으니까요. 그래서 불쌍해서 허락해 줬는데⋯⋯."

혜은이 화를 내기도 전에 희주의 눈에서 댐이 무너진 강물처럼 눈물이 흘러내리기 시작했다.

"내가, 내 쪽이 바보였어. 왜 몰랐지? 왜 아직까지 몰랐지? 미안해, 진영 씨. 미안해, 미안해."

패러렐 월드에 있을, 날 사랑하는 진영 씨에게. 미안해, 정말로 미안해. 당신에게 했어야 했는데도 못한 이야기가 너무 많아. 당신을 진심으로 좋아하고 있었어. 다만 깨닫는 게 늦었을 뿐이야. 당신을 좋아해. 당신 마음 이제야 알겠어. 미안해, 정말로 미안해. 그러니까 나 그쪽 세계로 돌아가게 해줘. 제발 부탁이야.

"제발……."

그녀는 바닥에 엎드려서 서럽게 울기 시작했다. 혜은은 그저 어쩔 줄 모르고 그녀를 토닥일 뿐이었다.

눈물콧물로 범벅이 된 젖은 휴지들이 그녀의 옆에 뭉쳐져 있었다. 희주는 또 다른 휴지를 뽑아 얼굴을 닦고서 진정된 얼굴로 혜은을 보았다.

"그럼 이제 진영 씨 이야기가 무슨 뜻인지 가르쳐 주세요. 형을 위해 찍어났던 여자라니, 그거 무슨 소리예요? 전 진영 씨 형이 어떤 사람이었는지도 몰라요."

그녀의 목소리는 푹 잠겨서 알아듣기 어려울 정도였다. 혜은은 미안한 듯 시선을 돌리고 있다가 말했다.

"그냥, 네 엄마 살아 있을 때 했던 이야기였어. 나중에 너랑 우리 진수랑 결혼시키면 어떻겠냐고. 진수가 살아 있었으면야 어떻게 되었을지 모르지만, 알잖니. 엄마들끼리 그냥 했던 이야기일 뿐이야."

희주는 고개를 끄덕였다. 충분히 그럴 수 있었다. 진영이 그 이야기를 어떤 식으로 받아들인 건지는 모르겠지만.

그는 바보야. 바보, 멍청이, 어린애. 한참을 울고 나자 그런 생각이 들었다. 물론 여전히 심장은 칼에 찔린 것처럼 아팠지만, 어쨌든 이 모든 건 그녀의 잘못이 아니었다. 혜은의 이야기를 잘못 받아들인 그의 탓이지. 그녀가 그를 좋아한다는 고백을 제대로 하지 않았다는 것에도 분명히 문제는 있겠지만, 그렇다고 자신의 탓으로만 돌릴 일은 아니었다.

"바보, 멍청이, 해삼, 말미잘."

그녀는 낮게 중얼거렸다. 혜은은 조금 놀란 듯한 얼굴로 그녀를 보다가 살짝 미소를 지었다.

"이제 기분이 좀 나아졌니?"

"네."

"내가 자식을 잘못 키웠지. 미안하다. 내 어떻게든 저 녀석을 설득해 볼 테니까……."

"내버려 두세요."

희주의 짤막한 말에 혜은이 인상을 찌푸렸다.

"네가 놀라고 당황한 건 알겠지만 그냥 이렇게 둘 수는 없잖니. 가능한 한 빨리 결혼을 하는 게……."

"아줌마가 끼어들어 이래라저래라하시면 진영 씨 괜히 더 엇
나갈 거예요. 그냥 내버려 두세요. 정말로 가망없는 사람이라
면 저도 결혼하고 싶지 않고, 나중에라도 정신을 차린다면 다
행이지요."

혜은은 인상을 찌푸린 채 한참 베란다 쪽을 쳐다보고 있다가
나지막하게 물었다.

"나 때문에 그 애가 더 엇나간다고 생각하니?"

"네."

희주는 단호하게 대답했다. 혜은의 얼굴이 좀 더 찌푸려졌
다. 마음에 안 드는 듯했으나 그래도 희주의 말을 곰곰이 생각
해 보는 모양이었다.

"난 모르겠다, 왜 그러는지. 내가 바라는 건 그냥 그 애가 좀
잘되는 것뿐이었어."

"진영 씨는 아줌마가 자신을 형처럼 만들려고 한다고 생각해
요. 자신의 장점은 인정해 주지 않고 죽은 형의 판박이가 되어
주길 바란다는 거죠."

"진수랑 비교하면 진영이는 걱정이 되니까. 만약 진수가 살
아 있었다면 나도 이렇게까지 걱정하진 않았을 거다."

혜은은 한숨을 길게 내쉬고서는 슬픈 표정으로 희주를 보았
다.

"나이가 스물일곱인데 저 녀석 하고 있는 거라고는 게임뿐이

잖니. 그게 나중에 무슨 이력이 되겠어? 게임 회사에나 들어가면 모르지만 그것도 싫다 그러는 앤데. 진수는 살면서 한 번도 나를 걱정시키지 않았는데, 저 녀석을 보면 정말이지 답답해. 기껏 들어간 대학도 그만두고. 졸업이라도 했으면 좀 걱정이 덜 됐을 텐데."

"진영 씨 그래도 그쪽에서는 유명하잖아요. 언제나 형하고 비교만 하실 필요는 없잖아요."

"넌 저 애 저러고 있는 게 괜찮니? 난 도대체 이해가 안 가. 어떻게 살려고 저러는 건지. 엄마로서 답답한 거 희주 너라면 이해해 줄 수 있잖니."

희주는 가만히 혜은을 쳐다보았다. 그녀의 말에는 걱정이 가득했지만, 그럼에도 불구하고 혜은의 편이 되고 싶지는 않았다.

"저라고 해서 진영 씨 저러고 사는 게 좋은 건 아니에요. 하지만 진영 씨가 저러는 데에는 아줌마가 형과 비교를 하는 데 질린 탓도 있어요. 저 사람, 자기는 다른 건 아무것도 못한다고 생각해요. 게임을 하기 전까지는 진영 씨가 사람들 만나는 것조차 무섭고 싫어했다는 거 혹시 아세요?"

"무슨 소리니? 진영이 쟤 어릴 때부터 친구도 많고 그랬어. 진수가 공부할 동안 허구한 날 나가서 동네를 휩쓸고 놀았던 녀석이야."

혜은은 말도 안 되는 소리라는 듯 코방귀를 뀌었다. 아들의 발걸음 소리도 구분할 수 있는 어머니가 왜 그런 일은 몰랐을까? 희주는 한참이나 혜은을 바라보다가 느릿하게 고개를 저었다.

"진영 씨가 직접 해준 이야기예요. 고등학교 때까지도 사람들 보는 게 싫고 무서웠대요. 형이랑 비교가 되니까. 학교 선생님들도 자길 형이랑 비교하면서 이야기하니까. 자기가 형에 비해 너무 떨어져서 부끄러웠대요. 그리고 그 사람, 아직까지도 그렇게 생각해요. 그건 분명히 아줌마 책임도 있어요."

혜은은 기가 막힌 얼굴로 입을 벌린 채 희주를 보았다. 희주는 아직까지 손으로 주무르고 있던 휴지를 내려놓았다.

"왜, 왜 그렇게 생각하지? 난 이해가 안 가. 어릴 땐 진영이가 진수보다 더 똑똑했는데. 난 그래서, 그래서 그 애가 쓸데없는 데에 능력을 낭비하고 있다고 생각했어. 난⋯⋯."

그녀의 얼굴에는 상처 입은 표정이 역력했다. 희주는 한숨을 내쉬었다.

"저도 알아요. 그 사람이 가장 모르는 건 자기 자신이에요. 여전히 사춘기에서 못 벗어난 어린애 같아요. 그게⋯⋯."

그게 처음에는 짜증이 났다. 그리고 지금은 그저, 그저 마음이 아플 뿐이었다. 그가 조금만 더 어른스러웠다면, 그녀가 조금만 더 어른스러웠더라면.

어른이 된다는 것은 쉬운 일이 아니었다. 심지어 혜은처럼 나이가 들어도, 여전히 모르는 것이 너무나 많았다. 희주는 천천히 일어섰다.

"저 올라갈게요. 죄송해요, 아줌마."

"아니, 아니다. 네가 무슨 잘못이 있다고……."

혜은은 여전히 충격에서 벗어나지 못한 얼굴로 따라 일어섰다. 희주는 서류 가방을 집어 들고 벗어뒀던 재킷을 다른 손으로 들고서 현관으로 향했다.

"내가 잘못이 많지, 내가. 미안하구나, 희주야."

혜은은 한 손으로 희주의 등을 다독거렸다. 희주는 힘없는 미소를 지어 보이고 신발을 신고서 조용히 혜은의 집을 나왔다.

"빌어먹을 어머니, 빌어먹을 희주 씨, 빌어먹을, 빌어먹을."

"자식아, 그만 좀 마셔! 죽을라구 환장했냐?"

훈주가 진영의 손에서 소주병을 빼앗아 들었다. 진영은 욕설을 내뱉으며 훈주를 노려보았다.

"내놔!"

"나가자. 나가, 이 자식아! 안에서 술 처먹지 말라고 했잖아. 당장 나와!"

훈주는 진영을 어린애 다루듯 목덜미를 잡아 질질 끌고 숙소 밖으로 나왔다. 진영이 혼자 앉아 소주를 세 병째 병나발을 불고 있는 모습을 보고 겁이 난 윤형이 전화를 걸었던 것이다. 훈주는 식식거리며 그를 아파트에서 끌고 나와 바닥에 내동댕이

쳤다.

"너 돌았어? 왜 그래? 애들 다 있는 데서 술 마시고 주정할 셈이야? 저 녀석들이 뭘 보고 배우겠냐?"

"내가 저 녀석들 가르쳐? 썩을, 빌어먹을, 형 같은 건……."

일어서려던 진영은 세상이 빙글빙글 돌자 휘청거리며 뒤로 물러서다가 엉덩방아를 찧었다. 아프지도 않았다. 그저 아무 느낌이 없었다. 속이 좀 울렁거리는 것만 제외하면.

머릿속에는 수많은 생각들이 물 위에 떨어뜨린 기름방울처럼 빛을 내며 느릿하게 흘러간다. 어머니, 희주. 그녀가 날 속였어. 날 데려다가 이상한 걸로 만들 생각이었던 거야. 그녀는 날 사랑하지 않았어. 좋아하지도 않았어. 그녀가 바랬던 건 어머니의 돈, 집안, 뭐 그런 것들이지 내가 아니었어.

"젠장!"

그는 주먹으로 보도블럭을 내려쳤다. 훈주는 다리를 벌리고 서서 그를 내려다보았다.

"왜 그래? 그 여자랑 깨진 거야? 그만 만나자고 그래?"

"형은 이해 못해. 꺼져."

"무슨 일인지 말을 해야 알 거 아냐."

훈주가 무릎을 굽히고 그의 앞에 쪼그려 앉았다. 보도블럭 위에 주저앉은 채 진영은 눈물이 그렁그렁 괸 눈으로 그를 보았다.

"희주 씨는 날 사랑했던 게 아니었어."

"무슨 일이 있었는데 그래?"

"그게……."

그게 뭐였더라? 갑자기 숨 쉬기가 불편해졌다. 진영은 눈을 깜박거리며 훈주를 쳐다보려고 노력했으나 눈앞이 캄캄해지는 것을 깨닫고 그대로 쓰러져 버렸다.

다시 눈을 떴을 때는 머리가 지독하게 아팠다. 입 안이 깔깔하게 말라붙어 있고, 목이 타는 것 같았다. 흐릿한 뇌 속으로 숙취라는 생각이 떠오르자 진영은 신음하며 몸을 뒤집었다.

"임마, 정신 차렸으면 일어나 물 좀 마셔."

진영은 간신히 눈을 떴으나 빛이 눈으로 들어오자 머리가 쪼개지는 것처럼 아파서 고개를 돌렸다. 목덜미에 차가운 유리잔이 닿았다.

"정신 차리라고. 그렇게 누워 있는다고 숙취가 풀리냐."

투덜대는 낮은 목소리가 머리 속에서 고무공처럼 통통 튀는 것 같았다. 겨우 겨우 몸을 일으켜 그는 훈주가 갖다 준 물을 마셨다. 주위를 둘러보니 흐릿하게 가구들이 눈에 들어왔다. 훈주의 방이었다. 목에 차가운 액체가 넘어가자 쓰라렸다. 진영은 눈을 깜박이며 훈주를 쳐다보았다.

"나 어제 애들한테 무슨 짓 안 했지?"

목소리는 사포에 갈아놓은 것처럼 거칠거칠하게 흘러나왔다. 훈주는 비웃는 듯한 눈으로 그를 보았다.

"그런 거 걱정하는 놈이 방에 처박혀 소주 두 병 반을 날로

311

비우냐? 자식."

"미안."

훈주가 침대 옆에 앉자 매트리스가 한쪽으로 기울어지는 느낌이 들었다. 물컵을 내려놓고 진영은 한숨을 내쉬었다. 훈주의 커다란 손이 그의 어깨를 어색하게 툭툭 쳤다.

"괜찮아, 임마. 괜찮을 거야. 세상에 널린 게 여자야."

진영의 눈이 가늘어졌다.

"내가 어제 형한테 무슨 이야기 했어?"

"그 여자랑 깨진 거 아니야?"

훈주가 인상을 찌푸리며 물었다. 진영은 시선을 돌려 짙은 색의 이불을 쳐다보았다. 깨진 건가? 어쩐지 그런 간단한 말로는 설명할 수 없을 것 같았다.

"뭐야? 아니야?"

훈주는 의아한 얼굴로 그를 보았다. 진영은 살짝 어깨만 으쓱였다.

"그냥, 좀 심하게 싸웠어."

"얼마나 심하게 싸웠는데 소주를 병나발을 불어?"

훈주의 얼굴에는 믿지 못하겠다는 표정이 역력했다. 진영은 가만히 있다가 나지막하게 말했다.

"어머니가 날 결혼시키려고 희주 씨랑 짠 것 같아."

"뭐? 진짜?"

"모르겠어."

갑자기 진영은 인상을 찌푸렸다. 뒤에 서 있던 그녀의 얼굴은 창백했었다. 들켰다는 것 때문에 그랬을까, 아니면……. 아니, 아닐 것이다. 그녀가 충격을 받았을 리 없다. 어머니가 거짓말을 하셨을 리는 없다. 그런 거짓말을 하실 분은 아니었다. 희주가 무슨 생각을 갖고 있었는지는 알 수 없는 거지만.

희주에게 물어봐야 했을까? 물어봤으면, 그랬으면 그녀는 사실이라고 말했을까, 아니면 사실이 아니라고 했을까? 그녀는 어머니의 이야기에 동의하고 있었던 걸까, 아니면 중간에 마음이 바뀌었을까? 그녀는 날 사랑했을까, 사랑하지 않았을까?

"모르겠다니? 그랬으면 그런 거고 아니면 아닌 거지. 모르면 왜 그런 소릴 하는 거야?"

"어머니가 그렇게 말씀하셨거든."

"그럼 그런가 보지. 너희 어머니도 어지간하신 분이다. 결혼까지 시켜서 널 어떻게 해보려고 하시는 거야?"

진영은 가만히 이불만 쳐다보고 있었다.

"야, 그런데 네가 먼저 사귀자고 했다고 하지 않았어?"

"응."

"그럼 어떻게 너희 어머니랑 짜냐? 그 여자가 먼저 접근했어?"

"아니."

"그럼?"

진영은 아무 대답도 하지 않았다. 그와 자고 난 뒤 곧장 희주

가 그의 어머니에게 달려간다는 게 말도 안 되는 일이라는 사실
이 숙취로 여전히 띵한 머리 속에 들어오기 시작하자 갑자기 몸
이 떨렸다. 어머니 혼자만의 생각일지도 모른다. 대체 희주 씨
가 무엇 때문에, 아무리 돈이 좋을지언정 그를 만나겠는가? 그
가 아니라도 그녀는 얼마든지 돈 많은 남자를 만날 수 있는 사
람이었다.

실수한 건가? 그녀에게 무슨 말을 했었는지 생각나지 않았
다. 아니, 생각났다.

"어머니가 형을 위해 찍어놨던 여자가 도대체 어떤 맛인지
알고 싶었기 때문이야. 그렇게 잘난 여자 몸은 남이랑 뭐가 다
른지 알고 싶었을 뿐이라구. 알겠어?"

"이런, 젠장."

여자한테 그런 소리를 해놓고 용서를 받을 수 있을까? 진영
은 한 손으로 이마를 짚으며 욕설을 중얼거렸다. 훈주가 인상
을 찌푸렸다.

"너 혹시 혼자 오해해서 설친 거냐?"

모르겠다. 하지만 어쨌든 확실한 대답을 들어야 했다. 그녀
가 어머니와 짜고 날 결혼이라는 덫에 끌어들이려고 했던 걸
까? 하지만 그녀는 그럴 이유가 없다. 그럴 만큼 계산적인 사람
도 아니었다! 만약 그녀가 계산적인 여자였다면 호텔에서 키스

했던 그날 이미 뭔가를 했을 것이다. 하지만 그녀가 한 일이라고는 술 취해서 주정을 부리는 그를 집에서 재워준 것뿐이었다.

"아무래도 그런 것 같아."

"얼마나 심하게?"

"대단히 심하게."

몸이 떨렸다. 창백한 그녀의 얼굴이 눈앞에서 사라지지 않았다. 가방을 휘두르며 그에게 나가라고 소리치던 그녀의 모습이 생생하게 떠오른다. 진영은 팔로 몸을 감쌌다. 진땀이 흘렀다. 어떻게 하지? 어떻게 해야 그녀에게 용서를 빌 수 있을까?

"나, 저기, 나가봐야겠어."

"술 냄새 풀풀 풍기는 그 꼴로? 들어가서 씻고 옷 갈아입고 토하기 전에 뭔가 먹어. 안 그러면 정신 못 차리고 또 헛소리할 거다. 겨우 그렇게 할 거면서 소주를 그렇게 처먹냐? 어이구, 등신."

훈주는 어쩔 수 없다는 듯한 얼굴로 그를 보며 혀를 차고는 일어나 버렸다. 진영은 여전히 이불 한 귀퉁이를 노려보며 그대로 앉아 있었다.

"네 말이 맞았어. 난 벌받은 거라니까."

"벌받은 것치고는 얼굴이 좋은데. 웃을 여유도 있고."

정연은 주스를 홀짝이며 희주의 웃는 얼굴을 응시했다. 희주

315

는 배시시 웃으며 어깨를 으쓱였다.

"안 웃으면 어쩌겠어. 울어? 일도 해야 하고, 먹고 살아야 하는데. 웃으면 복이 온다잖아. 좋은 일이라도 생길지 알아?"

"글쎄다. 어쨌든 그렇게 기운이 있어 보이니까 보기는 좋다. 뭐, 남자 따위 잊고 사는 거지. 저녁에 술이나 마실래?"

"야, 야, 주중이야. 술은 무슨 술이니? 됐어."

"그럼 영화라도 볼래? 메가박스에서 야간으로 보자."

희주는 고개를 흔들었다. 여전히 진영과 함께 갔던 장소라든지 함께 했던 일들에 대한 이야기가 나오면 가슴이 덜컥 내려앉고 심장이 두근거린다는 것은 정연에게조차 털어놓을 수 없는 사실이었다. 밤마다 눈을 떠보면 울고 있다는 것도. 무슨 꿈을 꾸었는지 기억도 나지 않는데, 그저 울고 있었다. 그러니 낮에라도 웃어야지. 그녀는 입가의 근육을 당기며 즐겁게 웃기 위해 노력했다.

"넌 요즘 연애 안 해? 너도 빨리 남자한테 차여서 괴로워하는 꼴을 봐야 하는데."

정연이 눈을 흘겼다.

"웃기고 있네. 난 남자를 차는 쪽이지, 차이는 쪽이 아니야. 꿈도 꾸지 마."

"넌 지옥 갈 거다, 임정연. 남의 가슴에 그렇게 대못을 박고 살았으니."

"그건 내가 한 말이잖아."

희주는 낄낄거리며 커피를 마셨다. 뜨거운 커피가 식도를 타고 내려가는 것이 느껴졌지만 가슴의 어느 부분을 지나며 얼음 조각처럼 차갑게 식는 것 같았다. 몸 전체가 차가워서 다시는 따뜻해지지 않을 것처럼 느껴졌다. 11월에 들어서자 날씨는 추워지고 있었고, 하늘은 오늘따라 특히 우중충했다.

"연애라는 게 다 그런 거야. 어느 한쪽은 가슴이 아플 수밖에 없지. 아마 대부분의 경우는 양쪽 다 그럴 거라고 생각하지만, 때로는 한쪽만 지독하게 아프고 끝나는 경우도 있어. 하지만 언젠가는 잊혀질 거야. 너도 정말로 네 마음에 드는 좋은 남자 만날 거고."

정연은 희주의 생각을 눈치 챈 것처럼 조용한 목소리로 말했다. 그럴까? 정말로 정연의 말처럼 언젠가는 잊혀질까? 물론 부모님이 돌아가셨을 때의 충격과 공포도 지금은 잊혀졌다. 하지만 그 슬픔만은 사라지지 않고 가슴에 흉터처럼 남아 있었다. 아마 진영과의 일도 그런 흉터가 될 것이다. 영원히 사라지지 않고, 문득 흉터를 발견할 때마다 새삼 기억이 되살아나는.

그래도 살 수는 있겠지. 숨을 쉬고, 먹고, 자고, 일을 하면서. 희주는 창문에 비친 자신의 모습을 물끄러미 바라보았다. 그에게 전화를 걸고, 이야기를 하고 싶었다. 절대로 그가 생각하는 것 같은 그런 일은 하지 않았다고 항변하고 싶었다. 잊어버리고 다시 시작하자고 외치고 싶었다. 당신을 좋아한다는 걸 너무 늦게 깨달아서 미안하다고도 말하고 싶었다.

하지만 그럴 수는 없었다. 자존심 때문이 아니었다. 그가 받아들여 주지 않을 것 같았다. 그리고 자신을 믿어주지 않은 그에 대한 원망감도 있었다. 아무리 어머니가 한 말이라고 해도, 어떻게 그녀에게 사실이냐고 한 번 묻지도 않느냐 말이다. 그가 했던 말이 전부 다 그의 진심일 거라고 생각하지는 않았지만, 일말의 진심은 담겨 있는 게 분명했다. 진심도 아닌 말이 그런 식으로 나올 리 없었다. 그는 그녀가 재미도 없고 예쁘지도 않다고 생각하는 게 분명했다.

재미가 없다는 건 맞을지도 모르지. 늘 판에 박힌 생활을 하니까. 주말엔 피곤하다고 놀러 가는 것도 싫어했고, 오토바이 같은 건 무서웠고, 새로운 무언가를 하는 건 귀찮았다.

"정연아, 우리 뭐 배우지 않을래? 재즈 댄스 같은 거."

"이 나이에? 아서라, 싫다. 난 헬스 다닌단 말이야."

"헬스는 재미없잖아."

희주가 생글생글 웃으며 달래는 듯한 말투로 그녀를 꼬드겼다. 정연은 마음에 안 드는 얼굴로 희주를 보다가 인상을 찡그렸다.

"야, 너 그거 상대한테 차인 사람들의 전형적인 태도라는 거 알아? 새로운 걸 배우고, 좀 더 괜찮을 사람이 되려는 거. 그렇게 하면 상대가 돌아오지 않을까 하는 일말의 기대심이 담겨 있는 거지. 제발 너까지 그러지 말아라, 응? 내일 당장 머리를 단발로 잘라놓는다든지 그런 짓도 하지 말고. 그거 추해."

"얘가 사람을 뭘로 보는 거야? 난 그냥 내가 그동안 새로운 걸 아무것도 한 게 없다는 사실을 깨닫고 좀 더 새로운 인생을 살아보려고 하는 것뿐이야."

희주가 인상을 찡그리며 정연을 노려보았다. 정연은 웃기지 말라는 듯 눈을 가늘게 뜨고 희주를 보았다.

"아냐, 아냐. 남자든 여자든 다들 채이고 나면 똑같은 짓을 해. 그러지 마. 그냥 살던 대로 살아. 그 나이에 꼭 뭔가를 바꾸고 싶어?"

"좀 더 나은 사람이 되고 싶어. 그래야 스스로가 좀 덜 혐오스러울 것 같아."

희주는 결국 포기하고 솔직하게 말했다. 정연은 입술을 비죽거렸으나 결국 손을 들고 말았다.

"좋아, 좋아. 대신 재즈 댄스 말고 스쿼시를 하자. 어때? 그 정도면 우아하고 멋지고 좋잖아."

"스쿼시라, 그러지 뭐. 어쨌든 뭔가 운동을 하나 할 생각이었거든."

"운동 하나라, 그럼 다른 건 뭘 할 건데?"

희주가 빙그레 웃었다.

"그건 비밀이야."

11

여자 나이 스물아홉에 잘 나가는 전문직을 때려치우고 다시 공부를 하겠다는 것은 정말이지 남자와 깨진 반발이라고 밖에는 말할 수가 없었다. 너무나 이류드라마틱하고 웃기는 일이다. 하지만 몇 푼이라도 돈을 모았으니 이제는 얼마간 공부를 할 수 있을 것 같았다.

"젠장. 하나도 생각 안 나네."

희주는 대학 때 보던 수학책을 펼쳐 놓고 있다가 한숨을 내쉬고 고개를 들었다. 지금 하는 일에도 대학 시절의 전공 분야 지식이 많이 쓰이긴 했지만, 실질적으로 쓰이는 건 별로 없었다. 오히려 일에 익숙해지면 익숙해질수록 틀에 박힌 형식적인 것만 하게 되었다.

"바보짓인지도 몰라."

그녀는 한숨을 내쉬며 일어섰다. 시계는 열두 시를 가리키고
있었다. 실연의 반발로 유학이라, 정말 웃기는 짓이잖아. 그냥
얌전히 있다가 적당히 남자나 소개받아 결혼하고 사는 게 어
때? 꼭 지금 와서 이런 모험을 해야겠어?

하지만 드라마 속의 인물들이 실연을 당하면 갑자기 유학을
가는 따위의 일을 하는 것이 이제는 이해가 되었다. 용기가 없
어서 할 수 없었던 일들을 홧김에 실행하는 것이다. 얼마 못 가
후회할지도 모르지만, 모든 것을 다 버리고 떠나 버리면 돌아
갈 곳이 없으니 해내야만 할 것이다.

차라리 대학원에 먼저 들어갈까? 대학원에 들어가서 공부를
좀 하고 유학을 간다면…….

"바보짓이야, 바보짓."

부엌으로 가서 냉장고에서 찬물을 꺼내 한 잔을 전부 들이키
고 희주는 길게 한숨을 내쉬며 중얼거렸다. 텅 빈 집, 틀에 박힌
생활, 재미없는 인간이 되어가고 있는 나. 진영의 말이 맞았다.
그녀는 모범생이고, 재미없는 인간이었다.

좀 더 나은 사람이 되고 싶어. 단지 진영 씨가 돌아오게 하려
는 게 아니라, 스스로 만족할 수 있는 사람이 되고 싶어. 그뿐이
야. 그 사람이 돌아오든 오지 않든, 그건 상관없어. 그건 그 사
람의 선택이니까. 다만 나 자신이 스스로에게 혐오감을 느끼고

싶지는 않아.

하고 싶은 일을 할 수 있었으면 좋겠어. 용기를 내서 나가고 싶어. 현실을 생각하며 진영 씨를 형편없는 사람으로 취급했던 나 자신이 싫어. 감정이 가는 대로 행동하고, 좀 더 많은 걸 가지려고 노력하고 싶어. 지금 이 자리에 만족하고 싶지는 않아.

"그러니까 지금부터 굳어버린 이놈의 머리를 되살려야 한다는 거지."

인상을 찌푸리고 손등으로 눈가를 문지른 다음 그녀는 방으로 향했다. 그때 갑자기 벨이 울렸다. 인상을 찌푸리고 그녀는 다시 시계를 보았다. 열두 시. 도대체 이런 시간에 누가 벨을 누르는 걸까?

갑자기 가슴이 쿵 내려앉았다. 진영 씨? 진영 씨가 온 건가? 왜? 나한테 사과하러? 아니면 못다 한 말이 있어서? 아니, 아닐 거야. 진영 씨가 아닐지도 몰라. 그녀는 떨리는 걸음으로 현관문을 향해 갔다.

"누구세요?"

"나야."

진영의 목소리였다. 얼굴이 달아오르고 심장이 미친 듯이 뛰었다. 손이 떨리고, 갑자기 헐렁한 잠옷 차림에 화장기 없는 얼굴이 새삼 의식되었다. 뛰어들어 가서 옷이라도 갈아입으려다가 그녀는 움직임을 멈췄다. 아니, 아니야. 내가 지금 무슨 생각을 하고 있는 거야? 왜 그래야 하는데? 그 사람이 온 이유도 모르면서.

자물쇠를 여는 손은 여전히 떨렸다. 문을 열자 진영이 우울한 얼굴로 서서 그녀를 쳐다보고 있었다.

"저기……."

그가 고개를 조금 숙이고 발끝을 보며 중얼거렸다.

"들어가도 돼?"

"무슨 일인데요?"

"당신한테 물어보고 싶은 게 있어."

희주는 문간에 선 채 그를 쳐다보았다. 심장은 무겁게 쿵쿵 뛰고 있었고, 몸은 계속 떨렸다.

"뭔데요?"

진영은 한참 동안 말이 없다가 마침내 고개를 들었다. 입가가 굳어져 있었다.

"정말로 어머니랑 짜고 그런 거야? 단지 그래서 나랑 사귀었던 거야?"

진영의 얼굴에는 며칠간 고민했던 것 같은 피곤한 흔적이 역력했다. 하지만 그게 고민을 해서 그런지, 아니면 게임에 너무 몰두해서 그런지 내가 알 게 뭐람. 마음속에서 삐딱한 생각이 솟아올랐다. 희주는 한쪽 어깨만 으쓱였다.

"그런 걸 물어보기엔 며칠 늦은 것 같지 않아요? 게다가 지금 시간도 늦었고요. 잘 가요."

그녀가 문을 닫으려고 하자 진영의 눈이 커졌다. 그의 손이 재빨리 그녀의 손목을 붙잡았다.

"대답 안 해줄 거야?"

"내가 왜 대답을 해야 하는데요?"

"그, 그게⋯⋯."

예상치 못했던 반응에 진영은 눈을 깜박였다. 그녀가 저번처럼 화를 내거나, 혹은 울지도 모른다고는 생각했었지만 차가운 반응은⋯⋯.

"사실이야? 정말로 나한테 아무 감정도 없었는데 단지 어머니 부탁 때문에 그랬던 거야?"

희주의 눈이 가늘어졌다. 그녀는 현관문 틀에 기대서 그를 쳐다보았다.

"내가 그렇게 대단한 배우로 보여요?"

"그렇지 않으니까 묻고 있는 거잖아!"

"그럼 그런 식으로 물어봐야 할 만큼, 아니, 솔직히 말하면 지금 하는 건 묻는 게 아니라 대답을 강요하는 거잖아요. 내가 당신한테 그 정도 수준밖에 안 되는 상대인 거예요? 날 그렇게 못 믿어요?"

화가 슬금슬금 치밀고 있었다. 그날 그에게 당한 것을 고스란히 되돌려 주고 싶다는 충동이 그녀의 머리 속을 차지하고 있었다. 빌어먹을, 어린애 같은 행동이라고 해도 화가 나는 걸 어떻게 해! 그녀는 그를 노려보았다.

"돈 때문에 남자랑 자는 건 창녀라구요! 그리고 솔직히, 난 당신 집안 재산 따위 하나도 필요 없어요. 그리고 하나 더 알려 줄까요? 조만간 난 직장 그만두려고 해요. 정말로 하고 싶었던 일을 할까 생각 중이거든요."

"뭐?"

희주는 그를 밀어내고서 문을 휙 닫았다. 진영은 간신히 그녀가 문을 닫기 전에 발을 끼워 넣었으나 문이 세차게 닫히자 운동화로도 막아내지 못한 충격에 뼈가 으스러질 정도로 아팠다. 간신히 그는 비명을 참으며 버텼다. 희주는 인상을 찡그리고 그의 발을 노려보았다.

"가라니까요!"

"하고 싶었던 일이라니, 그게 뭔데?"

그는 손으로 문을 붙잡고 그녀가 닫지 못하게 버티며 물었다. 희주는 문을 닫는 것을 포기하고서 팔짱을 꼈다.

"가르쳐 주고 싶지 않아요. 당신 같은 사람은 절대로 알 수 없는 일이에요. 자기가 할 수 있는 건 게임밖에 없다는 사람이 도대체 뭘 알겠어요, 능력이 있든 없든 스스로를 시험해 보고 싶다는 마음을?"

"무슨 소리를 하는 거야? 뭘 할 생각이냐고 물었잖아!"

그가 거칠게 외쳤다. 그때 갑자기 아래층에서 문 열리는 소리가 들리더니 낯선 목소리가 들렸다.

"거 조용히 좀 하죠? 다 늦은 밤에 도대체 뭐 하는 거야?"

"죄송합니다."

희주는 재빨리 말하고서 어쩔 수 없이 진영을 집 안으로 끌어들인 다음 문을 닫았다. 4층에 사는 혜은의 옆집 사람이었다. 혜은이 나오지 않는 게 신기했으나 아마도 끼어들지 않으려는 결심 때문인가 보다고 생각하기로 했다. 아니면 집에 없는지도 모르지.

현관에 선 채로 그녀는 그를 보았다. 좁은 현관에 서 있으니 그의 몸이 그녀를 내리누를 것만 같았다. 무서운 건 아니었다. 여전히 그의 품은 포근해 보였고, 당장이라도 팔을 벌리고 그에게 안기고 싶었다. 그리고 울면서 미안하다고, 하지만 그녀가 잘못한 건 아니라고 말하고 싶었다.

미쳤지, 김희주. 저 남자가 너한테 무슨 소릴 했는지 잊어버렸어? 아니, 안 잊었어. 평생 못 잊을걸, 아마. 짜증스럽게 그녀는 몸을 돌려 소파로 향했다. 진영 역시 신발을 벗고 거실로 왔으나 소파에 앉는 대신 선 채로 그녀를 쳐다보았다.

"직장을 그만두면 뭘 할 건데? 안정이 제일 중요하다고 했던 건 당신이잖아."

"돈은 웬만큼 모았으니까요. 게다가 하고 싶은 일을 하고 살라고 가르쳐 준 건 당신이었거든요. 그거 하나는 고마워하고 있어요."

희주는 싸늘하게 말했다. 자신의 목소리가 그렇게 냉담하고 무관심하게 나온다는 것이 신기할 지경이었지만 진영의 얼굴빛이 변하는 것을 보자 기분은 좋았다. 이게 바로 복수의 달콤함이라는 거구나. 그녀는 속으로 실소했다.

진영은 멍하니 그녀를 쳐다보다가 다시 외쳤다.

"그러니까, 도대체 무슨 일을 할 생각이냐고!"

"유학을 가려고 해요."

"뭐?"

"유학이요."

그녀는 친절하게 다시 말했다.

"사실 대학 시절부터 공부를 좀 더하고 싶었어요. 하지만 당시에는 부모님께 그리 여유자금이 있는 것도 아니고 해서 그냥 직장을 찾아야겠다고 생각했던 거예요. 이제는 가족 걱정을 할 건 없으니까, 내 입 하나 풀칠하고 사는 게 뭐 어렵겠어요? 실패해도 나 혼자 실패하는 거니까. 그래서 시도해 볼까 해요. 모아놓은 돈도 좀 있으니."

"유학이라니, 외국으로?"

여전히 이해가 안 간다는 듯한 얼굴로 진영이 그녀를 보며 물었다. 희주는 당연하지 않냐는 듯 고개를 한 번 까딱였고 그는 멍청하게 그녀를 쳐다보기만 했다.

유학이라니, 도대체 이게 무슨 소리란 말인가! 그녀는 그가 그런 소릴 했었는데도 상처조차 받지 않은 건가? 어떻게 저렇게 태연하게 앉아서 유학 갈 거라는 소릴 할 수가 있지? 혹시 저게 조건이었나? 실패해도 유학을 보내주겠다고 어머니가 돈이라도 제의하신 건가? 그의 눈이 날카로워졌다.

"어머니가 유학 자금이라도 대주신대?"

"당신 어머니요? 당신 어머니가 왜요? 무엇 때문에 생판 남인 나한테 그런 돈을 대줘요? 당신 돌았어요?"

희주의 목소리는 대단히 차가웠다. 얼음 조각으로 얻어맞은 것처럼 진영은 몸을 움찔했다. 아닌가? 하지만 왜, 왜 당신은 나한테서 그런 식으로 떠나려는 거지? 그는 이제 거의 애원하는 얼굴로 그녀를 보았다.

"제발, 제발 그것만 말해 줘. 어머니랑 짜고 그랬던 거야? 날, 날 조금도 좋아하지 않았던 거야? 당신한테 사과하려고 온 거란 말이야, 난!"

희주는 잠시 그를 보다가 하 하고 코웃음을 쳤다.

"사과요? 이 늦은 시간에 찾아와서는 대뜸 나한테 '정말로 어머니랑 짰어'라고 묻는 사람이 사과를 해요? 당신, 사과가 무슨 뜻인지는 아는 거예요?"

"무릎을 꿇으라면 꿇을게. 내가 정말로 잘못한 거라면 바닥이라도 기겠어. 하지만 당신이 사실을 말해 줘야 뭐든 할 거 아냐!"

그는 일그러진 얼굴로 이를 악물고 말했다. 희주는 고개를 흔들며 일어나서 그의 앞으로 다가왔다.

"당신이 날 좋아했다는 것도 지금은 확신이 안 서요. 정말로 당신이 말했던 형의 여자에 대한 복수심 때문이었는지, 사실 그건 말도 안 되는 거지만. 아니면 날 어머니 대용품으로 생각했던 건지. 그것도 아니라면 정말로 좋아한 걸 수도 있구요. 아마 그 전부를 합한 게 아닐까 싶어요. 어쨌든 당신 감정이 진짜였다면, 미안해요."

"뭐가?"

날 조금도 좋아하지 않아서? 진영은 창백한 얼굴로 그녀를 내려다보았다. 여기까지 오기 위해 모든 용기를 끌어냈는데. 그녀에게 사과를 하고, 다시 되돌아가자고 하기 위해서 몇 번이나 빌라 앞에 서서 연습을 하고, 돌아가려다 마음을 다잡고, 그러다 보니 시간이 늦은 것도 모를 정도였는데 그녀는 지금 그에게 미안하다고 말하고 있었다. 도대체 뭐가 미안하다는 거야!

"당신한테 좀 더 일찍 좋아한다고, 아니, 사랑한다고 말하지 못해서 미안해요. 나, 너무 늦게 깨달았거든요."

너무나도 아무렇지 않게, 흡사 아침에는 밥 대신 빵을 먹는다고 말하는 것처럼 그녀는 담담하게 말하고 있었다. 진영은 자신이 들은 말을 해독하기 위해서 한참이나 뇌를 움직여야 했다. 간신히 그녀의 말을 이해하자 이번에는 입이 반쯤 벌어져서 다물어지지가 않았다.

"나, 날 사랑한다고?"

말까지 제대로 나오지 않았다. 희주는 그를 빤히 쳐다보며 고개를 끄덕였다. 진영은 숨을 크게 들이쉬었다가 내쉬고, 다시 한 번 크게 들이쉬었다. 금방이라도 펄쩍펄쩍 뛰며 밖에다

대고 그녀가 자신을 사랑한다고 외치고 싶었다. 하지만 그녀의 표정 일부가 그를 꼼짝도 하지 못하게 만들고 있었다.

"네. 그래서 아줌마 댁에서 당신이 나한테 그런 식으로 말을 했을 때에는 정말이지 가슴이 찢어지는 것처럼 아팠어요. 지금도 여전히 그렇고요."

"나도 당신을 사랑해."

진영은 자신도 모르게 말했다. 지금까지 여러 번 그녀를 좋아한다고 말했지만, 그녀가 그렇게 말하고 난 뒤에 말하자 뭔가 느낌이 달랐다. 훨씬 더, 훨씬 더 행복하고, 달콤하고, 짜릿했다.

"나도 사랑해. 미안해. 우리, 지난 주의 일은 다 잊어버리고 다시……."

희주가 고개를 흔들자 진영의 말이 흐려졌다. 그가 아연한 얼굴로 그녀를 보았다.

"왜……."

"나, 어린애를 데리고 살고 싶지는 않아요. 물론 당신을 사랑하고, 어쩌면 결혼도 하고 싶을지도 몰라요. 거기까지는 잘 모르겠어요. 하지만 어쨌든 평생 당신의 그 '난 게임 말고는 아무 것도 못해'라는 소리를 듣고 살 자신은 없어요. 노란 머리도, 피어싱도 이젠 다 상관없지만 나이 서른이 다 되도록 '난 형보다 못난 놈이야' 같은 생각이나 하고 있는 남자를 믿고 살 생각은 없어요."

진영은 눈만 깜박이며 그녀를 보았다. 지금 그녀가 무슨 소리 하는 거지? 내가 어떻다고?

"나, 난 평생 당신보다 어릴 거야. 내가 당신보다 어리다는 건 어떻게 해도 고쳐지지 않아!"

"실제 나이를 말하고 있는 게 아니잖아요. 당신의 인생에 대한 태도 자체에 대해 말하고 있는 거예요."

그녀의 목소리는 그를 후려치는 것 같았다. 얼굴은 발갛게 달아올라 있었고, 눈은 분노로 반짝였다.

"나도 당신 어머니처럼 게임이나 하는 당신이 좀 이상하다고 처음엔 생각했었어요, 처음엔! 하지만 저번에 당신 WCG에서 하는 거 보니까 생각이 바뀌었어요. 당신은 자기가 하는 일을 잘 알고 있고, 진지하고, 또 뛰어나요. 다만 내가 이해가 가지 않는 건 왜 자기가 하는 일은 하찮게 생각하는 건지 모르겠다는 거예요. 당신 형이 살아 있었으면 당신만큼 게임을 잘했을까요? 모르는 일이잖아. 그런데도 당신은 자기가 게임 말고는 잘하는 게 없고, 여전히 형보다 못하다고 생각해. 사실은 당신 자신이 자기가 하는 일을 무시하고 있는 거라구요! 게임은 쉬운 거라 잘할 수 있고, 조금이라도 어려운 건 못한다고. 하지만 게임도 어려운 일이고, 다른 일들은, 설령 인기 좋은 전문직 따위도 전부 다 더 어려운 게 아니라 그저 다른 것뿐이잖아요. 당신은 시도하는 자체를 무서워해. 어머니가 형만 생각한다고 말하고 있지만, 사실 형을 방패로 삼고 있는 건 당신이라구요."

그녀는 숨도 쉬지 않고 말을 뱉어냈다. 진영은 멍하니 그녀를 보고만 있었다.

"당신 덕택에 난 좀 더 나은 사람이 되고 싶다고 생각했고, 유학에 대해 생각할 수도 있게 되었어요. 난 당신 덕분에, 어쩌면 차인 탓에 후유증인지는 모르겠지만, 어쨌든 새로운 시도를 할 수 있게 됐어요. 하지만 당신은 나 때문에 조금도 변하지 않은 것 같아. 내가 당신한테 별로 좋은 영향을 주는 것 같지도 않고."

그녀는 갑자기 한숨을 내쉬었다. 얼굴에 어려 있던 분노도 한숨과 함께 고스란히 빠져나갔고, 피로가 갑자기 몰려들었다. 이 모든 바보짓에 신물이 났다.

"서로 좋은 영향을 주지도 못하는 사람들끼리 만나봐야 아무 소용없겠죠. 당신을 형의 영향에서 벗어나게 해줄 좋은 여자 찾아봐요. 난 아닌 것 같으니까."

"당신 말을 이해할 수가 없어. 내가 고모 회사에 들어가길 바라는 거야? 전문직이라도 갖는 거? 난 그런 건 못해. 말했잖아!"

"그게 아니에요."

뭔가를 더 말하려던 희주는 입을 다물고 고개를 저었다.

"가요. 너무 늦었어요. 나 내일 출근해야 해요."

"희주 씨!"

"제발 가요, 진영 씨."

그녀의 기운없는 말에 그는 한 대 맞은 것처럼 움찔하고 있다가 결국 몸을 돌려 현관으로 향했다. 신발을 신고 문에 손을 올리던 그가 그녀를 돌아보았다.

"정말로 나 사랑해?"

"네에. 바보 같은 당신을 63빌딩 꼭대기에 거꾸로 매달아 버리고 싶을 정도로요."

진영은 눈을 깜박거리고 그녀를 쳐다보다가 웃지도 않고서 조용히 나갔다. 문이 닫히자 그녀는 눈을 가늘게 뜨고 한참이나 노려보다가 투덜투덜 중얼거렸다.

"젠장, 나보다 나은 여자 만날 수 있을지 어디 두고 봐라. 당신이 나보다 괜찮은 여잘 만나면 내 손에 장을 지지겠어. 어떻게 감히 사랑한다는 말로 다 끝내려고 해? 아무 일도 없었던 것처럼. 무릎 꿇고 기겠다고? 그걸로 끝날 일이야, 이게?"

생각할수록 점점 화가 났다. 그의 앞에서는 우아한 척 말을 했지만, 속마음은 부글부글 끓어서 뭐라도 던지고 싶을 정도였다. 그녀는 시계를 노려보다가 전화기 앞으로 쿵쿵거리며 걸어가 정연의 전화번호를 눌렀다. 졸린 듯한 정연의 목소리가 수화기에서 들리자 그녀는 다짜고짜 소리를 질렀다.

"그 인간이 글쎄 날더러 사랑한다고 그러더니 지난 주 일은 다 잊어버리잰! 어떻게 그럴 수가 있어? 나한테 자기가 무슨 소릴 했는데?"

"왜 날 사랑한다고 하면서 같이 있을 수는 없다는 걸까? 난 평생 그녀보다 어릴 거야. 그런데 어떻게 하라는 거지? 호적이라도 바꿔?"

벌써 몇 번이나 진영은 똑같은 이야기를 반복하고 있었다. 훈주는 지겨운 얼굴로 새 맥주 캔을 땄다. 우울한 얼굴로 '희주 씨가 날 쫓아냈어' 하며 들어올 때 그냥 적당히 보냈어야 했다. 불쌍하다고 이야기를 들어주는 게 아니었다. 실연당한 놈들이 하는 짓이 다 똑같지 뭘. 속으로 그는 한숨만 푹푹 쉬었다.

"서로가 좋아하면 다 되는 거 아냐? 좋은 영향이 어떻고 저떻고, 왜 그런 소릴 하는 거지? 이해가 안 가."

"여자들이란 원래 간단한 일을 복잡하게 만드는 재주가 있는 존재들이야. 이해하려고 노력하지 말고 그냥 그러려니 해."

"그러려니 하면 어떻게 해? 날 만나고 싶지 않다는데!"

진영은 칭얼거리듯 말하며 맥주 캔을 한 손으로 흔들었다. 맥주가 튀어 바닥에 떨어지는 것을 보고 훈주는 눈살을 찌푸렸으나 아무 말도 하지 않았다. 진영은 여전히 반쯤 멍한 얼굴을 하고서 낮게 중얼거렸다.

"정말로 잘 모르겠어. 날더러 어쩌라는 건지. 난 게임밖에 못한다구. 달리 아는 게 없어. 할 줄 아는 것도 없고."

"근데?"

"그런데 희주 씨는 그게 싫대. 내가 게임밖에 못한다고 말하는 게 싫대. 그것도 무슨 소린지 모르겠어. 난 정말로 할 줄 아는 게 없어. 그리고 게임이 좋아. 그거면 충분하지 않아? 돈도 벌고 있잖아."

"그 여자, 여전히 네가 무슨 전문직을 가졌으면 하는 거 아냐?"

"아닌 것 같아. 내가 그렇게 말했더니 그건 아니래."

"그럼 도대체 뭘 원하는 거래냐? 직접 물어보지? 나도 영 모르겠으니까."

맥주를 몇 모금 마시고서 훈주는 진영을 보았다. 진영의 시선은 여전히 맥주 캔 귀퉁이에 박혀 있었다.

"할 줄 아는 건 그것뿐인데. 나도 매일 똑같은 화면만 쳐다보고 살고 싶지는 않아. 하지만 내가 난생처음 사람들에게 잘한다고 칭찬받은 게 뭔지 알아? 그게 바로 게임이었어. 지금 와서 내가 달리 뭘 하겠어? 대학도 중간에 관뒀지, 그렇다고 달리 자격증이 있는 것도 아니고……."

훈주는 맥주를 마시려다가 멈칫 하고 고개를 돌려 그를 보았다.

"너, 게이머 그만두려고?"

"설마. 내가 이걸 관두면 뭘 한다고?"

진영은 고소를 머금으며 눈동자만 움직여 그를 보았다.

"다른 건 하고 싶지도 않아. 남들에게 비웃음당하며, 무시당하며. 그런 건 이제 질렸어. 질색이야. 팬들이 날 떠받들어 주고, 선물을 보내고, 내가 나오는 게임을 체크해서 보는 생활을 하고 있는데 왜 이걸 그만두고 남들 눈치 보며 처음부터 계단을 밟아야 하는 그런 걸 시도하겠어? 난 싫어."

훈주는 들고 있던 캔을 바닥에 내려놓고 몸을 돌려 진영을 똑바로 쳐다보았다.

"무슨 소릴 하는 거야? 시도하기가 무서워서 안 하겠다고? 너 임마, 게임은 처음부터 잘했어?"

진영은 인상을 찌푸렸다. 게임? 기억나지 않았다. 그냥 게임이 처음 나왔을 무렵에 집에서 혼자 붙들고 있던 것이 생각났다. 집에 들어가기 싫은 날에는 PC방에서 밤을 새며 게임을 했었다. 처음에는 얼굴도 모르고 나를 모르는 사람들과 대화를 하며 같은 게임을 즐긴다는 것이 좋았고……, 그 다음에는…

"아마, 아니었겠지. 하다 보니까 좀 잘하게 된 거겠지 뭐."

진영은 어물어물 대답했다. 잘 생각나지 않았다. 처음에 어 땠었는지. 그냥 어느 날 보니 사람들이 그에게 잘한다고 말하고 있었다.

"처음부터 잘할 것 같으면 도대체 인간이 왜 이 모양 이 꼴이 겠냐? 하다 보니까 잘하는 거지. 뭘 하든 간에 마찬가지야. 열심히 하면 느는 거야. 그 단계가 싫다고 이것만 하겠다고? 말 같은 소릴 좀 해라. 게임은 뭐 허구한 날 똑같아? 계속 패치가 나오고 업그레이드도 되잖아. 그건 뭐 달라?"

"하지만 어쨌든 게임은 게임이고, 다른 건 다른 거잖아. 난 게임이 좋아."

"나도 물론 게임이 좋아. 그래서 이 일 하고 있는 거고."

훈주는 인상을 찌푸린 채 바닥에 놓여 있는 맥주 캔을 노려보다가 한숨을 내쉬며 물었다.

"너, 게임이 별로 마음에 안 드냐?"

"응?"

진영이 눈살을 찌푸렸다.

"무슨 소리야?"

"그 여자 만나면서 슬슬 게임 그만두고 싶다고 생각하는 것 같아서. 만약 그만두고 싶은 거라면 지금이 딱 좋을 때가 아닌가 싶다. 잘 나갈 때 그만둬야 옮기기도 좋지. 물론 돈 생각하면 일, 이 년 더 해도 좋겠지만 너 집에 돈 많다며. 이제 다른 거 찾아봐도 괜찮을 거야."

"무슨 소리 하는 거야, 형? 우리 팀에서 나 빠지면 어떻게 할 건데?"

진영은 어설프게 웃으며 훈주를 쳐다보았다. 훈주의 얼굴은 찌푸려져 있었고, 말투는 퉁명스러웠다.

"우리 팀에서 너 빠지면 큰일 나냐? 물론 당장은 좀 팀 성적이 안 좋을지도 모르지. 하지만 말이야, 세상에 대체 못할 사람 같은 건 없어. 너 없어지면 다른 놈이 올라가겠지. 너 하나 갑자기 없어진다고 해서 큰일 나지는 않아."

진영은 눈을 깜박였다. 그의 얼굴에서 미소가 사라졌다.

"세상에 대체 못할 사람 같은 건 없어."

그럼 지금껏 그가 해온 일은 뭐란 말인가. 아무나 할 수 있는 일이라면 이렇게 열심히 한 보람이 어디 있다는 건가.

"하, 하지만……."

"철 좀 들어라, 정진영. 그 나이 되도록 네가 그렇게 중요한 사람인 줄 착각하고 살았냐? 정신 차려. 너 하나 그만두고 나가도 별일없어. 나가도 돼."

"그게……."

나가라니. 3년 전 그를 KPT로 끌어들이며 프로게이머로 만들었던 것이 훈주였다. 그랬던 그가 지금은 그만두고 나가도 된다고 말하고 있었다. 진영은 맥주 캔을 떨어뜨리고 훈주의 팔을 움켜잡았다.

"형도 내가 필요없다는 거야? 이번에 WCG에서 1위를 못해서? 그런 거야?"

"미친 자식. 아직도 모르겠냐? 슬슬 그 여자 이야기가 이해가 가기 시작한다."

훈주는 손을 들어 진영의 팔목을 잡아 자신에게서 떼어낸 다음 혀를 차고 품에서 담배를 꺼내 물었다. 담배 연기가 하얗게 허공에 피어오르자 그는 인상을 찌푸린 채 조용히 말했다.

"너, 전에 한 번 내가 왜 감독이 됐냐고 물어봤었지. 기억나?"

진영은 고개만 끄덕였다. 훈주는 한 손으로 턱을 문지르며 쓸쓸하게 말했다.

"난 말이야, 게임은 좋아하지만 하는 건 너희들만큼이 안 돼. 나 스스로 그걸 알거든. 게이머로서의 내 생명은 짧을 거라는 것도 일찌감치 깨달았지. 하지만 먹고 살아야 하거든. 그래서 가장 좋은 게 뭘까 하다가 감독을 택한 거야. 하지만 나도 이 생활 오래 안 할 거다. 내년 2월에 계약 끝나면 KPT 정사원으로 들어가기로 했어."

"뭐?"

진영의 눈이 커졌다. 믿을 수가 없었다. 게임에 그렇게나 열의를 보이며 팀원들을 챙겨주던 감독이 갑자기 그만두고 회사 정사원으로 들어간다고?

"왜?"

"나, 이거 평생 할 만큼 좋아하지 않아. 아니, 스타크는 좋아하긴 하지. 그리고 난 남들 가르치는 데에도 꽤 재주가 있어. 하지만 너 말이다, 스타크의 수명이 얼마나 갈 거라고 생각하냐? 벌써 몇 년째인지 알아? 이미 인기가 식어가고 있어. 다른 게임들도 떠오르고 있고. 아마도 계속 다른 게임들을 연구하고, 애들을 가르쳐야겠지. 하지만 게이머도, 게임 팀 감독도 수명이 짧아. 내가 너희들보다야 길겠지만, 결국은 좀 더 젊은애가 분석도 더 잘하고 적응력도 뛰어날 거란 말이야. 오래 오래 할 수 있는 일이 아니지. 그래서 정사원으로 가기로 한 거야. 결혼도 해야 하고, 안정적인 직업도 필요하니까."

안정. 희주가 그렇게 원하던 안정적인 직업. 하지만 지금 와서는 필요없다고 말하고 있는 바로 그것.

"그럼 먹고 살기 위해서 좋아하지도 않는 일을 하겠다는 거야?"

"아니, 그건 아니야. 난 하고 싶은 일이 있어. 회사에 들어가면 좀 높은 자리까지 올라간 다음 신입사원 교육을 시키는 쪽으로 갈 생각이야. 난 새로 들어온 애들을 가르치는 걸 좋아하거든. 아마 이 일을 하지 않았더라면 평생 깨닫지 못했겠지. 학교나 학원 선생하고는 다르게 이런 일은 새로운 사회에 들어온 사람들에게 발을 붙이게 해주는 거기도 해. 난 그게 좋아."

훈주가 한숨을 쉬자 담배 연기가 길게 뿜어져 나왔다. 진영은 허공에 기이한 형태를 이루며 서서히 사라지는 하얀 연기를 멍한 눈으로 쳐다보았다.

"하고 싶은 일을 하는 거, 좋지. 하지만 그 하고 싶은 일이라는 것과 현실을 조화시킬 줄도 알아야 어른 아니겠냐? 하고 싶다고 해서 허구한 날 PC방에만 갇혀 게임을 하는 게 아니라 너도 프로게이머라는 길로 나섰잖아. 그런 식인 거야. 하지만 이건 알아야 해. 내가 아무리 그 일에 뛰어나고 잘한다고 해도, 나 아니면 아무도 못한다는 생각은 버려. 네가 무슨 특별 취급 원하는 어린애야? 그건 헛소리야. 그러니까 다른 걸 하고 싶으면 얼마든지 옮겨가도 돼."

"다른 건 하고 싶지 않아! 게임이 좋다구. 이 일이 좋아!"

진영은 버럭 소리를 질렀다. 훈주가 자신을 버릴까 봐서 두려웠다. 희주가 그런 식으로 그를 밀어낸 판국에 유일하게 믿고 있던 훈주까지도 자신을 내버리려는 것 같아서 겁이 났다. 도대체 다들 왜 이러는 거야? 내가 뭘 잘못했는데!

"너 말이다, 임마, 정말로 게임이 좋고, 이걸로 100% 만족하냐? 평생 이것만 하고 살아도 후회하지 않을 자신 있어?"

"응!"

"진짜로?"

훈주의 진지한 눈이 그를 똑바로 응시하고 있었다. 진영은 어금니를 악물었다. 그렇게 생각하고 살았다. 많은 친구들, 돈, 사람들의 칭찬, 그 모든 것이 게임을 통해 얻어진 것들이었다. 지금 와서 게임을 버린다면 그 모든 것들을 같이 잃을 것 같아서 두려웠다.

훈주는 담배를 한 모금 빨고서 길게 연기를 내뿜었다.

"정신 차려라, 임마. 어린애 짓도 하루 이틀이지, 나이가 몇이냐? 희주 씨였나? 그 여자 이야기가 이해가 간다. 넌 말이지, 머리도 좋고, 게임할 때 보면 반응도 빠르고, 거기다 생긴 것도 멀끔해. 누가 봐도 재수없을 만큼 잘난 놈이라고. 집에 돈까지 많은 주제에. 그런데 그런 놈이 내 앞에 앉아서 게임 말고는 할 줄 아는 게 없느니 어쩌느니 주절거리고 있으니, 정말이지 비 오는 날 먼지나게 패주고 싶다, 응? 그래 가지고서 어떤 여자가 널 믿을 수 있겠냐? 자기 스스로에게 확신도 없고, 자기가 뭘 갖고 있는지도 모르는 놈한테. 넌 주머니에 보석을 넣고 있어도 그게 뭔지 모를 놈이야. 정신 차리고 철 좀 들어! 그리고 게임 그만둬라. 진짜 네가 할 일이 뭔지 찾아봐. 알겠어? 그 따위 정신 상태 갖고 게임 더하면서 다른 사람들까지 괴롭힐 생각 하지 말고. 게임은 뭐 쉽게 아무렇게나 할 일인 줄 알아? 너 말고 다른 놈들은 전부 다 열과 성을 다해서 게임을 하고 있단 말이다."

"나, 나도 열심히 했어. 열심히 하고 있다고!"

진영이 소리를 쳤으나 훈주는 꿈쩍도 하지 않고 그를 쳐다보며 옆에 있던 빈 맥주 캔에 담배를 눌러 껐다.

"웃기고 있네. 진심으로 열심히 하고 있는 놈이 그렇게 인터뷰하자면 도망가고, CF 찍자 그래도 안 한다고 그러냐? 솔직히 말해 봐. 너 남들한테 프로게이머라고 하는 거 창피하지? 남들이 무시하는 것 같고. 안 그래?"

흡사 마음속을 읽어내는 듯한 훈주의 말에 진영은 입만 반쯤 벌리고 그를 쳐다보았다. 훈주는 혀를 끌끌 차며 그럴 줄 알았다는 듯한 표정을 지었다.

"애당초 네가 여기로 들어온 건 내가 오라고 해서였지. 지금 보니까 실수였나 보다. 처음에도 네가 게임에 좀 이상하게 열심히 매달린다고 생각했는데, 그때는 그냥 게임 오타꾸인가 보다 했어. 하지만 사실 넌 게임을 도피처로 삼고 있었던 것 같다.

그러는 게 아니었는데. 차라리 그냥 뒀으면 대학도 제대로 졸업했을 거고, 어쩌면 정말로 네가 평생 하고 싶은 일을 찾았을지도 모르는데. 미안하다."

훈주의 얼굴은 침울했다. 진영은 눈을 감았다가 다시 떴다. 평범한 방, 컴퓨터, 침대와 옷장, 그리고 그의 앞에 앉아 있는, 이미 몇 년이나 알고 지낸 친구이자 형 훈주.

하지만 평생 이렇게 살고 싶은 거야? 평생 컴퓨터 앞에 앉아서 좋아하긴 하지만 열정은 바칠 수 없는 게임을 하며, 희주에게 백 퍼센트 만족한다는 거짓말이나 해대며, 그렇게 살 생각이야? 진심으로?

아니, 그렇게는 못해. 평생 이 작은 방에서 컴퓨터 게임을 하고 지내고 싶지는 않아. 평생 모니터로 얼굴도 모르는 사람들과 대화를 하고, 게임 대회 1위로만 머물고 싶지는 않아. 지금까지의 삶을 후회하지는 않지만, 이제는 좀 더 만족할 수 있는 일을 하고 싶어. 하고 싶다고 생각만 하고 시도하지 못했던 일을.

그녀의 앞에서 조금 더 당당해지고 싶어. 그녀에게 자신있게 그 일을 하고 싶다고 말하고 싶어. 달라지고 싶어. 좀 더 나은 사람이 되고 싶어.

"아니야, 형 탓이 아니야."

진영은 창백한 얼굴로 훈주를 마주보았다. 불안하고 괴롭던 마음이 서서히 가라앉고 있었다.

"형 말이 맞아. 나한테 있어서 게임은 어느 정도 도피처였어. 난 내 능력으로는 정말로 하고 싶은 걸 할 수 없을 거라고 생각했어."

너무 오랫동안 그는 자신이 형에 비해 너무 형편없는 존재라고 생각했었다. 그러다 보니 다른 모든 사람들에게까지 자신감을 잃고 있었다. 어쩌면 형은 정말로 신이 내린 위대한 존재였을지 모르지만, 그렇다고 해서 세상 모든 사람들이 형과 동급일 리는 없었다. 게다가 다른 사람들이 다 잘났다고 하더라도, 그가 하고 싶은 일을 가로막는 것은 아니지 않은가.

모든 것을 가로막고 있었던 것은 그 자신이었다. 할 줄 아는 게 아무것도 없다고 주절대며 뒤로 숨기만 했던 스물일곱 먹은 병신. 아니, 곧 스물여덟이지. 이십 대도 다 끝나가고 있는데, 이제야 그걸 깨닫다니. 진영은 자조적으로 웃었다.

"난 진짜 병신이야. 희주 씨 말이 맞아. 난 어린애였어."

"거, 참 좋은 거 깨달았다. 축하한다. 그래서 이제 어쩔 건데?"

훈주는 한심하다는 듯한 어조로 물었다. 진영은 그의 어깨에서 손을 떼고 넘어져 있던 맥주 캔을 똑바로 세우며 중얼거렸다.

"글쎄, 잘 모르겠어. 우선 어머니부터 뵈어야 할 것 같아."

"어머니는 왜? 그 여자랑 정말로 짰는지 물어보려고?"

훈주의 말에 진영은 씩 웃었다. 여전히 혈색은 창백했지만,

표정은 조금 밝아져 있었다.

"아니, 어머니한테 사과드릴 게 많거든. 어머니라고 뭐 잘하신 건 아니지만."

"그리고 나서는?"

"그리고 나서는 희주 씨한테 가야지. 고마워, 형."

갑자기 진영이 훈주에게 몸을 던졌다. 커다란 그의 몸이 훈주의 네모진 몸을 깔아뭉개자 훈주가 비명을 질렀다.

"이 자식아, 저리 비켜! 징그러워!"

"고마워, 정말로. 형은 진짜 우리 형 같아."

"너 같은 동생 둔 적 없어! 저리 가라니까!"

12

머리를 다시 염색하는 것은 이상한 기분이었다. 미장원
의 거울로 검게 돌아온 자신의 머리를 보자 기분이 묘했다. 전
에 고모님의 생일에 참석했을 때 물에 씻기는 일회용 염색약으
로 머리를 검게 칠해보긴 했지만, 지난 3년간 내내 노란 머리를
하고 있었더니 영 낯설어 보였다. 거울 안에 있는 사람이 자기
자신 같지 않았다.

"마음에 드세요?"

진영은 디자이너가 갖다 준 뒷거울로 머리 모양을 한참이나
보았다. 거울 속의 그는 흡사 고등학교 시절 같은 모습을 하고
있었다. 그때보다 조금 더 나이 들고, 조금 더 경험이 많아지긴

했지만 그때와 마찬가지로 다시 시작의 선상에 서 있다.

하지만 검은 머리를 하든 노란 머리를 하든 그가 변하는 건 아니었다. 외모의 일부가 변한다고 해서 성격이 당장 달라지는 것도 아니다. 그가 가진 모든 것은 내부에 쌓여 있는 것이고, 그 것은 귀를 뚫는다고 해서 바뀌는 것도 아니고, 머리를 물들인 다고 뒤집히는 것도 아니었다. 이제야 그걸 깨닫다니, 확실히 한심하군. 진영은 피식 웃고 거울을 내려놓았다.

"예, 고맙습니다."

"그 나이에 정말 유학을 가겠다고? 너 돌았구나."

정연은 혀를 끌끌 차며 희주를 쳐다보았으나 그녀는 그저 미 소만 지을 뿐이었다. 이미 결심은 확고해져 있었다. 학교에 가 서 예전의 담당 교수님과 상담도 한 상태였다. 쉽지는 않겠지. 아니, 지금도 사실 포기하고 싶을 만큼 두려웠다. 그래서 차라 리 여기저기 말을 하는 편이 낫다는 결심을 한 것이다. 그렇게 하면 창피해서라도 포기하지 못할 테지.

"가서 뭘 할 건데? 네 전공? 아니면 법학?"

"전공 공부 할 생각이야."

"공학 박사 해봐야 여전히 여자가 자리 잡긴 힘들잖아. 그래 도 괜찮아?"

"자리 잡고 사는 걸로 만족하면 지금 일 그냥 하지."

정연은 눈살을 찌푸렸다. 솔직히 말리고 싶었다. 아무리 봐도 그녀의 눈에는 실연의 충격으로 인한 도피성 유학으로밖에는 보이지 않았다. 그리고 그런 식으로 허튼짓을 할 만큼 희주는 돈의 여유가 많은 편은 아니었다.

"유학 가면 돈 엄청 들 텐데, 여기서 대주는 사람도 없이 어떻게 하려고?"

"모아놓은 돈 다 쓰면 거기서 벌어야지 뭐."

"공부하면서 돈까지 벌어? 말 같은 소릴 해라. 불가능하다는 거 누구보다 네가 더 잘 알잖아."

희주는 씁쓸한 얼굴로 웃었다.

"그래도 어떻게든 해봐야지. 유학을 1년 늦추는 한이 있어도, 꼭 갈 거야."

정연은 한숨을 푹 내쉬며 테이블을 손가락으로 톡톡 쳤다. 그녀의 눈이 반쯤은 짜증으로, 반쯤은 걱정으로 차서 희주를 응시하고 있었다.

"그 남자는 어떻게 할 거야? 완전히 잊어버렸어? 바로 며칠 전에도 나한테 전화하더니만."

"벌써 잊었으면 그게 사람이니? 하지만 상관없어. 유학은 내가 가는 거니까. 그 사람이 어떻게 하든 날 말리지는 못할 거야."

"만약 네가 유학 준비 다 끝냈는데 그 남자가 정말로 잘못했으니까 돌아와 달라고 무릎 꿇고 빌면 어떻게 할래?"

희주는 입술을 오므리고 잠시 생각해 본 다음 씩 웃었다.

"날 괴롭힌 만큼 두들겨 패준 다음 내가 돌아올 때까지 기다려 준다면 생각해 본다고 할까?"

"야, 야, 그만 좀 해라. 너도 뭐 그리 잘한 거 없으면서 뻔뻔하기는."

정연이 눈을 흘기며 말하자 희주는 배시시 웃으며 테이블 위에 엎드렸다.

"그렇게 말이라도 해야 기분이 좋지. 하지만……."

아마 안 올 거야. 다시 올 리가 없지. 유학을 간다고까지 했으니 말리려고 했다면 좀 더 빨리 행동을 취하지 않았을까? 또 일주일째 연락이 없는걸.

물론 그의 연락을 기다리는 건 절대로 아니었다. 다만 어제 저녁 퇴근하는 그녀를 보고 혜은이 걱정스럽게 그가 연락하지 않았냐고 물어봤을 뿐이다. 연락도 안 되고, 집에도 오지 않는다면서. 그녀는 고개만 저었다. 정말로 진영이 그녀를 포기한다면 뭐, 어쩔 수 없는 일이었다.

"젠장."

갑자기 희주가 낮게 욕설을 중얼거리며 머리를 팔에 묻자 정연이 인상을 찌푸렸다.

"왜?"

"아냐. 그냥. 그 사람이 너무 한심해서."

"그 사람이 한심한 거야, 아직도 그 사람 생각하는 네가 한심한 거야?"

정연의 말에 희주가 고개를 반쯤 들고 그녀를 노려보았다. 그녀는 낄낄거리며 주스 잔을 빨대로 휘저었다.

"다 그런 거야. 어쨌든 그 남자 구경도 못해봐서 아쉽다. 네가 그럴 만큼 괜찮은 사람인지 구경이라도 했으면 좋았을 텐데."

"관둬. 별로 너한테 보여주고 싶지 않아."

"얼래. 왜?"

"그냥."

그 사람이 너같이 이쁘고 잘 노는 애 보고 반할까 봐 그런다, 왜? 희주는 속으로 툴툴거렸다. 그래, 어디서 이쁘고 잘 노는 여자 만나 잘살아봐라. 난 열심히 공부해서 미국에서 그냥 자리 잡을란다. 당신 같은 사람 다시 생각 안 날 만큼 행복하게 살 거야. 쳇.

"왜 연락을 안 하는 거야! 유학을 간다고 그랬으면 그래도 최소한 잘 가라는 연락이라도 해야 하는 거 아냐?"

희주가 벌떡 일어나며 외쳤다. 정연은 놀란 듯 눈을 커다랗게 뜨고 있다가 깔깔 웃었다.

"너 참 중증이다. 그렇게 못 잊겠어?"

희주는 입을 쑥 내민 채 음울한 눈으로 그녀를 보았다. 정연은 어쩔 수 없다는 듯 고개를 흔들며 말했다.

"그럼 먼저 연락해 보든지. 중요한 건 자존심이 아니잖아. 어쨌든 그 남자를 꼭 옆에 두고 싶다면 잡아야지. 덜렁 유학 가겠다고 해놓고, 정말로 나중에 후회하면 어떻게 할래? 자존심은 절대로 중요한 게 아니라니까."

정연의 얼굴이 문득 우울해졌다. 희주는 눈을 가늘게 뜨고 그녀를 쳐다보았지만 정연은 재빨리 생긋 웃으며 이야기를 돌렸다.

"그래, 뭐, 어쨌든 네가 결정할 사항이지. 어쨌든 연락 안 오면 그냥 잊어버려. 대체할 사람은 얼마든지 있어. 어쩌면 첫 연애라서 그렇게 자꾸만 생각나는 건지도 몰라."

"그럴까……."

하지만 그 사람을 생각하면 안타까워. 내가 좀 더 잘해줄 수도 있었을 것 같은데. 저번에 왔을 때 화내지 말고 잘해줄걸. 잘 달래서 좀 미래에 대해서 생각해 보게 만들걸. 옆에 있으면서…….

희주는 거칠게 고개를 흔들었다. 다른 생각 하지 마. 지금 생각해야 하는 건 유학 준비뿐이야. 가뜩이나 회사 다니면서 공부하느라 정신없는데, 연애까지 생각하면 도대체 어떻게 되겠어? 아무것도 안 된다구. 두 마리 토끼 잡으려다 전부 놓칠걸.

정연은 표정이 극에서 극으로 왔다 갔다 하는 희주의 얼굴을 한참이나 재미난 듯 쳐다보다가 그녀가 비난하는 듯한 눈으로 쏘아보자 키득거리며 태연하게 말했다.

"그게 연애라는 거야. 해보니 괴롭지? 어른 되기 쉬운 거 아니다, 너. 어쨌든 힘내. 앞으로도 계속 인생은 산 너머 산일 테니까."

"지난 3년, 후회는 안 합니다. 전 하고 싶은 일을 했고, 그 일에서 많은 걸 배웠어요."

혜은은 한숨을 쉬었다. 그녀에게 있어서 아들이 가출이나 다름없이 집을 나가 제멋대로 게임이나 하고 다녔던 지난 3년은 잊어버리고 싶은 기간이었다. 하지만 본인이 만족한다고 하는데 뭐랄 수도 없는 노릇이었다.

검은 머리에 귀고리도 전부 뺀 진영은 고등학교를 막 졸업하던 시절의 모습 그대로였다. 어쩐지 그 무렵의 자식을 보는 것 같아서 그녀는 가슴이 미어졌다. 희주의 말에 따르자면, 그녀가 자식을 망쳐 놓은 셈이었다. 혼자 힘들어하고, 밖에서 떠돌게 만들었던 것이다. 그녀는 나름대로 아이를 잘 키우려고 했던 건데, 그게 아마도 잘못된 방법이었던 것 같았다.

"그래, 그럼 계속하겠다는 거니?"

진영은 고개를 저으며 미소를 지었다.

"이제는 그만둘 때가 된 것 같아요. 즐거웠지만 그 길이 제 길은 아니라는 걸 깨달았거든요."

그런 거 3년 전에 미리 좀 깨닫지 그랬니. 그 말이 목까지 치솟았으나 그녀는 간신히 삼켰다. 괜히 마음 고쳐먹고 찾아온 아들을 내쫓을 생각은 없었다. 어떻게든 다독여서 희주와 잘되도록 만들어야 했다. 그래야 마음을 놓을 수 있을 것 같았다. 아무리 진영이 입으로는 저렇게 말한다 해도, 그녀는 아직 아들을 믿을 수가 없었다. 겁이 났다. 자식을 너무나 모르고 있었던 것 같아서 이제는 스스로의 직감에도 신뢰가 가지 않았다.

"그럼 뭘 할 건데? 지금이라도 대학에 다시 갈래? 나이는 좀 있지만 의대 쪽이나, 아니면 한의대 같은 곳으로 가면……."

진영은 빙그레 웃으며 어머니를 보았다. 혜은은 불안을 감추지 못하고 그를 쳐다보았다. 진영의 커다란 손이 혜은의 손을 살며시 잡았다.

"아니요, 어머니 걱정하시는 건 알겠지만 그쪽은 아니에요. 전 사업을 하고 싶어요."

"사업?"

혜은의 눈이 동그래졌다. 사업이라니? 진영은 한 번도 그런 티를 낸 적이 없었다. 차라리 형처럼 법률 쪽이나 그런 데로 가길 바랐는데.

"네."

"어떤 사업을? 그러니까, 뭐 게임 회사 같은 거?"

"아니요. 게임은 즐기는 걸로 충분해요. 우선은 공부를 좀 더 하고, 고모 회사에 들어가려고요."

"하지만 너 옷에 대해서는 아무것도 모르잖니. 할 자신은 있어?"

"배우면 돼요. 남보다 늦게 시작한 만큼 열심히 할 생각이고
요."

혜은은 가만히 진영의 얼굴을 응시했다. 그의 얼굴에는 몇
년 만에 처음 보는 열정이 가득했다. 그녀가 조용히 한숨을 쉬
었다.

"네가 원한다면 그래야겠지. 그럼 학비를 대주길 바라는 거
니?"

"학비 정도는 사실 제가 댈 수 있어요. 그냥, 어머니한테 말
씀을 드리고 싶어서 온 거예요."

진영은 부드럽게 미소를 지었다. 여전히 그는 어머니의 손을
잡고 있었다. 언제나 고집스럽고 커다랗게 보이던 어머니의 손
이 이렇게 마르고 차갑다는 사실은 처음 알았다. 어쩐지 가슴
이 아팠다. 조금 더 어머니와 잘 지낼 수도 있었는데 너무 어린
애처럼 굴었다.

"죄송해요."

"그동안 내 속을 그렇게 썩여댄 게?"

혜은이 냉담하게 말하자 진영은 장난스럽게 씩 웃었다. 진영
이 어렸을 적 이후로는 이렇게 웃는 것을 처음 보는 것 같았다.
그녀의 가슴이 욱신거렸다. 자식에게 이렇게 잘못을 저지르다
니, 어미로서 정말 못할 실수를 많이 했구나. 한숨이 저절로 나
왔다.

"네. 어머니가 말리셨어도 게임은 했겠지만 좀 더 어머닐 잘

설득할 수도 있었는데, 죄송해요."

"흥, 철들었구나, 갑자기."

"결혼해야죠. 그러자면 철이 들어야 하지 않겠어요?"

진영의 태연한 말에 혜은이 놀란 얼굴로 그를 보았다.

"결혼?"

"희주 씨가 승낙을 해주면요."

"하지만 희주는 유학 갈 거라던데, 어떻게 붙잡을 거니? 결심이 확고한가 보더라. 대학 때 담당 교수를 찾아가서 상담도 했다는데."

"설득해야죠, 같이 가자고."

"같이?"

어머나, 그것도 좋은 생각이네. 혜은은 속으로 그 생각을 하지 못했던 자신에게 혀를 차고서는 아들의 웃는 얼굴을 쳐다보았다. 웃고는 있지만 눈가가 경직되어 있는 게 걱정이 되긴 하는 모양이었다. 하긴 여자애한테 그런 소릴 했으니 걱정을 하는 게 당연하지. 안 그러면 내 자식도 아니야. 그녀는 밝게 웃으며 어느새 한껏 넓어진 아들의 어깨를 툭툭 쳐주었다.

"만약 싫다 그러면 유학 가서의 학비도 전부 다 내가 대줄 거고, 생활비도 줄 거고, 네가 말 안 들으면 내가 절대적으로 희주 편에 설 거라는 이야기까지 다 해주렴."

"어머닌 저보다 희주 씨가 훨씬 좋으신 거죠?"

진영이 재미있는 듯한 얼굴로 웃으며 물었다. 혜은은 어깨를 으쓱였다.

"난 딸이 없었잖니. 이미 그 애가 내 딸 같은 기분이야."

그렇게 말하고 문득 혜은은 진영의 손을 잡고 있던 손에 힘을 주었다. 진영이 의아한 듯 어머니를 보았다.

"네 형이랑 비교했던 건 미안하구나. 난 너도 형처럼 잘할 재능이 있다고 생각했고, 그래서 다그쳤던 거야. 절대로 진수보다 네가 못하다고 생각한 적은 없단다."

"네, 알아요. 제가 너무 피해의식에 사로잡혀 있었던 거죠. 아니, 어쩌면 인생에 대해 진지하게 고민하기 싫어서 형을 방패막이로 사용했던 건지도 몰라요. 어쨌든 이제는 그만둘 때가 되었죠. 계속 어린애로 살 수는 없는 거니까요."

"그래, 그래."

혜은은 그저 가만히 진영의 어깨만 한 손으로 두드렸다. 진영은 가만히 있다가 나지막하게 물었다.

"그런데, 희주 씨가 제 말을 들어줄 거라고 생각하세요?"

"글쎄다. 그건 네가 노력해 봐야지."

진영이 인상을 찌푸리자 혜은은 즐거운 것처럼 웃었다.

퇴근 후 저녁을 간단히 때우고 공부를 하려고 디지털 신호처리 과목의 책을 펼쳤다. 처음엔 도대체 생각이 나지 않았으나 보다 보니 조금씩 예전에 배웠던 것들이 되살아나고 있었다. 쉽지는 않을 거라고 교수님은 이미 경고하셨다. 하지만 칼을 뽑았으니 무라도 베어야지. 그녀는 인상을 찌푸린 채 길고 긴 영어 문장을 읽어 내려갔다.

갑자기 벨이 울리자 그녀는 거의 펄쩍 뛰어오를 뻔했다. 정신을 차려보니 샤프는 이미 바닥에 굴러 떨어져 있었고, 자신은 거의 책에 코를 박은 채 졸고 있었다.

"꼴 좋다, 김희주. 공부한다더니 고등학생처럼 졸고 앉아 있고."

자조적으로 중얼거리며 그녀는 눈을 비비고 일어나 현관으로 향했다. 어쩌면 정연이 술이나 마시자고 찾아온 건지도 모른다. 그녀는 최근 괜히 술이 고프다며 희주를 졸라대고 있었다.

"누구세요?"

대답없이 벨소리가 다시 몇 번이나 연속해서 울렸다. 인상을 찌푸리고 희주는 문을 열었다. 다음 순간 그녀는 주춤 물러섰다. 술 냄새를 풀풀 풍기며 흐트러진 양복 차림으로 진영이 서 있었다. 노란 머리는 간 곳이 없고, 귀고리 역시 사라지고 없었다. 그녀는 인상을 찌푸리고 그를 보았다.

"진영 씨? 술 마셨어요?"

"응. 나 들어가도 돼?"

그가 비실비실 웃으며 그녀에게 팔을 내밀었다. 희주는 재빨리 그의 팔을 손으로 찰싹 내려치고 팔짱을 낀 다음 그를 노려보았다.

"왜 술에 취해서 우리 집에 들어와요? 아래층으로 가서 당신 집으로 가요. 여기가 무슨 술 취한 사람 숙박업소인 줄 알아요?"

"희주 씨이······."

"얼른 내려가요. 아줌마 부를······."

갑자기 그의 손이 그녀를 끌어당겼다. 희주가 반항할 새도 없이 술 냄새가 풍기는 그의 입술이 그녀의 입에 닿았다. 그녀는 손으로 마구 그의 팔을 내려쳤으나 그는 입술을 떼지 않았다. 뜨거운 입이 그녀에게 닿아 느릿하게 움직이고, 혀가 그녀의 입 안으로 들어오려고 기회를 노리고 있었다. 그의 몸의 따스한 열기가 느껴지자 그녀는 천천히 무너지고 있었다.

젠장, 키스 한 번 정도는 아마 괜찮을 거야. 작별 인사라고 생각해 두지 뭐. 하지만 그녀가 입을 벌리는 순간 그는 입술을 뗐다. 눈꺼풀이 무겁게 반쯤 내려앉은 그의 눈이 그녀를 응시했다.

"들어가게 해줘."

그녀는 눈을 깜박이며 뒤로 물러섰다. 그녀에게 여전히 팔을 두른 채로 그가 천천히 안으로 들어서서 등 뒤로 문을 닫았다.

현관에 선 채로 그는 그녀를 꼭 끌어안았다. 커다란 몸은 뜨겁게 열기를 뿜어내고 있었고, 얼굴에서는 여전히 술 냄새가 풀풀 풍겼다. 그와 닿았던 입술에서도 알콜의 달짝지근한 맛이 느껴지는 것 같았다. 바보, 멍청이.

"꼭 술을 마셔야 우리 집에 올 수 있는 거예요?"

그녀는 그에게 안긴 채로 퉁명스럽게 물었다. 진영은 커다랗게 한숨을 내쉬었다.

"응."

"왜요?"

"겁이 나서. 당신이 내 마지막 애원까지 거절하면 어떻게 하나 싶어서."

"마지막이라니, 언제 숫자 셀 만큼 애원한 적이나 있어요?"

"없지."

그는 그녀의 귓가에 대고 나지막하게 웃었다. 문득 그의 발음이 처음 문을 열었을 때만큼 흐릿하지 않다는 것을 깨닫고 그녀가 인상을 찌푸렸다.

"진영 씨, 술 얼마나 마신 거예요?"

"내가, 아니면 내 옷이?"

그가 나직하게 쿡쿡거리며 말했다. 그녀의 이맛살이 더욱 깊게 찌푸려졌다.

"입에서 술 맛 나던데?"

"음, 난 한 잔밖에 안 마셨어."

"옷은?"

희주는 간신히 그의 커다란 몸을 밀어내고 그를 노려보았다. 그가 미안한 얼굴로 히죽 웃었다.

"음, 반 병쯤 부었나."

"못살아, 내가 정말. 정말이지 못살겠어."

그녀는 쾅쾅거리며 거실로 들어와 버렸다. 진영은 재빨리 신발을 벗고 따라 들어왔다. 그녀의 집으로 들어오기 위해서 술에 취한 척하긴 했지만, 역효과가 나는 것은 바라지 않았다.

"미안. 하지만 남자가 청혼을 하려면 좀 미쳐야 한다잖아."

"뭐라구요?"

그녀는 별 웃기는 소리 다 듣겠다는 듯한 표정으로 돌아서서 그를 쳐다보았다. 그의 얼굴은 진지했다.

"당신한테 청혼하고 싶다고."

"웃기는 소리 하지 말아요. 나보다 더 예쁘고 잘 노는 재미난 여자 만나서 살 거라면서요? 그런 여자나 찾아요."

"그런 여자 따윈 세상에 없어. 나한테는 희주 씨가 가장 예쁘고 가장 멋져."

진영이 갑자기 그 자리에 무릎을 꿇었다. 희주는 놀라서 그를 쳐다보기만 했다. 진영은 재빨리 바지 주머니를 뒤적거려 반지 상자를 꺼냈다.

"제발 부탁이야, 희주 씨. 나랑 결혼해서 같이 유학 가자."

"네?"

희주가 인상을 찌푸리고 잠시 그를 쳐다보다가 그의 앞에 무릎을 굽히고 쪼그려 앉았다. 진영은 떨리는 손으로 반지 상자를 들고서 그녀를 쳐다만 보고 있었다.

"있잖아요, 진영 씨. 유학 가서 무슨 공부를 할 건데? 내 뒷바라지?"

그녀는 눈을 말똥말똥 뜨고서는 그를 빤히 쳐다보고 있었다. 그렇게 물을 만도 했다. 진영은 한숨을 내쉬고 반지 상자를 내려놓은 다음 바닥에 가부좌를 틀고 앉아 그녀를 보았다.

"나도 하고 싶은 일이 있어. 게이머는 이제 그만둘 생각이야. KPT랑 계약이 내년 2월 만기니까 그때까지 하고 끝내려고."

"뭘 하고 싶은데요?"

"사업."

그가 미소를 지었다. 희주는 인상을 찌푸렸다.

"IT 사업?"

"아니, 무역을 하고 싶어. 물건을 사고 팔고, 흥정하는 거. 우리 할아버지가 꽤 큰 무역 회사를 하셨어. 지금은 자식들 중 아무도 물려받지 않아서 다른 사람 손에 넘어갔지만, 어쨌든 난 어릴 때부터 할아버지를 대단히 좋아했거든."

처음 듣는 이야기에 희주는 인상만 찌푸리고 무릎에 턱을 괸채 그를 보았다. 진영은 나직한 한숨을 쉬고 말을 이었다.

"만약 할아버지가 아직 그 회사를 가지고 계셨다면 좋았겠지만, 지금은 완전히 남의 회사지. 난 처음부터 시작해야 할 거야. 유학 가서 공부를 하고, 다른 회사에 들어가 경험도 쌓고, 그러다 보면 평생 걸려도 제대로 된 내 회사를 못 만들지도 몰

라. 하지만 그래도 하고 싶어. 정말로 하고 싶었던 일이야. 늦었지만 이제부터라도 시작할까 해."

"무역 회사라면, 뭘 주종으로 할 건데요?"

"의류 쪽이 될 것 같아. 그거라면 고모 회사와 손을 잡을 수도 있고, 아는 사람도 꽤 있으니까. 다만 내가 아직 문외한이라는 게 문제인데, 이제부터라도 공부를 하고 싶어."

희주는 인상을 찌푸린 채 그에게서 시선을 떼고 바닥을 쳐다보았다. 지금부터 공부를 해서 회사를 만들겠다고? 어느 세월에? 차라리 그냥 일반 기업체에 들어가는 게 낫지 않나? 무역 회사 같은 곳에 들어가서 차근차근 일을 배우며 진급을 해서 월급 사장 자리를 얻는 쪽이…… 하지만 다시 고개를 들었을 때, 그녀는 모든 말을 삼킬 수밖에 없었다. 그의 눈은 반짝반짝 빛나고 있었고, 얼굴은 게임을 할 때만큼이나 진지했다.

그는 진지해. 다들 그냥 변리사나 하라고 말리는데도 불구하고 유학 가서 전자공학을 다시 공부하겠다는 정신 나간 나처럼. 그녀는 자신도 모르게 픽 웃었다.

"우린 미쳤어요. 이 나이에 처음부터 다시 시작하겠다니."

그녀의 미소를 좋은 징조로 받아들인 진영은 눈을 빛내며 빠르게 말을 이었다.

"나랑 결혼하면 당신에게 어떤 이점이 있는지 알아? 우선 우리가 싸우면 절대적으로 당신 편을 들어줄 시어머니가 생기는 거고, 또 유학 경비도 어머니가 다 대주실 거야. 게다가 내 생활비는 못 대줘도 당신 생활비는 넉넉하게 대주시겠대. 또 나도 당신 공부를 최대한 도와줄 거야. 아이가 생기더라도 확실히 내가 책임지고 돌볼게."

"그렇게 해서 공부는 언제 하려고요?"

"애 업고 하지 뭐."

그가 씨익 웃었다. 희주는 눈을 굴렸다.

"정신 차려요. 공부가 그렇게 간단한 일인 줄 알아요? 그것도 이 나이에 처음부터 시작하고 있는데. 게다가 자기 사업을 하려고 하면 나인 투 파이브 근무도 아니고 24시간 비상 대기 자세로 살아야 한다구요. 알고는 있어요?"

"각오는 되어 있어. 당신이랑 같이 있으면 뭐든지 할 수 있을 것 같아."

희주는 얼굴을 약간 찌푸렸다. 같이 있으면. 그녀의 고개가 약간 옆으로 기울어졌다. 시선은 똑바로 진영을 향했다.

"그럼 진영 씨는 내가 결혼하기 싫다고 그러면 다 포기할 셈이에요? 유학이고 사업이고 다?"

"아니, 그건 포기하지 않을 거야. 다만 갔다가 돌아와서 다시 당신한테 대시할 거야."

"내가 만약 다른 남자 만나서 결혼했으면 어떻게 할 건데요?"

진영의 얼굴에서 갑자기 미소가 싹 사라졌다. 그의 턱에 바싹 힘이 들어가는 게 보이나 싶더니 갑자기 그가 피식 웃으며 고개를 저었다.

"이혼시킬 거야."

"네에?"

"이혼시킬 거라고. 당신을 안아 들고 호텔로 직행해서 뜨겁게 사랑을 나눈 다음 비디오로 찍어 남편한테 보낼 거야. 그래서 당신이 이혼당하면 내가 재빨리 낚아채는 거지."

희주가 기가 막힌 얼굴로 싱긋 웃고 있는 그를 쳐다보다가 소리를 질렀다.

"당신 돌았어요?"

"응."

그는 아무렇지 않게 인정하고서는 여전히 웃는 얼굴로 다시 반지 상자를 집어 들고 그녀에게 내밀었다.

"그러니까 그런 일 당하지 말고 그냥 적당히 내 청혼을 받아줘."

"이봐요. '적당히'로 될 일이에요, 이게? 게다가, 게다가 당신 나한테 뭐라고 했었어요? 형의 여자 맛보기? 그건 사과도 안 해요?"

"앞으로 평생 그걸 약점으로 날 괴롭히면 어때? 응? 그럼 난 꼼짝도 못할 거 아냐. 제발."

웃고는 있지만, 그의 눈가가 파르르 떨리는 것이 보였다. 희주는 가만히 그의 얼굴만 바라보았다. 결혼이라니, 대뜸 찾아와서 결혼해서 같이 유학을 가자고? 실감이 나지 않았다. '네'

라고 대답하든 '싫어요'라고 대답하든 실감이 나지 않기는 마찬가지일 것 같았다. 그와 결혼을 한다? 그를 알게 된 지 채 두 달도 되지 않았다. 그에게 내 평생을 걸 수 있을까? 그의 옆에서 평생을 살아갈 수 있을까?

반지 상자를 든 손이 미세하게 떨리는 것이 보였다. 그녀는 입술을 깨물었다. 보이지 않는 미래로 발을 내딛는 것이 두려웠다. 하지만 지금 거절해 버리면, 그래서 그를 잃게 된다면 앞으로 평생 후회하지 않을 자신이 있어? 최소한 그의 옆에 있으면 그를 위해 좀 더 나은 사람이 되고 싶다고 생각한다. 그와 함께 있으면 행복하고, 즐겁다.

이 정도면 결혼의 기본 요건은 되는 걸까? 그의 아이를 낳는 건 무섭지 않아. 그와 함께라면 평생 열심히 살 수 있을 것 같아. 지금 이 순간 그를 놓친다면…….

"나, 겁이 나요."

그녀가 나지막하게 말했다. 진영은 부드럽게 웃었다.

"나도 죽을 만큼 겁이 나. 하지만 당신이 옆에 없다고 생각하면 그보다 더 두려워. 어쩌면 아무 일도 시도할 용기가 안 날 것 같아. 당신은 내가 앞으로 나갈 수 있는 힘을 줘. 나에게 좀 더 나은 사람이 되고 싶다는 마음을 북돋워 줘."

언젠가 은진이 말했었다.

"더 나은 내가 될 수 있게 해주는 사람을 만난다는 게 가장 중요한 것 같아."

더 나은 내가 되고 싶고, 그와 함께 있으면 될 수 있을 것 같다. 행복해질 수도 있을 것 같다. 여전히 서로에 대해서 모르는 것이 많지만, 용기를 내고 싶었다.

"유학 경비는 당신이 대기로 하는 거예요. 대신 생활비는 반 반씩 내자구요."

마침내 희주가 말했다. 진영은 믿어지지 않는 듯한 얼굴로 명하니 그녀를 보다가 더듬거리며 간신히 물었다.

"허, 허락하는 거야? 결혼, 승낙하는 거야?"

그녀는 떨리는 미소를 지으며 고개를 끄덕였다. 그가 알아들을 수 없는 고함을 지르며 그녀를 덥석 껴안고 바닥에 뒹굴었다. 그녀는 비명을 질렀으나 결국은 웃음소리로 바뀌고 말았다. 그녀에게 닿아 있는 그의 몸, 그의 팔, 그의 웃음이 좋았다.

그를 사랑해. 그래서 용기를 내고 싶어. 좀 더 많은 것을 보고, 많은 것을 느끼고, 많은 것을 나누고 싶다. 여전히 그도, 그녀 자신도 어른이라고 말할 수는 없었지만, 조금 더 성장하고 싶었다. 그래서 어제보다 나은 사람이 되고 싶었다. 함께.

"사랑해요, 진영 씨. 우리, 열심히 해요."

진영이 빙글빙글 구르다가 마침내 그녀를 위에 올려놓은 상태로 드러눕자 그녀는 나지막하게 속삭였다. 진영은 대답 대신 그녀를 힘있게 끌어안았다. 그의 심장은 빠르게 뛰고 있었지만, 그의 표정만은 밝았다. 그 표정에 모든 답이 있었다. 희주는 조용히 웃었다.

에필로그

"**겨**울에 나 놀러가면 꼭 재워줘야 해. 알겠지?"

정연은 빠르게 눈을 깜박거리며 말했다. 눈물을 흘리지 않으려고 노력하는 모양이었다. 희주는 살포시 웃으며 그녀의 손을 톡톡 쳤다.

"알았어. 유학 가는 사람 붙들고 뭘 그렇게 울려고 그래?"

"울긴 누가 울어! 안 울어!"

"눈에 눈물이 가득하구만 뭘. 날 그렇게 좋아했으면 진작 좀 잘해주지 그랬어?"

"웃겨, 정말. 속이 다 시원하다. 미국은 망할 거다, 네가 가는 바람에."

정연의 퉁명스러운 말에도 아랑곳 않고 희주는 생글생글 웃고 있다가 갑자기 정연을 꼭 끌어안았다. 정연 역시 기다리고 있었던 것처럼 그녀를 바싹 안았다.

"이메일 보내. 알겠지?"

"알았어. MSN도 쓸 거니까 걱정 마. 나 올 때까지는 너도 결혼해야지, 응?"

"쳇, 만난 지 한 달 된 남자랑 결혼한 번갯불에 콩 구워먹는 애가 누구한테 충고하는 거야?"

"너도 빨리 인연 찾으라는 거야."

정연은 입술을 비죽이며 그녀에게서 떨어졌다. 지난 1월에 결혼식을 올린 이래로 희주는 많이 달라진 것 같았다. 분명히 여전히 말도 잘 통하고 좋은 친구였지만, 어딘지 모르게 원숙한 모습이었다. 달라진 구석이 없는 것 같은데도 그 묘한 분위기에 정연은 어쩐지 서운해서 진영 쪽을 슬쩍 노려보았다. 진영은 그녀의 시선을 눈치 챈 듯 어머니와 함께 서서 어색하게 웃었다.

"저 자식, 마음에 안 들어."

"저 자식 소리 좀 그만 해라. 남의 남편한테."

"쳇. 잘났어, 정말."

정연은 툴툴거리며 그녀를 놓아주었다. 소중한 친구를 업어 간 도둑놈에게 좋은 소리 따윌 해줄 생각은 없었다. 물론 희주가 행복해하니까 어쩔 수 없지만, 그래도 어쨌든 저 나이에 처음부터 다시 공부해서 자기 사업이나 하겠다는 놈을 덥석 믿는 것은 바보짓이었다. 도대체 왜 국내에서 뭔가 괜찮은 자격증을 따지 않는 거야? 아무리 불경기고 취직이 어렵다지만, 집안 회사도 있다면서. 그냥 여기서 공부해서 그 회사에 들어가겠다고 하면 희주도 유학 못 갈 거고, 모두 좋잖아. 유학이라니, 저 나이에.

자신이 질투하고 있다는 것은 잘 알고 있었다. 시집에서 학비까지 대주는 희주의 상황 때문이 아니라, 희주라는 좋은 친구를 잃게 만든 결혼이라는 것에 대해 화를 내고 있다는 것도 스스로 깨닫고 있었다. 하지만 그녀의 인생이 행복하게 돌아가고 있는데 제삼자 주제에 뭐라고 할 수도 없는 노릇이었다. 정연은 가만히 서서 희주가 진영에게로 가서 팔짱 끼는 모습을 보았다.

혜은은 진영의 옷 어깨를 살짝 털어주었다. 아무것도 없었지만 그저 아들을 한 번 만져 보고 싶었다. 진영은 3월 초에 마지막으로 참가한 게임에서 우승을 하고서는 게이머 생활을 정리했다. 친구들과는 여전히 자주 연락하고 지내고 있었지만, 지난 몇 개월간은 공부도 열심히 했다. 미국의 아무 대학이나 가려고 했다면 별로 어렵지 않았겠지만, 가능하면 좋은 학교를 가고 싶어서 노력했던 것이다. 결국은 꽤 유명한 대학에 합격을 했고, 희주 역시 교수님의 추천서 및 대학 성적, 그동안의 실적을 제출해서 같은 학교의 공대에 석사 과정으로 입학 허가를 받았다.

"내가 같이 갔어야 했는데. 조만간 가서 살림도 좀 봐주고 할 테니까, 응?"

"괜찮아요. 어머니께서 번거롭게 왔다 갔다 하실 필요 없어요."

희주가 상냥한 목소리로 말했으나 진영이 슬그머니 덧붙였다.

"와서 잡다한 일 좀 해주시면 저희야 좋죠. 이 사람 짜증이 도지기 시작하면 아무것도 안 하고 신경질만 부리거든요."

"내가 언제 그랬어요!"

희주는 그를 팔꿈치로 푹 찔렀으나 진영은 아픈 척도 하지 않고 실실 웃기만 했다. 혜은 역시 그저 웃으며 두 사람을 보다가 한 걸음 물러섰다.

"자, 이제 들어가 보렴. 다음 달 초에 내가 꼭 갈 테니까, 그때까지만 둘이서 잘 버텨라. 알겠지?"

"어머니, 저희 애들 아니에요. 그렇게 걱정 안 하셔도 돼요."

진영은 부드럽지만 단호하게 말했다. 혜은은 인상을 찌푸렸다.

"엄마란 원래 걱정하기 위해서 있는 존재야. 얼른 들어가라, 얼른."

"그래, 어서 가요. 우리 희주한테 못해주면 나도 당장 날아가서 엉덩이를 걷어차 줄 테니까 그런 줄 알아요!"

정연의 말에 진영은 눈만 굴렸고, 희주는 키득거리며 웃었다. 마침내 두 사람이 공항 이용권을 내고 안으로 들어갔다. 두 사람이 사라지고 나서도 혜은과 정연은 한참이나 그 자리에 서 있다가 서로를 쳐다보고 머뭇거리며 미소를 지었다.

"자리 안 불편하지? 창문 쪽으로 앉고 싶어?"
"아니, 복도 쪽이 좋아요. 화장실 가기도 편하잖아."
진영은 그녀의 안전 벨트를 챙기고 수선을 떨었다. 희주는 그저 그의 수선을 전부 다 받아주었다.
결혼한 지도 이미 몇 달이 흘렀다. 처음에는 무언가 좀 불편하기도 하고, 어색하기도 했으나 점점 서로에게 익숙해지자 그런 것들도 넘어갈 수 있게 되었다. 거의 서른 해를 각자의 방식으로 살아온 두 사람이 함께 산다는 것은 분명히 쉬운 일이 아니었지만, 서로 조금씩 양보하면 못할 것도 없는 일이었다.
"잘래?"
진영의 말에 그녀는 웃으며 고개를 저었다.
"벌써부터 자기 시작하면 나중에 지겹잖아요. 조금 있다가 잘래요. 진영 씨는?"
"나도."
그가 그녀의 손을 찾아 꼭 쥐었다. 그녀는 미소를 지으며 그의 손가락에 자신의 손을 깍지 끼고서 한숨을 내쉬었다.
"정말로 간다는 게 믿어지지 않아요. 회사 사람들 전부 날 미쳤다고 생각하는 거 알아요?"

유일하게 열심히 하라고, 정말로 응원하는 것처럼 말한 사람
은 은진이었다. 진영은 빙그레 웃었다.

"나도 마찬가지야. 훈주 형까지 미국 같은 위험한 나라에 왜
가냐고 미쳤다고 했다니까."

두 사람은 서로를 쳐다보고 있다가 커다랗게 웃음을 터뜨렸
다. 부산스럽게 움직이며 짐을 정리하고 자리에 앉던 주위 사
람들이 그들에게 힐끔 시선을 던졌지만 아무도 뭐라고 하지는
않았다.

"우리, 열심히 하자."

진영은 그녀의 손을 끌어당겨 가만히 입술을 갖다 댔다. 그
의 입술이 살짝 떨리는 것이 느껴지자 그녀는 미소를 지었다.
그녀도 그와 마찬가지로 겁이 났지만 말로 하지 않아도 그 역시
알고 있을 것이다.

"그래요. 같이 있으니까 잘될 거예요."

진영은 미소를 지었다. 여전히 소년처럼 순수하면서도 이제
는 어른의 느낌이 가득 배어 있는 그 미소에 희주는 가슴이 따
스해지는 것을 느꼈다.

로스 앤젤레스행 대한항공 비행기가 두 사람의 희망을 싣고
이륙했다.

작가후기

올해도 어김없이 WCG가 열렸습니다. 올해 주최도시는 서울이군요. 이 글의 배경으로 나왔던 WCG 2002는 대전에서 열렸습니다. 그리고 사실, 글에서는 주인공이 2위를 했습니다만, 당시 스타크래프트 개인전 2위는 홍진호 선수였습니다. 1위는 임요환 선수가 했고요. 하지만 올해는 참가하지 않았더군요. 이 후기를 쓰는 현재는 아직 WCG가 끝나지 않은 시점이라서 누가 우승할지 잘 모르겠습니다.

사실을 말하자면, 저는 게임을 잘 못합니다. 제가 가진 스타크래프트에 대한 기억이라면, 친구들이 모임 장소를 PC방으로 잡고, 자기들끼리 열심히 게임을 하며 열광하던 것 정도입니다. 저는 대체로 구경하는 편이었지요(끼어들지 못할 만큼 어지간히도 못합니다).

하지만 저는 그 분위기를 좋아합니다. 프로게이머라는 직업이 처음 나왔을 때만 해도, 중년 이상의 분들께서는 굉장히 이상하게 여기셨지요. 컴퓨터 게임을 하는 게 어떻게 직업이 될 수 있냐고요. 하지만 자신이 좋아하는 걸로 먹고 살 수 있는 시대가 되었다고 보는 게 어떨까요? 저는 그렇게 생각합니다. 무엇을 하든, 좋아하는 것을 열심히 하면 그쪽으로 길이 열리는 거죠. 물론 첫 세대의 프로게이머들은 시대를 잘 타고나긴 했습니다만, 그들이 시행착오를 겪으며 다음 세대들이 또한 그 길을 걸어갈 수 있겠지요.

처음 이 글을 시작할 때에는, 게이머에 대한 이야기가 될 예정은 아니었습니다. 오히려 조건을 꼬박꼬박 따지는 여주인공이 어울리지 않는 남자와 만날 이야기였을 뿐입니다. 그런데 갑자기 남자 주인공의 직업이 게이머가 되면서, 이야기가 그쪽으로 흘러가 버렸어요. 엇나갔다고 생각할수도 있지만, 그래도 조건을 따지던 여주인공이 결국은 서로에게 딱 맞는상대를 찾았다는 사실이 기쁩니다.

나이를 먹으면서, 친구들과 그런 이야기를 자주 하지요. 아무래도 남자는 능력이다 같은 이야기요. 누구나 동의합니다만, 그것만 갖고 결혼할 수는 없는 노릇이잖아요. 최근 TV에서 꽤 흥행했던 드라마 〈요조숙녀〉에 대한 모 신문의 분석기사에서도 그런 이야기가 나왔습니다. '여자들은 돈을 좋지만, 돈만 보는 것은 아니다.' 돈은 기본 조건이긴 하지만, 돈만 있다고 모든 조건이 채워지는 건 아니지요. 이것도 결국은 조건을 따지는 말일지 모르겠습니다만, 네, 돈을 잘 번다, 혹은 잘 벌 가능성이 있다는 것도 결국은 그 남자의 성격상의 일면 아니겠어요? 그것도 중요한 부분 중 하나라고 생각합니다. 하지만 돈으로 나쁜 성격까지 커버되는 건 분명히 아닙니다! 모두들 그건 동의하시리라고 생각해요. 적당량의 돈과 좋은 성격, 거기에 웃는 얼굴이 귀여운 남자라면 금상첨화죠!

이야기가 다른 데로 새버렸습니다만, 어쨌든 재미있게 읽으셨기를 바랍니다. 두 주인공은 앞으로도 심심찮게 티격태격하겠지만, 그래도 열심히 살 거라고 저는 생각합니다. 그리고 여러분들도, 서로에게 도움이 되고 용기가 되는 상대를 만나서 행복해지셨으면 좋겠습니다. ✿